MÉMOIRE D'UNE NUIT D'ORAGE

Vous pouvez consulter le site de l'auteur
à l'adresse suivante :
www.nancypickard.com

NANCY PICKARD

MÉMOIRE D'UNE NUIT D'ORAGE

Traduit de l'américain
par Françoise Rose

belfond
12, avenue d'Italie
75013 Paris

Titre original :
THE SCENT OF RAIN AND LIGHTNING
Publié par Ballantine Books, une marque de The Random House Publishing Group, une division de Random House Inc., New York

Mémoire d'une nuit d'orage est une œuvre de fiction. Les noms, les personnages, les lieux et les événements sont le fruit de l'imagination de l'auteur ou utilisés fictivement. Toute ressemblance avec des personnes réelles, vivantes ou mortes, des événements ou des lieux serait pure coïncidence.

Si vous souhaitez recevoir notre catalogue
et être tenu au courant de nos publications,
vous pouvez consulter notre site internet :
www.belfond.fr
ou envoyer vos nom et adresse,
en citant ce livre,
aux Éditions Belfond,
12, avenue d'Italie, 75013 Paris.
Et, pour le Canada,
à Interform Canada Inc.,
1055, bd René-Lévesque-Est,
Bureau 1100,
Montréal, Québec, H2L 4S5.

ISBN : 978-2-7144-5038-8

Belfond | un département **place des éditeurs**

place
des
éditeurs

Aux bibliothèques, grandes et petites,
avec mon affection et ma gratitude

1

9 juin 2009

Jusqu'à l'âge de vingt-six ans, Jody Linder s'était méfiée du bonheur.

C'était un trait de son caractère qu'elle détestait particulièrement, car il avait tendance à lui gâcher certains moments qui, sans cela, auraient pu être extrêmement agréables. Mais, après tout, elle vivait à Rose, dans le Kansas. Pas plus tard que l'année précédente, une mini-tornade avait tué trois personnes à quelques kilomètres de là. Une tornade, par un jour de grand soleil ! En hiver, il y avait des trombes de pluie verglaçante. En été, des feux de prairie. Et, à tout moment, des gens qu'elle connaissait étaient mis en faillite, perdaient leur maison, leur ranch, leur emploi. Ou alors ils mouraient de manière totalement inattendue. Vous pouviez, par exemple, appartenir à une gentille famille, mener une vie ordinaire dans une petite ville perdue au milieu de nulle part et, un samedi soir pareil aux autres, des hommes violents surgissaient à l'improviste, comme une de ces tornades, et vous transformaient en héros d'un roman de Truman Capote. En héros mort. Ces choses-là arrivaient bel et bien. Ce n'était pas de la paranoïa, mais une terrible réalité que Jody connaissait mieux que quiconque – ou du moins, mieux que tous ceux dont le père n'avait pas été tué quand ils n'avaient que trois ans et dont la mère n'avait pas disparu au cours de la même nuit.

Oui, ces choses-là arrivaient, et elle en était la preuve.

C'est pourquoi – le passé lui ayant démontré qu'on ne pouvait pas se fier au présent – le bonheur rendait Jody Linder anxieuse. Dès qu'elle éprouvait le plus léger sentiment de sécurité, elle se mettait à inspecter chaque recoin, à soulever les couvercles des poubelles et à écarter les rideaux de douche par crainte de ce qui pouvait se dissimuler dessous et derrière, car on ne savait jamais. Un tueur pouvait être caché dans un coin, des cafards tapis dans les poubelles, des araignées embusquées dans la baignoire.

Le bonheur était fragile, précieux et suspect.

« Le malheur est caché au cœur du bonheur », elle en était convaincue, ce qui expliquait l'inquiétude qui l'assaillait alors qu'elle était allongée nue sur son lit à côté de Red Bosch, en plein milieu de cet après-midi trop beau pour ne pas prêter au soupçon. L'air avait un parfum trop suave pour ce temps caniculaire, la lumière filtrant à travers ses rideaux à trous-trous semblait trop douce pour la mi-journée. Plus angoissant encore, le plaisir partagé avec cet homme qu'elle n'aimait pas avait été bien trop intense pour qu'elle n'ait pas à regretter par la suite ces instants délicieux. Elle avait gardé les yeux ouverts au moment crucial et surpris Red en train de la contempler avec un petit sourire satisfait.

Ne te rengorge donc pas tant ! avait-elle failli s'exclamer. Puis elle s'était dit, premièrement, que ce n'était pas gentil et qu'il n'avait pas mérité d'être traité de la sorte, et, deuxièmement, qu'il avait bien le droit de se rengorger. Red excellait à monter à cheval, rassembler le bétail, mettre le foin en balles, et faire *ça*. Il était difficile d'imaginer des talents mieux appropriés chez un homme.

« Tu es une jolie fille, murmura Red, en faisant paresseusement glisser son doigt le long de son sternum.

— Une jolie fille en sueur », répondit-elle, s'emparant de sa main pour la reposer sur son ventre à lui, tout aussi moite.

Il rit, d'un profond rire de gorge empli de suffisance.

Un vent brûlant parfumé de pollen entra par la fenêtre ouverte.

Elle y décela l'odeur du chèvrefeuille, qui n'avait pas encore fleuri, et celle du lilas, dont la saison était déjà passée. Elle savait que c'était impossible, que c'était un pur produit de son imagination. Exactement le genre d'illusion que le plus infime sentiment de sécurité pouvait susciter en elle.

Red et elle étaient étendus sur le dos tels des chiots béats à qui l'on aurait gratté le ventre pendant une demi-heure. Allongée de manière que ses membres poisseux de transpiration ne touchent pas ceux de Red, Jody laissa échapper un irrépressible soupir de bien-être. Immédiatement, elle eut envie de le ravaler, car elle préférait éviter de clamer sa félicité au monde entier.

Le malheur est caché au cœur du bonheur...

Le bruit d'un véhicule débouchant au coin de la rue l'incita à se tourner vers la fenêtre, redoutant déjà une mauvaise surprise.

« Tu as entendu, Red ?

— Quoi ?

— Chut ! »

Le rugissement d'un deuxième engin, puis d'un troisième, vint s'ajouter au premier, ce qui ne fit qu'accroître son appréhension. Elle s'appuya sur ses coudes et redressa la tête pour mieux écouter. Si elle avait vécu à Kansas City, à 560 kilomètres à l'est, ou à Denver, à 400 kilomètres à l'ouest, elle n'aurait pas prêté attention aux bruits de la circulation. Mais on était dans l'une des rues les plus tranquilles d'une ville si petite qu'on pouvait entendre les gens faire démarrer leur voiture à l'autre bout de Main Street, et savoir ainsi s'ils étaient en retard pour se rendre au travail.

« Quelqu'un vient de se garer devant la maison.

— Qui ? »

Elle lui lança un regard incrédule.

Parfois, elle se demandait s'il ne lui manquait pas une case.

« *Quoi ?* » s'exclama-t-il, mi-sérieux, mi-rieur.

Il avait treize ans de plus qu'elle, mais elle avait quelquefois l'impression d'être la plus mûre des deux. Se détournant de son corps nu et avachi, elle se décolla des draps blancs tout neufs, se laissant glisser à bas du haut lit en bois de noyer garni d'oreillers également neufs, tout comme l'alaise, le matelas et le sommier. Quand ses pieds nus se posèrent sur le parquet de noyer qu'elle avait ciré et poli jusqu'à ce qu'il brille au soleil, elle se rua vers les fenêtres – d'une hauteur nettement supérieure à son mètre soixante, et dont les vitres étincelantes de propreté étaient encadrées de noyer ciré – pour voir ce qui se passait. Des travaux de voirie ? Peu probable, étant donné que le budget municipal de Rose suffisait à peine à payer l'électricité nécessaire au fonctionnement de la demi-douzaine de feux de signalisation.

Ce qu'elle découvrit lui provoqua un tel choc qu'elle se mit aussitôt à paniquer.

« Oh ! mon Dieu. Red ! Lève-toi ! Habille-toi ! Il faut que tu partes immédiatement ! »

Car ce qu'elle avait aperçu, depuis le premier étage, c'étaient ses trois oncles en train de ranger leurs pick-up devant la maison de ses parents, alors qu'elle ne savait même pas qu'ils se trouvaient en ville. Elle continuait de considérer cette maison comme celle de ses parents, bien que Hugh-Jay et Laurie Jo Linder aient disparu depuis si longtemps qu'elle avait l'impression de ne les avoir jamais connus. Néanmoins, c'était toujours leur demeure, aux yeux de leur fille unique, la seule survivante de cette fameuse nuit de violence, vingt-trois ans plus tôt – comme aux yeux de tous les habitants du comté de Henderson, du nom de l'arrière-arrière-grand-père de Jody, du côté paternel.

« Quelle est donc cette vision effroyable ? » murmura-t-elle à la fenêtre, parodiant Shakespeare. L'obtention de sa maîtrise ès littérature anglaise était un succès qui aurait dû la réjouir, mais qu'elle n'avait pu s'empêcher d'assombrir en doutant de pouvoir jamais trouver un poste d'enseignante dans cette matière.

« Qui est-ce ? Ton second petit ami ? »

Red formula cette question sur le ton de la plaisanterie, mais sa voix manquait d'assurance.

« Je n'en ai pas d'autre. Et d'ailleurs, je n'en ai aucun. »

Cette réponse était d'une franchise qui confinait à la cruauté, et elle la regretta aussitôt.

« Qu'est-ce que je suis, alors ? » s'enquit Red sans se départir de son calme.

Une commodité fut le terme qui surgit à l'esprit de Jody, mais qu'elle se garda d'émettre à voix haute. Voilà pourtant ce qu'il était pour elle – et le seul mâle disponible de la région qui ne fût ni un enfant ni un vieillard. Ni un membre de sa famille. Elle se retourna pour contempler cet amant qui n'était pas son petit ami, ce cow-boy sec et musclé vautré en travers du lit. Ses doigts savaient que cette longue carcasse était couturée de cicatrices, de contusions, de bosses incongrues là où les os s'étaient mal ressoudés, et de petites blessures encore fraîches. Red n'était pas le plus prudent des cavaliers. Il avait tendance à se faire désarçonner, éjecter et piétiner plus souvent que le concurrent moyen d'un rodéo, et il ne participait même plus à ces compétitions, il n'était qu'un simple ouvrier de ranch. Peut-être était-ce à cause de cela qu'il lui plaisait, pensait-elle parfois : parce qu'il n'était rien de plus qu'un cow-boy et n'avait pas la prétention d'être autre chose. Il était également vrai que le corps des autres hommes – des comptables, par exemple, ou des juristes, même si elle n'en avait jamais fréquenté – lui paraissait ennuyeux, comparé à ce terrain passionnant qu'était la peau d'un cow-boy.

« Alors ? » insista-t-il.

Elle lui lança un regard exaspéré, parce que la question l'irritait et qu'elle ne savait pas comment y répondre sincèrement sans le blesser. Elle lui tourna le dos, reportant son attention sur le spectacle dérangeant qui se déroulait en dessous d'elle, en se dissimulant derrière les rideaux blancs flambant neufs. Le vent chaud entrant par la fenêtre ouverte soufflait autour d'elle, menaçant d'exposer sa nudité au regard de ses oncles, s'ils venaient à lever les yeux.

Elle aspira sa lèvre supérieure contre ses dents et la suçota.

Red avait croqué un bonbon à la menthe pour se rafraîchir l'haleine, après avoir déjeuné au Rose Café, et juste avant de se glisser dans sa maison, dans sa chambre et en elle. Elle en gardait le goût dans sa propre bouche, en même temps qu'une forte saveur de sauce pimentée, et que sa saveur à lui, plus tenace encore. Et elle sentait toujours ses doigts calleux sur son corps, une sensation si réelle qu'elle aurait juré que ses mains l'avaient suivie jusqu'à la fenêtre. Ce n'était pas le genre d'émotion qu'il convenait d'éprouver devant ses oncles.

Et ce n'était pas non plus le genre d'activité qui aurait été appréciée par le proviseur du lycée local où elle devait prendre ses fonctions dans deux mois et demi. Elle avait hurlé de joie en décrochant ce poste, mais aussitôt mis une sourdine à son euphorie, car qui pouvait dire combien de temps elle le garderait, en cette période de crise économique ? Et si elle n'était pas un bon professeur, si les gamins la détestaient, si leurs parents s'opposaient à ce qu'elle inscrive *L'Attrape-Cœur* au programme ? Il y avait tellement de choses qui pouvaient aller de travers, quand tout s'annonçait bien.

Tendue comme du barbelé fraîchement posé, elle abaissa son regard vers la rue.

Trois portières claquèrent, *bang, bang, bang,* avec le bruit feutré propre aux véhicules haut de gamme. À présent, ses oncles se rapprochaient les uns des autres. *Que faisaient-ils ici, et pourquoi n'avait-elle pas été avertie de leur visite ?* L'oncle Chase était censé être dans le Colorado, où il dirigeait le ranch familial dans les hautes plaines à l'est des

Rocheuses ; l'oncle Bobby aurait dû se trouver dans le Nebraska, où il gérait un troisième ranch appartenant aussi à la famille, dans les Sand Hills. Et l'oncle Meryl, dans son cabinet d'avocat à Henderson City, le siège du comté, à quarante kilomètres de Rose.

« Hé, fit Red, du ton de celui qui se sent délibérément ignoré.

— Chut ! »

De sa cachette, elle continua à observer la scène avec une angoisse croissante.

Ses oncles s'étaient regroupés et formaient un trio impressionnant sur le trottoir devant son perron, avec leur haute taille et leur large carrure. L'oncle Chase écrasa sa cigarette sur le ciment, puis la ramassa et la fourra dans la poche de sa chemise – non par délicatesse, mais parce que, comme tous les éleveurs et les fermiers, il était obnubilé par les risques d'incendie. Et maintenant ils se dirigeaient d'un même pas vers sa porte, trois costauds vêtus de pantalons bien repassés et de chemises de coton, des bottes de cow-boy aux pieds et leurs plus beaux chapeaux de paille vissés sur le crâne. Ces chapeaux constituaient à eux seuls un mauvais présage. Ses oncles ne les arboraient habituellement qu'aux mariages, aux enterrements, et lors des congrès d'éleveurs, préférant pour tous les jours des casquettes à large visière. Meryl portait même une cravate lacet et l'un de ces hideux vestons à carreaux que sa tante Belle n'avait jamais réussi à bannir de sa garde-robe. Il l'avait assorti à un pantalon en polyester d'un marron rougeâtre dont la vue, même à cette distance, obligea Jody à froncer le nez. Elle savait comment réagirait Meryl si elle critiquait ses goûts vestimentaires : il répliquerait que c'était pour mieux leurrer les avocats des autres villes, leur faire croire qu'il n'était qu'un péquenot – à leur plus grand détriment, et au plus grand bénéfice de ses clients.

Leurs pick-up étaient eux aussi d'une propreté suspecte, comme s'il s'agissait d'une visite officielle.

Ils ne se seraient pas donné tout ce mal s'ils étaient simplement venus lui dire bonjour.

Quand ses oncles rendaient visite à quelqu'un, ils prenaient d'abord une douche et enfilaient des vêtements propres. La grand-mère de Jody, qui était la mère de deux d'entre eux et quasiment une mère adoptive pour le troisième, n'aurait pas toléré d'infraction à cette règle. Si un homme de la famille entrait dans la maison d'autrui, il devait, pour l'amour de Dieu, sentir bon la savonnette. L'oncle Bobby avait beau être âgé de quarante et un ans, l'oncle Chase de quarante-quatre, et l'oncle Meryl en avoir quarante-six et n'être membre du clan que par alliance, ils observaient les lois régissant la vie de tous les Linder, les commandements édictés par les grands-parents de Jody, Hugh senior et Annabelle. On n'allait pas à l'église dans des vêtements sales et empestant le cheval. On n'entrait pas dans la jolie salle de séjour d'un voisin avec des bottes maculées de bouse de vache. Et, par-dessus tout, on ne débarquait pas chez quelqu'un sans lui avoir téléphoné au préalable, même si ce quelqu'un n'était que votre nièce.

Ils n'avaient pas téléphoné. Elle ignorait tout de cette visite.

Et son effroi atteignit son comble lorsqu'ils sonnèrent à sa porte.

Ce fut seulement après qu'ils se furent annoncés par ce geste qu'ils n'avaient jamais eu qu'elle entendit la porte d'entrée s'ouvrir, et, un instant plus tard, son oncle Chase lancer de sa voix de baryton enrouée par le tabac : « Josephus ? »

Ce n'était pas son prénom ; elle s'appelait Laurie Jo, comme sa mère.

Joe-*see*-fuss était le surnom que ses trois oncles lui avaient attribué.

Elle croisa frileusement les bras sur ses seins nus. Était-il arrivé un malheur au ranch ?

Était-ce son grand-père, Hugh senior, ou sa grand-mère Annabelle ?

Elle ne savait pas ce qu'elle ferait sans l'un ou l'autre ; ils avaient été ses seuls soutiens depuis la mort de ses parents, les piliers sur lesquels elle s'était toujours appuyée.

« Jody ? appela Chase, plus fort cette fois. Chérie ? Tu es là ? »

Il semblait nerveux, lui d'habitude si flegmatique.

En un éclair, elle pensa à leurs différentes épouses et ex-épouses, à leurs enfants et à ceux de leurs conjoints, ses cousins et ses presque cousins. Tant de catastrophes pouvaient se produire dans une exploitation d'élevage. Il existait tellement de façons de se blesser, de se retrouver à l'hôpital ou au funérarium, de briser les cœurs et les familles. Elle ne voyait pas d'autre motif à cette visite impromptue. Ils n'agiraient pas ainsi sans raison grave ; il s'était forcément passé quelque chose qu'ils ne pouvaient pas lui annoncer par téléphone, pire – quelque chose de si terrible qu'ils avaient jugé préférable de venir tous ensemble.

« Jésus », murmura-t-elle d'un ton proche de la prière, en ramassant ses vêtements à la hâte pour couvrir sa nudité. Elle était bouleversée, sans être vraiment étonnée, puisqu'elle était convaincue que les malheurs suivaient toujours les moments de bonheur, aussi inéluctablement que la mort succédait à la vie, et aussi fréquemment. Le secret, avait-elle décidé quand elle était plus jeune, c'était d'essayer d'anticiper les calamités, afin d'atténuer leurs conséquences. Le problème, dans cette philosophie, c'était que ça ne fonctionnait pas ; elle se faisait toujours surprendre ; même si elle s'efforçait de les prévoir, l'effet des mauvaises nouvelles n'en était pas moins douloureux et la laissait tremblante. Avec un tressaillement, elle prit conscience qu'elle n'avait pas répondu et cria d'une voix stridente : « Je suis là, oncle Chase ! Je suis en haut. Je descends tout de suite !

— Veux-tu que nous montions ? proposa son oncle.

— Non ! » glapit-elle. *Seigneur, non !*

Reconnaissant la voix de l'un de ses nombreux employeurs, Red s'était redressé. Quand il l'entendit formuler cette terrifiante proposition, il sauta à bas du lit et fit de son mieux pour se rhabiller le plus vite et le plus silencieusement possible.

« Prends l'escalier de derrière ! lui chuchota-t-elle, bien inutilement.

— Que diable Chase vient-il faire ici ? »

Elle scruta le visage de son amant, bronzé jusqu'à la ligne de démarcation tracée par le bord de son chapeau et creusé à présent par l'anxiété. Il lui vint soudain à l'esprit, même si le moment était mal choisi, qu'elle allait devoir prendre une décision à son sujet. La première fois qu'ils avaient couché ensemble, elle avait simplement présumé qu'ils n'étaient que deux esseulés affamés de sexe dans un comté où les partenaires potentiels étaient aussi rares que les yacks. C'était sa seule motivation – ça, plus le fait que Red n'était pas marié, car elle avait quand même des principes. Mais depuis quelque temps, le cow-boy avait adopté envers elle une attitude possessive qui la préoccupait.

« Je n'en sais rien ! Bobby et Meryl sont là aussi ! File ! »

Fébrilement, Red ramassa son pantalon, qui lui échappa des mains. L'énorme boucle métallique de sa ceinture heurta le plancher avec fracas. Ils se figèrent tous deux, en se regardant l'un l'autre, puis continuèrent à se rhabiller à toute vitesse.

« Ils me pendront à la plus haute poutre de la grange s'ils me surprennent ici, murmura Red.

— Tu plaisantes ? Tu auras de la chance si tu arrives entier jusqu'à la grange ! »

Il accueillit cette plaisanterie par un rire qui dissimulait mal un frisson de crainte.

Ce n'était pas pour son intégrité physique qu'il s'inquiétait. Les oncles de Jody n'allaient pas le rosser pour avoir couché avec leur nièce. Mais se faire renvoyer, alors que tant de ranchs étaient sous le coup d'une saisie et que les emplois devenaient rares, représentait un risque bien réel.

Jody avait remis son jean, son soutien-gorge et son T-shirt et s'efforçait d'enfiler chaussettes et chaussures, tandis que Red, vêtu de pied en cap, hormis ses bottes qu'il tenait à la main, disparaissait dans l'escalier menant à la cuisine et à la porte de derrière. Elle espéra qu'il avait eu le bon sens de garer sa camionnette à un endroit discret. Elle prit le temps de donner un coup de brosse à ses cheveux et réussit à discipliner quelques-unes des boucles brunes emmêlées par les longs doigts de Red. Même s'il s'agissait d'une urgence, elle ne pouvait se montrer à ses oncles en tenue débraillée à une heure du jour où tous les Linder qui se respectaient étaient censés travailler – de même que leurs employés. Rien n'échappait au regard aiguisé de ses oncles, ni le taureau tentant de s'enfuir pour aller couvrir les vaches d'un autre pâturage, ni la nièce essayant de dissimuler une liaison. En outre, ils rapporteraient tout à sa grand-mère, y compris la manière dont sa petite-fille était habillée et le moindre détail qui leur aurait paru insolite.

« J'arrive ! » s'égosilla-t-elle.

Elle dévala enfin l'escalier en s'accrochant à la rampe, manquant des marches dans sa hâte et produisant un tintamarre de tous les diables.

« Que se passe-t-il ? » s'enquit-elle, à bout de souffle.

Trois impeccables chapeaux de cow-boy, des chapeaux d'été en paille vernissée, étaient accrochés aux patères murales, pratiquement identiques à l'exception du ruban qui les entourait : celui de Meryl était reconnaissable à sa chaîne en argent, celui de Chase à sa tresse en cuir noir, tandis que le couvre-chef de Bobby se singularisait par l'absence de tout ornement.

Ils se tenaient devant elle, ces oncles qui étaient à la fois sa providence et le fléau de son existence : Chase, qui devenait plus séduisant d'année en année, comme si son maintien mi-réservé, mi-décontracté avait le pouvoir de raffermir sa mâchoire, de développer ses épaules, d'affiner son torse, d'effacer les rides sur son beau visage et de donner plus d'éclat encore à ses yeux bleus ; Bobby, musclé et taciturne, avec sa large face aussi inexpressive et plate que les plaines des alentours ; Meryl, avec ses yeux malins mais pleins de bienveillance, et un embonpoint qu'il devait sans doute autant au poulet frit de Belle qu'à sa vie sédentaire de juriste. Deux d'entre eux étaient les frères cadets de son défunt père ; Meryl avait été pour lui l'égal d'un frère.

Ce fut le regard de ce dernier qui l'effraya, quand elle scruta son visage lourd et rougeaud, car il était humide de compassion. Meryl Tapper avait été le meilleur ami de son père, bien avant d'épouser sa tante Belle. Sa propre famille n'accordait aucune valeur à l'éducation et à l'ambition, aussi s'était-il rapproché des Linder, qui appréciaient ces vertus et le jeune homme qu'il était.

Les yeux de l'oncle Chase étaient cachés derrière des verres teintés, ce qui en soi lui parut louche, car l'entrée était plongée dans la pénombre. Avec ses lunettes élégantes, sa chemise blanche à monogramme, son pantalon coupé sur mesure, sa boucle de ceinture gravée et ses bottes noires, Chase était l'image même du cow-boy tel qu'on le voit à Hollywood, sauf que c'était un vrai de vrai, et d'une compétence exceptionnelle par-dessus le marché. Jody avait entendu dire qu'il avait été dans sa jeunesse un grand charmeur, plein d'humour et d'espièglerie, mais après la mort de son père, toute forme de gaieté avait disparu en lui. Elle l'avait toujours connu comme un homme strict, dur, sarcastique, autoritaire et protecteur. Son oncle Bobby, qui chevauchait autrefois des taureaux dans les rodéos et avait gardé la charpente massive des champions de cette discipline, de même que le regard vigilant de l'ex-soldat qu'il était aussi, restait planté devant la porte-moustiquaire, à demi tourné vers la rue. Elle ne distinguait pas ses traits, mais elle voyait son côté gauche et la manche vide qui pendait le long de ce flanc, le poignet rentré sous la ceinture. Il avait laissé son bras en Irak au cours de la première guerre du Golfe, un conflit qu'il n'avait pas prévu en s'engageant dans l'armée juste après le meurtre de son frère. Posté sur le seuil, il avait l'air d'attendre quelqu'un ou de guetter quelque chose.

« Qu'est-ce qui ne va pas ? » répéta-t-elle.

Prise d'une soudaine intuition, elle se demanda si les gens avaient employé les mêmes mots, vingt-trois ans auparavant, le jour où son père avait été tué et où sa mère avait disparu. En voyant les yeux de leurs voisins remplis de larmes et de frayeur, avaient-ils posé la même question, le cœur battant à se rompre, la voix tremblante, comme la sienne en cet instant ? *Que se passe-t-il ? Qu'est-il arrivé ? Qu'est-ce qui ne va pas ?* Rose était une minuscule localité, un bled à l'agonie selon certains, où pratiquement tout le monde se connaissait et où l'on prenait soin les uns des autres. Elle avait grandi sans ses parents, mais choyée et protégée dans une ville qui lui donnait parfois l'impression d'être exclusivement peuplée de baby-sitters.

« La peine de Billy Crosby a été commuée », annonça Chase tout de go, avec sa sécheresse coutumière.

Elle secoua la tête en signe d'incompréhension. « Quoi ? »

William F. Crosby, dit Billy, était en prison pour le meurtre de son père.

« Il va être relâché, Jody, expliqua Meryl, l'avocat, avant de larguer une autre bombe : Le gouverneur l'a fait libérer ce matin. » Il marqua un temps avant de lâcher la troisième : « Il rentre chez lui cet après-midi. »

En observant la réaction de la jeune femme, Chase tendit la main et la saisit par le bras pour la soutenir.

« Commuée ? » Jody répéta ce terme juridique comme si elle essayait de prononcer un mot d'une langue étrangère dont elle pouvait seulement imiter les sonorités sans en comprendre le sens. Billy Crosby était en prison depuis vingt-trois ans. Et, à ce que tout le monde lui avait affirmé et même promis, il n'était théoriquement pas près d'en sortir.

Ils lui laissèrent le temps d'assimiler cette information.

Elle fronça les sourcils, encore incrédule. « Vous voulez dire qu'ils l'ont remis en liberté ?

— Oui, acquiesça Meryl. C'est ça. »

Suffoquée, elle les regarda à tour de rôle. « Il est sorti ? Il revient *ici* ? À Rose ? »

Toujours posté en sentinelle devant la porte, Bobby tourna son visage vers elle, et, rencontrant son regard écarquillé d'horreur et de stupéfaction, hocha lentement la tête. Puis il déclara, de sa voix grave qui paraissait souvent au bord de la colère : « Ça ne signifie pas qu'il va y rester. » Les coins de sa bouche s'abaissèrent, et il ajouta : « Je le descendrai, si jamais il compte s'installer ici.

— Je te fournirai une arme », répondit Jody d'un air bravache, avant de plaquer ses mains contre sa bouche en étouffant un « Non ! » et d'éclater en sanglots. « Comment une telle chose a-t-elle pu se produire ? » Pleurant de chagrin et d'effroi, elle s'écria d'un ton accusateur : « *Pourquoi n'avez-vous rien fait pour empêcher ça ?* »

2

2 septembre 1986

Certains affirmaient que le meurtre du père de Jody était la conséquence d'un incident isolé, une histoire déplaisante qui avait dégénéré jusqu'à atteindre des proportions inimaginables. Personne n'aurait pu le prévoir, soupiraient-ils. Mais d'autres prétendaient que le conflit fermentait depuis longtemps, que le grand-père de Jody aurait dû se méfier, bref qu'il l'avait bien cherché, pour dire la vérité crûment. Voilà ce qui arrivait quand on essayait de réformer des gens qui n'avaient aucune envie de changer, concluaient-ils. Enfin, c'était dans la nature de Hugh Linder senior, ajoutaient-ils aussitôt : un homme bon, intelligent, honnête et intransigeant, mais un tantinet trop sûr de lui. S'il avait fait preuve d'un peu plus d'humilité, peut-être le cours des choses aurait-il été différent...

Quelle que fût la vérité – un soudain accès de fureur ou un ressentiment de longue date –, tous s'accordaient sur un point : le dernier acte sanglant de cette tragédie s'était joué en ce jour fatidique où l'éleveur, en faisant le tour d'un enclos où les bêtes se bousculaient, avait surpris Billy Crosby en train de déchaîner sa rage contre une vache.

C'était un mardi, en début d'après-midi.

Les ouvriers de High Rock Ranch rassemblaient le bétail dans l'enclos au bord de la grand-route, afin de séparer de leurs mères les veaux âgés de six mois et de les vacciner contre les maladies qui pouvaient survenir au cours de la période si difficile du sevrage, avant de les transporter vers les parcs d'engraissement. Les bêtes adultes, de nouveau gravides, recevaient quant à elles des piqûres de rappel contre la fièvre charbonneuse.

La vache en question était une énorme vieille bête habituée à ces manipulations et qui aurait donc dû savoir comment se comporter. Elle avait été une excellente reproductrice et une bonne mère pendant des années, mais peut-être était-elle devenue légèrement sénile et son cerveau s'était-il ramolli. C'était relativement fréquent, chez les animaux comme chez les humains. Ce jour-là, elle refusait d'avancer, se tournait sans cesse dans la mauvaise direction, bloquant la progression des autres bestiaux à l'intérieur de l'enclos circulaire. Elle mugissait pour appeler son petit, en roulant des yeux fous, l'écume à la bouche. La chaleur, en cet après-midi du mois de septembre 1986, était infernale ; hommes et bêtes cuisaient sous le soleil comme dans un barbecue géant, et les deux espèces étaient énervées, malheureuses et irritées l'une contre l'autre. L'odeur de bouse fraîche et celle des bovins eux-mêmes saturaient l'air d'une moiteur animale. Le bruit des sabots sur le sol, les beuglements des veaux réclamant leurs mères, les hurlements des hommes tentant de les maîtriser, emplissaient d'un grondement de tonnerre le ciel sans nuages.

« Avance, saloperie ! »

Hugh senior vit son employé à mi-temps piquer à plusieurs reprises le flanc de l'animal avec son aiguillon électrique. Billy était l'un des « protégés » de l'éleveur, le dernier en date des innombrables gars du coin qu'il avait embauchés au fil des années, parce qu'il croyait qu'il n'y avait rien de tel qu'un dur labeur pour remettre dans le droit chemin ceux qui semblaient mal partis.

Billy s'était révélé être plus difficile à « sauver » que tous ses prédécesseurs.

Peut-être parce que ses parents étaient tous les deux alcooliques, et pas seulement l'un d'entre eux, comme c'était le cas pour deux ou trois des gamins qui avaient assez bien réussi dans la vie après avoir été pris en main par Hugh et Annabelle Linder. Peut-être parce que Billy n'était pas le plus intelligent des taurillons du troupeau, ou qu'il avait un tempérament tellement irascible qu'un rien pouvait l'enflammer. Toujours était-il que le régime de Hugh, à base de travail manuel et de sueur, ne donnait guère de résultats, de l'avis de ses concitoyens. Billy ne venait-il pas de se voir retirer son permis pour la seconde fois, après avoir été de nouveau arrêté pour conduite en état d'ivresse ? Et sa pauvre petite épouse n'avait-elle pas un sacré bleu à la mâchoire, l'autre jour ? Leur petit garçon de sept ans n'avait-il pas l'air trop grave et trop réfléchi pour son âge ? Et Billy Crosby ne continuait-il pas à boire autant, à se montrer plus agressif que jamais, à courir les filles et à ouvrir sa grande gueule à tort et à travers ? Les Linder auraient dû renoncer depuis longtemps, disaient les gens ; n'importe qui d'autre aurait jeté l'éponge, c'était certain.

Hugh senior comprit immédiatement que la vieille bête ne pouvait pas obéir à Billy.

Elle était coincée dans le mauvais sens, mais le vacher n'en continuait pas moins à lui assener des coups d'aiguillon. Il devint évident, aux yeux de son employeur, que le garçon avait perdu son sang-froid et qu'il passait sa rage sur l'animal effrayé et désorienté. Hugh le héla, sans parvenir à se faire entendre par-dessus le vacarme. Pressant le pas, il s'élança vers Billy, mais pas assez vite pour empêcher celui-ci d'escalader les barreaux métalliques, de se percher à califourchon sur le rebord de l'enclos et de lancer à la vache un violent coup de pied dans la tête. Le talon de la botte toucha la bête en plein dans l'œil gauche. Malgré son poids imposant, elle vacilla sous le choc, et sa tête décrivit un brusque mouvement de côté. Fléchissant les genoux, elle s'effondra contre le flanc d'une de ses congénères, puis se redressa, en s'ébrouant et en meuglant plus fort que jamais. Un concert de mugissements s'éleva autour d'elle, car elle empêchait les autres de passer.

Billy ramena sa jambe en arrière pour lui porter un nouveau coup.

Ses lèvres étaient retroussées dans un rictus sauvage, découvrant ses dents, et ses yeux exorbités de fureur.

Hugh senior l'empoigna par sa chemise et le tira en arrière avec force, si bien qu'il dégringola de la clôture et s'en vint mordre la poussière aux pieds de son employeur.

« Va te calmer, Billy, lui intima Hugh senior d'une voix forte, rauque et péremptoire.

— Pourquoi vous avez fait ça, m'sieur Linder ? » Se tenant l'épaule, l'employé se releva en grimaçant. Le garçon de vingt-quatre ans et l'homme de cinquante-quatre se mesurèrent du regard, évoquant, à bon nombre des témoins de la scène, deux taureaux en train de se défier dans un pré. Nul n'entendit ce qu'ils se disaient en raison du bruit, mais leur langage corporel était suffisamment clair. Bien que Billy mesurât un mètre quatre-vingts, son aîné le dépassait de dix bons centimètres, et il était nettement plus lourd et plus musclé. L'éleveur avait les cheveux clairs et les yeux bleus de ses ancêtres allemands ; Billy, avec ses traits fins, ses yeux et sa chevelure sombres, offrait une ressemblance frappante avec son père, dont la beauté s'était depuis longtemps dissoute dans la bière et le whisky. « J'ai rien fait, protesta-t-il.

— Tu maltraitais une de mes bêtes, Billy, répondit l'éleveur d'un ton coupant, chargé de réprobation.

— Cette foutue vache va mourir, de toute façon ! »

La voix de Hugh senior se teinta de mépris devant cette piètre excuse. « Ça ne te donne pas le droit de la torturer.

— C'est pas juste ! pleurnicha Billy. J'ai vu d'autres gars le faire !

— Si je les y prends, je les en empêcherai de la même manière. Peut-être ferais-tu mieux de rentrer chez toi à présent, Billy. »

C'était une suggestion, mais elle fut exprimée sur le ton du commandement.

« Comment voulez-vous que je rentre chez moi, alors que j'ai même pas de bagnole ? »

Comme d'habitude, le jeune homme ne savait jamais quand il était plus sage de se taire.

Hugh père perdit le peu de patience qu'il lui restait et ordonna : « Fiche le camp d'ici, Billy. Tout de suite. Va boire quelque chose de frais. Plonge ta tête dedans, pendant que tu y seras. Tu peux rester dans la grange en attendant que Hugh-Jay vienne te chercher pour te reconduire chez toi. Et ne va pas embêter Mme Linder à la maison.

— J'ai besoin de boire un coup, c'est sûr, grommela Billy.

— C'est la dernière chose dont tu as besoin », répliqua l'éleveur, sachant qu'il faisait allusion à l'alcool.

Tout en essuyant la poussière qui maculait son visage, Billy s'éloigna en boitillant, suivi par les regards écœurés du propriétaire du ranch et des autres vachers travaillant dans l'enclos ce jour-là. Tous les fils de Hugh étaient également présents, Hugh-Jay, Chase et Bobby, ainsi que quelques voisins, un vétérinaire, et deux ou trois employés à temps partiel. Certains échangèrent des regards entendus, mais Chase fut le seul à parler. « Bon débarras », déclara-t-il, résumant la pensée unanime.

Il ne s'était rien passé de plus, ainsi que tous en témoignèrent par la suite.

Ce n'était rien, et ce fut pourtant la cause de tout.

Deux heures plus tard, Hugh-Jay Linder ramena Billy à Rose, où ils habitaient tous deux, avec femme et enfant. À la dernière minute, Chase grimpa à l'arrière du pick-up Ford de son frère pour les accompagner. Il y avait un peu moins de cinq kilomètres de distance depuis l'entrée du ranch jusqu'à la lisière de la ville, par une route goudronnée à deux voies. Les pâturages de High Rock Ranch s'étendaient de chaque côté de l'asphalte, sur les trois premiers kilomètres, puis on dépassait un cimetière sur la gauche et un élevage de bisons sur la droite, avant que les premières habitations éparses ne commencent à apparaître.

« Qu'est-ce qu'il a, votre paternel ? C'est quoi, son problème ? » demanda Billy aux deux frères, aussitôt qu'ils eurent démarré.

Il était quatre heures et demie, et il faisait plus chaud que jamais, même si on annonçait de la pluie pour le lendemain. À l'intérieur du véhicule, c'était une vraie fournaise, et le volant était si brûlant que Hugh-Jay conduisait avec ses gants de travail. La température était trop élevée pour que la climatisation ait le temps de produire son effet sur une aussi courte distance, de sorte qu'il avait baissé les vitres pendant que l'air tiédissait tant bien que mal dans l'habitacle. Il avait réglé la ventilation au maximum, si bien que, entre ce bruit, celui des pneus, et le mugissement du vent entrant par les fenêtres, les trois hommes étaient obligés d'élever la voix pour se faire entendre. Ils étaient sales des pieds à la tête, après avoir travaillé dans l'enclos. Leurs bottes et leurs jeans sentaient la bouse – une odeur qu'ils remarquaient à peine, l'ayant respirée toute leur vie.

« Toi, plaisanta Chase, sur la banquette arrière. C'est toi, son problème. »

Ils avaient fait leurs études ensemble, dans les mêmes établissements du comté. Billy avait quitté le lycée après avoir triplé sa première, l'année où Belle Linder entrait en terminale, Chase en seconde, tandis que Bobby était encore au collège et Hugh-Jay à l'université.

Gardant son regard rivé sur la route, Hugh-Jay déclara d'un ton plus grave : « Je crois que tu le sais parfaitement, Billy. »

Son passager prit un air buté. « J'en sais rien du tout ! » Il glissa sa main sous le siège et, comme par magie, une canette de bière apparut entre ses doigts.

« D'où est-ce que ça sort ? s'enquit Hugh-Jay, en lui jetant un rapide coup d'œil.

— Tu en as une autre ? intervint Chase

— Je l'avais emportée ce matin », expliqua Billy avec un petit sourire satisfait.

Hugh-Jay était passé le prendre chez lui pour l'emmener au travail.

Billy ouvrit la canette, et la cabine s'emplit d'une odeur de bière.

« Comment peux-tu boire de la bibine chaude ? » s'étonna Hugh-Jay.

Billy avala une gorgée, s'essuya la bouche sur sa chemise crasseuse, puis haussa les épaules.

« Une bière est une bière, pas vrai, Chase ? »

Trop écrasé par la chaleur pour avoir encore la force de parler, celui-ci ne répondit pas.

« Papa dit que tu as maltraité un animal, poursuivit Hugh-Jay, refusant de changer de sujet. Tu connais pourtant ses sentiments à ce propos.

— Ce n'était jamais qu'une vache, pour l'amour du ciel, Jay. Une saleté de vache. Elle bloquait le passage. Les autres ne pouvaient plus avancer, il fallait bien la faire bouger de là. Tout ce que j'ai fait, c'est la piquer avec l'aiguillon et lui flanquer un coup de pied. Ça t'est jamais arrivé ? » Se retournant à demi, il ajouta : « Et toi, Chase ? T'as jamais donné de coup de pied à une vache ?

— Pas de cette façon-là, rétorqua Chase, qui renversa la tête et contempla le plafond.

— Je lui ai pas fait mal ! C'est qu'une vache, bon sang.

— Ce n'est pas ta femme, c'est ça que tu veux dire ? » grogna Chase de sa voix traînante, sans abaisser les yeux vers lui.

Il y eut un instant de silence lourd, puis Billy brailla : « Quoi ? » Cette fois, il se retourna complètement vers son interlocuteur. « Qu'est-ce que t'as dit, Chase ? »

Dans le rétroviseur, Hugh-Jay lança un regard à son frère cadet.

Celui-ci continua à regarder le plafond. « Il se trouve que j'ai appris que le shérif t'a rendu visite à plusieurs reprises, parce que certains pensent que tu bats ta femme. Tu te sers aussi d'un aiguillon avec elle, Billy ?

— Va te faire foutre, Chase Linder. Vous êtes pas croyables, vous autres ! Jamais je ferais de mal à Val ! »

Hugh-Jay ne dit rien, mais ses mains se crispèrent sur le volant.

« Jamais », marmonna une nouvelle fois Billy, avant d'avaler goulûment une autre gorgée de bière chaude.

Ils parcoururent plusieurs centaines de mètres en silence.

Ce fut Hugh-Jay qui se décida le premier à le rompre. « Tu pourrais peut-être t'excuser auprès de mon père.

— M'excuser de quoi ? Puisque je te dis que j'ai rien fait !

— Ça vaudrait pourtant mieux, si tu veux continuer à travailler au ranch. »

Billy le dévisagea d'un air incrédule. « Ton père ne va pas me virer pour *ça*.

— À ta place, je n'en serais pas si sûr. Il attache beaucoup d'importance à la manière dont on traite ses bêtes.

— Saloperie de vache.

— Tu sais qu'il n'apprécie pas ce genre de langage. »

Billy répéta l'injure entre ses dents.

Ils roulèrent quelques instants en silence, puis, soudain, alors qu'ils passaient à côté d'un troupeau de bisons, Billy lança sa canette par la fenêtre, en visant l'un des mâles. Le projectile ne parcourut pas plus d'un mètre cinquante et tomba dans le caniveau.

Hugh-Jay freina si brutalement que Billy fut projeté vers l'avant et dut tendre les mains pour ne pas s'écraser contre le pare-brise, car il n'avait pas attaché sa ceinture. À l'arrière, Chase faillit glisser de la banquette. « Qu'est-ce qui te prend, bordel ? » vociféra Billy. Chase et lui se retrouvèrent catapultés contre leurs sièges lorsque le conducteur redémarra à toute allure en marche arrière.

Écrasant de nouveau le frein, il se tourna vers ses passagers médusés.

« Descends et va ramasser ça, Billy.

— *Quoi ?*

— Ramasse cette canette. Qu'est-ce qui ne va pas chez toi, pour faire des trucs pareils ?

— Qu'est-ce qui ne va pas chez vous, pour faire autant d'histoires au sujet de conneries pareilles ?

— Ramasse-la, ou je t'éjecte de force et je te laisse sur le bord de la route. »

Billy ouvrit la portière d'un geste brusque, ramassa la boîte et la balança sur le plateau de la camionnette avec tant de violence qu'elle produisit, en heurtant le métal, un bruit de détonation qui se transforma en crépitement de mitrailleuse quand elle se mit à rebondir d'un côté et de l'autre. Lorsqu'il fut remonté à bord, en faisant claquer la portière, Hugh-Jay lui demanda : « Est-ce qu'elle était vide ?

— Tu crois que je jetterais de la bière ? »

Il demeura plongé dans un mutisme boudeur pendant tout le reste du trajet.

Chase observa un instant la nuque de ses deux compagnons, puis ferma les yeux.

Aux abords de la ville, Hugh-Jay ralentit pour respecter la limitation de vitesse. Ils passèrent devant des silos à grain, une supérette, un Pizza Hut, un restaurant chinois, une gare désaffectée et un relais routier avec un café en annexe. Il tourna à droite pour rejoindre Main Street, une artère à quatre voies de circulation bordée de modestes maisons en bois ou en brique. Puis ils traversèrent le centre-ville, qui se réduisait à trois pâtés d'immeubles et à une poignée de petits commerces. Ils passèrent devant la bibliothèque publique qui comprenait trois salles, la mairie, qui en comportait deux, la maison de retraite, une galerie d'art qui n'était ouverte que sur rendez-vous, l'ancienne banque que Belle, la sœur de Hugh-Jay et de Chase, était en train de transformer en musée historique, et le Bailey's Bar & Grill, le seul endroit de la ville où l'on pouvait se faire servir un steak convenable, arrosé d'une bière ou d'un cocktail. Quand il croisait d'autres véhicules, Hugh-Jay, d'un petit geste de sa main gantée, saluait les conducteurs, qui lui rendaient la politesse. Il résidait au nord, dans un quartier aux demeures imposantes, mais ce fut vers le sud qu'il se dirigea, pour gagner celui où habitait Billy – nettement moins chic et où l'on avait parfois l'impression que, dans les jardins, les carcasses de voitures poussaient plus vite que l'herbe.

Quand il se gara devant la petite maison blanche où Billy vivait avec son épouse Valentine et leur fils, il dit : « Tu veux ta paie pour le travail d'aujourd'hui ?

— Ouais », répondit Billy d'un ton maussade.

Hugh-Jay sortit son portefeuille et compta la somme nécessaire pour couvrir le salaire horaire minimum. D'ordinaire, et à l'insu du reste de sa famille, il rajoutait un billet de dix, mais ce jour-là il ne le fit pas. Il tendit l'argent à Billy, qui s'en saisit d'un geste brusque, sans cacher sa déception, en demandant : « Tu crois que je reverrai encore la couleur de tes dollars, Hugh-Jay ?

— Je ne sais pas. Quoi que tu aies fait, tu n'auras peut-être pas l'occasion de recommencer. »

Billy bondit hors de la camionnette, referma sèchement la portière et brailla par la fenêtre ouverte : « D'abord, j'ai rien fait de mal, bordel ! » Puis, agrippant le rebord de la vitre, il se pencha pour darder un regard furibond vers l'arrière du véhicule et ajouta : « Je ne suis pas près d'oublier ce que tu m'as dit, Chase. »

Entrouvrant les paupières, celui-ci répliqua : « Je l'espère bien. »

En redémarrant, Hugh-Jay demanda à son frère : « Pourquoi lui as-tu dit ça ?

— Quoi ? Qu'il battait Val ? Parce que c'est vrai.

— Tu en es absolument sûr ?

— À peu près.

— Ça n'est pas suffisant pour lancer une accusation aussi grave.

— Ma foi, c'est ton problème. »

Hugh-Jay tourna brièvement les yeux vers lui, surpris par l'aigreur qui perçait dans sa voix. Toutefois, plutôt que de poursuivre la discussion, il s'enquit : « Penses-tu que papa a réagi de manière excessive, tout à l'heure ?

— Non, je pense qu'il aurait dû renvoyer Billy depuis longtemps. »

Hugh-Jay hocha la tête avant de reprendre : « Tu veux t'asseoir devant ?

— Non, ça va. De toute façon, on ne va pas très loin, hein ? »

Son aîné soupira. « Je présume que tu comptes dîner avec Laurie et moi ? »

Chase, qui avait le don de retrouver sa bonne humeur aussi vite qu'il la perdait, lui sourit dans le miroir du rétroviseur. « Est-ce que Laurie Jo ne dispose pas toujours un couvert supplémentaire à mon intention, au cas où je débarquerais ? » Chase et Bobby Linder s'invitaient si souvent à la table de leur frère et de leur belle-sœur qu'ils laissaient tous deux des vêtements de rechange dans la maison, afin de pouvoir se changer quand ils arrivaient couverts de boue et de crin de cheval. Subitement, Chase recouvra son sérieux pour s'enquérir d'un ton inhabituellement grave : « Tu ne crois quand même pas que Billy va se venger sur Val ou sur son gamin, hein ? »

Hugh-Jay réfléchit à cette question pendant un moment – le temps de parcourir la moitié d'un pâté de maisons.

Puis il fit demi-tour, en déclarant : « Mieux vaut aller s'en assurer. »

3

Quand ils se garèrent de nouveau devant la petite maison blanche, ils virent la femme de Billy et son fils dans le jardin. L'enfant, Collin, accroupi dans l'herbe rare à côté des pieds nus de sa mère, jouait avec un pistolet en plastique argenté, le faisant tournoyer autour de son majeur gauche avant de le pointer devant lui, puis de recommencer inlassablement cet exercice. Sa mère était une jeune femme pâle et maigre, aux cheveux si blonds qu'ils paraissaient blancs sous le soleil implacable, mais le gamin ressemblait à son père, brun et d'une beauté singulière avec ses traits anguleux.

Il prit conscience de leur présence avant elle et leva les yeux.

Par un accord tacite, les deux frères descendirent du véhicule en faisant claquer les portières. Ce fut seulement en s'approchant de Valentine et de son fils que Hugh-Jay s'aperçut que Chase était resté en arrière, appuyé à la carrosserie, bien que celle-ci fût sûrement aussi brûlante qu'un fer à marquer le bétail. Peut-être seul le cuir de son ceinturon était-il en contact avec le métal, se dit Hugh-Jay.

« Bonjour, Valentine », dit-il poliment, avant d'adresser un clin d'œil à l'enfant.

Du haut de ses sept ans, celui-ci pencha la tête de côté, comme pour le jauger, puis reporta son attention sur son jouet, qu'il avait cessé de manipuler, avec cet air grave que les gens jugeaient anormal chez quelqu'un d'aussi jeune.

« Je ne t'avais pas vue, tout à l'heure, reprit Hugh-Jay.

— Je pensais que tu allais entrer », répondit-elle de façon sibylline.

Il se demanda d'où lui venait cette idée, car il n'avait jamais mis le pied à l'intérieur de cette maison. « Pas dans cet état, dit-il en abaissant les yeux vers ses vêtements maculés.

— Billy nous a mis dehors », poursuivit-elle d'une voix où ne perçait aucun ressentiment, seulement de la résignation ; apparemment, un tel comportement n'avait rien d'inhabituel de la part de son mari. Elle avait l'air propre comme un sou neuf, de même que son petit garçon. Il émanait d'eux une bonne odeur de savon, comme s'ils s'étaient apprêtés avec soin en vue du retour de leur époux et père. *Pour ce que ça leur a rapporté,* songea amèrement Hugh-Jay. Sa propre épouse, Laurie, ne se donnait pas autant de peine pour lui, mais elle n'avait pas besoin de se mettre en frais pour qu'il ait envie d'elle.

« Il est allé faire un petit somme dans la chambre, était en train d'expliquer Val. Il a besoin d'un peu de tranquillité. »

Hugh-Jay fronça les sourcils, mais garda le silence pour ne pas embarrasser la jeune femme.

Valentine Crosby ne lui avait jamais paru attirante, même si certains ne partageaient pas cet avis. Il avait entendu sa femme, Laurie, déclarer un jour à sa sœur Belle que Val Crosby pourrait être jolie si elle se maquillait un peu et qu'elle « essayait d'arranger ses cheveux fins et raides ». Hugh-Jay ne pensait pas que cela aurait suffi à la rendre plus sexy ; malgré ses gros seins, elle avait un aspect décharné. Et les cernes noirs autour de ses yeux étaient nettement moins flatteurs que le fard à paupières rehaussant le regard brun de Laurie. Il chercha à discerner le fameux hématome sur sa mâchoire, mais n'en vit pas la moindre trace. Il éprouva une bouffée de gratitude, et aussi de culpabilité, à l'idée que son épouse chérie, cette belle jeune femme resplendissante de santé, ne présenterait jamais cet air abattu et que sa petite fille n'aurait jamais la mine méfiante de ce garçonnet taciturne.

Valentine Crosby, qu'il dominait d'une trentaine de centimètres, leva vers lui un regard timide.

Contrairement à Billy, elle n'avait pas grandi ici. Billy l'avait connue à Scott City, dans le comté voisin, alors qu'il travaillait dans un parc d'engraissement, pendant les vacances d'été. Elle était employée dans les bureaux de l'exploitation et n'avait que seize ans. Bientôt enceinte, elle avait épousé Billy et emménagé avec lui à Rose.

« Quel âge ça lui fait, maintenant ? s'enquit-il en montrant l'enfant, bien qu'il le sût parfaitement.

— Sept ans. »

Elle fit un pas de côté et regarda derrière lui, en direction de la camionnette et de Chase.

Hugh-Jay hocha la tête, incapable de trouver autre chose à dire sur ce sujet, incapable de formuler la question qu'il voulait lui poser. Il en voulut à Chase de rester à distance.

« Et comment va votre petite fille ? » demanda Valentine de sa voix frêle et haut perchée.

Tout en parlant, elle ne cessait de lancer des regards en direction du pick-up.

« Jody va très bien, merci. » Il mordilla sa lèvre inférieure avant de reprendre : « Euh, Billy a passé une mauvaise journée, je suppose que vous êtes au courant.

— Que s'est-il passé ?

— Mon père l'a enguirlandé…

— Votre père ? » Ses grands yeux pâles s'écarquillèrent et il y lut une angoisse inimaginable. « Mais vos parents sont les seuls qui veulent encore l'employer ! Votre père va le garder quand même ? »

Il aurait voulu la rassurer, mais il préférait ne pas mentir. « Je ne sais pas.

— Oh ! mon Dieu ! s'exclama-t-elle, en plaquant les deux mains contre sa bouche. Qu'allons-nous faire ?

— C'est si grave que ça ? dit-il, conscient de son ton maladroit et compassé.

— Nous ne pouvons pas vivre avec ce que je gagne en travaillant à la supérette trois jours par semaine, expliqua-t-elle, les yeux remplis de larmes. Et Billy ne veut pas entendre parler de l'aide sociale, il ne veut même pas que je remplisse une demande. Il déteste qu'on lui fasse la charité. »

Pas au point de refuser une bière à l'œil, songea Hugh-Jay, ou une rallonge de dix dollars sur sa paie.

Il lui apparut brusquement que Billy avait dû dépenser cet argent pour son usage personnel, et jamais pour aider sa femme et son fils. Sortant son portefeuille, il prit tous les billets qu'il contenait et les tendit à Valentine. « Tenez. Ne dites rien à Billy. Je sais que ce n'est pas grand-chose, mais j'essaierai de persuader mon père de lui redonner une chance. »

Sans discuter, elle s'empara de l'argent et le fourra dans la poche de son short.

« Merci, murmura-t-elle. Votre famille a toujours été bonne envers Billy. » Puis elle ajouta quelque chose qui glaça Hugh-Jay, en dépit de la chaleur ardente. Il crut tout d'abord que c'étaient des propos sans suite. « J'ai vendu la camionnette de Billy, juste avant son retour. Je ne le lui ai pas encore annoncé. Qu'est-ce qu'il va dire, à votre avis ?

— Vendu la camionnette de Billy ? » répéta-t-il stupidement.

L'enfant leva les yeux vers eux en plissant le front, le jouet pendant au bout de ses doigts.

« En fait, ce n'est pas vraiment la sienne. La banque ne veut pas lui accorder de crédit, alors la voiture est à mon nom. »

Cela n'empêchait sûrement pas Billy de la considérer comme sa propriété, pensa Hugh-Jay. Il se demanda qui pouvait avoir assez de couilles, ou d'inconscience, pour racheter le véhicule de Billy à son insu.

« À qui l'avez-vous vendue ? »

La question parut la surprendre. « À votre père. »

Hugh-Jay la dévisagea et se sentit une fois de plus profondément stupide. « *Mon* père ? demanda-t-il, comme s'il pouvait s'agir de quelqu'un d'autre.

— Oui, il a téléphoné pour me faire une offre. » Innocemment, elle ajouta : « Je n'aurais pas cru que la camionnette valait autant.

— Vous a-t-il dit pourquoi il voulait l'acheter ? »

Une fois de plus, elle prit un air étonné. « Parce qu'il en a besoin, je présume ? Il m'a dit que vous ramèneriez Billy à la maison. Et il m'a demandé de vous dire, à votre frère et à vous, de prendre la camionnette et de la conduire soit chez vous, soit au ranch. » Elle s'abrita les yeux d'une main pour scruter ceux de Hugh-Jay. « Je lui ai dit que ce n'était pas la peine d'attendre que tous les papiers soient remplis. Que vous n'aviez qu'à la prendre tout de suite. Elle est garée derrière la maison. Les clés sont sur le contact. Peut-être pouvez-vous essayer de ne pas faire trop de bruit, pour ne pas réveiller Billy ? »

Bonne idée, songea Hugh-Jay, sarcastique. « Et vous, comment allez-vous faire ?

— Moi ?

— Pour vous déplacer.

— Collin et moi, nous ne bougeons guère d'ici. Et *il* devra faire pareil, à présent, poursuivit-elle, avec un regard en direction de la maison.

— Écoutez », reprit Hugh-Jay, avant de s'arrêter net. Comme Val le dévisageait d'un air perplexe, il bredouilla : « Si vous avez besoin d'aide… de quoi que ce soit, n'hésitez pas à nous appeler, Laurie ou moi, entendu ? »

Ce fut d'un ton hésitant qu'il mentionna le prénom de sa femme, car il doutait que celle-ci se montre disposée à venir en aide à quelqu'un dont elle se fichait complètement. Ce qui, dut s'avouer Hugh-Jay, mal à l'aise, s'appliquait également à la plupart des personnes que Laurie connaissait.

Mais ils ne vivaient qu'à trois rues d'ici.

Et Laurie ne refuserait sûrement pas de prêter assistance à Valentine, si la pauvre fille en avait réellement besoin.

Il entendit un moteur s'emballer dans une rue voisine. Puis un gamin – sans doute membre de la fanfare du lycée – faire ses gammes avec un instrument dont le son atroce évoquait celui d'un tuba, une succession de gémissements et de grincements. Hugh-Jay se demanda distraitement comment le chef de la fanfare se débrouillerait pour que le jeune « musicien » soit en état de se produire en novembre, lors de la fête des anciens élèves.

C'est une si petite ville, se dit-il.

Val Crosby détourna les yeux d'un air gêné, puis elle acquiesça, le visage penché vers son fils. Le petit garçon contemplait toujours son pistolet et, à cet instant, il le brandit et fit semblant de tirer dans la direction d'où provenait le son abominable.

« Bang, dit-il. Bang bang, tu es mort, mais pas pour de vrai.

— Pas pour de vrai ? » demanda Hugh-Jay.

Collin leva les yeux vers le colosse campé au-dessus de lui. « À la télé, ils se tirent dessus, mais ils ne meurent jamais pour de bon. C'est comme dans un jeu.

— Mais les vrais pistolets, ce n'est pas pour jouer, lui rappela Hugh-Jay.

— Je sais, répondit le gamin d'un ton grave, avant de pointer le jouet sur sa propre tête et d'appuyer sur la détente.

— Collin ! s'exclama sa mère, en poussant un petit cri. Ne fais jamais ça !

— Pas même pour jouer, renchérit Hugh-Jay, horrifié par le geste de l'enfant et par son manque de réaction face aux remontrances de sa mère. Jamais. Ni pour plaisanter, ni pour t'amuser. Ne braque jamais ce pistolet contre quelqu'un d'autre et, surtout, jamais contre toi.

— Pardon », murmura le gamin d'un air sincère.

Quand il reprit place derrière le volant, encore ébranlé par cette scène, il trouva Chase tranquillement installé sur le siège du passager.

« Tu as vu ça ?

— On a tous fait ce genre de truc. On se visait. On visait Belle. » Il sourit à ce rappel des tourments qu'ils avaient fait endurer à leur sœur. « C'était marrant. Tu ne te rappelles pas ?

— Non, on ne faisait pas des trucs pareils.

— Mais si, c'est un besoin normal. On s'amusait, exactement comme lui. »

Hugh-Jay secoua la tête. Il avait du mal à croire à ce qu'affirmait son frère, et néanmoins ça le rassurait. Ils étaient toujours en vie, ses frères et lui. Ce n'était peut-être pas si grave, après tout. « Papa nous aurait tués, dit-il, encore sceptique. Et maman, qu'est-ce qu'elle nous aurait passé !

— Pour ça, il aurait fallu qu'ils le sachent.

— Merci pour ton aide, au fait », ajouta l'aîné d'un ton ironique, avant d'informer Chase que leur père venait d'acheter la camionnette de Billy et qu'il allait devoir descendre du pick-up et conduire le véhicule jusqu'à son domicile. « Tu n'auras qu'à la ranger derrière le garage. Veille à ce qu'elle ne soit pas visible de la rue. J'espère que ça ne va pas rendre les choses encore plus difficiles pour Val.

— Ouais, moi aussi je l'espère, répondit Chase, la main sur la poignée. Comme je l'ai déjà dit plus tôt.

— Comment ça ?

— C'est exactement ce à quoi je pensais tout à l'heure, quand je me demandais si Billy n'allait pas se venger sur elle. »

Son frère lui jeta un regard soupçonneux. « Tu ne couches pas avec elle, hein ?

— Avec la femme de Billy ? Tu rigoles ? Bon Dieu, non.

— Elle n'arrêtait pas de te reluquer.

— Sans doute parce que je suis plus joli à regarder que toi. »

Hugh-Jay s'esclaffa et Chase sourit.

« Tu pourrais quand même te fier davantage à moi, reprit le cadet.

— Me fier à ton sens moral ? Depuis quand t'interdit-il de coucher avec une femme mariée ? »

Chase lui adressa un nouveau sourire et ouvrit la portière. « Non, à mon sens de l'esthétique. Tu devrais savoir que j'ai quand même meilleur goût que ça, en général. »

Cette déclaration sonnait faux, et ce fut, dans la vie de Hugh-Jay, l'un des rares moments où il éprouva à l'égard de son frère un sentiment proche de l'aversion. « Rentrons, dit-il d'un ton aigre. Rentrons chez moi, retrouver *ma* femme, *mon* dîner, et *mon* poste de télé.

— Tsst, plaisanta Chase en descendant du véhicule. Te voilà bien possessif, tout à coup. »

La soirée sembla se dérouler paisiblement, en ville comme dans les fermes et les ranchs des environs. Chase gara la camionnette de Billy derrière le garage de son frère et jeta les clés sur la table de la cuisine, où elles demeurèrent jusqu'à ce qu'on lui demande de mettre le couvert. À force de cajoleries, il extorqua à sa jolie belle-sœur une invitation à dîner, puis, cédant aux prières de sa nièce Jody, il poussa la fillette hurlant de rire sur la balançoire installée dans l'arrière-cour. Ensuite, il se rendit au Bailey's Bar & Grill où il but quelques bières avant de retourner dormir chez son frère, dans l'une des chambres d'amis.

Hugh-Jay appela son père pour l'interroger au sujet de la camionnette, et Hugh senior répondit : « La semaine dernière, à la supérette, Valentine a raconté à ta mère que Billy continuait à conduire bien qu'on lui ait retiré son permis. Elle a dit qu'il emmenait parfois leur petit garçon en balade avec lui, quand il avait bu. Ta mère et moi en avons discuté et nous sommes parvenus à la conclusion que nous ne pouvions pas, en notre âme et conscience, laisser cette situation se prolonger. Nous avons donc décidé de lui retirer sa voiture, tout en apportant une aide financière à sa femme et à son fils. Je suppose que j'aurais pu signaler le fait au shérif, mais en quoi cela aurait-il aidé Valentine à payer le loyer ? Alors qu'en achetant le véhicule largement au-dessus de sa valeur, nous lui permettons de voir venir, et nous empêchons du même coup Billy de se tuer dans un accident ou de tuer quelqu'un. »

Hugh-Jay ne formula aucune objection à ce raisonnement.

Bien au contraire, la générosité de ses parents l'emplissait de fierté.

Là-bas, à High Rock Ranch, Annabelle et Hugh Linder prirent un dîner léger à base de poulet froid, en compagnie de leur plus jeune fils, Bobby. Leur fille Belle passait la soirée dans son futur musée, afin de négocier l'achat d'une tête de bison empaillée. Tout en mangeant les salades confectionnées par Annabelle, l'une de haricots verts, l'autre de radis et de pommes de terre, Hugh sermonna Bobby pour ses mauvaises notes à la fac, et le jeune homme reprocha à son père de donner à des « losers comme Billy Crosby » bien plus de chances qu'ils n'en méritaient. Annabelle finit par leur intimer de cesser de se chamailler, sous peine d'être privés de leur dessert préféré, un gâteau marbré à la vanille et au chocolat.

Face à cette menace, le père et le fils se calmèrent.

Dans la petite maison blanche en bois, à trois rues de celle de Hugh-Jay et de Laurie, Billy Crosby se réveilla tardivement de son petit somme et sortit, en quête du véhicule qu'il n'avait plus le droit de conduire.

Quelques instants après, le petit Collin entendit son père hurler et sa mère pleurer. Puis il perçut le claquement de la porte d'entrée et se replongea dans sa lecture – un livre normalement destiné aux élèves des grandes classes, car son institutrice savait reconnaître un QI élevé les rares fois où il lui arrivait d'en rencontrer. Le cœur de l'enfant battait avec force, et il savait que s'il parvenait à se perdre totalement dans le récit, la tristesse qui l'habitait se dissiperait peut-être. Le livre parlait d'un preux chevalier qui partait en quête d'un monstre, afin de le tuer et de pouvoir ainsi épouser une belle princesse et hériter du royaume. Collin lut jusqu'à ce que les yeux lui brûlent, et, même alors, il n'en poursuivit pas moins sa lecture jusqu'à l'heureux dénouement.

4

Dès l'aube, la journée s'annonça tout aussi chaude que la précédente, en cette année de sécheresse. Dans certains ranchs, les citernes étaient déjà à sec et l'on devait faire parvenir de l'eau aux troupeaux à grands frais ; les cultures avaient roussi avant même d'avoir verdi et encore moins d'avoir pu être moissonnées.

Ce mercredi matin, Annabelle songea que les gens autour d'elle devenaient de plus en plus irritables, – à commencer par son mari qui distribuait des ordres à leurs enfants comme s'ils étaient encore des adolescents. Il s'en serait peut-être également pris à elle, si elle ne lui avait adressé un regard de défi qui le fit battre en retraite.

« Va en ville et dépose ces chèques à la banque », ordonna-t-il au cadet de ses fils, Chase, qui était venu très tôt en compagnie de Hugh-Jay pour prendre ses instructions. Chase avait commis l'erreur de saluer aimablement ses parents quand il était entré dans la cuisine, avec l'espoir de se voir offrir un extra pour compléter le petit déjeuner à base d'œufs et de saucisses déjà servi par sa belle-sœur.

« Tu étais censé le faire hier ! aboya son père.

— Papa ! protesta Chase, levant les bras de façon comique, comme pour parer des coups. Hier, j'ai travaillé toute la journée avec toi dans l'enclos !

— Et tu ne peux pas t'occuper de deux choses dans la même journée ? »

Si Chase s'était trouvé face à des copains et non à ses parents, il aurait peut-être répliqué en riant : *Seulement si l'une est blonde et l'autre brune.* En l'occurrence, il se contenta de sourire à sa mère, qui posa un doigt sur ses lèvres pour lui signifier qu'il valait mieux ne pas discuter et ne pas se montrer insolent envers son père ce matin. « Obéis, un point c'est tout », tel était le conseil que lui donnait ce doigt. Et Chase était assez intelligent pour comprendre qu'il était plus sage de le suivre. Saisissant les enveloppes qui renfermaient les chèques établis par les acheteurs de bétail à l'ordre de High Rock Ranch, il sacrifia son deuxième petit déjeuner, dans l'intérêt de la concorde familiale.

Puis ce fut le tour de leur aîné, Hugh-Jay, de s'attirer les foudres paternelles à son entrée dans la cuisine.

« Tu iras dans le Colorado ce soir », l'informa son père.

Ils possédaient un autre ranch là-bas, et un troisième tout au nord, dans le Nebraska.

« Pourquoi ? » se hasarda à demander Hugh-Jay, d'une voix parfaitement respectueuse. Il était, de l'avis de sa mère, le plus compétent de toute la famille en matière d'élevage, et aussi le plus gentil de ses quatre enfants. Aimable envers tous, sachant s'y prendre avec le bétail et encore plus avec les chevaux. Son père semblait cependant résolu à le tenir à l'écart des bêtes et à le faire crouler sous les travaux de paperasserie et de comptabilité pour lesquels il n'avait aucune aptitude. Chase et Belle étaient beaucoup plus doués pour les chiffres, c'étaient les matheux de la famille. Hugh-Jay était le diplomate, l'ami des bêtes, et Bobby... à vrai dire, nul ne savait vraiment quels étaient ses dons.

« Papa, reprit calmement Hugh-Jay, je veux emmener ce cheval qui boite chez le vétérinaire.

— Il peut continuer à boiter pendant quelques jours. »

Cette réponse désinvolte parut effarer Hugh-Jay. Fronçant les sourcils, il regarda sa mère, qui lut dans son expression autant d'inquiétude pour l'animal que d'incompréhension devant l'attitude de son père, son apparente indifférence à la santé de leurs bêtes. Il ouvrit la bouche, la referma, puis se borna à demander : « Que se passe-t-il donc, dans le Colorado ?

— C'est précisément ce que je veux savoir. Les factures me paraissent anormalement élevées. Va voir ce qu'il trafique. »

Le « il » faisait référence au gérant du ranch.

« Papa, objecta faiblement Hugh-Jay, c'est un honnête homme.

— Peut-être, mais tu ne lui causeras aucun tort en m'en apportant la preuve. »

Derrière Hugh senior, Annabelle balaya l'air de la main pour faire comprendre à son fils qu'il ferait mieux de s'en aller au plus vite.

« Très bien, soupira Hugh-Jay, mais je ne pourrai partir que dans l'après-midi.

— Pourquoi cela ? »

Il sourit à son père, puis à sa mère, tout en coiffant ses cheveux d'un blond de blé d'une casquette rouge portant le nom d'une marque d'aliments pour bétail. Son visage aux traits quelconques laissait transparaître sa nature bienveillante, et son teint pâle était de ceux qui rougissaient ou brûlaient sans jamais bronzer.

« Crois-le ou non, papa, j'ai une vie en dehors du ranch. »

Il était le seul de la fratrie à être marié et à avoir un enfant.

« Tous tant que nous sommes, nous n'en aurons plus aucune, si nous ne nous occupons pas de ce ranch », répliqua son père. Hugh senior était une version plus robuste et plus séduisante de son fils aîné ; il émanait de lui une autorité qu'aucun de ses enfants n'avait encore acquise.

Plutôt que de répondre, Hugh-Jay fit un clin d'œil à sa mère et se prépara à sortir.

« Hugh-Jay ? »

Il se retourna vers Annabelle, qui lui demanda : « Tu vas bien ?

— Bien sûr que oui, répondit-il en lui lançant un regard étonné. Tu trouves que j'ai mauvaise mine, maman ? »

Après un instant d'hésitation, elle secoua la tête, sans rien ajouter.

Avant son départ, son père se montra un peu plus conciliant, du moins sur un point.

« Ne t'en fais pas pour ce cheval, fiston.

— Pourquoi ?

— Je l'emmènerai moi-même chez le véto, s'il le faut. »

Hugh-Jay lui adressa un sourire de gratitude, les salua tous deux de la main et se dirigea vers la porte, qu'ils l'entendirent refermer avec soin, au lieu de la claquer comme aurait pu le faire n'importe lequel de leurs autres enfants.

Belle faillit échapper à la mauvaise humeur paternelle. Elle n'était revenue à la maison que pour se doucher et se changer, et elle était sur le point de s'enfuir de nouveau vers son musée en chantier, quand, avant d'avoir atteint la porte, elle entendit son père rugir : « Belle ! À quelle heure es-tu rentrée cette nuit ? »

Elle revint sur ses pas et, passant la tête à l'intérieur de la cuisine, répliqua : « Je ne suis pas rentrée de la nuit, papa. Je suis restée en ville et j'ai vingt-trois ans, pour l'amour du ciel, alors pourquoi me poses-tu encore ce genre de question ? »

Son expression disait, mieux que ses paroles, combien elle se sentait insultée.

« Parce que tu pourrais avoir un peu plus d'égards pour ta mère.

— En quoi ai-je manqué d'égards envers maman ?

— Elle t'avait préparé à dîner et tu n'as pas daigné te montrer.

— Je ne lui avais pas demandé de me préparer quoi que ce soit, n'est-ce pas, maman ?

— Tu vas être en retard à ton travail, dit son père, changeant de tactique.

— Quoi ? Tu ne le considères même pas comme un vrai travail, papa.

— Tout ce qui vaut la peine d'être fait vaut également la peine d'être...

— Maman, dis-lui d'arrêter ! »

Belle semblait avoir du mal à contenir son ressentiment.

Annabelle sourit à sa fille, qui avait hérité de la blondeur et de la charpente massive de son père, comme l'aîné et le benjamin de ses frères. Elle aurait aimé posséder une baguette magique, pour pouvoir, d'un seul geste, rendre la deuxième de ses quatre enfants aussi jolie et heureuse qu'elle était sérieuse et sensible. Trop sérieuse, selon sa mère, et trop sensible aux remarques désobligeantes, mais c'était peut-être la conséquence d'avoir grandi entourée de frères qui la taquinaient constamment, quand il n'y avait personne pour les en empêcher. Il n'avait jamais semblé être dans le caractère de Belle de se rebiffer, sauf quand elle comprenait de travers ce qu'on lui disait. Sinon, elle était plus encline à s'enfuir en claquant la porte et à ruminer dans son coin, pour finir par laisser exploser une colère hors de proportion avec le reproche qui lui était fait. D'un ton léger, Annabelle déclara : « Non, tu ne m'avais pas demandé de garder ton dîner au chaud, mais tu aurais tout aussi bien pu revenir et te plaindre que je ne l'aie pas fait. »

Belle roula des yeux excédés.

Sa mère le remarqua, mais ne broncha pas. D'une voix enjouée et un peu espiègle, elle reprit : « Dis à ton père que s'il n'apprécie pas tes horaires, il n'a qu'à t'acheter une petite maison en ville, Belle. Comme ça, il n'aura pas à savoir ce dont les pères ne devraient de toute façon jamais être informés.

— Tu sais bien que je ne gagne pas assez pour lui payer un loyer !

— Qui a parlé d'un loyer ?

— Ne me traite pas comme si j'étais irresponsable ! répliqua vertement Belle.

— Quoi ? Belle, jamais il ne me viendrait à l'idée... »

Lui coupant la parole, la jeune femme reprit : « Papa, j'ai reçu la tête de bison que j'attendais, alors, si tu pouvais me faire un chèque et le déposer dans ma chambre ? »

Sur ces mots, elle s'éclipsa.

« On ne peut vraiment rien lui dire, déplora Annabelle en prenant son époux à témoin.

— Je ne sais pas pourquoi elle est tellement pressée de retourner là-bas, grommela Hugh en guise de réponse. Ce musée attirera peut-être cinq visiteurs par an, et la plupart seront sans doute des amis à nous résidant dans d'autres villes. Je crois qu'elle s'est lancée là-dedans à seule fin de me faire dépenser de l'argent. » Il finançait le projet – qui à ses yeux n'était rien de plus qu'un passe-temps – dans l'espoir que sa fille pourrait ainsi décrocher un véritable emploi et mettre à profit sa licence d'histoire. « Et maintenant elle veut que je paie une vieille tête de bison mangée aux mites ?

— Oh ! tais-toi donc, le réprimanda Annabelle sans conviction. Elle a raison. Tu te plains que ce n'est pas un vrai travail, et tu attends qu'elle se comporte comme si c'était le cas. Tu lui proposes de financer son projet, et tu pousses les hauts cris quand elle te prend au mot. »

Elle tira son mari par la manche de sa chemise, en songeant qu'il avait un air vraiment distingué, maintenant qu'il était entré dans la cinquantaine et que ses épais cheveux blonds commençaient à devenir argentés. Et elle pensa aussi combien leurs enfants seraient choqués – Belle, en particulier – s'ils savaient à quel point elle aimait encore se retrouver seule avec lui dans leur chambre, une fois la porte verrouillée. Quand il se tourna vers elle, elle dit en souriant : « Comment se fait-il que nous ne parvenions pas à nous débarrasser de nos enfants ? »

Chase, Bobby et Belle vivaient encore avec eux au ranch la plus grande partie du temps.

Lui rendant son sourire, il répondit : « Ma foi, je fais pourtant de mon mieux pour les pousser à déguerpir. »

Quand elle éclata de rire, il se pencha et l'embrassa sur la bouche.

« T'ai-je déjà dit que tu étais la plus jolie femme de toute la ville ?

— De la ville seulement ? Pas de tout le comté ? »

Annabelle était originaire de Dallas. C'était d'elle que leur fils Chase tenait son physique séduisant et ses manières charmeuses. Dans cette lignée de géants blonds, ils étaient les seuls à avoir les cheveux bruns, les yeux bleus et la peau dorée ; au sein de cette famille où tous étaient doués et sûrs d'eux, ils se comportaient comme des êtres qui avaient toujours été aimés et admirés, et à qui tout était plus facile qu'à la plupart des gens. Qu'Annabelle fût également *gentille* était une source de fierté pour tous les habitants du comté. On vantait ses mérites et ceux de tout le clan Linder. « De braves gens, pleins aux as, mais qui ne se donnent pas de grands airs pour autant, à part peut-être cette fille qu'a épousée Hugh-Jay. »

Hugh senior se rapprocha de sa femme pour échanger avec elle un baiser plus profond et plus long.

Elle passa ses mains autour de sa taille et il l'enlaça à son tour.

Observant sa réaction, elle murmura : « Pas étonnant que tu sois si grognon. Tu es tout simplement en rut. » Il se mit à rire et lui releva les cheveux pour l'embrasser dans le cou. Doucement, elle le repoussa. « C'est Billy Crosby qui te met de mauvaise humeur ? »

Il n'eut pas le temps de lui répondre, car Bobby, leur benjamin, apparut à ce moment pour prendre son petit déjeuner. « Arrêtez », leur lança-t-il, affectant un air écœuré devant cette démonstration de tendresse. Puis il leva les mains comme pour se protéger et ajouta à l'intention de son père : « Ne me crie pas dessus comme tu as crié sur tous les autres, O.K. ? Je suis seulement venu manger mon bacon et je peux le préparer moi-même.

— Ça vaudrait mieux », riposta son père, et Annabelle se dégagea de leur étreinte. Hugh senior tourna le dos pour dissimuler à Bobby les effets du désir qu'il ressentait pour sa mère. Face à l'évier, tout en feignant de se laver les mains, il poursuivit : « Un garçon qui ne va même pas jusqu'au bout de sa première année de fac a intérêt à apprendre à se débrouiller tout seul. Pas question que je t'entretienne toute ta vie à ne rien faire.

— Hugh, le gronda Annabelle, ne sois pas méchant.

— Bon à rien », grommela-t-il entre ses dents, en s'emparant d'un torchon pour se sécher les mains.

Puis il sortit de la pièce, heurtant au passage l'épaule de Bobby qui s'exclama d'un ton sarcastique : « Oh ! excuse-moi, papa ! »

Annabelle s'empressa de faire frire le bacon, pour qu'il oublie au plus vite l'attitude de son père.

« Qu'est-ce qui le tracasse ? lui demanda Bobby.

— Je n'en ai aucune idée », répondit-elle, tout en espérant le savoir.

Oui, elle espérait que la mauvaise humeur de son époux était due à Billy Crosby, ou simplement à une trop longue abstinence sexuelle. Elle priait le ciel que cela n'ait rien à voir avec ce qui la tracassait, elle, ce qu'elle ne lui avait pas confié et qu'avec un peu de chance, elle n'aurait jamais besoin de lui révéler.

Quelques minutes plus tard, elle s'assit en face de son benjamin, pendant qu'il enfournait avec appétit ses œufs au plat.

« Bobby, voudrais-tu au moins réfléchir à cette demande d'inscription à l'université d'Emporia ? »

Quand la mère et le fils, à la table de la cuisine, entamèrent un nouveau débat sur ce sujet sensible, il était sept heures et quart du matin. Moins de vingt-quatre heures les séparaient de la tragédie, et même s'ils en ignoraient encore tout, le mal était déjà à l'œuvre.

5

Lorsque tout le monde eut enfin quitté la maison, Annabelle confectionna un pain de viande et le mit au four avant qu'il ne fasse trop chaud pour cuisiner. Elle prévoyait de le laisser refroidir pour le servir à son mari sous forme de sandwichs – ses préférés, sur du pain blanc maison, avec une garniture de laitue et de mayonnaise – accompagnés du reste de salade de pommes de terre et de haricots verts de la veille. Elle nettoya la cuisine, balaya le perron de l'entrée principale, ceux de la porte de derrière et de la porte latérale, mit des draps dans le lave-linge au sous-sol, passa des coups de fil à divers membres de son cercle religieux, prit des nouvelles d'une vieille dame de ses amies, toujours par téléphone, répondit à quelques appels émanant d'acheteurs de bétail, et donna à manger aux chats de la grange. Ils avaient exterminé toutes les souris, mais la rançon de ce succès, c'était qu'ils commençaient à maigrir. Elle arrosa ses plantes d'intérieur – elle avait renoncé à sauver celles de son pauvre jardin dès le mois de juillet. Enfin, en vue d'accomplir une autre tâche, elle courut à l'étage pour revêtir sa tenue de cavalière – un jean, une chemise de coton à manches longues, des bottes, des lunettes noires et un chapeau de paille souple, pour protéger son teint du soleil.

Elle avait décidé de combiner responsabilités et plaisir.

Avant d'aller seller son alezan, qu'elle avait prénommé Dallas en l'honneur de sa ville natale, elle prit une banane au passage, en guise de petit déjeuner.

Il était déjà tard pour une balade matinale ; la température commençait à grimper.

Mais elle ressentait le besoin pressant d'échapper à l'atmosphère lourde de sa maison, après toutes ces chamailleries. En outre, elle voulait réfléchir à certaines choses, notamment, à l'humeur exécrable de son époux. Hugh senior faisait montre d'une tendresse indéfectible envers elle, mais, d'une manière générale, Annabelle avait l'impression que son caractère durcissait avec l'âge au lieu de s'adoucir. Les principes moraux qui le guidaient au moment de leur rencontre, et qui lui avaient valu l'approbation des parents d'Annabelle, avaient viré à l'intransigeance, et les personnes qui les enfreignaient n'avaient aucune chance de revenir un jour dans ses bonnes grâces.

Elle s'effrayait parfois de cette inflexibilité croissante.

Observer les gens qui s'y heurtaient, c'était les voir se jeter tête la première contre un mur d'acier et rebondir violemment. Ensuite, de loin, ils se frottaient le nez et le dévisageaient comme s'ils le découvraient sous un nouveau jour. Lorsqu'ils esquissaient un rapprochement, il leur opposait une froideur hostile qui les incitait à garder leurs distances. Définitivement. Si le gérant du ranch du Colorado, par exemple, les escroquait, ne serait-ce que de quelques cents, il rebondirait si fort contre cette muraille d'acier qu'il atterrirait dans un autre État, où il pourrait se mettre en quête d'un nouveau travail.

Elle espérait que l'on n'en arriverait pas là.

Le plus ironique, dans l'esprit d'Annabelle, c'était que Hugh avait acquis cette dureté en élevant trois fils qu'il adorait de tout son être, et en servant de père de substitution à ces garçons qu'ils avaient pris sous leur aile durant ces dernières décennies. Elle avait eu la chance de se voir attribuer le beau rôle, d'être celle qui leur prêtait une oreille compatissante, leur dispensait son affection et des tranches de gâteau marbré. Hugh était celui qui faisait régner la discipline, qui aimait suffisamment chacun d'entre eux pour dire non quand il le fallait et ne jamais en démordre. Il avait été aussi sévère avec Belle, mais sans grand résultat. Leur fille unique avait certes assimilé la fameuse éthique des Linder, qui faisait du travail une valeur primordiale, mais elle ne possédait pas la résilience de ses frères, qui l'avaient acquise à force d'être jetés – au propre et au figuré – à bas de leur selle et contraints de remonter.

Lorsque Belle tombait, elle avait plutôt tendance à rester par terre.

Ce n'était pas pour elle-même qu'Annabelle s'effrayait du changement qui s'était produit chez son mari, car elle était convaincue qu'il lui pardonnerait n'importe quoi, mais pour ses enfants. Les enfants, même adultes, enfreignaient les règles. C'était inévitable, parfois même souhaitable, à son avis. Mais elle aurait le cœur brisé s'ils perdaient un jour l'estime de leur père, et elle craignait que Bobby ne soit pas le seul à être guetté par ce désastre.

Après avoir enfourché Dallas, elle lui fit franchir une ornière, l'orienta dans la direction où elle voulait aller, puis lâcha les rênes et le laissa trotter à sa guise pendant qu'elle épluchait et mangeait sa banane.

L'herbe sous les sabots de sa monture n'était pas simplement en dormance, c'était bien pis : elle était morte.

Il n'y avait pas eu la moindre précipitation depuis mai. Ne pouvant plus compter sur l'herbe pour nourrir leurs bêtes, ils étaient obligés d'apporter du foin par camion aux troupeaux les plus éloignés, comme si c'était déjà l'hiver.

Une sécheresse qui leur coûtait cher, ronchonnait son mari.

Une odeur de végétation carbonisée flottait dans l'air matinal, alors que nul éleveur doué de raison n'aurait fait brûler de broussailles dans de telles conditions. Et un risque d'incendie menaçait à l'ouest, sous la forme de nuées d'orage chargées de foudre. Dans la situation présente, l'orage serait à la fois une bénédiction et un danger ; la pluie serait la bienvenue, à condition qu'elle ne se transforme pas en déluge, et sans les éclairs pour l'accompagner.

Ils arrivèrent devant une barrière et elle descendit de sa monture pour l'ouvrir, la lui faire passer, puis elle la referma et se remit en selle.

Elle cherchait un petit groupe de bêtes bien particulier – les vaches pleines que les hommes avaient séparées de leurs petits le jour précédent. Maintenant qu'elle se trouvait dans leur pâturage, elle était étonnée de ne pas les entendre meugler, ni elles ni leurs veaux. Elle s'attendait, comme d'habitude, à trouver tous les jeunes rassemblés d'un côté de la clôture, appelant leurs mères, et les vaches de l'autre, leur répondant par des beuglements éplorés.

Mais ce matin, il régnait dans le pré un profond silence.

Si profond qu'elle pouvait entendre le chant d'un engoulevent et le bruit des petits cailloux que Dallas écrasait sous ses fers, le vrombissement d'un petit avion au loin, et le coup de Klaxon d'un camion sur la grand-route.

Le sevrage s'est bien passé, cette fois-ci, se dit-elle.

Et puis, en s'approchant du troupeau, elle comprit la raison de ce calme insolite : les veaux avaient rejoint les femelles ! Certains tétaient, d'autres jouaient, gambadant et se donnant mutuellement des coups de tête, d'autres se pressaient si étroitement contre les larges flancs roux de leurs mères qu'ils paraissaient collés les uns aux autres, comme pour empêcher une nouvelle séparation.

« Oh non ! gémit-elle tout haut. Ils ont dû renverser la clôture. »

Voilà qui n'allait pas arranger l'humeur de son époux.

Cela impliquait une nouvelle journée de travail épuisant dans la chaleur infernale, un stress supplémentaire pour les bêtes, sans parler du coût de la main-d'œuvre. À cet instant, elle pensa à Billy Crosby et se dit, contrariée, qu'ils devraient se débrouiller avec un employé en moins, cette fois.

C'est alors que Dallas dressa brusquement les oreilles, attirant son attention.

Scrutant le pâturage, Annabelle repéra ce que le cheval avait aperçu avant elle : un monticule qui n'aurait pas dû s'y trouver, une énorme masse rouge se dressant au-dessus de l'herbe sèche.

Dallas leva une patte puis l'autre, comme s'il était énervé.

Elle dut le presser du talon avec force pour l'obliger à avancer jusqu'au monticule.

C'était une vache, mais il y avait quelque chose d'anormal dans son apparence. Les vaches passaient une grande partie de leur vie couchées, mais pas étendues sur le côté comme celle-ci, les pattes raides et la tête aplatie contre le sol.

Une vache vivante n'aurait jamais été allongée dans cette position.

Elle avait dû s'écrouler sur place, frappée par une mort subite, telle fut la première pensée d'Annabelle. La mort était le lot ultime de toutes les créatures, et certaines de leurs bêtes n'atteignaient jamais l'âge d'être expédiées à l'abattoir. Quelques-unes mouraient de mort naturelle, comme cela semblait, à première vue, être le cas de celle-ci.

Un frisson parcourut le corps puissant du cheval.

Annabelle mit pied à terre et s'approcha de la vache.

Dallas recula, et elle se tourna vers lui pour lui ordonner : « Ne bouge pas. »

Elle ne pouvait le blâmer de vouloir s'éloigner. La puanteur était terrible dans une telle chaleur ; les entrailles et la vessie de la bête s'étaient vidées, sans parler du sang en train de sécher…

« Du sang ? » s'exclama Annabelle à voix haute, saisie d'appréhension.

C'était, comme toutes les vaches dans ce pré, une femelle gravide. Avait-elle fait une fausse couche et saigné à mort ?

Pour quelle autre raison y aurait-il eu…

Une mare vermeille s'étalait autour du cadavre, comme si chaque goutte qu'il contenait s'en était écoulée. Le sol en dessous était tellement sec et dur que le sang n'avait pu y pénétrer et formait une masse visqueuse, pareille à de la gelée, qui était en train de coaguler rapidement, attirant les mouches, qui bourdonnaient également autour de tous les orifices.

« Oh, non », murmura Annabelle, quand elle fut assez près pour en voir davantage.

Le sang ne provenait pas de l'arrière-train, comme ç'aurait été le cas s'il s'agissait d'une fausse couche, mais de la tête, ainsi que d'une entaille béante en travers de la gorge. Les coyotes étaient les seuls prédateurs dans cette région, et elle savait qu'ils ne s'attaquaient pas à des bêtes de cette taille. Même un veau représentait une proie trop grosse pour eux. Peut-être la sécheresse altérait-elle l'ordre naturel des choses ?

À moins que les coyotes ne soient arrivés alors que la vache était déjà morte...

Mais alors, pourquoi la carcasse n'avait-elle pas été dévorée, pourquoi ne voyait-on aucune trace de morsure ?

Il n'y avait pas de taureau dans le pâturage ; qu'est-ce qui aurait pu dissuader les coyotes ?

Rien de tout cela n'avait de sens, se dit Annabelle, en s'efforçant vainement d'établir une corrélation entre ce qu'elle avait sous les yeux et ce qu'elle savait de la vie et de la mort dans un ranch. Comme toutes les autres ici, la vache était en gestation, ce qui signifiait que le fœtus qu'elle portait dans son ventre était également mort, et que cela représentait pour l'élevage une perte équivalente à deux têtes de bétail au lieu d'une, sur un plan strictement financier.

Puis tout à coup, horrifiée, elle reconnut la bête.

C'était celle qui était à l'origine de l'altercation de la veille, la reproductrice à laquelle Billy, dans sa rage, avait décoché un coup de pied.

Annabelle était venue dans ce pâturage précisément pour vérifier l'état de l'animal, s'assurer que Billy n'avait pas endommagé son œil de manière irrémédiable et qu'il n'était pas nécessaire d'appeler le vétérinaire. Elle ne reconnaissait pas toutes les bêtes de vue, loin s'en fallait – le ranch était bien trop grand pour ça – mais elle était capable d'identifier celles qui étaient là depuis longtemps, surtout celles qu'elle appelait affectueusement « ses braves vieilles » et « ses gentilles petites mamans ». Tout comme les humains, les chiens ou les chats, certaines bêtes étaient « jolies », « mignonnes », voire « belles », et d'autres plutôt laides. La vache morte appartenait à cette dernière catégorie, avec un long museau osseux, un arrière-train bancal et des genoux noueux que seule sa progéniture pouvait aimer.

« Je suis navrée, ma pauvre vieille », murmura-t-elle tout en retenant sa respiration pour ne pas inhaler l'odeur répugnante que dégageait le corps.

En parlant de progéniture, où était son veau ?

Annabelle regarda autour d'elle, mais il était impossible de distinguer l'orphelin des autres petits, pour le moment, et ils étaient trop dispersés pour qu'elle puisse les compter. Probablement avait-il d'abord été effrayé, puis il avait dû pendant quelque temps pousser sa mère du museau pour l'inciter à se relever, essayer de la téter, avant de s'en aller brouter plus loin. C'était une façon brutale de s'adapter au sevrage, s'apitoya Annabelle. Mais peut-être, pour la mère, était-ce finalement une mort plus clémente que dans l'abattoir, où finissaient toutes les vaches qui avaient passé l'âge de se reproduire.

Elle aurait aimé poser une main sur l'animal, caresser son poil rêche et bouclé, sentir si le corps était froid ou encore tiède. Mais elle n'avait aucune envie de patauger dans le sang, aussi ne s'approcha-t-elle pas.

Prestement, elle remonta sur son cheval, sans l'aide d'une souche ou d'un seau retourné, et repartit vers la maison pour annoncer la mauvaise nouvelle à son mari.

Contrairement à son épouse, Hugh senior n'hésita pas à traverser la flaque de sang, ni à toucher l'affreuse blessure, ce qui l'amena à la conclusion que la bête n'avait pas été tuée par un coyote.

« Annabelle, dit-il en relevant les yeux vers elle, quelqu'un lui a tranché la gorge.

— Oh, Hugh ! Oh, non ! Tu en es sûr ? »

Il ne prit même pas la peine de répondre, et elle comprit que ce devait être évident. En revanche, il déclara : « Et nous savons parfaitement qui a pu faire ça et s'en prendre justement à cette bête-là, n'est-ce pas ? »

Les larmes montèrent aux yeux d'Annabelle et elle éprouva une profonde pitié.

Pas seulement pour la pauvre vache, mais aussi pour Billy Crosby, et elle pensa : *Oh ! Billy, qu'as-tu fait ?*

Elle songea à toutes les fois où elle s'était assise à côté du jeune homme et avait essayé de le persuader de reprendre ses études, de trouver un emploi stable, de se conduire comme il convenait à un père et à un mari. L'odeur et la vue du sang lui donnaient mal au cœur, et elle avait également mal au cœur pour lui. L'estomac soulevé, elle se pencha sur l'herbe, sans parvenir à vomir. C'est alors qu'elle découvrit la cause de l'odeur de brûlé qu'elle avait remarquée plus tôt.

« Hugh ! » appela-t-elle, les doigts plaqués contre la bouche. Baissant la main, elle montra le sol. « Il a tenté d'allumer un incendie. »

Hugh la rejoignit à grands pas, puis il examina les alentours, pour conclure, au terme de cette analyse : « Il a essayé de brûler le corps… ce qui veut dire qu'il se fichait pas mal de brûler tout le ranch du même coup, tous les autres animaux – et nous aussi. » Il se redressa, se découpant sur cet horizon spectaculaire de nuées orageuses comme sur une photo savamment mise en scène – un éleveur dans son élément. « Je me demande pourquoi le feu n'a pas pris.

— Parce que le sang l'a éteint avant qu'il puisse se propager, tout simplement. »

À ces mots, la pitié d'Annabelle se transforma en rage.

« C'est un acte horrible, horrible ! Comment a-t-il osé, Hugh, comment a-t-il *osé* ?

— Parce qu'il est comme ça, Annabelle. Je regrette de ne pas m'en être rendu compte plus tôt. »

Quelques minutes plus tard, sur le chemin du retour, la colère d'Annabelle retomba.

« Hugh, peut-être n'était-ce pas Billy, dit-elle, dans une dernière tentative pour accorder au jeune homme le bénéfice du doute. Il peut s'agir de n'importe qui. Un fou qui passait par là. Un intrus, un braconnier... »

Son mari lui jeta un regard incrédule.

« Et cet inconnu aurait précisément choisi de pénétrer dans ce pâturage et de tuer cette vache, entre toutes les autres ? Tu ne parles pas sérieusement, Annabelle. Tu sais aussi bien que moi que ça ne peut être que Billy. Ce forfait porte son empreinte, au sens littéral du terme. Je parierais qu'il a été assez stupide pour laisser derrière lui un monceau de preuves.

— Que va-t-il lui arriver ? Et sa famille, que va-t-elle devenir ?

— Sa famille se portera mieux sans lui. »

Elle hocha la tête, au bord des larmes.

« Nous nous porterons tous mieux sans Billy Crosby », poursuivit Hugh, et Annabelle reconnut ce ton. C'était celui qu'il employait lorsqu'il avait pris une décision difficile mais irrévocable.

« Les gens vont dire que nous n'aurions jamais dû essayer de l'aider.

— Qu'ils le disent, répliqua sèchement Hugh. Peut-être avons-nous empêché qu'il ne fasse pire.

— Peut-être. » Annabelle se sentit un peu réconfortée par cette hypothèse. Qui savait ce que Billy aurait pu devenir, même avant cela, s'ils n'avaient pas tenté de le remettre sur le droit chemin ? Oui, ils avaient échoué, dans ce cas précis. Mais ils avaient également obtenu des réussites éclatantes, comme le meilleur ami de Hugh-Jay, Meryl Tapper, qui avait trouvé chez les Linder à la fois l'amour et l'inspiration. Meryl allait devenir avocat et peut-être épouser leur fille, ce qui n'aurait jamais pu arriver s'ils n'étaient pas intervenus dans sa vie tourmentée. Lui n'irait jamais mettre le feu à la prairie, et, d'ailleurs, aucun de leurs protégés n'avait jamais fait une chose pareille.

« C'est vrai, cela aurait pu être pire », murmura-t-elle, en pensant à l'herbe calcinée.

Dans quelques heures, ils allaient découvrir la pleine signification de ce mot.

6

Peu avant midi, ignorant tout de ce qui était arrivé au ranch, Hugh-Jay garait sa camionnette gris argent tout au bout de l'allée de gravier à l'arrière de sa propre maison.

On n'aurait pu imaginer demeure plus différente de celle de ses parents.

Sur leur propriété, ceux-ci avaient construit une maison en bois d'un étage, jolie et fonctionnelle à la fois, dénuée de toute prétention et parfaitement adaptée à leur mode de vie. Ici, à Rose, Laurie et Hugh-Jay vivaient dans l'imposante résidence dont ils avaient hérité, vieille de presque cent vingt ans et qui semblait avoir jailli du sol sous l'effet de quelque phénomène naturel. Bien qu'elle eût largement entamé son deuxième siècle d'existence, les éléments n'avaient pas réussi à adoucir au fil des ans les angles des énormes blocs de calcaire dont elle était bâtie, ni le mur de pierre sèche qui la ceignait. C'était un monument historique, une forteresse du XIXe siècle quasiment impénétrable si on ne laissait pas les portes ouvertes, ainsi qu'ils le faisaient toujours, comme tous les habitants de Rose, où voitures et maisons n'étaient jamais fermées à clé. Il ne se produisait tout simplement pas d'intrusion, ni de vol de voiture, ni de meurtre dans cette ville, même si, de temps à autre, des outils disparaissaient des garages, ce que leurs propriétaires attribuaient au fait qu'un des voisins avait dû les leur emprunter et oublier de les rapporter.

Hugh-Jay et Laurie auraient pu faire construire une maison sur le domaine familial, près de celle de Hugh senior et Annabelle – ou à bonne distance, car le terrain était suffisamment étendu pour cela – mais Laurie était une citadine. Et elle convoitait l'immense édifice que l'arrière-grand-père de son mari avait construit pour son arrière-grand-mère. Il était resté inoccupé pendant longtemps, Annabelle ayant toujours refusé d'y vivre, mais les Linder n'auraient jamais envisagé de le mettre en vente. Avec sa façade en pierre meulière locale, épaisse d'une trentaine de centimètres, ses poutres taillées à la main et l'antique mobilier en bois de noyer que renfermait la demeure, ils avaient dû se battre pour empêcher son inscription dans le Registre national des sites historiques. Ils souhaitaient la conserver, mais ils ne voulaient pas qu'on leur dise comment ils devaient s'y prendre. Elle avait été conçue par le bisaïeul de Hugh-Jay pour réchauffer, rafraîchir et protéger ses occupants, ainsi que pour impressionner les autres – pas forcément dans cet ordre d'ailleurs.

Hugh-Jay avait tout d'abord résisté aux prières de Laurie. Il préférait une maison toute simple sur la propriété familiale, comme celle de ses parents, mais en plus petit.

« Donne à ta femme ce qu'elle désire, lui avait conseillé Annabelle peu avant le mariage. C'est ce que ton père a fait, quand je lui ai dit que je ne voulais pas habiter là-bas, et tu vois que cela a donné de bons résultats ! » En entendant cela, son père avait ri. « Oui, tout ce que j'ai eu à faire, ç'a été de construire à ta mère une maison toute neuve », avait-il répliqué d'un ton taquin. Mais il avait également passé un bras autour de la taille d'Annabelle, en la serrant affectueusement contre lui, et elle lui avait retourné son geste. Hugh-Jay aurait donné n'importe quoi pour que son couple soit aussi harmonieux, aussi *vivant* que celui de ses parents, et il s'était donc laissé persuader d'emménager dans cette baraque qu'il trouvait prétentieuse et inconfortable. « Elle a été bâtie pour des hommes de ta taille ! » raillait Laurie. Mais lui avait l'impression qu'elle avait été construite pour des êtres possédant un ego plus colossal encore que leur corps. Il était gêné d'habiter là alors que la plupart des gens qu'il connaissait avaient du mal à joindre les deux bouts.

Hugh-Jay descendit de son véhicule et plissa les yeux pour scruter le ciel à l'ouest, où les nuages commençaient à s'amasser.

Ses deux chiens de chasse, des labradors noirs, arrivèrent en trottinant, la langue pendante et la queue frétillante, pour le renifler et couvrir de bave, en signe de bienvenue, ses doigts, son jean et ses bottes.

« On dirait qu'il arrive de la pluie du Colorado, leur annonça-t-il. On en a bien besoin. »

Les chiens retournèrent s'affaler à l'ombre d'un arbre.

Deux jours plus tôt, il avait vu un idiot jeter une cigarette allumée par la vitre de sa voiture. Il avait pourchassé le véhicule sur la route déserte, l'avait coincé sur le bas-côté pour obliger le conducteur à s'arrêter, afin de lui délivrer, devant ses trois passagers à demi morts de peur, un sermon sur les dangers d'une telle imprudence.

« Vous aimez les grillades ? » avait-il hurlé en s'avançant vers la voiture.

Quatre visages de citadins patibulaires avaient tourné vers lui des yeux effarés.

Il savait que son apparence avait de quoi les impressionner, et telle était bien son intention. Il espérait que la vue d'un cow-boy d'un mètre quatre-vingt-dix surgissant de nulle part pour se ruer vers eux flanquerait une frousse de tous les diables à ces crétins inconscients.

« Parce que si vous aimez la grillade de bœuf, avait-il poursuivi en se rapprochant, vous allez être servis, quand votre mégot aura mis le feu à l'herbe et cramé tout mon bétail. »

Plus tard, en y repensant, il s'était rendu compte qu'il avait eu de la veine de ne pas se faire tirer dessus. Il y avait peut-être des flingues à bord. Les types avaient l'air du genre à se balader avec une arme à feu, et pas pour chasser le faisan ou le chevreuil. La voiture n'était pas équipée d'un râtelier à fusils ; si armes il y avait eu, elles auraient été cachées sous les sièges ou dans la boîte à gants. L'un d'eux aurait pu le descendre par pur réflexe de défense, car il avait dû ressembler à un fou furieux. Mais eux aussi, ils avaient eu de la chance, avait-il pensé, qu'il n'ait pas ouvert la portière, arraché le conducteur à son siège pour le traîner jusqu'à l'endroit où gisait le mégot fumant et le lui faire éteindre avec son front.

Au lieu de cela, Hugh-Jay était remonté dans sa camionnette, avait fait marche arrière et écrasé la cigarette lui-même, sous la semelle de sa botte, tandis que les autres avaient filé à toute allure, pressés de lui échapper.

Il n'avait pas raconté cet incident à Laurie.

Il n'en avait parlé à personne. Ou du moins, à pratiquement personne. Car, un instant après, il avait téléphoné au vétérinaire à propos du cheval boiteux, et il était encore tellement remonté qu'il avait éprouvé le besoin de s'épancher. Le véto avait paru surpris, non par le comportement stupide de ces hommes, mais par la colère noire qu'il avait suscitée chez Hugh-Jay. On ne s'attendait pas à une réaction aussi violente de sa part. Et voilà qu'en quarante-huit heures il s'était produit deux incidents de ce genre, le premier avec ces étrangers et le second avec Billy Crosby et sa canette de bière.

Hugh-Jay secoua la tête, étonné par sa propre irascibilité.

Posant ses mains gantées sur le toit de sa camionnette, il inspira profondément, essayant de redevenir l'homme calme et raisonnable que tous voyaient en lui, que lui-même croyait être. La chaleur était telle que, malgré les gants, il fut obligé de retirer ses mains. Et il s'aperçut que sur les paumes, le cuir de veau jaune était devenu gris blanc, maculé par une poussière venue des plaines salines et des monumentales formations rocheuses à l'ouest de la ville. L'empreinte de ses mains était nettement visible sur l'épaisse couche recouvrant la carrosserie.

« Sale temps pour les criminels », se dit-il ironiquement.

Il tapa dans ses mains pour chasser la poussière, puis se retourna vers la porte à l'arrière de la maison. Soudain, il éprouva des brûlures d'estomac et un goût de bile lui vint à la bouche. Il n'était pas sûr de pouvoir avaler ce que Laurie lui aurait préparé. Quand il était chez ses parents ou en déplacement pour son travail, il pouvait distraire son esprit des choses auxquelles il ne voulait pas penser, mais à présent, il ne pouvait plus les éviter.

Il rentrait déjeuner chez lui, sans avoir téléphoné à sa femme au préalable.

Ça non plus, ça ne lui ressemblait guère. Laurie ne s'attendait pas à le voir revenir à l'improviste, et c'était précisément pourquoi il agissait ainsi.

Pour la troisième fois en deux jours, il se comportait de manière totalement inhabituelle.

Il songea à la question que sa mère lui avait posée ce matin de manière inopinée : *Tu vas bien ?*

Non, à vrai dire, il n'allait pas bien du tout.

Loin de là. Il était rongé par le souci, il en était malade.

Et entendre son père lui ordonner – de façon tout à fait imprévue, là encore – de se rendre dans le Colorado, n'avait rien arrangé. Il avait senti ses boyaux se nouer sous l'effet d'un horrible pressentiment. Il avait plus ou moins réussi à dissimuler sa réaction, de sorte que son père n'avait rien remarqué, mais sa mère n'avait pas été dupe. Il n'avait jamais été capable de lui cacher quoi que ce soit, contrairement aux autres qui y parvenaient sans peine – Chase en la cajolant, Bobby et Belle en refusant tout bonnement de parler de certains sujets. Il se demanda combien de temps s'écoulerait avant que sa mère ne lui pose de nouveau la question.

Une brusque rafale de vent, annonçant la pluie, fit tinter le carillon sur le perron.

Il dut faire appel à tout son courage pour gravir les marches de sa propre maison. Il ôta ses bottes et entra dans la cuisine en chaussettes, d'une démarche tellement silencieuse qu'il eut tout le temps de contempler la scène qui se déroulait sous ses yeux avant même que Laurie ne se soit aperçue de sa présence.

La vaste cuisine à l'ancienne mode était emplie d'une bonne odeur de tarte en train de cuire.

Sa femme portait sa robe préférée, jaune avec un corsage bain de soleil, et ses cheveux sombres étaient collés sur sa nuque par la transpiration. Il posa ses yeux tour à tour sur les bras nus, les jambes fuselées et les pieds également nus. Ses chevilles étaient si fines qu'il avait l'impression qu'il pourrait les briser entre deux doigts. La vue des ongles de ses orteils, laqués de rouge, lui serra le cœur, tant ils étaient parfaits et sexy. Il aurait pu tenir ses pieds entre ses mains et jouer avec ses orteils des journées entières, si elle l'avait laissé faire. Quand il en exprimait le désir, autrefois, elle riait et le taquinait ; à présent, elle s'enfuirait sans doute et enfilerait des sandales.

Il l'observa en silence tandis qu'elle s'affairait devant l'évier.

Elle avait vingt-deux ans, lui vingt-quatre, et elle était si jolie que, lorsqu'il l'avait épousée, il avait eu du mal à croire qu'elle était désormais censée lui appartenir jusqu'à la fin de leur vie. Elle avait abandonné la fac pour l'épouser, ce qui paraissait être un gros sacrifice pour qui ignorait la moyenne qu'elle avait obtenue à ses examens. Laurie Linder était loin d'être bête, mais elle n'avait jamais manifesté le moindre intérêt pour quelque science que ce soit, hormis celles du maquillage, de la mode et des commérages. Hugh-Jay s'en fichait ; il l'avait adorée de loin pendant des années, intimidé par sa beauté, admirant sa démarche sensuelle et sa gaieté exubérante, jusqu'à ce qu'elle soit devenue assez âgée pour qu'il puisse lui demander de sortir avec lui. Il savait parfaitement que, s'il n'avait pas été le fils d'un des plus riches habitants de la ville, s'il n'avait pas eu des choses telles que cette maison à lui offrir, elle ne l'aurait jamais regardé.

Cela lui était égal, enfin presque. Le simple fait de pouvoir l'appeler sa femme le rendait heureux.

Il n'ignorait pas que ses parents n'appréciaient pas Laurie et la jugeaient superficielle et égoïste. Ils essayaient de ne pas le montrer, par affection pour lui, mais quand Hugh senior ou Annabelle n'aimaient pas quelqu'un, il était difficile de ne pas s'en apercevoir, en dépit de leur cordialité affichée. Il n'en ressentait que davantage le désir de la protéger ; Laurie n'était peut-être pas quelqu'un de « profond », mais il l'aimait profondément.

« Papa ! » glapit Jody, sa fille de trois ans, en accourant du fond du couloir.

Levant les bras vers lui, elle sauta à son cou, se fiant à lui pour l'attraper au vol. L'instant d'après, elle était blottie contre lui, la tête enfouie au creux de son épaule, et babillait joyeusement, lui racontant sa matinée. Elle était vêtue d'une robe bain de soleil bleue, et toute poisseuse d'une sueur enfantine et suave, ce qui indiquait qu'elle avait été très active ce matin, jouant probablement à sauter dans l'escalier, son passe-temps favori à l'intérieur de la maison, quand elle ne s'amusait pas à tourner sur elle-même pour faire virevolter sa jupe. Comme sa maman, elle avait les pieds nus, et, comme elle aussi, elle avait les ongles peints en rouge. Il éprouva un nouveau pincement au cœur, tant il était ému par eux et par elle.

« Salut », dit-il doucement, quand la fillette se tut pour reprendre son souffle.

Laurie s'était vivement retournée en entendant le cri de joie de Jody, tellement surprise qu'elle en avait laissé tomber son couteau.

« Papa est rentré ! l'informa l'enfant, sa voix chantante remplie d'allégresse.

— Hugh-Jay, tu m'as fait une de ces peurs ! Que fais-tu ici ? »

Il lui sourit, en espérant qu'elle ne verrait pas à quel point ce sourire était contraint.

« Je n'ai pas le droit de rentrer déjeuner avec ma femme et ma fille ?

— Si, papa ! » roucoula Jody, en nouant ses bras autour de son cou.

Il lança un regard à Laurie, guettant son approbation.

Elle lui tourna le dos et se remit à trancher les carottes.

Hugh-Jay déposa sa fille à terre et lui donna une petite tape sur les fesses, tandis qu'elle courait vers sa chambre pour chercher quelque chose qu'elle voulait lui montrer. Puis il prit une longue inspiration tremblante et s'avança résolument vers sa femme.

Laurie était épouvantée par ce retour impromptu.

Elle comptait sur lui pour se comporter de façon prévisible, se plier à un rituel invariable quand il rentrait à la maison. D'abord, il raclait la semelle de ses bottes sur le grattoir métallique, puis il les secouait en les frappant l'une contre l'autre pour finir de déloger la boue et la bouse de vache, enfin il les rangeait soigneusement côte à côte près de la porte de derrière. Laurie savait que, si elle regardait au-dehors, elle les verrait à leur place habituelle. Avant de pénétrer dans la maison, il retirait son couvre-chef – aujourd'hui, c'était une casquette de base-ball portant le logo des Kansas City Royals, pas son chapeau de cow-boy – et le tapotait contre son jean pour en ôter la poussière, avant de le suspendre à un crochet au-dessus des bottes. Ses cheveux blonds étaient tout aplatis et collés par la transpiration, son large visage carré empourpré et dégoulinant d'une sueur crasseuse, ce qui voulait dire qu'il allait venir à l'évier pour se laver.

C'était sans doute une marque de délicatesse, mais cette routine allait finir par la rendre dingue.

Néanmoins, ces habitudes exaspérantes présentaient un certain avantage, surtout ces derniers temps.

« Tu me manquais, dit-il, en réponse à sa question.

— Je te manquais ! s'exclama-t-elle d'un ton méprisant, sans se retourner. Ça fait seulement cinq heures que tu es parti. »

Elle entendit le vieux parquet grincer tandis qu'il s'approchait.

Elle se raidit quand il se tint au-dessus d'elle, pareil à une immense tente l'enveloppant tout entière, assombrissant la pièce. Elle sentit la chaleur qui exsudait de son corps massif. Elle s'attendait à ce qu'il la prenne par les épaules pour l'écarter de l'évier, afin de pouvoir se rincer le visage et les mains, mais, au lieu de cela, il l'entoura de ses énormes bras et se pencha pour l'embrasser dans le cou. Quand il effleura son oreille droite de ses lèvres, elle ne put s'empêcher de frémir, et vit combien il était surpris de découvrir qu'elle était nue sous sa robe.

« Tu es vraiment sûre que tu ne m'attendais pas ? plaisanta-t-il.

— Je sors tout juste de la douche », répliqua-t-elle sèchement. Elle tenta de s'éloigner de lui, tendit la main pour s'emparer d'un torchon. « Je n'ai pas eu le temps de passer autre chose. »

Il fit glisser ses doigts jusqu'aux bretelles de la robe.

« Qu'est-ce que tu fais, Hugh-Jay ? »

Elle entendit sa respiration s'accélérer, le sentit se presser plus étroitement contre elle, la comprimant contre le bord de l'évier. « Hugh-Jay ! » Il lui déposa un nouveau baiser dans le cou et fit glisser les bretelles sur ses épaules jusqu'à découvrir le haut de ses seins. « Non ! » Elle inclina la tête pour essayer de se dérober à sa bouche, et remonta ses bretelles d'un geste brusque. « Arrête ! »

Il recula aussitôt. Puis il fit ce à quoi elle s'était initialement attendue : il la poussa doucement de côté, ouvrit le robinet, se lava le visage, les mains, les avant-bras et la nuque, jusqu'à ce que l'eau s'écoulant dans l'évier, de crasseuse, fût redevenue limpide.

Empoignant une serviette, il se sécha rapidement.

« Je ne peux pas croire que tu aies fait ça, dit-elle d'un ton accusateur.

— Que j'aie fait *quoi* ? » Il se tourna vers elle, une expression blessée sur son visage banal, une note si plaintive dans la voix qu'elle ne fit que l'irriter davantage. « Montrer mon amour à ma femme ?

— Au beau milieu de la journée ? Dans la cuisine ? Avec Jody à côté ?

— Je n'aurais quand même pas fait *ça* devant elle !

— Tu es déjà allé trop loin.

— Je suis désolé. Tu as raison. »

Avant leur mariage, elle n'avait jamais vu d'objection à faire ça n'importe où, n'importe quand, même au risque qu'on les surprenne. C'était lui le plus collet monté, lui qui s'inquiétait que quelqu'un les aperçoive. Elle s'en souvenait et savait que lui aussi se le rappelait. Mais ni l'un ni l'autre ne le mentionna.

Hugh-Jay, apercevant quelque chose de brillant sous la table, se baissa pour le ramasser, mais sa fille, se ruant dans la cuisine à cet instant précis, le devança. « Tiens, papa », dit-elle en lui tendant un briquet en argent, en même temps que la poupée vêtue d'une robe neuve qu'elle était allée chercher.

« C'est tonton Chase qui l'a apportée, dit-elle. Tu aimes sa robe ?

— Elle est très jolie. Je parie qu'oncle Chase te l'a donnée au petit déjeuner.

— Non ! Après, quand il est revenu et qu'il a bu tout le café de maman. Hein, maman, tu dis toujours que tonton Chase boit tout le café ?

— Je n'ai jamais dit ça. »

Jody fronça les sourcils mais ne répliqua pas.

« Chase est revenu dans la matinée ? s'enquit Hugh-Jay.

— Oui, même qu'il m'a poussée sur la balançoire ! s'écria Jody.

— Que voulait-il ?

— Simplement du café, marmonna Laurie.

— Mais, maman…

— Jody ! Prends ta poupée et va jouer ailleurs ! »

Hugh-Jay vit la lèvre inférieure de sa fille trembler et, fourrant le briquet dans sa poche, il la hissa sur ses genoux. D'une voix douce, il lui demanda : « Quand est-ce que maman a acheté cette jolie robe neuve pour ta poupée ? »

Pirouettant sur elle-même, Laurie s'écria : « Qu'est-ce que ça peut faire ? Ce n'est qu'une robe, peu importe quand je l'ai achetée, j'ai bien le droit d'acheter des vêtements de poupée pour ma fille ! »

Bouleversée par cet accès de colère, Jody commença à pleurer.

Pour toute réaction, sa mère se borna à soupirer et à lever les yeux au ciel, laissant à Hugh-Jay le soin de consoler l'enfant. Le minuteur du four se mit à sonner, et Laurie enfila des maniques pour retirer ses tartes et les mettre à refroidir sur une grille.

« Peut-être qu'un morceau de tarte remettrait tout le monde d'aplomb, dit Hugh-Jay en serrant Jody contre lui.

— Pas tout de suite ! Elles sont encore brûlantes, déclara Laurie, d'une voix toujours aussi excédée.

— C'est comme ça qu'elles sont les meilleures, quand elles sortent du four.

— Oui, acquiesça Jody en s'essuyant les yeux avec le dos de ses mains, toujours secouée par de petits sanglots. J'ai faim.

— Non, elles ont besoin de refroidir, la crème n'est pas assez prise », s'obstina sa mère, et la discussion fut close.

Laurie ne voulut même pas leur donner de la tarte après qu'ils eurent mangé les sandwichs au thon et les chips qu'elle leur avait préparés.

« Je les garde pour le dîner, déclara-t-elle.

— Je ne dînerai pas ici ce soir, l'informa Hugh-Jay.

— Et pourquoi ça ?

— Papa m'envoie dans le Colorado. »

Il y eut un silence, puis Laurie répéta : « Pourquoi ? »

Hugh-Jay haussa les épaules et se pencha sur son assiette vide, comme pour y chercher des miettes qui lui auraient échappé.

« Eh bien, reprit Laurie d'une voix dure, si tu pars, je suppose que tu vas devoir t'en passer, hein ?

— Papa n'aura pas de tarte ? demanda Jody d'un air anxieux. Tu es fâchée contre lui ?

— Non.

— Si, tu es fâchée, rétorqua Jody, qui se remit à pleurer.

— Non ! hurla Laurie, en reposant sa fourchette avec fracas. Je ne le suis pas ! »

Son mari et sa fille la contemplèrent avec des yeux ronds, mais aucun d'eux ne prononça un mot. Même pour une enfant de trois ans, la vérité était évidente.

De retour au ranch, Hugh senior élabora un plan.

« Ne raconte pas à Bobby ce qui s'est passé, recommanda-t-il à Annabelle. Il partirait aussitôt à la recherche de Billy et risquerait de s'attirer des ennuis. Ne dis rien à Chase non plus. »

Elle le dévisagea sans répondre, attendant qu'il lui en explique la raison.

Au lieu de quoi, il décrocha le téléphone.

Il appela d'abord leur aîné. « Fils, je veux que tu amènes Billy Crosby au ranch cet après-midi, j'ai un travail pour lui. »

Annabelle arqua les sourcils pour marquer son étonnement.

« Oui, poursuivit son époux, en réponse, visiblement, à une remarque de son fils sur les événements de la veille, mais il s'agit d'une tâche bien particulière, et je tiens à ce que ce soit lui qui s'en charge. Je vais avoir besoin de toi aussi, et si tu vois tes frères, dis-leur de venir, il y a des clôtures à réparer. » Il se tut pour écouter la réponse de Hugh-Jay, puis expliqua : « Quelqu'un a cisaillé les barbelés, fiston. Les veaux sevrés sont retournés près de leurs mères. Mais le pire, c'est qu'on a également tué une vache pleine. La pauvre bête a eu la gorge tranchée. »

À une cinquantaine de centimètres de distance du téléphone, Annabelle entendit distinctement l'exclamation choquée de leur fils.

Puis elle entendit son mari proférer un mensonge.

« Non, ce n'est pas Billy. » Il écouta un instant, puis reprit : « Bien sûr que j'en suis certain, sinon, pourquoi le laisserais-je revenir au ranch ? »

Quand il eut raccroché, Annabelle lui dit : « Tu as menti à ton fils.

— Il le fallait. Hugh-Jay ne sait pas mentir, et je ne veux pas que Billy se doute de quelque chose.

— À quoi joues-tu ?

— Ça n'a rien d'un jeu, c'est extrêmement sérieux, répondit-il, se penchant vers elle pour l'embrasser sur le front.

— Qu'as-tu l'intention de faire, mon chéri ?

— Obliger Billy à nettoyer ses saletés, lui mettre le nez dedans, voilà tout. »

Il passa ensuite un second appel, au bureau du shérif de Henderson City cette fois. « Hugh Linder senior à l'appareil, dit-il avec l'autorité naturelle qui le caractérisait à l'adjoint qui lui répondit. Je voudrais signaler un délit. Billy Crosby a tué une de mes vaches la nuit dernière... Oui, j'en suis sûr. Il a aussi cisaillé mes clôtures et tenté de mettre le feu à une pâture. Je me suis arrangé pour l'éloigner de chez lui pendant quelques heures, cet après-midi. J'aimerais que vous alliez là-bas pendant ce temps, afin d'interroger sa femme. Demandez-lui où il était la nuit dernière. Et cherchez des indices matériels, tant que vous y serez. Vous devriez pouvoir retrouver le couteau ou des vêtements tachés de sang. Vérifiez s'il y a des cisailles parmi ses outils. Quand vous aurez fini, vous pourrez venir au ranch pour le placer en état d'arrestation. »

« En parlant de délit, s'enquit Annabelle quand il eut reposé le combiné, que se passe-t-il dans le Colorado ?

— Tu veux savoir ce qui cloche là-bas ? Eh bien, on nous surfacture certaines choses. Il ne s'agit peut-être que de simples erreurs d'écriture. Mais il se peut aussi que notre gérant s'en mette plein les poches. Hugh-Jay aurait dû s'en apercevoir depuis longtemps, puisqu'il tient la comptabilité. Mais non, il a fallu que ce soit moi qui mette le doigt dessus. Je l'envoie là-bas pour qu'il répare son propre gâchis, lui aussi. C'est le seul moyen pour qu'ils retiennent la leçon, Billy et lui ; c'est la seule façon d'apprendre. »

Un peu plus tard, Annabelle reprit : « Il ne sera pas content quand il découvrira que tu lui as menti.

— Ce n'est pas grave », répondit son mari d'un ton assuré.

7

Après le déjeuner, Laurie et Jody accompagnèrent Hugh-Jay jusque sur le perron. Posant son bagage – une vieille valise en cuir toute cabossée qui avait appartenu à son grand-père – à ses pieds, il pronostiqua, en observant l'ouest où les nuages paraissaient à présent plus hauts, plus sombres et plus proches : « Je vais rouler sous la pluie, ce soir. »

Laurie plissa les yeux pour regarder le pick-up qu'il avait garé sous les peupliers, au fond de l'allée. Les chiens accoururent. Quand ils se pressèrent contre elle, dressés sur leurs pattes de derrière, elle les repoussa d'un coup de genou et dit d'une voix irritée : « Couché ! Laissez-moi tranquille, espèces de sales bêtes puantes ! Hugh-Jay, il y a quelqu'un dans ta camionnette ?

— Billy Crosby, probablement. » Il saisit les chiens par leur collier et les éloigna d'elle. « Tu ne m'as pas entendu lui téléphoner ? Je lui ai demandé de venir jusqu'ici. »

Laurie vit Billy tourner la tête dans leur direction, comme s'il savait qu'ils parlaient de lui. Il leva une main et l'agita mollement en guise de salutation. Elle ne lui retourna pas son geste.

« Je n'arrive pas à croire que ton père puisse continuer à l'employer ! s'exclama-t-elle, sans se donner la peine de baisser la voix pour éviter qu'il ne l'entende.

— Il faut bien lui laisser une seconde chance, non ?

— Mais pas une cinquième ou une sixième, répliqua-t-elle, sarcastique.

— Je ne savais pas que tu le détestais à ce point.

— Je ne le déteste pas, répondit-elle d'un ton plus agressif que convaincu. Je me fiche éperdument de lui. »

Hugh-Jay se pencha pour l'embrasser sur le sommet du crâne, mais elle s'écarta au même moment, et son baiser ne fit que l'effleurer. « C'est difficile de nourrir sa famille, quand on vous a retiré votre permis de conduire, argumenta-t-il en se redressant.

— Oui, mais à qui la faute ?

— D'accord, d'accord. Tu as raison.

— Quand rentreras-tu ? s'enquit-elle, levant les yeux vers lui.

— Je l'ignore. Il se peut que je revienne dès demain, mais il se peut aussi que je doive rester plus longtemps. Je ne le saurai qu'une fois sur place.

— En tout cas, appelle-moi pour m'en informer.

— Entendu.

— Jure-le, reprit-elle avec une expression féroce.

— Je t'appellerai, juré ! » Il s'inclina pour déposer un baiser sur le minuscule nez de sa fille. « Au revoir, mon bébé. »

Profitant de ce qu'il se trouvait à sa hauteur, elle lui passa les bras autour du cou. « Ne t'en va pas, papa. »

Il la prit par la taille et se redressa en la soulevant dans les airs, cramponnée à lui. L'haleine de l'enfant sentait le thon, et ses cheveux, noirs comme ceux de sa mère, balayèrent le visage de Hugh-Jay. Cette double sensation le fit sourire, tandis qu'il la serrait contre sa poitrine et retirait de sa bouche les longues mèches brunes. « J'y suis obligé, mon chou. » Au bout d'un instant, il dénoua doucement son étreinte et la reposa à terre, les bras rangés le long des flancs, comme si elle était une poupée. « Mais je te rapporterai une surprise.

— Un *cheval* ?

— Pas cette fois. » Elle désirait ardemment posséder un poney rien qu'à elle, même si elle adorait chevaucher en sa compagnie, assise devant lui qui la maintenait fermement d'une main tout en maniant les rênes de l'autre. « Tu as encore besoin de grandir un peu. »

Sur le visage enfantin, l'excitation céda la place à la déception.

« Mais ce sera quand même une bonne surprise, lui promit-il, ce qui lui valut un courageux petit sourire, accompagné d'un regard encore chagriné par la perte du cheval et l'absence imminente du père.

— Hugh-Jay, tu la gâtes trop.

— J'aime bien gâter mes femmes.

— Non, riposta son épouse d'une voix dure. C'est tout à fait faux en ce qui me concerne. »

Évitant de la regarder dans les yeux, il ramassa sa valise et descendit les marches, d'une démarche athlétique et néanmoins gracieuse pour un homme de sa corpulence. Les chiens le rejoignirent en haletant bruyamment. Laurie s'attendait à le voir monter dans son camion, mais, au lieu de cela, il posa son bagage, se dirigea vers le garage, tourna l'angle de celui-ci et disparut derrière le bâtiment.

« Où il est allé, papa ?

— Je n'en sais rien. »

Au bout de quelques instants, il reparut, et cette fois, il s'installa au volant de son véhicule.

« Au revoir, papa ! s'égosilla Jody. Je t'aime ! »

La dernière vision, ou presque, qu'elle eut de son père, et qui devait peu à peu s'effacer de sa mémoire, fut celle de sa tête encadrée dans l'ouverture de la vitre, de son coude gauche appuyé sur le rebord. Il avait mis un chapeau de cow-boy et, sous ce couvre-chef, il lui souriait de tout son visage banal, large et pâle, et son regard lui rendait tout l'amour qu'elle lui avait clamé.

Peu après midi, Bobby entra d'un pas tranquille dans la demeure familiale, en quête d'un repas. Mais il trouva ses parents en train de discuter dans la cuisine où le ventilateur du plafond tournait à plein régime et où rien n'était en train de cuire. Affamé, accablé par la chaleur et profondément déçu, il leur demanda : « Vous ne sortez donc jamais de cette maison, vous deux ? » Venant de Chase, cette phrase aurait été reçue comme une plaisanterie, mais Bobby n'était guère doué pour l'humour, et elle résonna comme une remarque agressive.

« Assieds-toi, ordonna son père en lui lançant un regard acéré. J'ai quelque chose à te dire.

— Bien, chef », répondit Bobby d'un ton suggérant qu'il le faisait davantage parce qu'il avait envie de s'asseoir que pour obéir à son père. Il se laissa choir à califourchon sur une chaise, étendit ses longues jambes devant lui et s'affala contre le dossier, ses grosses mains enserrant mollement les barreaux du haut. « Tu ne me renverras pas en fac, papa.

— Je t'enverrai là où tu le mérites !

— Hugh », intervint Annabelle, comme pour lui rappeler qu'ils avaient à débattre d'un tout autre sujet dans l'immédiat. Sans lui laisser le temps de répliquer, elle annonça à son fils : « Bobby, plusieurs de nos clôtures ont été abattues ; quelqu'un les a coupées et a laissé les veaux sevrés rejoindre les mères.

— Tu plaisantes, dit Bobby en se redressant sur sa chaise, bouche bée. On les a *coupées* ?

— Ce n'est pas tout, ajouta son père. On a tué une bête, une des vaches pleines, en lui tranchant la gorge. »

Il ne précisa pas de quelle vache il s'agissait.

« Bordel de merde ! s'exclama Bobby.

— Et on a également essayé de mettre le feu à la prairie, renchérit sa mère en secouant la tête, consternée par ce vocabulaire autant que par l'événement lui-même.

— L'enfoiré ! s'écria le jeune homme en se relevant d'un bond.

— Ce n'était pas Billy, déclara Hugh senior, comprenant immédiatement à qui s'adressait cette épithète. Et surveille ton langage en notre présence.

— Bien sûr que si, papa ! Qu'est-ce que tu racontes ? Ça ne peut être que lui ! Il est furieux contre toi. Qui d'autre irait faire une chose pareille ?

— Quelqu'un que nous ne connaissons pas, Bobby.

— Je l'égorgerai, qui que ce soit ! »

Quand leur fils sortit de la pièce pour aller se laver, Hugh déclara à sa femme : « Et voilà pourquoi je ne veux pas l'avertir de mon plan avant que Billy ait été arrêté. S'il savait que c'est bien Billy qui a fait le coup, ce serait lui qui finirait en prison pour meurtre. »

Annabelle vint se blottir dans ses bras.

« J'ai horreur de tout ça », murmura-t-elle tout contre sa poitrine.

Chaque fois qu'elle repensait à cette pauvre vieille vache, tellement docile et sans défense, qui avait été pendant des années une si bonne reproductrice, elle avait envie de tuer Billy Crosby de ses propres mains.

Tout en effectuant une marche arrière dans l'allée, Billy assis à côté de lui, Hugh-Jay regarda sa femme et sa fille regagner l'intérieur de la maison. Quand un rayon de soleil se posa sur Laurie, la lumière traversa le tissu de sa robe, révélant la courbe de ses hanches et ses jambes fines, ainsi que le fait qu'elle ne portait rien en dessous.

Jetant un regard sur sa droite, il s'aperçut que son passager la dévorait des yeux, lui aussi.

Billy parut sur le point de proférer un commentaire flatteur, puis il se ravisa, referma la bouche et se détourna pour contempler fixement le pare-brise. Il abaissa sa casquette sur ses yeux pour se protéger de la clarté incandescente qui se déversait à travers la vitre.

En l'observant, Hugh-Jay songea que c'était une sage décision.

Il était habitué à voir les autres hommes admirer sa femme, mais il n'appréciait pas l'idée que Billy ait à présent en tête la vision de Laurie nue sous sa robe diaphane. Il aurait voulu pouvoir lui extirper cette image de l'esprit.

L'extirper de l'imagination de n'importe quel autre homme, mais particulièrement de celle d'un individu comme Billy. Celui-ci possédait le charme propre aux mauvais garçons, un pouvoir de séduction qui avait toujours étonné Hugh-Jay, car il ne comprenait pas comment les femmes pouvaient être attirées par des types qui ne leur apporteraient que du chagrin.

Il huma dans l'air une odeur de bière.

« Tu as déjà commencé à boire, Billy ?

— Est-ce que ça te regarde, Hugh-Jay ?

— Si tu travailles pour ma famille, oui, ça me regarde. Tu as bu ? »

Billy poussa un soupir excédé et prit une expression de martyr. « Une bière avec mon dîner, c'est tout. » Dans la région, on appelait le repas de midi le « dîner » et celui du soir le « souper ». Il s'agita sur son siège et reprit : « Quel genre de boulot vas-tu me donner aujourd'hui, Hugh-Jay ?

— Nous avons quelques clôtures à réparer.

— Vraiment ? Je croyais qu'on en avait terminé avec ça pour un bout de temps.

— Il y a eu acte de vandalisme. Quelqu'un a cisaillé les barbelés et mélangé les troupeaux. »

Il s'abstint de mentionner la vache égorgée.

« Sans blague ? Qui a bien pu faire un truc pareil ?

— Mon père l'ignore. Tu es sûr que ce n'est pas toi ? » s'enquit Hugh-Jay en lui jetant un regard oblique.

Billy laissa échapper un rire amer. « Ouais, c'est ça, et j'suis allé là-bas à pied. Tu oublies que vous m'avez pris ma camionnette ?

— Je vais devoir te demander de me donner le deuxième trousseau de clés, Billy », déclara Hugh-Jay.

Il y eut un silence tendu, puis son passager demanda : « C'est Val qui t'en a parlé ?

— De quoi ? Du trousseau supplémentaire ? Non, c'est une simple supposition de ma part. Qui n'a pas de clés de rechange ?

— Moi. Je n'en ai pas, je n'en ai jamais eu. Demande-lui, à elle.

— Tu as peut-être oublié qu'il y en avait. C'est peut-être elle qui les garde dans son sac à main.

— Elle n'a jamais eu de clés. Je ne lui en ai jamais donné. C'est moi qui possédais la seule paire. Et maintenant, c'est toi. »

Hugh-Jay perçut derrière ces mots l'injure non exprimée : *espèce de fumier.*

« Ton père sait que tu m'as embauché pour la journée ? reprit Billy.

— Je te l'ai déjà dit, c'est lui qui en a eu l'idée. »

Du coin de l'œil, Hugh-Jay vit Billy se détendre imperceptiblement et même sourire, avec une expression proche de l'arrogance.

« Arrange-toi pour qu'il n'ait pas à le regretter, l'avertit-il.

— Qui a fait ça, d'après toi ?

— Coupé les clôtures ? Je te l'ai dit, papa n'en sait rien.

— Alors, comment vous allez faire pour retrouver le gars ?

— Ça risque d'être difficile.

— Peut-être que vous ne l'attraperez jamais. »

Billy s'affala sur son siège, rabattit complètement sa casquette sur son visage et sombra dans la somnolence, ou fit semblant.

Hugh-Jay alluma la radio.

La voix suave de Dolly Parton, dans une chanson où il était question d'un manteau de toutes les couleurs, emplit la cabine du pick-up d'une mélodie obsédante.

Tout en roulant, Hugh-Jay se dit que certaines choses étaient au contraire très faciles à prouver – par exemple le nombre de kilomètres parcourus par un véhicule depuis la dernière fois où on l'a conduit, et le fait que ce kilométrage corresponde exactement à la distance entre la ville et le ranch et retour. Il avait noté le chiffre inscrit au compteur de la camionnette de Billy le soir précédent, après que Chase s'était rendu au Bailey's Bar & Grill. L'idée lui était brusquement venue, tandis qu'il regardait son frère s'éloigner sur le trottoir défoncé, que même si l'on confisquait son véhicule à quelqu'un, cela ne l'empêchait pas forcément de le conduire. Dans la poche droite de son jean se trouvait en ce moment même un bout de papier portant deux nombres : celui du kilométrage de la veille, et celui qu'il avait noté quelques minutes plus tôt, derrière son garage, là où était garé le pick-up de Billy. À présent, il allait devoir annoncer à son père que Billy ne méritait pas qu'on lui accorde une dernière chance, que tout ce qu'il méritait, c'était la prison.

Il tourna les yeux vers l'homme endormi ou feignant de l'être.

Billy ne se doutait absolument pas, s'émerveilla-t-il, qu'il se trouvait dans le pire pétrin qu'il ait jamais connu de toute sa méprisable existence. Il croyait qu'il allait s'en sortir comme ça. Il ne se rendait même pas compte de ce que sa présence à côté de lui pouvait avoir d'offensant. Billy Crosby. Un ivrogne qui battait sa femme. Cisaillait les clôtures. Maltraitait le bétail, le massacrait même.

Ou, comme aurait pu le résumer plus crûment Bobby : Billy Crosby, ce trou-du-cul.

Hugh-Jay crispa les mâchoires pour contenir sa fureur.

Il n'avait pas menti à Billy, il avait simplement dit que son père ignorait l'identité du coupable, ce qui était vrai : Hugh senior ne savait pas que Billy était l'auteur des dégâts.

Hugh-Jay se rappela comment il avait failli arracher de force quatre inconnus de leur voiture à cause d'un mégot balancé par la vitre, comment il avait menacé Billy de l'éjecter du pick-up à cause d'une canette de bière jetée sur la route. Ce péché n'était rien comparé à celui qui consistait à détruire des clôtures et à tuer une bête pour se venger. Pour ces actes, Billy aurait mérité qu'il le pousse à bas du véhicule et lui roule dessus à plusieurs reprises.

Et pourtant, Hugh-Jay lui était presque reconnaissant de le distraire de ses autres préoccupations.

Aucun des méfaits de Billy ne pouvait lui faire autant de mal que ce qui se passait dans son propre foyer.

« Mon foyer », murmura Hugh-Jay, savourant le goût doux-amer de ce mot sur ses lèvres.

Billy remua un peu, comme s'il avait entendu, mais la minute d'après, il se mit à ronfler.

Fatigué ? se demanda Hugh-Jay en le regardant. Tu as eu une nuit bien remplie, hein, Billy ?

Le cimetière et le troupeau de bisons défilèrent derrière la vitre.

Hugh-Jay luttait de toutes ses forces pour réprimer les sentiments qui bouillonnaient en lui – désespoir, solitude, colère – et ne pas abattre son poing sur le volant, ou flanquer une raclée à Billy, ou, pire que tout, éclater en sanglots. C'était affreux d'être trahi par ceux que l'on aidait, ceux que l'on aimait. Cela lui donnait envie de faire des choses qu'il n'avait jamais pensé commettre un jour, des choses mauvaises, violentes, honteuses. En franchissant le portail principal du ranch, il espéra que les heures de travail pénible qui l'attendaient le purifieraient, et qu'il redeviendrait l'homme qu'il voulait être.

8

Dans le séjour de la grande maison de pierre, Laurie était assise sur la banquette en dessous de la fenêtre, adossée au châssis, tenant dans ses bras Jody endormie. L'enfant avait pleuré après le départ de son père, puis s'était finalement écroulée, terrassée par la chaleur et l'humidité, les larmes et la fatigue accumulée au cours de sa matinée ordinaire de petite fille de trois ans qui aimait sauter à cloche-pied dans l'escalier, tourner sur elle-même jusqu'à tomber par terre et creuser un sillon dans le tapis autour de l'immense table en noyer de la salle à manger.

Longtemps après que le pick-up de Hugh-Jay eut disparu au coin de la rue, longtemps après que ses bras se furent engourdis à force de tenir Jody et que le téléphone eut sonné à plusieurs reprises sans qu'elle réponde, Laurie demeura assise sur cette banquette, le regard perdu dans le vide. Le retour inopiné de Hugh-Jay l'avait remplie de fureur et d'anxiété, et elle ne savait pas comment réagir. Elle avait envie de fracasser des objets. De sortir en courant de cette maison et de continuer à courir jusqu'à ce qu'elle soit loin de lui et de Rose. Elle avait envie de hurler. Mais aucune envie de rester immobile comme une souche pour éviter de réveiller Jody, même si ce répit était le bienvenu.

Pourquoi était-il revenu sans prévenir ? Cela ne lui ressemblait pas du tout. Est-ce qu'il l'espionnait ?

Malgré la température torride, elle se sentit glacée et malade au souvenir de sa voix résonnant brusquement derrière elle dans la cuisine.

Et de la manière dont il l'avait empoignée...

Elle frissonna et Jody s'agita entre ses bras.

Laurie s'efforça de ne plus bouger, respirant à peine.

Elle ne voulait pas être obligée de s'occuper de l'enfant, de répondre à ses demandes et à ses besoins. Mais la vérité, c'était qu'elle n'avait jamais vraiment désiré jouer à la maman. Car c'était bien l'impression que cela lui donnait – qu'elle faisait semblant, que ce n'était pas pour de vrai. Ce jeu n'avait rien d'amusant et n'en finissait jamais – à l'instar du Monopoly, dont Chase et Belle raffolaient et auquel ils jouaient comme si le sort du ranch en dépendait. Elle détestait ce jeu stupide, parce qu'elle trouvait ridicule de se battre pour des maisons en plastique et parce qu'elle n'était pas habituée à la compétition. Mais au moins, au Monopoly, on pouvait revendre ses biens et se retirer de la partie. Alors qu'au jeu de la maman, elle ne pourrait jamais ni gagner ni abandonner.

Elle contempla la fillette assoupie d'un regard plein de rancœur, avec la sensation d'avoir été piégée.

Personne ne l'avait jamais prévenue qu'elle pourrait éprouver un tel sentiment à l'égard de son mari ou de la chair de sa chair. C'était une surprise extrêmement déplaisante. Un enfant vous coûtait beaucoup de travail et de soucis, ainsi qu'elle était en train de le découvrir, et le mariage ne s'était pas révélé plus facile. Un bébé, tout comme un mari, réclamait une attention constante, même quand la mère n'aspirait qu'à faire une petite sieste. Et pas question pour elle de bavarder au téléphone ou de s'attarder dans son bain ni de prendre quelques heures de récréation, quand personne n'était disponible pour servir de baby-sitter.

Du moins Jody lui ressemblait-elle, Dieu merci.

Si l'enfant avait été laide, Laurie l'aurait sans doute détestée, se disait-elle

Mais sa fille était ravissante, elle habitait dans la plus grande et la plus belle maison de la ville, et son mari était riche, ou il le serait un jour. Les gens croyaient qu'il l'était déjà, simplement parce que c'était un Linder, mais Hugh-Jay gagnait le même salaire que n'importe quel employé du ranch. Il touchait un peu plus que ses frères, car il était plus âgé, plus expérimenté et avait davantage de responsabilités, mais il n'en demeurait pas moins un simple salarié, comme s'il était le fils d'un gardien d'immeuble et non celui des gens les plus fortunés de la ville. Dans quelques années, il aurait peut-être droit à une participation aux bénéfices du ranch ; pas tout de suite, cependant, car ses parents estimaient que l'argent ne devait pas se gagner trop vite ni trop facilement. Laurie les aurait volontiers étrillés pour leur égoïsme ! Il leur aurait été si facile de lâcher quelques dollars de plus afin que Hugh-Jay et elle puissent s'amuser un peu au lieu de travailler tout le temps.

S'amuser. Il y avait une éternité que cela ne lui était pas arrivé, semblait-il.

Les journées comme celle-ci, quand elle crevait de chaud, enfermée dans cette maison, et se sentait comme un animal prêt à se frayer un passage à coups de griffes et de crocs pour recouvrer sa liberté, Laurie aurait emprunté la première issue de secours qui se présenterait à elle.

Et quelqu'un était justement disposé à lui en ouvrir une...

Elle rit en elle-même, se délectant de cette autre vérité.

Ses pensées déclenchèrent en elle un nouveau frisson, de plaisir cette fois.

Dans l'état de surexcitation où elle se trouvait, elle avait une conscience aiguë de sa nudité palpitante sous la robe bain de soleil et brûlait du désir de sentir sur sa peau d'autres mains que celles de son mari, calleuses et maladroites. Elle imagina les mains de l'autre homme se posant sur ses seins, sa bouche écrasant la sienne, le poids de son corps sur le sien, la mangeant des yeux, la dévorant tout entière, l'aimant de toutes les façons dont elle voulait être aimée, et pas à la manière insipide, raisonnable et prévisible de son mari. Elle l'imagina lui donnant des ordres, refusant de lui accorder sur-le-champ ce qu'elle demandait, la forçant à attendre et à l'implorer et à se plier à tous ses caprices, lui retenant les bras, lui emprisonnant les jambes, la goûtant, la titillant jusqu'à la faire exploser de désir et, alors seulement, la prenant enfin, se moquant d'elle et la tourmentant tandis qu'il la faisait gémir et crier et supplier encore et encore. Sa respiration devint haletante. Elle était consumée par l'envie d'une peau qu'elle n'était pas censée toucher, obsédée par ce sexe qui lui était défendu, folle de désir pour toutes ces choses qu'elle n'avait pas le droit de faire et ne ferait jamais avec son mari. Elle ne pensait pas avoir commis une erreur en épousant Hugh-Jay – Laurie ne reconnaissait jamais ses erreurs, préférant rejeter la faute sur autrui – mais parfois, elle se demandait ce qui serait arrivé si elle avait choisi l'un des autres garçons qui la couvaient des yeux, l'un de ces beaux types sexy qui ne s'étaient pas montrés aussi patients et respectueux que Hugh-Jay, mais bouillants plutôt que tièdes, excitants plutôt que sérieux, passionnés et drôles plutôt que banals et ennuyeux. À quoi ressemblerait la vie avec un homme qui lui chuchoterait des mots choquants et lui donnerait des choses qui n'avaient rien à voir avec l'argent ?

Et si elle pouvait avoir les deux – l'argent et le plaisir ?

C'est alors que lui apparut le bon côté de la situation, que sa colère et la torpeur due à la canicule l'avaient empêchée de voir jusqu'à cet instant : Hugh-Jay serait absent cette nuit, et peut-être même plus longtemps ! Elle pouvait faire ce qu'elle voulait. Elle pouvait faire ce qu'elle avait absolument besoin de faire, ce qu'elle était pleinement en droit de faire – car, après tout, n'avait-elle pas le droit d'être heureuse ? Et elle ne risquait pas de s'attirer d'ennuis, puisqu'il n'y aurait personne pour la surprendre

Entre ses bras, Jody gigota et ouvrit les yeux.

« Salut, petite paresseuse, lui dit sa mère, avec un sourire encourageant qui surprit tellement l'enfant qu'elle lui sourit en retour. Ça te plairait d'aller passer la nuit chez mamie et papi ? »

9

Ce fut avec une certaine nervosité qu'Annabelle, au volant de sa Cadillac noire, alla retrouver les hommes qui travaillaient dans les pâturages, cet après-midi-là. Elle allait devoir faire face à Billy Crosby, après toutes les atrocités qu'il avait commises, et feindre d'ignorer qu'il en était l'auteur. Il était capital de le retenir au ranch pendant que le shérif accomplissait son travail en ville. Billy ne devait pas avoir vent de ce qui se passait là-bas. Il fallait l'interpeller ici, sur leur domaine, loin de son épouse vulnérable et de son fils innocent, pour épargner à celui-ci le traumatisme de voir son père emmené en prison. Billy devait être entouré d'hommes robustes qui veilleraient à ce qu'il ne se livre à aucun acte insensé ou violent. Hugh souhaitait que l'arrestation se déroule vite, calmement, avec un minimum de perturbations. C'était également ce qu'espérait Annabelle, de tout son cœur. L'idée s'était peu à peu fait jour dans son esprit et, pensait-elle, dans celui de Hugh, qu'un homme capable de perpétrer de telles horreurs pouvait être extrêmement dangereux. Aussi n'était-elle pas seulement anxieuse, mais également effrayée à la perspective de ce qui l'attendait. Elle n'avait jamais assisté à une arrestation, sauf à la télévision ou au cinéma, et n'aurait jamais imaginé que la première dont elle serait le témoin aurait lieu dans leur propre ranch. En se garant sur la piste qui traversait la pâture, elle pria le ciel de les protéger tous.

Il lui incombait à présent d'apporter une touche supplémentaire de normalité à la scène en se comportant exactement comme à son habitude pour que tous les employés, Billy inclus, ne se doutent de rien.

Donc, elle leur apportait du thé et des petits pains à la cannelle, parce qu'elle leur offrait toujours des pâtisseries lorsqu'ils travaillaient des après-midi entiers ou des matinées entières. Quand sa fille Belle était plus jeune, elle l'accompagnait généralement, lorsqu'elle ne chevauchait pas aux côtés des cow-boys pour les aider à rassembler le bétail. Certains jours, Annabelle préparait du café et des petits gâteaux aux pépites de chocolat, ou encore de la limonade et des biscuits à la mélasse. En raison du temps menaçant, elle avait aussi rempli la Cadillac d'imperméables et de protège-chapeaux en plastique à l'intention des hommes qui n'avaient pas pris les leurs. Les nuages avaient enfin franchi la frontière entre le Colorado et le Kansas, et le gros de l'orage n'était plus qu'à un comté et demi du leur. Les premières pluies étaient déjà tombées, par petites ondées éparses, trop peu importantes pour interrompre le travail, mais suffisantes pour rafraîchir et mouiller les vachers et leurs chevaux, qui étaient tous à l'œuvre depuis que Hugh senior les avait convoqués en urgence.

« Que vas-tu leur raconter ? lui avait-elle demandé.

— La même chose qu'aux garçons : qu'il y a eu un acte de vandalisme et que je n'en sais pas plus. »

En trimant sans relâche, le groupe rassemblant voisins, employés et hommes du clan Linder avait réussi à réparer toutes les parties endommagées de la clôture à l'exception d'une seule. Une inspection de la propriété avait révélé que d'autres barbelés avaient été cisaillés, d'autres pâturages profanés, d'autres troupeaux mélangés. Les cow-boys se préparaient déjà à remonter en selle pour ramener les bêtes dans leurs enclos respectifs, mais en apercevant Annabelle, ils rattachèrent leurs montures, impatients de voir ce qu'elle leur apportait.

Le mauvais temps ne les empêchait pas de travailler, à moins que la foudre n'éclate, mais l'odeur des petits pains maison d'Annabelle Linder aurait pu, affirmait-on, arrêter net un taureau en train de charger.

La voyant porter un assortiment de lourds impers jaune vif ou noirs, ainsi qu'un énorme pichet en plastique rempli de thé glacé sucré et des tasses, plusieurs cow-boys s'élancèrent au-devant d'elle pour l'aider. Ils transportèrent gâteaux et rafraîchissements à travers l'étendue d'herbe et de terre – laquelle était juste assez humide pour coller à la semelle de leurs bottes – et les déposèrent à l'arrière d'un des pick-up.

Annabelle les suivit, abritée par un parapluie et chargée seulement des serviettes en papier.

Ses fils l'accueillirent par des « Salut, maman » et les autres par des remerciements courtois. « Vrai, j'suis désolé de c'qui vous arrive, Annabelle », déclara l'un de ses voisins. « C'est dégueulasse », ajouta un autre, suscitant parmi ses compagnons un murmure de voix, un concert d'approbations qui la réconforta, un peu comme s'ils avaient passé un bras collectif et affectueux autour de ses épaules. « J'espère qu'ils pinceront ces fils de pute », renchérit un cow-boy, qui fit suivre aussitôt ce propos d'un : « Pardon, m'dame.

— Je suis entièrement d'accord avec vous », répondit-elle en souriant.

Red Bosch, le plus jeune de l'assistance, lui proposa son aide pour distribuer les petits pains.

« Ça m'f'rait vraiment plaisir de les porter, m'dame Linder », dit-il d'un air sérieux.

Il tendit les deux bras devant lui afin qu'elle puisse y déposer le plateau. Le sucre saupoudrant les pâtisseries rebondies et tièdes avait coulé sur les côtés, pour se figer en petites flaques poisseuses sur le papier sulfurisé placé en dessous.

« Ne lui confiez pas ces p'tits pains, l'avertit un cow-boy plus âgé, sinon il ne nous en restera pas un seul.

— Hé, riposta Red en riant, c'est que j'ai pas encore fini d'grandir, moi !

— Justement, répliqua l'autre d'un ton sec, et tous s'esclaffèrent – un instant de détente qui fut le bienvenu.

— Tiens, Red, dit Annabelle en lui tendant le plateau. Fais-le passer autour de toi, et laisse tes mains bien en vue. »

Cette boutade déclencha de nouveaux rires au sein du groupe, à commencer par Red lui-même. Le garçon avait quitté le lycée avant la terminale et essayait de gagner de quoi s'acheter un pick-up. Annabelle avait souvent tenté de le persuader de retourner en classe, mais, à seize ans, issu d'une famille où personne ne possédait son diplôme de fin d'études secondaires, il avait du mal à se projeter dans l'avenir. « Red » n'était pas un surnom ; il était né avec les cheveux roux de son père, alors âgé de dix-huit ans, et sa mère, qui en avait quinze, lui avait officiellement attribué ce prénom. Il n'était pas beau, disait-on à son sujet, et ce n'était pas non plus Einstein, mais il y avait quelque chose en lui qui vous donnait envie de lui sourire.

Annabelle se força à chercher Billy Crosby du regard.

Heureusement, il avait les yeux levés vers le ciel, et elle ne fut pas obligée de lui parler.

Elle se risqua à jeter un coup d'œil en direction de son mari, qui consulta sa montre.

Elle sentit son estomac se serrer en pensant à Valentine, seule avec son petit garçon, pendant que les adjoints du shérif fouillaient son domicile. Elle regrettait de n'avoir pas pu conseiller à Val d'emmener l'enfant chez un de ses camarades avant l'arrivée du shérif.

Pauvre petit, pensa-t-elle, baissant la tête pour dissimuler ses larmes.

L'enfance de Collin Crosby était exactement de celles qui produisaient les gamins comme ceux qu'ils essayaient d'aider, Hugh et elle. Des gamins pareils à son père et à Red Bosch. Elle espérait qu'ils ne ressentiraient pas, un de ces jours, le besoin d'embaucher Collin Crosby pour lui éviter de tourner mal, ou, s'ils le faisaient, qu'ils auraient plus de succès avec lui qu'avec son père.

Elle éprouvait un douloureux sentiment d'échec vis-à-vis de Billy Crosby.

L'un après l'autre, ses fils se faufilèrent jusqu'à elle.

« Maman, murmura Hugh-Jay, si bas que personne d'autre ne pouvait l'entendre. Papa se trompe au sujet de Billy. C'est lui qui a fait le coup et j'en ai la preuve. J'ai essayé de le dire à papa, mais il refuse de m'écouter. Pourrais-tu lui parler ?

— Quel genre de preuve ? »

Il lui expliqua comment il avait vérifié le kilométrage sur le compteur de la camionnette. Annabelle prit une de ses mains dans les siennes et la serra avec force.

« Laisse ton père régler cela lui-même », dit-elle.

Hugh-Jay fronça les sourcils, comme s'il était sur le point de dire qu'il ne comprenait pas sa réaction, mais il s'abstint de lui demander des explications, et elle ne lui en offrit aucune.

Ensuite, ce fut Chase qui vint se planter en face d'elle, lui faisant un barrage de son corps pour empêcher leur entourage de saisir leur conversation.

« Je ne sais pas comment papa peut croire que Billy n'y est pour rien. »

Pour la deuxième fois, elle répondit : « Laisse-le régler ça comme il l'entend, mon chéri.

— Mais…

— Fais-moi confiance, Chase. »

Il acquiesça, l'air sceptique mais disposé à croire néanmoins qu'elle parlait en connaissance de cause. « O.K., maman. »

Et enfin vint le tour de Bobby. « Je me fiche que ça soit lui ou non, mais je ne supporte pas de me trouver dans le même pâturage que ce fils de pute.

— Est-ce le genre de langage qu'on utilise à l'université du Kansas ? »

Il réagit comme elle l'avait fait vis-à-vis de lui un bon nombre de fois au cours de la journée, en prenant un air excédé, mais s'éloigna sans plus discuter.

Annabelle espéra que, quelle que soit la manière dont les choses se terminent, cela se fasse le plus vite possible.

Ses fils s'étaient maintenant regroupés à l'écart, visiblement prêts à déverser leur colère sur quelqu'un – et Annabelle savait qui serait ce quelqu'un, à la plus petite provocation de sa part. Comme s'il percevait la tension dans l'atmosphère, Billy Crosby se tenait prudemment à bonne distance de tous.

Dépêche-toi, adjura-t-elle le shérif en pensée.

Mais il n'arrivait toujours pas.

Les cow-boys se rassemblèrent autour du camion avec leur collation, en émettant des bruits appréciateurs. Annabelle se contraignit à s'entretenir avec chacun d'eux, leur demandant des nouvelles de leurs épouses et de leurs enfants, ou de leurs parents et de leurs frères et sœurs. Elle était en train de ramasser les restes des petits pains quand son mari enfila un imper noir et cria : « Plus qu'une clôture ici, et nous pourrons passer à la suivante. Hugh-Jay, Chase, vous vous en occupez.

— OK, répondit Hugh-Jay, qui se lécha les doigts et jeta sa tasse en plastique vide dans un sac-poubelle. On y va, Chase.

— Une minute. » Son frère sortit une cigarette puis palpa les poches de son jean, avec l'air de chercher quelque chose. « Laisse-moi d'abord en griller une. » C'était leur première pause depuis le début de la journée.

« Tu devrais te débarrasser de cette habitude néfaste, lui dit son père d'un air dégoûté.

— Il faut bien que j'aie au moins un vice, papa », rétorqua Chase avec un petit sourire.

Les autres rirent, comme s'ils le soupçonnaient d'en avoir plus d'un.

« Tiens », fit Hugh-Jay, sortant de sa poche un objet argenté qu'il lança à son cadet.

Chase l'attrapa de sa main libre. Quand il regarda l'objet, son visage s'éclaira et il s'exclama : « Hé, c'est mon briquet ! Où l'as-tu trouvé ?

— Par terre, dans ma cuisine. »

Le sourire de Chase se fit espiègle : « Malédiction, nous sommes découverts !

— Tu es repassé à la maison dans la matinée ? s'enquit Hugh-Jay.

— Oui.

— Je croyais t'avoir demandé d'aller à la banque, ce matin, intervint leur père.

— En effet, papa, et j'y suis allé », répondit Chase d'un ton conciliant. Il s'interrompit pour allumer sa cigarette en l'abritant au creux de ses mains pour éviter que le vent n'éteigne la flamme. Quand il releva la tête, après avoir aspiré une longue bouffée, il exhala la fumée et reprit : « Ensuite, je me suis arrêté chez toi pour mendier une tasse de café auprès de Laurie.

— Hé, Chase, plaisanta un des hommes, tu devrais peut-être te trouver une femme à toi pour te préparer du café, au lieu d'aller embêter celle de Hugh-Jay. »

Chase salua cette réflexion par un rire sonore, et les autres sourirent.

Hugh-Jay, qui ne riait pas, s'éloigna et s'empara de l'une des extrémités d'un rouleau de barbelé tout neuf. La cigarette au coin de la bouche, Chase s'approcha d'un pas nonchalant et saisit l'autre extrémité de la bobine. Ensemble, ils se dirigèrent vers la clôture endommagée, sous le regard des autres hommes.

Ils déposèrent le rouleau sur l'herbe.

D'un de ses doigts gantés, Hugh-Jay souleva un fil et l'enserra entre les pinces des cisailles.

Instantanément, le barbelé tendu à l'extrême se redressa et, libéré de la bobine, alla frapper, tel un serpent hargneux, les jambes de son frère.

Chase poussa un cri et fit un bond en arrière. Une fois hors d'atteinte, il adressa à son aîné un regard stupéfait.

« Bon sang, tu pourrais faire un peu plus attention ! Tu as failli m'arracher les couilles. »

Sans s'excuser, Hugh-Jay répondit : « Ce serait peut-être un service à rendre aux femmes du comté de Henderson.

— Décidément, murmura Chase en secouant la tête, tout le monde est d'une humeur de chien dans cette famille, aujourd'hui. » Il tira une dernière fois sur sa cigarette, la laissa tomber sur le sol et l'écrasa sous le talon de sa botte. Montrant le rouleau de barbelé, il poursuivit : « Recommençons. Fais un peu plus attention, cette fois, d'accord ? »

En voyant ses deux fils se quereller ainsi, Annabelle eut le cœur serré.

Les clôtures cisaillées et la vache égorgée n'étaient pas les seuls problèmes auxquels sa famille se trouvait confrontée, s'avoua-t-elle. Il était temps de rendre à sa belle-fille la visite tant de fois remise. Elle espérait qu'il n'était pas trop tard pour réparer les choses avant qu'elles ne deviennent bien plus dangereuses que Billy Crosby ou un rouleau de barbelé. Elle espérait aussi que ce n'était pas seulement un prétexte qu'elle s'inventait pour ne pas être là quand le shérif viendrait arrêter Billy. Absorbée dans ses sombres pensées, elle entreprit de rapporter les différents ustensiles vers sa Cadillac, escortée par le serviable Red Bosch tenant un sac-poubelle dans une main et le pichet de thé dans l'autre.

Elle était à mi-chemin de la ville quand elle s'aperçut qu'elle n'avait même pas dit au revoir à son mari ni à ses fils.

10

Hugh senior regarda sa femme s'éloigner à bord de sa voiture, en se demandant pourquoi elle était partie si précipitamment. Il lécha le sucre glace sur ses doigts, puis déclara : « Bon, les gars. On apprécie énormément l'aide que vous nous avez apportée aujourd'hui, c'est sûr. Maintenant, en selle, et terminons-en au plus vite afin que vous puissiez retourner à vos propres tâches.

— Est-ce que tu as appelé le shérif, Hugh ? s'enquit un voisin.

— Oui, acquiesça l'éleveur. Il ne va pas tarder à arriver.

— La pluie aussi, papa », l'interrompit Chase en regardant le ciel.

Cette constatation incita les hommes à remonter en hâte sur leurs chevaux.

« Pas toi, Billy, lança Hugh dans le dos du jeune homme qui se dirigeait vers sa monture. Tu viens dans le camion avec moi. J'ai un boulot spécial à te confier. »

Billy Crosby se retourna pour le dévisager d'un air surpris.

« Quel boulot ? » À en croire les témoins de la scène, il posa cette question d'un ton qui, de l'avis de certains, manquait de respect, et, selon d'autres, trahissait une certaine nervosité. Mais tous s'accordaient sur le fait que la phrase qui suivit était, elle, carrément insolente

« Je suis meilleur cavalier qu'eux tous.

— Justement, j'ai un travail qui te conviendra parfaitement. »

La voix de Hugh senior s'était brusquement durcie.

« Je préfère m'occuper des bêtes.

— Oh ! mais tu vas t'en occuper, Billy. »

Les voisins et les autres employés ne perdirent rien de ce dialogue tendu, même s'ils faisaient mine de ne pas écouter. Certains échangèrent des regards subreptices. Tous se rappelaient la scène déplaisante de la veille, dans l'enclos à bétail.

Hugh senior pointa tour à tour un doigt vers Bobby et vers Hugh-Jay. « Vous deux, prenez vos chevaux. » Puis, désignant Chase : « Toi, tu restes ici, comme ça, si le shérif arrive, tu pourras lui indiquer où nous trouver.

— Où vas-tu, papa ?

— Séparer de nouveau les veaux sevrés de leurs mères. »

Dans le pré voisin, Hugh senior gara son camion près de la vache morte. « Voici ton travail, Billy. Sers-toi du treuil à l'arrière pour la hisser dans la benne. »

L'haleine de son passager et même sa sueur empestaient la bière – un signe évident de son alcoolisme. Tel père, tel fils, se dit-il.

Billy abaissa sa visière sur ses yeux et obéit sans élever d'objections, ce qui était suspect en soi, songea l'éleveur.

Billy ne demanda pas : « Pourquoi moi ? » Il ne pleurnicha pas pour qu'on l'aide et ne se plaignit pas. Il se contenta de descendre et de contourner le camion d'un pas traînant afin d'exécuter cet ordre, un étrange rictus nerveux jouant sur ses lèvres.

Aux yeux de Hugh senior, c'étaient autant de preuves de sa culpabilité.

Peut-être la prison le remettrait-elle dans le droit chemin.

L'éleveur resta assis dans la cabine un instant encore – le temps de voir Billy se gratter la tête en contemplant la carcasse qui commençait déjà à se putréfier. Il eut l'impression que le jeune homme éprouvait une furieuse envie de lui flanquer un grand coup de pied pour se défouler, mais n'osait pas le faire parce qu'il se savait observé. Hugh descendit à son tour et appela Red Bosch, afin qu'il donne un coup de main à Billy. Toujours plein de bonne volonté, l'adolescent s'installa au volant et manœuvra en marche arrière de façon à placer correctement le treuil. Voyant que ses deux employés étaient capables de se débrouiller seuls, Hugh senior les abandonna pour aller superviser le travail des autres.

Un peu plus tard, il héla son aîné : « Il y a assez de gars pour finir le boulot. Mets-toi en route pour le Colorado.

— Et Billy, comment rentrera-t-il ? C'est moi qui l'ai conduit jusqu'ici, lui rappela Hugh-Jay.

— Tu n'auras pas besoin de le raccompagner aujourd'hui.

— Pourquoi ?

— Parce qu'il va prendre un autre moyen de transport », expliqua son père, pointant du doigt la route où la voiture du shérif venait d'apparaître, suivie de celles de ses deux adjoints, soulevant chacune derrière elle une longue traînée de poussière.

Quand tout fut terminé, que Billy eut été emmené, que toutes les bêtes eurent réintégré leurs pâturages respectifs, et que tout le monde fut rentré chez soi, Hugh senior, demeuré seul dans la prairie, leva les yeux vers les nuées d'orage amoncelées à l'ouest. Elles apporteraient aussi des températures nettement plus fraîches, ce qui signifiait que, lorsque ce front froid rattraperait la masse d'air chaud qui le précédait, il se produirait probablement de violentes perturbations.

Il pourrait en résulter des pluies torrentielles, de la grêle, de fortes rafales de vent, des tornades.

Ils avaient fini leur travail juste à temps pour échapper à tout cela.

Dépêche-toi de filer, s'admonesta intérieurement l'éleveur, avec un dernier regard vers ce qui ressemblait à une muraille gris foncé se dirigeant vers lui. Il perçut au loin tous les signes précurseurs de la tempête – des rideaux de pluie verticale, des roulements de tonnerre, des éclairs zébrant le ciel à quelques kilomètres de distance. L'averse qui était tombée un peu plus tôt n'était qu'un préambule. À présent, l'orage allait éclater pour de bon, et il s'annonçait d'une rare violence.

Hugh s'inquiéta pour les fermiers du coin, dont les champs avaient été tellement durcis par la sécheresse qu'une pluie comme celle qui arrivait ne ferait qu'empirer les choses. Ce dont ils avaient besoin, c'était de plusieurs jours de pluie fine et continue, qui donnerait au sol la possibilité de se ramollir et d'absorber l'eau.

Voilà ce qu'est Billy : un terrain dur comme la pierre, songea-t-il à cet instant.

Au lieu de cela, la pluie stagnerait en surface, aggravant l'érosion et provoquant des inondations.

En se dépêchant, il pouvait conduire le cheval boiteux de Hugh-Jay chez le vétérinaire avant la fermeture du cabinet et avant que la pluie n'atteigne Rose, même s'il rentrerait vraisemblablement chez lui sous l'orage. Leur vétérinaire faisait des visites à domicile, parfois même de nuit, il ne rechignait pas à se déplacer les jours fériés ou à n'importe quel moment où on avait besoin de lui, mais les Linder n'aimaient pas l'obliger à effectuer ce long trajet pour un seul animal, alors qu'ils pouvaient très bien amener celui-ci à la clinique, située à la lisière de la ville.

Le ranch paraissait calme et silencieux, comme s'il attendait la venue de la pluie qui le soulagerait de sa torpeur.

Du soulagement, c'était aussi ce que Hugh ressentait.

Le coupable était en garde à vue. Billy était parti menottes aux poignets, protestant de son innocence. Mais il s'était néanmoins laissé emmener sans opposer de résistance et s'attirer ainsi davantage d'ennuis. Les autres hommes avaient regardé la scène avec des yeux ébahis, mais sans réelle surprise. Ils avaient jugé l'attitude de Hugh parfaitement raisonnable, quand il leur avait expliqué qu'il avait préféré garder le secret afin que Billy ne se doute de rien. Le shérif avait confié à l'éleveur que la perquisition au domicile de Billy ne leur avait fourni aucun indice compromettant. « Mais ça ne veut pas dire qu'il n'y en a pas. Ne vous inquiétez pas. On finira bien par le faire avouer, ce petit salopard. »

Cette promesse avait donné à Hugh le sentiment que tout allait bientôt rentrer dans l'ordre.

Le pire était passé, désormais.

C'était avec une satisfaction mêlée d'ironie qu'il avait regardé Billy Crosby réparer les clôtures qu'il s'était donné tant de mal à cisailler, et avec une satisfaction plus grande encore qu'il lui avait fait ramasser la vache qu'il avait tuée. La vengeance était un cercle vicieux, se dit Hugh senior, sous la pluie qui tombait de plus en plus fort à chaque minute. Le cycle ne s'arrêtait jamais, à moins que quelqu'un ne décide d'y mettre fin. Mais il se rassura en se persuadant que ses actes n'étaient pas dictés par un esprit de vengeance. Il réagissait simplement en bon gestionnaire, prenant des mesures sensées pour extirper un cancer de son ranch avant qu'il ne s'étende.

Il remonta dans son camion et se dirigea vers l'écurie pour prendre le cheval estropié. S'il avait agi autrement, il aurait été un hypocrite à ses propres yeux. Il ne pouvait pas reprocher à Billy Crosby sa cruauté envers les animaux, si lui-même ne se préoccupait pas d'un de ses chevaux pour le faire soigner quand il souffrait.

Mon fils aîné est meilleur que moi, se dit-il, et ce n'était pas la première fois que cette pensée lui venait.

Il sentit son cœur se gonfler d'amour pour son garçon, bien que ce fût un sentiment qu'il n'exprimerait sans doute jamais à voix haute.

« Il sera bientôt cinq heures », murmura-t-il pour lui-même.

S'il voulait conduire ce cheval chez le véto, il ferait mieux de partir tout de suite.

Ç'avait été une mauvaise journée, mais les choses allaient déjà mieux – du moins, pour ceux qui n'essayaient pas de faire pousser du blé.

11

Tandis qu'elle roulait vers Rose pour tenter de sauver le mariage de son fils, Annabelle prit conscience qu'il vaudrait peut-être mieux aborder le sujet de manière indirecte plutôt que de lancer une attaque frontale. Elle devait appâter sa belle-fille au moyen d'un leurre, tout comme elle offrait des pommes à son cheval pour l'inciter à s'approcher d'elle quand il se trouvait à l'autre bout d'un pâturage. Tout en traversant ces étendues plates, elle se prit, pour une raison quelconque, à penser aux montagnes. Et cela lui donna une idée – une idée onéreuse, mais ayant toutes les chances de séduire Laurie, qui avait toujours eu le goût du luxe.

Et ce fut avec le cœur rempli d'espoir qu'elle s'arrêta d'abord devant l'ancienne banque reconvertie en musée par Belle, afin de téléphoner à sa belle-fille pour lui annoncer sa visite. Devant la façade de pierre meulière du bâtiment du XIXe siècle, elle songea, en levant les yeux vers les gargouilles à l'angle des murs, qu'elle pourrait profiter de l'occasion pour se réconcilier avec sa grincheuse de fille, raccommoder leur relation comme les hommes avaient raccommodé les clôtures sur la propriété. Les gargouilles avaient l'air aussi peu accueillantes que Belle le serait sans doute, mais elle les aimait, tout comme elle aimait la plus difficile de ses enfants – comme elle aimait *tous* ses enfants si difficiles en ce moment.

Elle arqua un sourcil à l'adresse d'une des figures de pierre qui la fixait d'un regard menaçant.

« Allez, lui dit-elle, essaie de voir le bon côté des choses ! »

Mais la hideuse sculpture surmontait une banque qui avait fait faillite, et cet appel à l'optimisme ne risquait pas d'être entendu.

Annabelle poussa la porte d'entrée, si élégante avec son énorme heurtoir de bronze et ses panneaux de verre cathédrale opaque.

Une clochette résonna au-dessus de sa tête, signalant son arrivée.

« Qui est-ce ? interrogea la voix de sa fille, du fond du bâtiment.

— Ta mère ! Tu es dans la salle des coffres ?

— Oui », répondit Belle d'un ton peu engageant.

Annabelle passa devant la rangée de guichets grillagés bordant l'un des murs, merveilleux vestige des transactions bancaires passées qui attendait à présent que Belle lui trouve un nouvel usage. Elle inhala longuement, s'imaginant sentir l'odeur des billets, entendre les sons qui emplissaient autrefois la pièce : brouhaha de voix, tintement de pièces de monnaie, bruit mat des liasses s'abattant sur le marbre.

En se dirigeant vers la vaste salle des coffres qui servait désormais de bureau à Belle, elle jeta un coup d'œil aux photos en noir et blanc – cabanes en mottes de gazon, rassemblements de bétail, puits de pétrole, piliers de clôture en pierre, tous ces clichés étalés sur les tables qui attendaient d'être encadrés et accrochés aux murs. Malgré le scepticisme que leur inspirait cette entreprise, à elle et à Hugh, elle se sentit étrangement attirée par les photographies. Quand elle s'arrêta pour en examiner une de plus près, elle eut envie de regarder la suivante, ce qui la poussa à se demander si, peut-être, d'autres personnes pourraient elles aussi les trouver fascinantes. Elle leva la tête vers le plafond à moulures d'étain. C'était vraiment un magnifique édifice.

Dis-le-lui, s'exhorta-t-elle intérieurement.

Elle espérait qu'elle ne serait pas obligée de s'extasier devant une tête de bison mort, toute mangée aux mites, mais elle était prête à le faire, prête à émettre des murmures admiratifs, si cela pouvait faire plaisir à sa fille.

Peut-être Hugh et elle se montraient-ils trop critiques ; peut-être qu'en témoignant plus d'intérêt, plus d'admiration pour le travail de leur fille, ils mettraient un peu d'huile dans les rouages grinçants de leur relation ? Si cela ne marchait pas, Annabelle connaissait le moyen infaillible d'y parvenir, bien qu'elle eût un peu honte d'elle-même chaque fois qu'elle y recourait. Il y avait un sujet sur lequel Belle et elle s'entendaient parfaitement : la jeune femme qui était la belle-fille de l'une et la belle-sœur de l'autre. Laurie – Bénie soit-elle, songea Annabelle avec ironie – avait au moins cette qualité de créer un consensus entre elles.

Elle entra dans la salle des coffres où résonnait le bruit d'une machine à écrire.

Assise devant un antique bureau à cylindre acheté lors de la vente d'une ferme, Belle tapait à toute vitesse sur le clavier d'une machine surannée. Elle écrivait des articles sur l'histoire, la géologie et l'archéologie locales et les expédiait à des dizaines de magazines dans l'espoir de les faire publier. De temps à autre, l'un de ses textes était accepté et elle gagnait ainsi un peu d'argent.

« Pourrais-tu t'arrêter une petite minute, ma chérie ? »

Belle continua à pianoter un moment sur les touches puis s'exécuta à contrecœur, ralentissant d'abord le rythme pour finir par taper les derniers mots une lettre à la fois.

Ensuite elle fit pivoter son vieux fauteuil en bois garni de cuir en disant :

« Je suis passablement occupée, maman.

— Tu as très fière allure, assise à ce bureau, Belle. Tu as l'air d'un véritable écrivain.

— J'en suis un.

— Je sais, ce n'est pas ce que je voulais… Ces photos, dans la salle du devant, sont vraiment fascinantes.

— Lesquelles ?

— Les maisons en mottes de gazon.

— Ce sont les moins bonnes. J'en ai de bien plus intéressantes.

— Oh, très bien… » Décidant d'employer son arme la plus sûre, Annabelle poursuivit : « Je ne veux pas te déranger. J'ai seulement besoin d'utiliser ton téléphone pour appeler Laurie.

— Pourquoi ? »

Annabelle livra intérieurement bataille à ses scrupules, puis les écarta résolument pour regagner les faveurs de sa fille. « Je me fais du souci pour elle et Hugh-Jay. Je n'aime pas la façon dont elle flirte avec Chase. »

Belle écarquilla les yeux. « Tu l'as remarqué, toi aussi ?

— Difficile de faire autrement.

— C'est ridicule. Je ne sais pas comment Hugh-Jay peut le supporter.

— Il faut y mettre un terme. »

Elles échangèrent un regard d'entente qui ravit le cœur d'Annabelle, mais, aussitôt après, sa fille prit une mine sceptique. « Ne serait-ce pas plutôt à Hugh-Jay d'y mettre un terme, maman ? Et de toute façon, ce n'est pas comme si Chase était le seul à qui elle faisait de l'œil.

— À qui d'autre ?

— À qui n'en fait-elle pas, tu veux dire ?

— Je ne l'ai jamais vue flirter avec Bobby. Oh, le seul fait de prononcer ces mots me répugne ! »

Une expression de dégoût passa sur les traits de Belle. « Elle a sa tactique. Elle le taquine et l'insulte, c'est pareil que de flirter avec lui, parce que ça le désarçonne et ça l'oblige à s'intéresser à elle. »

Annabelle contempla sa fille, impressionnée par une telle perspicacité.

« A-t-elle déjà flirté avec Meryl ?

— Pas en ma présence, répondit Belle d'un ton indigné, avec un geste orgueilleux du menton. Mais Meryl me dit que cela lui arrive, quand je ne suis pas là.

— Oh, ma chérie… »

Le visage de sa fille s'empourpra. « Ne t'inquiète pas, maman. Meryl veille toujours à lui faire comprendre qu'il n'est pas disponible, même pour elle. »

Annabelle éprouva un élan de compassion envers sa fille, condamnée à passer toute sa vie dans l'ombre d'une autre qui, grâce à son joli minois et à ses manières enjouées, avait toujours obtenu tout ce qu'elle désirait. Elle se rappela toutes ces fois où Belle était rentrée d'un bal ou d'une fête les yeux rougis, parce qu'elle avait fait tapisserie alors que les garçons se bousculaient autour de Laurie. Elle se rappela la joie à peine dissimulée de Belle quand son frère aîné avait commencé à sortir avec Laurie, avant de se fiancer avec elle et enfin de l'épouser. Béni soit Meryl Tapper, pensa-t-elle, car il était la meilleure revanche de Belle, un garçon aussi gentil que l'était son frère, et qui l'aimait telle qu'elle était, en dépit de son caractère – nettement moins ombrageux en sa présence, parce qu'il avait le don de l'amadouer. Quand Meryl était près d'elle, Belle devenait presque jolie, et son teint ravissant resplendissait de plaisir devant les attentions dont il l'entourait. Si Laurie faisait quoi que ce soit pour menacer ce bonheur, Annabelle se sentait capable de la tuer.

Elle fut prise d'un accès de culpabilité en constatant que sa fille paraissait bouleversée et s'empressa de changer de sujet.

« Où étais-tu la nuit dernière, ma fille chérie ?

— Ici, répondit Belle en pointant derechef le menton d'un air entêté.

— Pas avec Meryl ?

— Il avait du travail.

— Ce garçon n'arrête pas de travailler.

— Arrête de le critiquer.

— Ce n'était pas mon intention », soupira Annabelle. Hugh et elle croisaient les doigts pour que Belle épouse ce jeune homme qu'ils aimaient comme s'il était leur quatrième fils. Ils avaient aidé Meryl à financer ses études de droit et avaient été les premiers à lui donner du travail quand il avait accroché sa plaque sur la façade de son cabinet. Hugh aimait à dire pour plaisanter que l'argent qu'ils avaient déboursé leur procurerait peut-être un gendre idéal, à défaut d'un bon avocat. Mais il semblait qu'ils auraient la chance d'obtenir les deux – un avocat compétent au sein de leur famille. « Après Belle, affirmait Hugh, apprivoiser un juge ou un jury sera un jeu d'enfant pour lui. »

Plutôt que de courir le risque de soulever d'autres sujets épineux, Annabelle décrocha le combiné et appela Laurie. Quand ce fut fait et qu'elle eut été invitée dans les règles, elle lança à Belle un long regard attristé.

« Qu'y a-t-il, maman ? s'enquit sa fille en posant une main sur son genou.

— Il s'est passé quelque chose au ranch la nuit dernière, ma chérie », expliqua-t-elle, refoulant les larmes qui lui montaient aux yeux au souvenir de la méchanceté de Billy Crosby, mais surtout à cause du geste affectueux de Belle et de l'expression de sollicitude sur son visage.

Après avoir quitté la banque, Annabelle s'arma de courage en vue de la seconde épreuve qui l'attendait – sa visite à une jeune femme guère plus accommodante que sa fille. Seule dans sa voiture, elle ferma les yeux et pria le ciel de préserver le mariage de son fils aîné. Puis, émettant des ondes d'amour vers sa petite-fille, elle pria pour que Jody reste toujours aussi adorable, aussi heureuse et aussi facile à vivre qu'elle l'était maintenant.

12

« Regarde-moi ça ! s'exclama Annabelle en souriant à la petite fille juchée sur ses genoux. Comme tu as grandi ! »

Tout le monde trouvait Jody – qui se prénommait en réalité Laurie Jo, comme sa mère – absolument adorable. Elle était née avec les cheveux noirs et indisciplinés de Laurie et possédait également ses yeux brun foncé et son ossature délicate. Annabelle, tout en se sentant un brin déloyale envers son fils, se réjouissait que l'enfant ait hérité du capital génétique de Laurie plutôt que de celui de Hugh-Jay.

Une part de tarte aux pommes encore chaude et ruisselante de jus fumait dans l'assiette placée devant elle, sur la table de la cuisine.

Annabelle, qui avait accepté une boule de glace à la vanille pour accompagner le gâteau, devait également reconnaître que Laurie était une excellente pâtissière. La tarte était cuite à la perfection, et les croisillons de pâte qui la recouvraient étaient d'un beau brun doré. La surface était vernissée de cristaux de sucre, selon les règles de l'art. De sa main libre, elle s'empara de sa fourchette, découpa un petit morceau du triangle et offrit cette première bouchée, moelleuse et odorante, à sa petite-fille, qui lui sourit en l'enfournant. Le cœur d'Annabelle se gonfla d'amour à ce spectacle.

Tandis que Jody mastiquait bruyamment, sa grand-mère goûta la tarte à son tour.

« Mmm, c'est délicieux, Laurie.

— Oui, maman, c'est drôlement bon. »

La garniture avait exactement la pointe d'acidité idéale, ni trop ni trop peu.

La compagnie de l'enfant et cette succulente nourriture firent naître en Annabelle une bouffée de gratitude, et il lui fut ainsi plus facile de sourire à sa bru assise en face d'elle. Laurie, qui avait des penchants artistiques, avait peint la table en jaune tournesol pour l'assortir aux rideaux en vichy et aux poteries qu'elle avait peintes elle-même de grosses fleurs orange, jaunes, rouges et blanches, et fait cuire dans un four à céramique. Elles ressemblaient à des bouquets printaniers disposés tout autour de la table ronde. Dans sa robe bain de soleil jaune, Laurie ajoutait la touche finale à ce décor charmant. Dehors, le jour s'assombrissait de seconde en seconde, mais le soleil régnait toujours à l'intérieur de la maison. Laurie aurait dû s'inscrire aux beaux-arts, songea Annabelle, au lieu d'essayer d'obtenir un diplôme en biologie, pour échouer dès la première année. Elle ne correspondait en rien à l'épouse dont elle avait rêvé pour Hugh-Jay. Elle se rendait compte à présent qu'elle avait sous-estimé la vulnérabilité du jeune homme – de n'importe quel jeune homme – face à un joli minois et une silhouette qui ne l'était pas moins. Mais bon, après tout, il lui restait deux fils, et donc deux autres chances de connaître un jour cette affectueuse complicité féminine qu'elle partageait si rarement avec Belle.

Et en attendant, elle avait son exquise petite-fille.

Elle serra Jody contre elle tandis que l'enfant avançait la main vers la tarte.

« Je peux rester ici avec elle, proposa-t-elle selon la stratégie qu'elle avait mise au point, si tu as quoi que ce soit à faire. »

Laurie soupira. « J'aimerais simplement pouvoir me prélasser tranquillement dans un bain.

— C'est agréable de se détendre un peu de temps en temps, opina Annabelle avec une désinvolture étudiée.

Quand les enfants étaient petits, Hugh et moi chérissions les instants où nous pouvions partir de la maison et nous retrouver en tête-à-tête, même si les gosses nous manquaient.

— Ça me plairait également, de partir un peu d'ici. »

C'est vraiment trop facile, pensa Annabelle, en réprimant un sourire.

Elle vit les coins de la jolie bouche de Laurie s'abaisser en un rictus malheureux.

« Tu as envie d'une petite pause, ma belle ?

— Oh ! seigneur, oui. Un bain, ce serait génial. Je pourrais même allumer des bougies.

— En fait, reprit Annabelle en souriant, je songeais à une pause un peu plus longue, quelques jours de vacances dans un endroit agréable.

— Ce qu'il me faudrait, déclara Laurie en soupirant, c'est dix ans de vacances. À Tahiti. »

Annabelle se mit à rire, et Laurie l'imita, d'une manière qui manquait de sincérité.

Les parents de celle-ci, qui, toute leur vie, avaient exaucé le moindre caprice de leur ravissante fille, avaient déménagé vers Wichita après le mariage, comme s'ils se déchargeaient sur la famille Linder, plus nombreuse et plus riche, de l'entretien de la coûteuse Laurie. Annabelle pouvait les comprendre, même si cette défection l'avait quelque peu déroutée. À présent, ils se contentaient de rendre de temps à autre des visites étonnamment brèves à leur petite-fille. Ce n'était pas la faute de Laurie, se rappela Annabelle, si elle avait été trop gâtée.

« À défaut de ça, que dirais-tu de prendre un week-end ?

— Quoi ?

— Deux ou trois jours de vacances, rien que vous deux, Hugh-Jay et toi », expliqua Annabelle. C'était cela, son idée de génie.

« Tout un week-end ! s'exclama Laurie en se redressant. Mais qui…

— Nous, bien sûr, la coupa Annabelle en essuyant un peu de crème glacée sur le menton de Jody. Nous en serions ravis. Je veux vous offrir, à toi et à mon fils, un week-end au Broadmoor..

— Au quoi ?

— Au Broadmoor. Un hôtel à Colorado Springs.

— Celui avec le spa et le golf et le..., s'émerveilla Laurie, visiblement enthousiasmée. Vraiment ? Vous parlez sérieusement ?

— Mais oui.

— Oh, ça alors ! Je n'arrive pas à y croire, Annabelle. Oui, oui, oui ! »

Annabelle sentit sa tension se dissiper un peu. Avec un sourire satisfait, elle tapota d'une main la table jaune, admirant la minutie avec laquelle sa belle-fille avait poncé la surface pour la rendre parfaitement lisse avant de la peindre. Pour ce qui était de donner une belle apparence aux choses, y compris à elle-même, Laurie était douée.

Mais à cet instant, la jeune femme se pencha vers elle et dit : « Hugh-Jay ne voudra jamais. »

La main d'Annabelle s'immobilisa. « Pourquoi cela ?

— Il ne voudra pas, c'est tout, répondit Laurie d'un ton à la fois dédaigneux et amer. Il refusera de quitter le ranch pour *s'amuser*, vous le savez bien, Annabelle. Pas question de partir tant qu'il restera une vache à garder ou un cheval à monter. En revanche, si vous l'envoyez à une vente de taureaux, là, il est prêt à s'absenter pour une semaine.

— Nous arriverons bien à le persuader.

— Et si j'y allais toute seule ? »

Estomaquée, Annabelle répéta : « Comment ? Toute seule ? »

Laurie acquiesça, comme brusquement transportée de joie, toute lassitude effacée de ses yeux. À cet instant, elle paraissait incroyablement belle et débordante de vie, et Annabelle comprit pourquoi son fils avait l'air si épris et si malheureux. Il devait être difficile, pour un homme simple et honnête, ou pour n'importe quel homme, de perdre une femme comme elle. Sur ses genoux, Jody contemplait sa mère d'un air émerveillé, comme s'il s'agissait d'une belle princesse sortie d'un conte de fées. « Oh ! maman, dit Laurie, cela me ferait tellement de bien… et à Jay aussi, vraiment ! »

Annabelle détestait que sa belle-fille l'appelle maman.

« En quoi cela ferait-il du bien à Hugh-Jay ? s'enquit-elle d'un ton passablement cinglant.

— Je reviendrais en pleine forme et heureuse de le revoir !

— Quelle chance pour lui !

— Exactement. »

Annabelle était tellement déroutée par la tournure inattendue de la conversation qu'elle ne savait comment refuser sans paraître fâchée ou cinglante. Elle aurait voulu en fait s'écrier : *Espèce d'égoïste ! Comment peux-tu transformer cette offre généreuse destinée à vous deux en un cadeau à ton intention exclusive ?*

Pour gagner du temps, elle grignota une autre bouchée de tarte, tout en réfléchissant intensément.

Elle était préoccupée par le fait que Laurie ait flirté avec Chase ce matin même. L'épisode du barbelé l'avait bouleversée, et elle avait préféré s'abstenir d'en parler à Belle. Elle avait du mal à croire que Hugh-Jay ait pu se conduire ainsi, et qu'il n'en ait pas éprouvé le moindre regret, comme l'indiquait clairement son expression. Chase aurait pu être gravement blessé. Hugh-Jay avait apparemment atteint le point de rupture. Même s'il ne s'était – encore – rien passé entre Chase et Laurie, les choses étaient allées suffisamment loin pour pousser Hugh-Jay à bout, et c'était déjà trop.

C'était à son fils et à Laurie qu'elle voulait offrir quelques jours de vacances *ensemble*, afin de leur permettre de se redécouvrir mutuellement, de reconstruire leur couple, de s'amuser et de prendre un peu de plaisir sans se soucier de leurs responsabilités, pour une fois.

Le téléphone sonna dans le vestibule, et Annabelle était tellement absorbée dans ses pensées qu'elle sursauta.

Tendant l'oreille, elle s'efforça de saisir les propos de Laurie. « Allô. » Une réponse tout à fait banale, mais les mots qui suivirent furent prononcés d'un ton qui l'était beaucoup moins, amusé, vaguement conspirateur. « Je pensais que ça pouvait t'intéresser... Oui, au Bailey's... Quoi ? » Annabelle entendit sa belle-fille émettre un petit rire rauque et aguicheur. « Oh, toi ! » Puis Laurie prit un ton affecté, le genre de ton qu'on emploie pour transmettre un message secret à son interlocuteur et lui faire comprendre qu'on ne peut pas lui parler librement. « Écoute, ma belle-mère est ici. » Un petit silence, suivi d'un nouveau rire de gorge, puis Laurie raccrocha sans dire au revoir.

« C'était Belle, déclara-t-elle d'un air dégagé lorsqu'elle revint dans la cuisine. Nous nous retrouverons au Bailey's ce soir pour le dîner. »

Et tu parles de moi en disant « ma belle-mère », alors que tu t'adresses à ma propre fille ? ironisa Annabelle en elle-même.

Laurie se pencha par-dessus la table, comme si, pour une raison mystérieuse, elle se sentait tout à coup beaucoup plus assurée. « Pourrais-je rester trois jours ?

— Rester ? » répéta Annabelle sans comprendre. Puis elle cligna des yeux, effarée par cette nouvelle escalade. « Au Broadmoor ?

— Je pourrais peut-être emmener quelqu'un, si Hugh-Jay ne veut pas m'accompagner.

— Quelqu'un ? » Annabelle, mal à l'aise, se demanda si elle n'avait pas aggravé la situation. La pensée qui l'effleura alors, sans qu'elle puisse l'exprimer à voix haute, fut : Ce n'est pas parce que Hugh-Jay ne vient pas avec toi que tu peux emmener quelqu'un d'autre ou lui demander de te retrouver là-bas.

Il lui vint des idées bien pires et elle se sentit au bord de la nausée.

Avec qui s'était-elle entretenue au téléphone ? Ce « quelqu'un » ?

Bien sûr, Laurie voulait parler d'une amie, c'était évident, mais si Chase trouvait subitement un prétexte pour se rendre dans leur ranch du Colorado le même week-end, elle l'enverrait néanmoins faire une course à mille kilomètres dans la direction opposée. Elle allait également suggérer à son père qu'il avait peut-être besoin d'une bonne semonce.

Laurie, toutefois, n'avait pas encore fini d'énoncer ses exigences.

« Pourriez-vous ramener Jody avec vous au ranch et la garder pour la nuit ? Elle adorerait dormir chez vous, n'est-ce pas, ma chérie ? »

L'enfant, enchantée par cette proposition autant que par la tendresse inhabituelle du ton de sa mère, jeta ses bras autour du cou de sa grand-mère en chuchotant : « S'il te plaît. »

Elle adorait ses grands-parents et se plaisait beaucoup au ranch, où ses oncles l'emmenaient faire des balades à cheval et où elle disposait d'un espace illimité pour jouer et courir.

Si Annabelle accepta, ce fut uniquement pour répondre à la prière de Jody.

Laurie ne parut pas remarquer cette nuance et, pendant que la petite et sa grand-mère se préparaient à partir, parla avec volubilité des massages et des soins faciaux qu'elle se ferait administrer, des vêtements dont elle aurait besoin. « J'ai entendu parler du Broadmoor, vous pensez bien ! C'est un endroit très connu et très chic. »

Pour elle, la question semblait réglée, et il n'était même pas nécessaire de dire merci.

Rayonnante, la ravissante jeune maman les escorta prestement jusqu'à la porte et la referma sitôt qu'elles furent sur le perron. Annabelle eut l'impression d'avoir été jetée dehors sans cérémonie, comme un sac d'ordures. « Eh bien, dit-elle, baissant les yeux vers la fillette qui lui donnait la main, allons mettre le dîner en route. Pendant que je découperai le pain de viande, tu pourras aller voir les chatons nouveau-nés dans la grange.

— Des chatons ! » glapit l'enfant en sautant de joie.

Annabelle se fit la réflexion qu'elle ne s'était pas retournée pour lancer un dernier regard à sa mère.

Une heure plus tard, alors qu'elle roulait vers Rose avec Jody assise à l'arrière, Annabelle tressaillit quand une voiture klaxonna derrière elle. En jetant un coup d'œil dans le miroir du rétroviseur, elle découvrit que le conducteur n'était autre que Hugh-Jay. « Regarde, Jody, c'est ton papa ! » Elle se rangea sur le bas-côté et il vint se garer près d'elle. Laurie l'avait-elle déjà informé de ses projets de vacances ? se demanda-t-elle, remplie de culpabilité à l'idée que son ingérence, même si elle était motivée par une bonne intention, avait finalement abouti à l'exclure du voyage.

Mais quand il se pencha vers la vitre de la voiture, il se borna à sourire et à dire : « Salut, maman. » Puis il plongea son long bras à l'intérieur du véhicule pour pincer affectueusement le genou de sa fille. « Salut, mon amour. »

Jody gloussa de rire à ce contact. « On va au ranch, papa.

— Bon, mais ne monte pas sur les vaches, entendu ?

— Papa, on ne monte pas sur les vaches, voyons ! »

Il rit et retira son bras. « C'est vrai. Tu fais bien de me le rappeler. » Il adressa un sourire à sa mère et poursuivit : « J'ai reconnu la voiture, et j'ai voulu te dire au revoir avant de partir pour le Colorado.

— Est-ce que tout est... réglé, concernant Billy... au ranch ? »

Il répondit de manière tout aussi sibylline pour éviter d'inquiéter la fillette. « Tout est réglé. On l'a emmené. Pas de problème.

— Tant mieux. » Scrutant son large visage affable mais dépourvu de beauté, elle reprit : « Hugh-Jay ?

— Maman ? répondit-il avec espièglerie, amusé par le ton excessivement sérieux qu'elle avait utilisé.

— En parlant du Colorado, j'ai peut-être commis une erreur, avoua-t-elle.

— Impossible, rétorqua-t-il en souriant.

— Attends de savoir de quoi il s'agit avant d'en juger. J'ai proposé à Laurie un petit voyage à deux, rien qu'elle et toi, mais ça s'est transformé en séjour dans un centre de remise en forme pour elle toute seule. » Afin d'atténuer le coup, elle enjoliva l'excuse de Laurie et expliqua avec diplomatie : « Laurie pense que tu n'aimerais pas t'absenter du ranch alors qu'il y a tellement de travail à faire. »

Elle vit un pli se creuser entre les sourcils de Hugh-Jay avant de s'effacer.

« Elle a sans doute raison. C'est parfait. Cela lui fera du bien.

— Cela t'en ferait également.

— Est-ce que j'ai l'air de quelqu'un qui fréquente les spas ? »

Elle sourit. « Hugh-Jay ?

— Oui, maman ? plaisanta-t-il de nouveau, avec moins de spontanéité cette fois.

— Ne laisse personne te dire que le bonheur est une chose qui se mérite. »

L'expression de son fils se fit perplexe, et son amusement plus sincère. Les conseils qu'elle leur dispensait sous forme d'aphorismes avaient toujours fait la joie de sa progéniture.

« Promis. »

Il fit entendre un petit rire, mais, sans bien savoir pourquoi, elle ne parvint pas à lui sourire en retour. Elle sentit ses yeux se mouiller et battit des paupières pour refouler ses larmes. « Ce que je voulais dire, reprit-elle, c'est que, si le bonheur devait se mériter, alors, de tous mes enfants, tu devrais être le plus heureux. » Elle s'interrompit, puis se jeta à l'eau et ajouta tout bas, pour éviter d'être entendue par les jeunes oreilles : « Mais tu ne l'es pas, n'est-ce pas ?

— Maman ! » la réprimanda-t-il d'une voix douce.

Profitant de ce qu'il se tenait toujours accroupi devant sa vitre, elle posa sa paume gauche sur la joue droite du plus adulte de ses fils et sentit sous ses doigts les poils de sa barbe. Ils étaient si blonds qu'ils en étaient presque invisibles. Elle le dévisagea longuement, comme pour mémoriser ses traits. Après les premières semaines, toujours un peu délicates pour une mère novice, il avait été un enfant si facile à élever, si facile à contenter ! Plus tard, il avait suffi d'un morceau de gâteau au chocolat pour le rendre heureux. N'importe quelle sitcom déclenchait ses rires, et Noël lui procurait le plus grand ravissement. Il n'était jamais grognon le matin et, maintenant qu'il avait lui-même une petite fille, il lui vouait une vénération sans bornes.

Annabelle se pencha pour déposer un baiser sur son large front couvert de sueur.

« Maman ! protesta-t-il en riant. Je suis crasseux.

— Et tu ne sens pas très bon, en plus.

— Tu es tout sale, papa ! »

Il sourit à l'enfant. « C'est vrai, mon amour. Papa a besoin d'un bon bain. »

Songeant à sa belle-fille qui devait en ce moment même se prélasser dans sa baignoire, Annabelle faillit lui dire de se dépêcher de rentrer chez lui. Mais, craignant de commettre une nouvelle bourde, elle se borna à sourire, bien qu'elle se sentît de nouveau au bord des larmes. « Ma foi, je n'ai jamais prétendu que tu étais le plus parfait de mes fils, seulement que tu étais le plus gentil. »

Il appuya un instant sa tête contre le creux de sa paume, puis la redressa.

« Pas si gentil que ça. Mais je vais bien, maman.

— Vraiment ?

— Vraiment. Ne te fais pas de souci pour nous.

— Ta maman t'adore, tu sais », dit-elle, le ton léger mais le cœur lourd d'appréhension.

Il pressa sa main dans la sienne puis la reposa avec douceur et se releva. Il adressa un dernier sourire à l'enfant assise à l'arrière, lui envoya un baiser et se dirigea vers son camion en agitant la main. Par la suite, Annabelle aurait le sentiment que ces instants avaient été le plus grand cadeau que lui eût jamais accordé le Ciel ; une dernière chance de voir son aîné de près, de tenir son visage dans le creux de sa main, de l'embrasser et de lui dire combien elle l'aimait.

Il manœuvra pour contourner la Cadillac, tourna à droite au croisement, dans la direction opposée à celle de sa maison, et disparut.

À peu près au moment où Annabelle garait sa voiture dans la grange, avec sa petite-fille endormie sur la banquette arrière, Hugh senior faisait entrer sa jument boiteuse dans l'écurie du vétérinaire, qui abritait déjà une chèvre, un lama et un autre cheval. Tandis qu'il guidait l'animal vers un box vide, la chèvre se mit à bêler. Le médecin, qui avait diagnostiqué une infection nécessitant une intervention chirurgicale, vint en personne superviser l'installation.

« Elle a de la fièvre, Hugh. Nous l'opérerons demain.

— C'est grave ?

— Pas trop, du moins pour le moment, mais si tu avais attendu quelques jours de plus...

— Je devrais apprendre à me fier davantage à l'instinct de mon fils qu'au mien, en ce qui concerne les animaux. Hugh-Jay savait qu'il fallait te l'amener sans tarder. J'espère que son instinct est également meilleur que le mien au sujet des êtres humains. » Sa certitude initiale d'avoir agi comme il le fallait vis-à-vis de Billy Crosby s'était passablement affaiblie durant le trajet. D'une manière qui ne lui ressemblait guère, il commençait à douter de ses décisions et se demandait avec inquiétude s'il s'était toujours comporté de manière adéquate envers le jeune homme qu'il avait envoyé en prison.

Le vétérinaire prit un air entendu. « J'ai appris ce qui s'est passé avec Billy Crosby.

— Déjà ?

— Enfin, Hugh, il a été arrêté voilà déjà deux ou trois heures, non ? La nouvelle a eu tout le temps de se propager par le téléphone arabe. Je serais étonné si elle n'était pas déjà parvenue dans au moins cinq des comtés voisins. »

Le propriétaire de la jument s'esclaffa. « Et qu'as-tu entendu raconter au juste, Doc ?

— Qu'il avait accompli un certain nombre de méfaits. Tranché la gorge d'une dizaine de bêtes, mutilé certaines... »

Hugh fit la grimace. « Il s'agissait d'une seule vache gravide et elle n'a pas été mutilée.

— Ça, par exemple, s'exclama le praticien d'un ton ironique, je suis vraiment surpris par une telle exagération ! Les gens du coin n'ont pourtant pas l'habitude de déformer les faits, hein ? »

Hugh senior sourit en caressant l'encolure soyeuse de la jument.

« À ta place, je ne me ferais aucun souci pour mon instinct, reprit le vétérinaire, qui était un peu plus jeune que l'éleveur. De tous les gamins que vous avez aidés au fil des années, Annabelle et toi, aucun n'a tourné comme Billy. C'est l'exception qui confirme la règle, et votre générosité a toujours été récompensée.

— Je n'ai jamais compris ce que signifiait cette expression, "confirmer la règle".

— Moi non plus, avoua le médecin en riant. Peut-être n'est-ce même pas vrai.

— Ce qui est vrai, en tout cas, c'est que Billy ne supporte pas d'obéir à des règles. »

Le vétérinaire se rappela l'histoire que lui avait racontée Hugh-Jay, au sujet de ces étrangers à l'air patibulaire qui avaient stupidement jeté un mégot allumé par la vitre de leur voiture. La simple pensée d'un feu de prairie le perturbait encore plus que la majorité des gens, à cause des animaux confiés à ses soins, si vulnérables dans leurs cages. Chaque fois qu'il apprenait par les journaux qu'une écurie avait brûlé, il en avait des sueurs froides, tant cela suscitait en lui de peur et de pitié. Quand il s'agissait d'un incendie volontaire, il arrivait à peine à contenir sa rage. Il s'apprêtait à relater l'incident à Hugh senior, pour citer un autre exemple de gens ne respectant pas les règles, mais il fut soudain distrait de ses pensées par la vue d'une bosse sur le canon de la patte blessée. Il s'avança pour l'examiner de plus près, et l'anecdote s'effaça de sa mémoire.

L'éleveur sortit du box pour lui laisser la place. Au passage, il enserra l'épaule du vétérinaire. « Tu es un brave homme, Doc. Merci de t'occuper de nos bêtes. » Quand il sortit de l'écurie, il fut effaré de voir à quel point l'orage s'était rapproché de Rose. Les nuages ressemblaient à un rideau ondulant qui se déployait entre le ciel et la terre sur des kilomètres de large. Par instants, des éclairs le déchiraient de façon spectaculaire. Il n'y avait pas, dans son opinion, de vision plus belle et plus saisissante qu'un orage arrivant vers la ville au-dessus de ces vastes plaines désertes. Il n'aurait pas échangé ce spectacle contre tous les night-clubs de New York ou les tramways de San Francisco.

Le vent précédant les nuées gigantesques s'était transformé en bourrasques et la température avait sensiblement baissé.

Hugh courut vers son camion en tenant son chapeau d'une main. Il espérait pouvoir effectuer encore quelques courses avant de traverser le rideau de nuages mouvant et de repartir vers l'ouest, pour retrouver Annabelle et leur maison.

13

La pluie n'avait toujours pas commencé à tomber à l'heure du dîner, quand Laurie arriva au Bailey's Bar & Grill. Elle s'attarda un instant dehors, laissant le vent jouer dans ses cheveux et caresser ses jambes nues. Elle avait eu tellement chaud tout au long de la journée que cette nouvelle fraîcheur dans l'air lui semblait délicieuse. Et elle se sentait délicieusement bien. Elle avait savouré le luxe d'un long bain, s'était lavé les cheveux, rasé les jambes, avait passé quelques coups de fil qui l'avait laissée tout émoustillée, puis elle avait enfilé un short blanc, des sandales et un T-shirt rose qui flattait son teint sans défaut. Elle savait qu'elle aurait dû prendre sa voiture, à cause du temps menaçant, mais elle présumait qu'elle trouverait toujours quelqu'un pour la ramener chez elle. Sa belle-sœur devait la rejoindre ici, donc elle pourrait la reconduire si elle en avait besoin. Et si Belle ne le pouvait pas, Laurie savait qu'il lui suffirait de battre des cils pour que plusieurs des hommes installés au bar bondissent à bas de leurs tabourets pour lui offrir leur assistance.

Lorsqu'elle entra dans la salle, la plupart des têtes se tournèrent vers elle, pour son plus grand plaisir.

Deux ou trois de ses connaissances la hélèrent, mais elle se dirigea vers l'arrière-salle sans daigner s'arrêter.

Je suis destinée à mieux que ça, se dit-elle avec dédain.

Quand ils auraient un peu plus d'argent, Hugh-Jay pourrait l'emmener dans des endroits qu'elle avait toujours eu envie de voir, comme New York ou Paris. Peut-être s'offrirait-elle aussi quelques voyages sans lui, tel que celui qu'elle avait persuadé Annabelle de lui payer.

Tout en continuant son chemin d'une démarche assurée, elle sourit pour elle-même.

L'hôtel Broadmoor. Voilà un établissement digne d'elle.

Rose ne lui avait jamais vraiment convenu, lui faisant l'effet d'une robe démodée qu'aucune femme élégante n'accepterait de porter. Elle avait espéré qu'épouser un Linder l'aiderait à gravir l'échelle sociale et à s'évader d'ici, mais cela n'avait servi en fait qu'à l'y enterrer davantage. Oui, elle avait l'impression d'être emmurée vivante dans ce bled, d'étouffer, d'y gaspiller ses dons.

D'un autre côté, personne ici ne lui arrivait à la cheville, elle était unique en son genre et cela lui plaisait.

Heureuse de se sentir admirée et soulagée d'être débarrassée de sa fille pour une nuit, elle se glissa dans le box où l'attendait Belle et s'assit sur le long banc de bois face à elle. Laurie appréciait la compagnie de Belle, car elle-même ne paraissait que plus jolie et pleine de personnalité par comparaison. Un verre de bière était déjà posé devant sa belle-sœur. Une odeur de hamburgers grillés, d'oignons et de steaks imprégnait l'immense salle, et Laurie la huma d'un air appréciateur. « Je mangerais bien une entrecôte, ce soir », annonça-t-elle avec l'aplomb de celles qui ne prennent jamais un gramme. Quand une serveuse vint s'enquérir de ce qu'elle voulait boire, elle demanda une Bud, « dans un verre givré, avec un quartier de citron vert ». Elle avait entendu dire que c'était de cette façon que l'on servait la bière au Mexique. Il y avait un bol de cacahuètes sur la table, et elle y plongea la main. D'ici la fin de la soirée, le sol du restaurant serait jonché de cosses craquant sous les pieds.

« Où est Meryl ? demanda-t-elle à Belle.

— Au bureau. Et Hugh-Jay ?

— Ton père l'a expédié dans le Colorado.

— Tu as entendu parler de ce qui s'est passé hier soir ?

— Au ranch ? Oui. » Laurie but une gorgée de la bière apportée par la serveuse, puis reporta son regard vers la porte. « Oh, mon Dieu, devine un peu qui vient d'entrer ! »

Belle se retourna et découvrit ses deux frères cadets plantés sur le seuil, dans leurs cirés dégoulinants de pluie. L'orage avait enfin éclaté. L'averse devint visible durant les quelques secondes qui s'écoulèrent avant que Bobby ne referme la porte. Au même moment, la musique fut noyée sous le fracas du déluge qui s'abattait sur le toit de tôle.

« Je ne peux aller nulle part sans voir ma famille rappliquer aussitôt, grommela Belle.

— Au moins, toi, tu as de la famille dans cette ville, répliqua Laurie, que la désertion de ses parents avait laissée un peu amère.

— Vous pouvez faire une petite place à deux cow-boys assoiffés ? s'enquit Chase quand lui et Bobby les eurent rejointes.

— Vous n'avez pas d'autres amis dans la salle ? demanda Belle.

— Si, mais aucun n'est aussi joli que la tienne. »

Belle roula des yeux, et Chase partit d'un grand éclat de rire.

Bobby fit mine de s'installer à côté de Laurie, mais Chase l'empoigna par la chemise en disant : « Non, pas là.

— Pourquoi ?

— Parce qu'elle ne veut pas être assise près de toi, pas vrai, Laurie ?

— Tu prends beaucoup trop de place », déclara-t-elle à Bobby.

Il n'était pas gros, mais son large dos, ses épaules et ses bras massifs lui donnaient un aspect volumineux. S'empourprant, il se releva sans discuter.

Laurie se poussa pour permettre à Chase de se glisser près d'elle. Il était aussi grand que son frère cadet, mais pas aussi corpulent ; ses épaules étaient bien développées, mais ses hanches minces n'occupaient guère d'espace, même si, malgré tout, sa cuisse vint se coller contre celle de sa belle-sœur.

Ils formaient un couple magnifiquement assorti, tous les deux, avec leurs cheveux noirs et leurs traits harmonieux.

Au lieu de s'asseoir à côté de sa sœur, Bobby tira une chaise jusqu'à l'extrémité de la table et s'installa à califourchon dessus. « Bon sang, dit-il en agitant sa main gauche toute mouillée, qu'est-ce qu'il tombe, dehors.

— Arrête de secouer ce truc au-dessus de moi, protesta Laurie, déclenchant l'hilarité de Chase.

— Tu as vraiment l'esprit mal tourné, lui lança Belle d'un air écœuré.

— Tu peux parler ! répliqua-t-il avec un mince sourire.

— Elle a raison, déclara tout à coup une voix masculine à côté de lui.

— Meryl ! » s'exclama Chase, levant les yeux vers le nouvel arrivant.

Meryl avait l'apparence d'un ex-joueur de football qui aurait peut-être tendance à s'empâter avec l'âge, mais, à vingt-quatre ans, il était encore en pleine forme. Contrairement à Bobby et Chase, vêtus de jeans, il portait un costume bleu et une chemise blanche agrémentée d'un lien en cuir retenu par une broche en argent représentant un cheval cabré – un cadeau de Belle à l'occasion de la Saint-Valentin.

Belle s'illumina soudain. « Tu as réussi à t'éclipser du bureau ?

— J'ai eu de la chance, répondit-il avec un clin d'œil. Il y a eu une coupure d'électricité.

— Bobby, ordonna Chase, dégage le passage et laisse Meryl s'asseoir près de sa petite amie. » Il secoua la tête, feignant la stupéfaction. « Même si je ne comprends vraiment pas ce qu'il te trouve…

— La ferme, Chase, l'interrompit sèchement Meryl.

— Non, sérieusement, poursuivit Chase. Elle n'a aucun sens de l'humour, elle est hypersensible et quand elle se met à discourir sur ces machins historiques, elle ferait mourir d'ennui un ours empaillé...

— Ne parle pas de ta sœur ainsi », lui intima Meryl, d'un ton qui les réduisit tous au silence, tant il contenait de colère. Abaissant son regard sur le frère de son meilleur ami et de sa fiancée, son futur beau-frère, il ajouta : « T'est-il jamais venu à l'esprit que Belle possédait tout simplement une sensibilité normale, et que, si tu la jugeais hypersensible, c'était parce que tu en étais complètement dénué ? T'est-il jamais venu à l'esprit que tes plaisanteries n'étaient peut-être pas si drôles que ça ? As-tu jamais pensé que les gens pourvus d'un cerveau pouvaient la trouver intéressante, les gens capables de se passionner réellement pour des sujets tels que l'histoire ?

— Du calme, Meryl. Ne t'emballe pas comme ça.

— C'est toi qui ferais bien de te calmer. Il est temps que tu arrêtes de harceler ta sœur. Elle endure ça depuis des années, mais c'est moi qui en ai marre. Si je t'entends reparler d'elle de la sorte, je t'enfoncerai mon poing dans la gorge pour te faire taire. »

Pendant un moment, tout le monde demeura pétrifié.

Laurie semblait impressionnée par l'ardeur avec laquelle Meryl avait défendu Belle.

Les yeux de celle-ci brillaient de gratitude.

Toujours impassible, Chase eut un large sourire. « Tu es avocat, l'aurais-tu oublié ? Pas besoin de te foutre en rogne. Tu n'as qu'à me faire un procès. Bon, puisque tu l'aimes à ce point, quand l'épouses-tu ? »

Meryl prit place à côté de Belle et passa ses bras autour d'elle pour l'attirer contre lui et l'embrasser avec assez de passion pour que ses futurs beaux-frères se mettent à siffler et à ricaner.

Quand il mit fin à ce baiser, il ne la libéra pas de son étreinte.

« Ce n'est pas ainsi que je compte te le demander, lui dit-il. Pas ici, pas devant eux.

— On ne choisit pas sa famille, répondit-elle.

— À qui le dis-tu ! » s'exclama-t-il, et l'atmosphère se détendit peu à peu, tandis qu'il l'embrassait de nouveau, plus brièvement mais avec autant de fougue, lui enlevant tout son rouge à lèvres et la laissant tout émue et fière.

Un peu plus tard, quand Belle se rendit aux toilettes, Chase se pencha par-dessus la table et dit : « Allez. Tu veux me faire croire que ma sœur est quelqu'un de facile à vivre ?

— Elle l'est pour moi, Chase. J'ignore quel est ton problème.

— Et tu es vraiment fasciné par l'histoire de ce comté ?

— Je m'intéresse à ce qui l'intéresse. Tu devrais essayer d'en faire autant, un de ces jours. »

Chase se renfonça dans son siège en riant. « Je m'intéresse aux femmes qui s'intéressent à *moi.* »

Meryl lui retourna un sourire ironique. « Ça ne m'étonne pas. »

Deux heures et plusieurs bières plus tard, après qu'ils eurent tous dévoré des steaks, le propriétaire du restaurant, Bailey Wright, vint se camper devant leur table, derrière Bobby. C'était un costaud d'une trentaine d'années, dodu comme il seyait au patron d'un établissement spécialisé dans le hamburger. Des taches de graisse maculaient le tablier blanc noué derrière son cou et autour de sa bedaine. Le juke-box gueulait à plein volume, couvrant le fracas de la pluie et du tonnerre, et le brouhaha des conversations et des rires conférait au lieu une atmosphère festive et décontractée. De temps à autre, les lumières se mettaient à clignoter et le juke-box s'arrêtait, mais, invariablement, Bailey braillait de sa voix de stentor : « Pas de souci ! On a un générateur ! On continue à cuisiner, vous, continuez à bouffer. »

Cette plaisanterie soulevait toujours des rires, même parmi les habitués qui l'avaient déjà entendue plus d'une fois.

« Je viens de parler à votre père, annonça-t-il aux Linder.

— Il est ici ? » demanda Chase, se levant à demi.

Bailey lui fit signe de se rasseoir. « Non. Il m'a téléphoné, pour me demander de vous transmettre un message. Il a dit que, tous les trois – son regard passa de Chase à Belle, puis il posa brièvement une main sur l'épaule de Bobby – vous ne devez même pas essayer de rentrer au ranch ce soir. Vous ne pourrez pas passer. La route est inondée dans sa partie la plus basse et vous risqueriez d'être emportés par le courant. Alors il a pris une chambre au Rose Motel pour vous deux, les gars, et une autre pour lui-même...

— Qu'est-ce qu'il fait en ville ? s'étonna Bobby.

— Je viens de vous l'expliquer, répondit Bailey patiemment, même si ce n'était pas tout à fait exact. Il a emmené un cheval chez Doc Cramer, puis il a essayé de rentrer chez lui, mais le déluge l'en a empêché. » Se tournant vers Belle, il ajouta : « Quant à vous, vous êtes censée dormir chez Laurie cette nuit.

— Je peux très bien dormir dans le musée, répondit-elle d'un ton batailleur.

— Nous pourrions tous passer la nuit chez Laurie, suggéra Chase.

— Pas question ! » se récrièrent d'une même voix Meryl Tapper et Bailey Wright.

Chase fit un bond en arrière, simulant comiquement la frayeur, et Bobby pouffa.

« Votre père a bien insisté sur ce point, déclara le restaurateur. Il dit que Laurie a déjà suffisamment de travail avec sa petite, et qu'elle n'a pas besoin de tracas supplémentaires.

— On croirait entendre maman, grommela Belle.

— Jody est au ranch avec sa grand-mère, expliqua Laurie.

— Hugh ne devait pas encore le savoir, dit le tenancier en haussant les épaules.

— Hé, reprit Chase, on pourrait en profiter pour faire une petite fête.

— Je ne vous le conseille pas », riposta Bailey avant de s'éloigner.

« Bon, après tout, il nous a réservé une chambre, soupira Chase avant de boire une gorgée de bière. Il serait furieux d'avoir payé pour rien. » Avec un clin d'œil à Laurie, il poursuivit : « Mais, si tu veux, je pourrais m'échapper du motel en douce, un peu plus tard. »

Elle piqua un fard et lui jeta une poignée de cacahuètes.

Meryl le regarda par-dessus le bord de sa chope et déclara : « Tu n'as aucune raison d'aller chez Laurie, Chase. Elle ne "s'intéresse" pas à toi, n'est-ce pas, Laurie ?

— Pas de cette façon-*là* », répondit-elle, rougissant de nouveau.

Toute la soirée, des gens défilèrent devant leur box pour les saluer, s'enquérir de ce que Billy Crosby avait fait au juste, et leur demander de transmettre leurs amitiés à Annabelle et Hugh senior. Quand la porte s'ouvrit une nouvelle fois et que le vacarme ambiant s'apaisa soudain, les quatre Linder et leurs convives n'y prêtèrent pas particulièrement attention, pas plus qu'ils ne s'étonnèrent en entendant une voix les apostropher.

« Vous avez droit à la place d'honneur, hein ? »

Levant les yeux, ils découvrirent Billy Crosby planté derrière la chaise de Bobby.

« Oh, mon Dieu », murmura Belle à l'oreille de Meryl, qui lui prit la main.

Billy portait un chapeau de cow-boy qui se singularisait par ses bords étroitement roulés sur chaque côté et sa paille noircie comme si elle avait été brûlée. Il avait enroulé autour de la calotte la bride en cuir qu'il nouait sous son menton quand il voulait maintenir le couvre-chef en place. Tout le monde le taquinait au sujet de cet horrible chapeau, et il en tirait une fierté perverse.

Chase se leva et se glissa hors du box. « Qu'est-ce que tu fais ici ?

— Au lieu d'être en prison, c'est ce que tu veux dire ? Mais pourquoi un type qui n'a rien fait devrait-il rester en prison, Chase ? »

Se levant à son tour, Bobby lança sèchement : « Réponds à la question, Billy. »

L'autre lui rit au visage. « Pas de preuve, Bobby. On ne peut pas maintenir quelqu'un en détention quand on n'a aucune preuve contre lui. Même dans ce comté qui porte le nom de ton foutu grand-père ou je ne sais quoi. » Billy exultait visiblement, bouffi de triomphe autant que d'alcool. « Il y a encore une justice en ce monde !

— Du calme, Billy, dit Chase à voix basse. Ne rends pas les choses plus difficiles.

— Rien n'est facile dans la vie, Chase », riposta Billy. Tenant dans sa main droite une bouteille de bière au goulot allongé, qu'il semblait avoir apportée avec lui, il oscillait d'arrière en avant. « Mais je suppose que tu ne le sais pas, hein ? Tout a toujours été facile pour vous autres, les Linder, pas vrai ? »

Bobby repoussa sa chaise.

Devinant ses intentions, Chase secoua la tête.

« Vous avez plus d'argent que vous n'en aurez jamais besoin, poursuivit Billy, sous le regard apeuré des femmes et celui, vigilant et hostile, des trois hommes. Vous avez toujours eu tout ce que vous vouliez. On vous a payé des études à l'université. Même à toi, Meryl. On ne m'a jamais offert ça, à moi...

— Tu n'as jamais eu de bonnes notes dans quelque matière que ce soit, rétorqua sarcastiquement Bobby.

— Toi non plus, riposta Billy. Mais maman et papa ne te coupent pas les vivres pour autant, hein ? Vous n'avez pas à vous plaindre, n'est-ce pas, Chase ? N'est-ce pas, mon gros Bobby ? Et toi non plus », ajouta-t-il, en plantant son regard dans celui de Belle. Puis ses yeux se posèrent sur Laurie. « Toi, tu as été assez maligne pour épouser un riche éleveur au lieu de choisir comme elle un pauvre avocaillon de campagne. À moins que tu n'épouses précisément Belle parce que tu n'as pas envie de rester pauvre, c'est ça, Meryl ? »

Lâchant la main de Belle, son fiancé jaillit du box.

« Il serait temps d'aller te coucher, Billy », dit-il.

Bobby empoigna l'ivrogne par le col.

« Ôte tes sales pattes de là, Bobby !

— Ta gueule, Billy, ordonna sèchement Chase.

— Qu'est-ce qui ne va pas chez toi ? s'écria Laurie, en lui jetant un regard méprisant.

— Je vais te le dire, répondit Billy, lorgnant ses seins avant de lever les yeux jusqu'à son visage. Ce qui ne va pas, c'est la façon dont certaines personnes traitent les autres comme de la merde...

— Personne ne t'a jamais traité comme de la merde, rétorqua Meryl. Les Linder ne t'ont-ils pas donné régulièrement du travail ? Ne t'ont-ils pas payé ce qu'ils te devaient, et sans doute même plus ? Ne t'ont-ils pas offert les seules véritables chances que tu aies jamais eues ? Des gens comme Hugh et Annabelle Linder, on n'en rencontre pas tous les jours, et tu devrais reconnaître que tu as eu une sacrée veine de les trouver sur ta route. À mon avis, si quelqu'un a traité les autres comme de la merde, c'est plutôt toi...

— Tu ne peux pas le prouver, connard !

— Je ne t'ai pas entendu dire que tu n'avais rien fait, Billy, fit observer Meryl.

— Pourquoi je me fatiguerais ? Comme si vous alliez me croire ! »

Le propriétaire du bar fit une nouvelle apparition pour demander : « Que se passe-t-il, Chase ? Il vous embête ?

— Il est ivre, dit Belle, soulignant une évidence.

— J'ai de bonnes raisons de boire, se rebiffa Billy. Ton père ne me redonnera plus jamais de travail et il dira à tous les autres de ne pas m'embaucher. Je n'ai plus de boulot. J'ai une femme et un gosse, et pas un sou devant moi. Je n'ai plus de bagnole, ajouta-t-il avec un regard hargneux en direction de Chase. Je n'ai plus rien, et vous, vous avez tout. Qu'est-ce que je peux faire, à part me saouler la gueule ? Qu'est-ce que vous voudriez que je fasse ?

— Aller au diable », suggéra Laurie d'une voix froide.

À l'effarement de tous, Billy lui lança un coup de poing, sans réussir à l'atteindre.

Bobby l'empoigna à bras-le-corps, avec une telle rapidité et une telle force que Billy en eut le souffle coupé et que son invraisemblable chapeau de paille tomba au sol. En essayant tant bien que mal de reprendre sa respiration, il fut pris d'un haut-le-cœur et parut sur le point de vomir.

« Tu es répugnant ! » s'écria Laurie, qui semblait elle-même au bord de la nausée.

Bobby et Bailey entraînèrent Billy à l'écart.

« Il t'a frappée ? » demanda Belle, encore épouvantée par la scène à laquelle elle venait d'assister.

Chase vint se rasseoir à côté de Laurie et posa une main sur son épaule.

L'air mi-effrayé, mi-excité, Laurie secoua la tête. Chase ne retira pas sa main et elle ne la repoussa pas.

« Mon Dieu, dit Meryl avec une expression abasourdie. Je n'arrive pas à croire qu'il ait fait ça.

— Frapper une femme ? » Chase se retourna pour regarder les trois hommes qui se dirigeaient vers la sortie. « Pourquoi donc ? Il ne se gêne pas pour tabasser la sienne, pourquoi ça l'embarrasserait de frapper celle d'un autre ? »

Belle marmonna des mots indistincts.

« Qu'est-ce que tu as dit ? s'enquit son frère.

— Que lui, en tout cas, il ne draguait pas les femmes des autres. »

Chase ôta sa main de l'épaule de sa belle-sœur.

Un silence total s'était abattu sur la salle. Tous les clients du bar et du restaurant avaient interrompu leurs conversations et leurs regards étaient braqués sur Billy Crosby, qu'on s'apprêtait à expulser.

« Vous allez le jeter dehors par ce temps ? » demanda un homme assis à une table près de l'entrée.

Au même instant, un éclair illumina le ciel et les lumières électriques clignotèrent une fois de plus. Un murmure inquiet parcourut la salle.

« Je ne vais certainement pas le laisser embêter d'autres clients ce soir, déclara Bailey à son auditoire. Peut-être que la pluie lui rafraîchira les idées.

— Je crois qu'on ne devrait mettre aucune créature dehors, un soir comme celui-ci, protesta une femme.

— Pas même un ivrogne, lança quelqu'un d'autre.

— Pas même Billy ! renchérit un autre, déclenchant quelques rires.

— Ouvre la porte, Bobby », ordonna Bailey.

Et, sans plus de cérémonie, ils le poussèrent dehors, sous le déluge qui faisait rage.

L'orage, assez fort déjà pour couvrir les conversations, se transforma en un fracas de timbales assourdissant quand la porte s'ouvrit. Quand elle se referma, l'intérieur de l'établissement parut par comparaison tout à fait silencieux, jusqu'à ce que certains clients se mettent à applaudir.

Les mains sur les hanches, Bailey se retourna et dévisagea ceux qui n'applaudissaient pas. « Ne me blâmez pas, leur conseilla-t-il. C'est Billy qui a commencé, comme chaque fois qu'il s'attire des histoires. Moi, je me suis contenté d'y mettre fin. Tous les ennuis qui arrivent à Billy Crosby, vous pouvez parier que c'est lui qui les a provoqués, et il est grand temps qu'il en subisse les conséquences. »

Un peu plus tard, quand Bobby eut rejoint les autres et que le calme fut revenu, Chase demanda à sa belle-sœur : « Tu es venue à pied ? Je n'ai pas vu ta voiture sur le parking.

— Oui », répondit Laurie. Elle leva la main droite, paume tournée vers le plafond comme si elle voulait recueillir les gouttes de pluie martelant le toit de tôle. Le vacarme était tel à présent qu'elle dut élever la voix pour se faire entendre. « Alors, qui va me raccompagner ?

— Pas nous, dit Meryl, avec un coup d'œil en direction de Belle. Mon siège arrière est rempli de dossiers.

— Et moi, j'ai trop bu », déclara Bobby. Il n'avait pas l'âge légal pour consommer de l'alcool, mais cela ne l'avait pas empêché de siffler tous les verres que lui passait son frère quand Bailey regardait ailleurs.

« Bon, d'accord, je vais me dévouer », soupira Chase, feignant la résignation.

En se dirigeant vers la sortie, Laurie remarqua que le chapeau de Billy n'avait pas été jeté dehors avec son propriétaire. Il gisait toujours sur le sol et avait visiblement été piétiné au cours de la mêlée. Bien fait pour lui, pensa-t-elle, se rappelant son regard salace sur sa poitrine, sans parler du coup de poing qu'il lui avait décoché. Bien fait pour lui si son chapeau était fichu et s'il ne le récupérait jamais. Elle le ramassa et l'emporta dehors, avec l'intention de l'abandonner sous l'averse.

Il était vingt-deux heures quand ils coururent vers leurs véhicules sous la pluie battante.

Meryl déposa Belle à la banque puis retourna à son bureau pour voir si l'électricité avait été rétablie.

Chase raccompagna sa belle-sœur jusqu'à la grande maison de pierre.

Quand ils furent dans la cuisine, leurs vêtements dégoulinant sur le sol, il monta à l'étage en disant qu'il allait chercher des habits de rechange pour les emporter au motel. Laurie demeura quelques instants dans la cuisine, écoutant le grondement du tonnerre et de la foudre, le martèlement continu du déluge qui semblait assez violent pour renverser les murs et les emporter tous. Transie jusqu'aux os, grelottante, elle n'avait qu'une hâte : ôter ses vêtements mouillés et se réchauffer. Dans un bain bouillant ou dans des bras nus et tièdes – ces deux perspectives lui paraissaient aussi tentantes l'une que l'autre en cet instant. Les deux à la fois, ce serait encore mieux. Quand elle s'aperçut qu'elle tenait toujours à la main le chapeau de Billy Crosby, elle le jeta d'un geste de dégoût. Puis elle suivit son beau-frère dans l'escalier, tremblante de froid et de désir, ses doigts humides laissant une traînée sur la rampe.

Quelques moments après, le jeune Red Bosch, passant devant le Bailey's au volant de sa camionnette, crut voir quelqu'un étendu à terre dans le parking. Intrigué, il s'engagea dans l'allée, braqua la lumière de ses phares sur la forme inanimée et reconnut Billy Crosby. Serrant le frein à main, il descendit en toute hâte pour voir s'il était mort. Il ne l'était pas, simplement ivre mort, autant qu'il pouvait en juger. Red réussit non sans mal à le remettre debout et à le traîner vers son véhicule, tandis que les cieux déversaient sur eux de telles trombes d'eau qu'ils faillirent se noyer avant d'arriver jusque-là.

Puis il ramena Billy à son domicile, auprès de Valentine et de leur petit garçon.

14

Seule au ranch avec Jody, Annabelle s'affairait, désireuse de finir son travail avant que l'électricité ne soit coupée, comme cela se produisait souvent durant les orages. Sa petite-fille la suivait partout, babillant sans interruption et lui apportant une « aide » qui ne faisait que lui donner plus de travail encore, mais qu'Annabelle acceptait avec une patience infinie. Elle n'en avait jamais montré autant envers ses propres enfants, elle le savait. Toutefois, c'était différent quand on était grand-mère. Le bruit du tonnerre n'effrayait pas la petite le moins du monde ; elle accueillait chacun de ses grondements en battant des mains et en criant « Boum ! » en écho. Quand la foudre tombait à proximité de la maison, l'enfant tressaillait, puis riait, ce qui obligeait Annabelle à l'imiter. « C'est amusant, les orages, n'est-ce pas ? » dit-elle à Jody, qui leva les bras en l'air en hurlant de nouveau : « Boum ! »

Annabelle se réjouissait que la fillette ait un tempérament aussi expansif et intrépide.

Au même âge, Belle avait été une enfant craintive, terrifiée par les orages, les chevaux, les aboiements des chiens, tout ce qui mettait à l'épreuve ses nerfs fragiles. Annabelle redoutait la moindre perturbation atmosphérique à l'époque, car alors elle passait la nuit à essayer de calmer et de réconforter sa fille.

À la longue, Belle avait fini par surmonter la plupart de ses peurs, mais pas son hypersensibilité.

Ce soir, Annabelle avait l'impression que l'orage était assez violent pour emporter la maison jusqu'à un autre État. Quand il pleuvait ainsi, elle se représentait le domaine glissant irrésistiblement vers l'est pour s'écraser sur Kansas City comme un énorme tas de boue. Elle ne pouvait qu'imaginer les dégâts infligés à la malheureuse petite ville de Rose.

Lorsque Hugh lui avait téléphoné du motel pour l'informer qu'il ne pouvait pas rentrer à la maison, il lui avait dit que les arbres les moins robustes étaient pliés en deux et qu'il tombait des grêlons de la taille de billes de roulement.

« La nationale est déjà inondée ? avait-elle demandé, étonnée.

— Oui, et c'est sans doute la première fois qu'on voit des vagues dans le Kansas.

— Des vagues ? Tu me fais marcher.

— Pas du tout. Des moutons d'écume au beau milieu de la grand-route. Elle ressemble à une rivière.

— As-tu pu joindre les enfants... ? »

La communication fut interrompue alors qu'elle s'apprêtait à lui demander s'il avait vu Belle, Bobby, Chase ou Laurie. Mais ils possédaient sûrement assez de bon sens pour se mettre à l'abri sans que leur père ait besoin de le leur conseiller. Elle aurait également voulu l'informer que leur petite-fille se trouvait près d'elle. D'un autre côté, elle était soulagée de ne pas avoir à lui annoncer qu'il devrait peut-être payer à sa capricieuse belle-fille un séjour à Colorado Springs.

« C'était papi, expliqua-t-elle à Jody.

— Je peux lui parler ?

— L'orage a coupé le téléphone, ma chérie.

— Couic ! » fit Jody.

Annabelle, émerveillée par une telle vivacité d'esprit chez une enfant aussi jeune, éclata de rire et la serra dans ses bras.

« Tu es une petite fille très intelligente », lui dit-elle.

Cela lui donna une idée : peut-être pourrait-elle « couper » l'herbe sous le pied de Laurie et l'empêcher de partir seule – ou prétendument seule – pour le Colorado, en persuadant Belle de l'accompagner. Après tout, sa fille pourrait éprouver une certaine jalousie en apprenant qu'ils avaient fait un tel cadeau à sa belle-sœur, et Laurie avait évoqué la possibilité d'inviter une copine. Belle et elle n'étaient pas vraiment proches, mais elles étaient amies comme pouvaient l'être des gens qui ont fait toute leur scolarité ensemble dans un comté peu peuplé.

Oui, Belle méritait indéniablement, elle aussi, un petit séjour dans le Colorado.

Satisfaite d'avoir trouvé cette solution à son problème, Annabelle se dépêcha de finir sa lessive.

Pour donner une occupation à Jody, elle la chargea de trier le blanc et les couleurs.

Ramassant un jean appartenant à Bobby, elle se mit en devoir de vérifier le contenu de ses poches. Trois d'entre elles étaient vides, mais il avait oublié quelque chose dans la poche arrière gauche. Elle en sortit une poignée d'objets hétéroclites : un ticket de caisse d'un magasin de graines, une pile AA, une tablette de chewing-gum à l'essence de gaulthérie, qu'elle déballa et fourra dans sa bouche, sa carte d'étudiant, désormais inutile, et une petite photo de sa belle-sœur et de sa nièce.

Surprise par ce témoignage de sentimentalité inattendu, elle se prit à sourire.

« Regarde, Jody. »

La petite fille se releva d'un bond et la rejoignit.

« C'est moi, ce bébé ?

— Mais oui. C'est une photo de toi et de ta maman.

— Où tu l'as trouvée ?

— Dans la poche du pantalon de ton oncle Bobby.

— Pourquoi il l'a mise là ?

— Parce qu'il veut te garder près de lui.

— C'est vrai ?

— Oui. Il est fier de toi. Tu es sa seule nièce. »

Annabelle ne savait pas si c'était la vérité, mais cette idée lui plaisait, et à en juger par la lumière dans les yeux de Jody, elle la ravissait tout autant.

« J'adore oncle Bobby.

— Il t'adore lui aussi.

— Maman est jolie.

— Oui, très. »

Bobby s'entendait mieux avec les enfants qu'avec les adultes, songea Annabelle. Ou du moins, avec cette enfant-là. Il acceptait toujours de la pousser sur la balançoire quand Laurie le lui demandait, et ne rechignait jamais à l'emmener dans la grange pour aller voir les chats. Elle soupçonnait Laurie de formuler ces requêtes à seule fin de ne plus avoir Jody dans les jambes, mais cela n'ôtait rien au mérite de Bobby et à l'enthousiasme avec lequel il remplissait son rôle de baby-sitter. Il paraissait y prendre presque autant de plaisir que Jody.

Annabelle était enchantée de découvrir que son benjamin, le plus difficile de tous ses rejetons, gardait une photo de sa nièce sur lui. C'était peu de chose, et elle était consciente d'y accorder sans doute trop d'importance, mais elle ne pouvait s'empêcher de se sentir réconfortée. Le cas de Bobby n'était peut-être pas si désespéré que ça, même s'il lui arrivait de se montrer paresseux et sarcastique, parfois même méchant. Elle déposa soigneusement la photo sur le sèche-linge et se promit d'en parler à Hugh. Peut-être serait-il moins dur envers Bobby quand elle lui aurait fait part de sa découverte, et peut-être leur fils, en retour, lui témoignerait-il moins d'hostilité…

La seule chose qu'on peut attendrir en tapant dessus, c'est le steak, pensa Annabelle. Les enfants n'étaient pas des morceaux de bœuf, et le rôle des parents n'avait rien à voir avec celui d'un attendrisseur à viande.

Un formidable coup de tonnerre retentit et la lumière s'éteignit dans la buanderie.

« Mamie, qu'est-ce qui se passe ?

— L'électricité est coupée, mon cœur. Tiens, prends ma main. Nous allons chercher des bougies.

— J'ai faim.

— Alors, nous allons essayer de trouver une lampe de poche, des bougies et quelque chose de bon à manger. »

Se félicitant de posséder un fourneau à gaz, Annabelle prépara des toasts au fromage et de la soupe à la tomate pour elles deux et fit suivre ce repas d'un dessert de fête - des glaces aux fruits et à la crème Chantilly arrosées de chocolat chaud. « Autant manger cette crème glacée avant qu'elle ne fonde. » Elle alluma des lampes à pétrole, en plaça une sur la table du coin lecture et, après le dîner, installa sa petite-fille sur ses genoux pour lui lire, dans cette lumière tremblotante, un passage d'un livre pour enfants qui tombait en lambeaux à force d'être passé de main en main depuis trois générations.

Dehors, l'orage redoublait de violence, mais, à l'intérieur de la maison, elles étaient à l'abri, dans des conditions bien plus confortables que celles qu'avaient dû connaître les femmes des pionniers.

Tout en tournant une nouvelle page, Jody pelotonnée contre elle, Annabelle pensa : Je suis la femme la plus chanceuse du monde.

Au Rose Motel, Hugh senior se déshabilla, ne gardant sur lui que son caleçon, et, faute de trouver autre chose à faire, se glissa entre les draps blancs et élimés du lit défoncé. Comme il n'y avait pas de lumière, il était impossible de lire, sauf à la lueur d'une lampe de poche, et, bien entendu, la télévision ne fonctionnait pas. Il pleuvait trop fort pour mettre le nez dehors, ne serait-ce que pour aller dîner au Bailey's. Il aurait aimé s'offrir deux belles côtes de porc bien grasses, avec une pomme de terre au four et des haricots verts, mais son estomac allait devoir continuer à gargouiller, parce qu'il n'était pas près d'être rempli. Contrairement au motel, le restaurant était équipé d'un groupe électrogène. Donc, il était sûrement resté ouvert, ce qui ne changeait rien pour lui, puisqu'il ne pouvait pas s'y rendre. Il n'était pas affamé au point de se faire tremper jusqu'aux os alors qu'il n'avait pas de vêtements de rechange, et il avait stupidement laissé son imper dans le camion. Il envisagea de braver quand même le déluge au volant de son véhicule, puis décida qu'il avait assez vu ses enfants pour aujourd'hui. Il savait qu'ils se trouvaient au Bailey's, parce qu'il avait aperçu le pick-up de Bobby et celui de Meryl en passant devant l'établissement. Un coup de fil à Bailey lui avait appris qu'ils étaient tous réunis là-bas : ses deux fils cadets, sa fille et sa belle-fille. Ils sauraient prendre soin les uns des autres, ainsi que d'eux-mêmes.

À la vérité, eux aussi devaient en avoir assez de lui.

Il passa ses mains sur les draps miteux et tellement rugueux, comparés à ceux, doux et parfumés, du lit qu'il partageait chez lui avec Annabelle, en regrettant qu'elle ne soit pas là pour se plaindre de leur mauvaise qualité.

« À ce prix, ils pourraient au moins nous donner du linge convenable », aurait-elle déclaré.

En réalité, les tarifs pratiqués par les motels locaux ne permettaient probablement pas à leurs propriétaires d'offrir autre chose à leur clientèle que des serviettes et des draps râpés, mais son épouse n'était pas dépensière – à la différence de pas mal de femmes de sa connaissance, dont une dans sa propre famille – et c'était l'une des qualités qu'il appréciait chez elle.

Il avait toujours aimé séjourner à l'hôtel avec Annabelle – dans des établissements plus confortables que celui-ci, évidemment – particulièrement depuis que leurs enfants étaient grands et ne dormaient plus avec eux. Économe ou pas, Annabelle adorait se faire servir le petit déjeuner dans la chambre. Elle n'en aurait pas eu la possibilité au Rose Motel, mais à son réveil, elle aurait trouvé du café tout frais, préparé et servi par son propre mari.

Hugh senior croisa les bras sous sa nuque et sourit en contemplant le plafond. Ses gosses le rendaient dingue la moitié du temps, ses ranchs représentaient une lourde responsabilité et beaucoup de travail, il y avait toutes sortes de problèmes dont il aurait préféré ne pas avoir à s'occuper, mais, dans l'ensemble, la vie était plutôt belle…

Surtout maintenant que le problème Billy Crosby était réglé.

Les doutes qui l'avaient tourmenté un peu plus tôt s'étaient dissipés.

Nous pourrons nous estimer heureux si nous ne perdons pas de bêtes dans cette tempête, se dit-il.

Il sentit un rire monter en lui, à l'idée qu'Annabelle aurait sans doute répliqué : « Tu n'es qu'un vieux grincheux de fermier qui voit tout en noir », puis elle lui aurait passé les bras autour du cou et l'aurait embrassé.

En imagination, il lui rendit son baiser.

Mais d'autres pensées l'assaillirent.

Il était de nouveau convaincu d'avoir agi sagement en faisant arrêter Billy. Dans une petite ville, on pouvait fermer les yeux sur beaucoup de choses, parce qu'il fallait bien vivre ensemble, mais des actes comme le sien étaient impardonnables.

Conforté dans sa décision, il ferma les yeux.

Dehors, le tonnerre se déchaînait comme s'il annonçait la fin du monde.

Exténué par cette journée de travail pénible et la tension nerveuse qui l'avait accompagnée, Hugh senior dormit sans que son sommeil en soit troublé.

Deux portes plus loin, Bobby venait juste de se réfugier dans sa chambre, chargé d'un pack de six bières qu'un cowboy avait complaisamment accepté d'acheter pour lui. S'y attaquant sans plus attendre, il tira une chaise jusqu'à la fenêtre, décapsula une canette et la sirota, assis dans le noir, en observant le déluge. Les caniveaux s'étaient transformés en lacs maintenant, de profondes poches d'eau s'étaient formées au croisement des rues, et des branches d'arbres étaient tombées un peu partout dans la ville. À une ou deux reprises, il avait bien cru que son pick-up allait caler, mais il avait réussi à le manœuvrer à travers ce torrent, comme un batelier sa péniche.

Après avoir descendu la moitié de sa bière, il sourit de satisfaction en se rappelant la façon dont il avait viré ce salopard de Billy Crosby de la taverne.

Quand la canette fut vide, il porta son regard sur les lits jumeaux.

Il se serait volontiers couché, mais Chase n'avait pas la clé de cette foutue chambre. Pourquoi n'arrivait-il pas ? Il ne fallait pas si longtemps pour reconduire Laurie jusque chez elle…

« Qu'est-ce que tu fous, bordel ? » marmonna-t-il à l'adresse du retardataire.

Quand il n'était pas chez ses parents, qui interdisaient ce genre de langage dans leur maison, il en profitait pour se défouler en jurant à tout bout de champ. Néanmoins, en l'occurrence, le mot « foutre », associé à l'image de son frère et de Laurie, fit naître en lui un étrange malaise. Ce n'était pas facile d'être fou amoureux de sa belle-sœur et de devoir le cacher à tout le monde. C'était douloureux de savoir que cet amour était probablement sans espoir, de guetter le moindre signe indiquant qu'il lui plaisait au moins un petit peu – et de savoir aussi ce que feraient son père et ses frères si jamais ils devinaient à quoi il pensait la nuit dans son lit. Et en conduisant. Et à pratiquement n'importe quelle heure du jour. Par exemple, quand il était censé étudier.

Il avait été recalé à la fac parce qu'il n'arrêtait pas de penser à Laurie.

Il y avait un fantasme auquel il s'adonnait souvent, bien qu'il en fût profondément honteux car il impliquait la mort de ses deux frères. Cela le rendait presque malade chaque fois qu'il le laissait s'emparer de son esprit. Il se sentait déjà suffisamment coupable de trahir Hugh-Jay, même si ce n'était qu'en imagination, et ces élucubrations ne faisaient qu'accroître ses remords. Dans ce scénario imaginaire, ils étaient revenus aux temps bibliques, où la loi voulait que, lorsqu'un homme mourait, l'aîné de ses frères épousât sa veuve. C'est pourquoi Chase devait disparaître lui aussi, emporté par la peste ou autre chose, ou poignardé par un mari jaloux peut-être. Les parents de Laurie et ceux de Bobby, de même que toute la communauté, les pressaient de se marier. Ils n'avaient donc pas d'autre choix que d'obéir, pour se conformer à la tradition et à la religion, malgré les réticences de Laurie. Dans son fantasme, elle finissait par se rendre compte qu'il était un homme noble et honorable et qu'il accomplissait simplement son devoir, qui était de l'aider et de la protéger. Et, de fil en aiguille, elle devenait passionnément éprise de lui...

C'était également difficile d'être amoureux d'elle, à cause de Chase.

Quand il le voyait tourner autour de Laurie, bavarder et plaisanter avec elle avec une totale décontraction, il était dévoré par la jalousie. Ce spectacle lui donnait envie d'empoigner son frère, de le cogner contre un mur, puis de le piétiner. Parler aux femmes était aussi facile pour Chase que monter en selle ou fumer une cigarette. Ça n'avait rien de compliqué, pour un bonimenteur comme lui. Bobby avait déjà du mal à communiquer avec la plupart des gens, mais, en présence de Laurie, il avait l'impression que sa langue doublait de volume. Et il ne réussissait qu'à émettre des sortes de grognements, qui lui attiraient souvent, de la part de sa belle-sœur, des regards de mépris. Comme ce soir, quand elle avait dit qu'il était trop gros pour s'asseoir près d'elle.

Tu n'es vraiment pas attirant, se dit-il, plein de haine envers lui-même.

Contrairement à *elle*. Par réflexe, il porta la main à la poche arrière de son jean, où il gardait une petite photo de Laurie.

Quand il s'aperçut qu'elle était vide, et qu'il se rappela où était le cliché, il fut pris d'un accès de panique. Oh, merde ! Qu'allait penser sa mère, si elle trouvait la photo en lavant le pantalon ? Il tenta de se persuader qu'elle n'y verrait aucun mal, parce que la petite Jody était aussi sur la photo. Ce n'était qu'un banal instantané de sa belle-sœur et de sa nièce, comme tout oncle aimant pouvait en avoir sur lui.

La prochaine fois, songea-t-il, il rangerait la photo dans un endroit plus sûr.

Il ne savait pas quelle explication il donnerait à son père et à ses frères si jamais ils la découvraient, s'ils voyaient comment il l'avait usée et déchirée à force de la tripoter. Caresser son visage. Ses cheveux. Sa bouche. Et d'autres parties de son corps. Chase se douterait immédiatement de quelque chose et ne le laisserait plus en paix.

Et à ce propos, où donc était Chase, nom de Dieu ?

Il en avait ras le bol de l'attendre.

Exaspéré, il broya la canette vide dans sa main droite.

Si son frère n'arrivait pas bientôt, il allait devoir remonter dans son pick-up et aller le chercher.

Belle sursauta en entendant tambouriner contre la porte latérale de la banque.

Elle crut d'abord que le bruit était dû à l'orage, peut-être une branche cassée cognant contre la porte. Mais il était trop régulier, et elle distingua une voix humaine parmi les hurlements des éléments. Elle s'avança en titubant vers la porte et l'ouvrit brusquement, étonnée que son visiteur ne soit pas entré directement au lieu de rester sous la pluie. Puis elle vit la moustiquaire et se souvint qu'elle l'avait fermée au loquet, pour éviter que le vent ne l'arrache.

Meryl Tapper se tenait devant elle, trempé et l'expression penaude.

« Meryl ! Entre vite ! »

Il était retourné à son cabinet aussitôt après l'avoir déposée ici. Elle ne s'attendait pas à ce qu'il revienne et n'en fut que davantage touchée qu'il se soit donné cette peine, par un temps pareil. Il tenait sa chemise relevée par-dessus sa tête pour se couvrir, exposant son ventre et sa poitrine nus, ainsi que son dos. Cela ne l'empêchait pas d'avoir l'air de sortir d'un égout. Ses cheveux blond cendré étaient collés à son crâne, de l'eau ruisselait le long de ses bras, et son pantalon était tellement trempé qu'il devait peser des tonnes. C'était le plus beau rat d'égout que Belle ait jamais vu, et elle était tellement impatiente de l'embrasser que ses doigts fébriles ne parvenaient pas à tirer le loquet.

Elle ne se sentait pas très solide sur ses jambes. Elle ne buvait jamais plus d'une bière d'ordinaire, et les trois qu'elle avait avalées ce soir lui avaient tourné la tête, l'emplissant d'une audace inhabituelle.

« Tu es aussi imbibé qu'une éponge !

— Ça ne me tuera pas.

— Ce n'est pas certain. » Maladroitement, elle tenta de dénouer sa cravate lacet en faisant glisser la boucle en argent le long du lien de cuir. « Tu devrais retirer ces vêtements. »

Il posa une main sur la sienne pour la retenir.

« Je n'ai pas de quoi me changer, Belle. »

Déglutissant avec effort, la jeune fille, qui était encore vierge, répondit : « Ça ne fait rien. »

Meryl comprit instantanément la signification de cette phrase. Lui enserrant les poignets entre ses doigts mouillés, il déclara : « Dans ce cas, je dois te poser la question avant que les choses n'aillent plus loin. Veux-tu m'épouser, Belle Linder ? »

Elle fit entendre un petit rire. « Tu n'as pas besoin de m'épouser pour coucher avec moi, Meryl.

— Si. »

Déconcertée, elle le dévisagea, ne sachant pas si elle devait en être déçue ou s'en réjouir.

« Nous nous marierons d'abord, reprit Meryl, si tu parviens à te rappeler que tu as dit oui.

— Et tes vêtements trempés ? demanda-t-elle, se sentant aussitôt stupide.

— Ils vont l'être encore plus, parce que je rentre chez moi.

— Es-tu venu ici rien que pour me demander de t'épouser ?

— Oui, répondit Meryl en souriant. Contre vents et marées.

— Sommes-nous amoureux ?

— J'en suis à peu près sûr, Belle.

— Oui ! s'écria-t-elle. Je veux bien t'épouser, Meryl Tapper. »

Il l'embrassa sans la serrer contre lui, de peur de la mouiller, mais Belle n'avait que faire de ces précautions. L'attirant vers elle, elle noua ses bras autour de son cou et fut bientôt aussi humide que lui.

Alors qu'il terminait sa troisième bière, Bobby, plissant les yeux pour scruter la route à travers l'épais rideau de pluie, reconnut un pick-up gris argent qui passait en soulevant des gerbes d'éclaboussures.

« Qu'est-ce que Hugh-Jay fait ici ? » demanda-t-il à l'orage. Il était absolument certain qu'il s'agissait de la camionnette de son frère aîné, qui aurait dû se trouver dans le Colorado à l'heure qu'il était. Il se leva de son siège pour regarder les feux arrière s'éloigner dans la rue obscure. On ne distinguait pas grand-chose, et il était possible qu'il se trompe, mais il n'y avait aucun autre véhicule de cette couleur à Rose.

Il vit le pick-up tourner à gauche, en direction de la grande maison de pierre.

15

Lorsque Annabelle se réveilla le lendemain matin, près du petit corps tiède de Jody endormie, elle comprit, au silence bienheureux qui l'entourait, que la pluie avait enfin cessé. Le front orageux était parti semer la terreur parmi la population de l'est du Kansas. Barricadez-vous dans vos maisons, pensa-t-elle avec commisération. Toute la nuit, elle avait été tourmentée par d'horribles cauchemars qu'elle attribuait à la tempête. Ils l'avaient arrachée au sommeil à plusieurs reprises, et, chaque fois, elle avait eu l'impression qu'elle devait à tout prix faire quelque chose, sans avoir la moindre idée de ce dont il s'agissait.

Ce fut donc avec soulagement qu'elle s'éveilla pour de bon, bien qu'elle fût encore fatiguée.

Un coup d'œil au radio-réveil sur la table de chevet lui apprit que le courant était toujours coupé, et quand elle souleva sans bruit le combiné du téléphone, elle n'obtint pas de tonalité.

D'après la position du soleil, il devait être environ cinq heures du matin, estima-t-elle.

Elle se glissa hors du lit en prenant soin de ne pas déranger sa petite-fille et prit le temps de se retourner pour profiter du spectacle qu'elle offrait, toute rose et ébouriffée par le sommeil, les bras grands écartés – l'innocence même. Cette vision atténua quelque peu l'angoisse qui l'étreignait et qui continua néanmoins à la tarauder tandis qu'elle enfilait une robe de chambre et descendait au rez-de-chaussée. Elle fit bouillir de l'eau sur le fourneau à gaz pour se confectionner une première tasse de café, qu'elle emporta dans la cour afin d'inspecter les dégâts. Elle détestait le café instantané, mais nécessité fait loi, et elle avait absolument besoin de caféine, songea-t-elle en buvant une gorgée du breuvage, avant de faire la grimace.

L'air du matin charriait une odeur de moisissure.

Elle serra le mug entre ses deux mains, sans se soucier de la chaleur brûlante.

Ses parterres de fleurs à l'abandon avaient enfin été arrosés, mais bien trop tard et trop copieusement pour les sauver. Les racines étaient à présent noyées, après avoir été asséchées. Le sol qui les entourait, cette terre qu'elle s'était donné tant de mal à fertiliser, année après année, allait vite durcir à nouveau et se transformer en glaise compacte. C'était le genre de sol ingrat qui se craquelait autant quand il était mouillé que quand il était sec. Elle pourrait sûrement s'en servir pour confectionner des briques, mais elle ne devait pas espérer obtenir de fleurs cette année.

Elle soupira de regret à l'idée de tant de beauté perdue.

Elle se rasséréna en constatant que le toit de la maison, ainsi que ceux de la grange et des autres dépendances, était intact. À son grand étonnement, seuls quelques bardeaux et une ou deux lattes avaient été arrachés. Aucune clôture autour de la maison n'avait été abattue ; la tempête avait échoué, là où un seul homme armé de cisailles avait réussi. Le diable l'emporte, pensa-t-elle avec amertume.

Nous nous en sommes bien sortis, se dit-elle, non sans un léger sentiment de culpabilité, car elle était convaincue que beaucoup n'avaient pas eu cette chance.

Elle devait nourrir les chiens et les chevaux, mais les autres tâches quotidiennes attendraient jusqu'au retour des hommes. Déversant sur le sol le reste de l'exécrable mixture, elle rentra en hâte. Elle s'inquiétait pour les habitants de Rose et était pressée d'habiller sa petite-fille et d'aller s'assurer que leur petite ville et sa famille avaient réchappé à l'orage.

Annabelle et Jody franchirent sans problème la partie la plus basse de la route ; le torrent avait regagné son lit, et seules des traces de boue témoignaient encore de la crue. Annabelle fut épouvantée de voir, à en juger par la végétation accrochée en haut des clôtures, à quel niveau l'eau était montée.

Des vagues ! pensa-t-elle, se retenant de justesse de prononcer ces mots à voix haute, car il lui aurait fallu alors expliquer leur signification à la petite, et elle était trop fatiguée pour répondre aux questions dont l'enfant ne manquerait pas de la cribler. Jody était d'humeur grognon parce qu'elle avait été tirée du lit trop tôt. Un petit déjeuner copieux leur ferait le plus grand bien à toutes deux.

Son plan consistait à rassembler Hugh, Belle, Chase, Bobby et la mère de Jody afin de les emmener tous manger au Leafy Green. Le relais routier n'avait rien d'un palace, mais on y servait les meilleurs pancakes de la région – meilleurs même que ceux qu'elle pourrait confectionner elle-même dans les conditions actuelles. Il était rare que les repas de famille se tiennent dans un restaurant : pourquoi dépenser de l'argent alors qu'ils pouvaient manger aussi bien à sa table ?

Alors, pourquoi aujourd'hui ? songea Annabelle en bâillant. Parce que je n'ai pas envie de cuisiner, voilà tout !

En dépit de son besoin urgent d'un café digne de ce nom, elle fit un détour par le site le plus grandiose du comté, les célèbres rochers monumentaux qui formaient un contraste saisissant avec le reste du paysage uniformément plat, évoquant les monolithes de Stonehenge, mais en beaucoup plus grand, et ne devant rien à la main de l'homme. Les Testament Rocks, ainsi qu'on les nommait, attiraient les seuls touristes qu'on ait jamais vus dans le coin – pour la plupart archéologues, géologues et paléontologues. Une vaste mer intérieure avait autrefois baigné la région, immense étendue d'eau peuplée de requins préhistoriques et autres créatures marines ; plus tard, un large fleuve avait pris sa place. Il suffisait à Annabelle de contempler ces géants de pierre pour avoir le sentiment de faire partie de quelque chose de plus grand, quelque chose de si ancien que cela dépassait la compréhension humaine, et qui évoluait si lentement que les modifications étaient pratiquement imperceptibles pour qui ne les observait pas sa vie durant. Seuls l'érosion, la pollution, les tremblements de terre ou la dynamite pouvaient altérer ce paysage ; les changements dus à un cataclysme étaient rares, mais il s'en produisait de temps à autre. La haute formation rocheuse qu'on appelait le Roi avait été décapitée par la foudre quelques années plus tôt, et Annabelle ne s'en était toujours pas consolée.

Elle n'alla pas jusqu'au pied des rochers, ce qui aurait pris trop de temps.

Elle se contenta de ralentir quand elle les vit se profiler dans le lointain. Sous cet angle, ils lui apparaissaient tous tels qu'elle se les rappelait ; apparemment, la tempête ne les avait pas abîmés.

Comme toujours, cette vue eut le don de l'apaiser.

« Pourquoi on roule si lentement, mamie ?

— Pour pouvoir regarder les rochers, mon cœur.

— J'ai pas envie de les regarder. »

Les premières lueurs du jour leur conféraient une spectaculaire couleur blanc doré, donnant l'impression qu'ils avaient été peints sur le ciel, car aucune roche naturelle ne pouvait briller d'un tel éclat. Annabelle aurait aimé que sa petite-fille apprécie comme elle leur beauté, mais elle n'insista pas, se rappelant que l'enfant n'avait que trois ans et que, par-dessus le marché, elle devait avoir l'estomac dans les talons.

« Et qu'as-tu envie de voir ?

— Papa. Et des crêpes. »

Annabelle préféra ne pas envenimer les choses en lui expliquant que Hugh-Jay ne rentrerait pas à la maison avant un petit moment, voire plusieurs jours.

« Avec du beurre ?

— Oui !

— Et du sirop d'érable ?

— Oui ! Et je veux voir ma maman, aussi.

— Ça doit pouvoir se faire. »

Tandis qu'elle accélérait, une idée lui traversa l'esprit : tous ceux qu'elle connaissait auraient disparu bien longtemps avant que les rochers ne s'écroulent. Du moins l'espérait-elle, car c'était dans l'ordre naturel des choses.

Sur le reste du trajet, elle trouva de multiples témoignages de la violence de l'orage : arbres brisés par la foudre, branches et clôtures arrachées, fossés remplis d'eau à ras bord, poteaux téléphoniques gisant sur le sol. La tempête n'avait pas épargné la région.

À l'entrée de Rose, elle vit là aussi des branches cassées, des feuilles mouillées tapissant la chaussée. L'électricité n'avait manifestement pas été rétablie, mais en dehors de cela, la ville ne semblait pas avoir subi de dégâts majeurs. Il n'en allait sans doute pas de même dans les sous-sols, elle le savait. Il y avait probablement des dizaines de personnes en train de vider leurs caves inondées, au moyen d'une pompe ou d'un simple seau. Elle aperçut un gros arbre fendu en deux, son tronc noirci indiquant clairement que ce n'était pas l'œuvre d'un bûcheron mais de la foudre.

Elle se rendit droit au Rose Motel et se gara devant la réception.

« Où les avez-vous planqués ? demanda-t-elle au gérant, qu'elle connaissait depuis des années.

— Votre mari est dans la 7, répondit-il en souriant, et vos garçons dans la 9. La route était praticable ?

— Oui. Mais l'eau est montée très haut cette nuit.

— C'est ce que j'ai entendu dire. Une veine que personne n'ait été emporté.

— Oui, on a vraiment eu de la veine. Puis-je avoir les clés ? »

Il les lui remit sans discuter, et, sur un petit salut amical, elle le laissa à sa paperasserie. Prenant Jody par la main, elle se dirigea d'abord vers la chambre 9 et tambourina vigoureusement contre la porte avant de l'ouvrir, afin que ses fils aient le temps de se couvrir décemment. Après avoir donné ses instructions à Jody, elle passa la tête à l'intérieur de la pièce, en prenant soin de détourner les yeux, et elles hurlèrent toutes les deux en chœur : « Des crêpes ! Dans une demi-heure ! Au relais routier ! À tout de suite ! » Jody oublia quelques mots en route, mais Annabelle atteignit quand même son but, qui était de la faire rire. De la chambre lui parvenaient l'odeur familière de ses fils et un relent de cuir mouillé. Elle referma bruyamment la porte tandis que deux voix graves murmuraient « Maman ? » avec le ton stupéfait de ceux qu'on a réveillés en sursaut.

À la maison, ils auraient été debout depuis longtemps, et déjà au travail.

C'était un peu comme un jour de vacances, un jour férié où l'on pouvait faire la grasse matinée et manger au restaurant.

Aussi silencieusement que possible, Annabelle tourna la clé de la chambre 7 dans la serrure, après avoir donné de nouvelles consignes à Jody. Quand elles se faufilèrent sans bruit dans la pièce, elles la trouvèrent plongée dans l'obscurité. En voyant la forme sous les couvertures, Annabelle constata que son mari était encore couché. Il lui arrivait rarement de dormir aussi tard, et, même si elle savait qu'il se le reprocherait, elle se réjouissait pour sa part qu'il ait pu prendre un peu de repos.

D'un même élan, la grand-mère et l'enfant se ruèrent sur le dormeur.

« Réveille-toi, papi ! »

Hugh senior se redressa d'un coup, comme si on lui avait braqué un pistolet dans le dos.

« Quoi ? Que… ? »

Annabelle se laissa choir de tout son long sur le matelas, tandis que Jody faisait des bonds. Elles riaient si fort toutes les deux que Jody attrapa le hoquet et qu'Annabelle eut bientôt les joues ruisselantes de larmes. Quand il reconnut enfin les intruses, Hugh senior se mit lui aussi à rire et, saisissant Jody entre ses mains robustes, il la souleva au-dessus de lui. « Je devrais te laisser toute la journée suspendue dans les airs ! dit-il avec une feinte férocité. Tu as réveillé le vieux bouc grincheux. »

La voyant sur le point de suffoquer d'hilarité, il la reposa avec douceur.

Annabelle se releva en expliquant : « J'ai dit aux garçons de nous retrouver au relais routier dans une demi-heure. Entre-temps, Jody et moi, nous irons chercher Laurie.

— Et Belle ?

— Oh seigneur, je l'avais oubliée ! s'exclama Annabelle, aussitôt envahie par le remords. Où est-elle ?

— Avec Laurie. Ou bien à la banque.

— Au musée, veux-tu dire, rectifia-t-elle machinalement. Tu pourrais la prendre au passage, dans ce cas.

— Je meurs de faim ! les informa Jody.

— Alors, allons vite chercher ta maman ! »

16

Quand elle vit Chase et Bobby émerger en bâillant de leur chambre, Jody, au comble de la surexcitation, voulut à toute force partir avec eux et son grand-père. Aussi Annabelle arriva-t-elle seule chez son fils et sa belle-fille ce matin-là. En se garant dans leur allée, elle nota que Hugh-Jay devrait nettoyer la cour à son retour du Colorado : le grand et vieux chêne des marais planté devant la maison – l'unique représentant de cette espèce à Rose – avait perdu quelques branches. Elle sourit, imaginant d'avance la réaction probable de son aîné, qui voyait toujours le bon côté des choses : Ma foi, tant mieux. Comme ça, je n'aurai pas besoin de risquer ma vie en grimpant dans cet arbre pour l'élaguer avec ma tronçonneuse. Puis il rirait, se moquant de lui-même et de son optimisme forcené.

Elle ne vit aucune lumière dans la grande maison en pierre ; ils étaient toujours privés d'électricité.

Une fois de plus, elle se réjouit intérieurement de n'avoir jamais dû habiter dans cette demeure.

Cette monstrueuse et sinistre vieille bâtisse pleine de fantômes et de poussière. Surtout de poussière.

Parvenue devant la porte massive, elle tourna l'antique poignée de cuivre, s'attendant à la trouver ouverte. Mais elle ne l'était pas.

« Tiens, c'est fermé à clé ? » s'étonna-t-elle tout haut.

Laurie avait-elle pris peur, seule dans la grande maison ?

Annabelle sonna, puis frappa.

N'obtenant pas de réponse, elle recommença.

« Tu dors encore ? » appela-t-elle en levant la tête vers la fenêtre de la chambre. Pourquoi était-elle contrariée à l'idée que sa belle-fille s'offre le luxe d'une grasse matinée, se morigéna-t-elle, alors que, quelques instants auparavant, elle s'était réjouie que ses fils et son mari en aient fait autant ? Ce n'était pas parce qu'ils travaillaient dur et le méritaient davantage que Laurie ; une femme dotée d'un enfant de trois ans et d'une maison de cette taille ne pouvait être qualifiée d'oisive, à moins de disposer d'une nounou et d'une femme de ménage, ce qui n'était pas le cas de sa bru.

Redescendant les marches du perron, Annabelle fit le tour du bâtiment pour gagner la porte de derrière. Celle-ci était également fermée à clé, et les fenêtres à guillotine étaient toutes baissées, sans doute à cause de l'orage.

Elle frappa contre le battant, doucement d'abord, puis plus fort.

« Laurie Jo ! cria-t-elle, de plus en plus irritée. Ouvre-moi ! »

Peut-être était-elle sortie pour prendre le petit déjeuner, elle aussi ?

Tournant les talons, Annabelle se résigna à repartir. Et ce fut seulement alors qu'elle découvrit le pick-up de son fils garé dans l'arrière-cour.

Hugh-Jay était-il déjà rentré ? À moins qu'il n'ait emprunté la voiture de Laurie pour se rendre dans le Colorado ?

C'était pour le moins bizarre, pensa-t-elle, en proie à une soudaine appréhension.

Puis il lui vint une idée. Elle connaissait un moyen d'entrer dans la maison.

Avec l'espoir que Laurie ait oublié de verrouiller la porte de la cave, elle se dirigea vers l'escalier sur le côté du bâtiment et descendit les vieilles marches de ciment menant au sous-sol, où les murs de terre n'avaient été recouverts d'enduit que tout récemment. Elle fut obligée de mettre les pieds dans l'eau sale qui avait débordé de l'égout engorgé pour pouvoir manœuvrer la porte, et la sentit bouger sous la poussée de ses mains. Elle donna un coup d'épaule dans le battant qui céda avec un craquement sonore, et elle espéra que cela ne présageait pas de coûteuses réparations.

La cave empestait l'humidité, comme si elle avait été inondée – et de fait, elle l'avait bel et bien été. L'eau avait reflué, mais le sol de béton était couvert de fange. Avec une grimace, Annabelle avança d'un pas prudent, n'ayant aucune envie de glisser et de se retrouver étendue dans la gadoue. Décidément, c'était un vrai déluge qui était tombé cette nuit !

Elle vit des dépôts de boue autour du lave-linge et du sèche-linge.

« J'espère que ça n'a pas provoqué de court-circuit », dit-elle à voix haute.

Quand elle commença à gravir l'escalier de bois menant à la cuisine, en s'agrippant à la rampe car ses semelles étaient devenues glissantes, elle pria pour que la porte ne soit pas fermée à clé.

Elle ne l'était pas.

Dès qu'elle eut franchi le seuil, Annabelle ôta ses souliers crottés.

« Laurie ? Tu es là ? »

Elle tressaillit devant le spectacle qui lui apparut.

Une chaise était renversée sur le sol. Un chapeau de cowboy tout cabossé gisait non loin de là, ainsi qu'un ciré jaune tout froissé. Le robinet de l'évier était resté ouvert. En allant le fermer, elle aperçut, sur le bord aigu de la cuve métallique, ce qui ressemblait à du sang.

Brusquement, l'angoisse s'empara d'elle. Quelque chose n'allait pas.

Cette fois-ci, elle hurla à pleins poumons : « Laurie Jo ! Laurie ! »

Elle se précipita dans le vestibule, tout en continuant à crier : « Laurie ! Hugh-Jay ! Vous êtes là ? » Rapidement, elle inspecta la salle à manger et le séjour, puis elle se rua à l'étage, le cœur battant à grands coups, et se mit à trembler en découvrant d'étranges taches sur la moquette qui recouvrait les marches. Il s'en dégageait une odeur d'eau de Javel, et le textile était décoloré par endroits.

Muette d'effroi, elle courut d'une chambre à l'autre.

Ils n'étaient pas dans la chambre principale, ni dans la salle de bains attenante. Ni dans la chambre de Jody, ou dans la deuxième salle de bains. Et pas non plus dans la chambre d'amis, face à celle de Jody. Il ne restait plus que la petite chambre au fond du couloir. Elle s'élança vers celle-ci et ouvrit la porte à la volée.

« Hugh-Jay ! Oh, mon Dieu ! Oh, non ! Mon enfant ! »

Le corps de son fils gisait sur la moquette ensanglantée.

Annabelle cria son nom encore et encore, avec l'impression que son cœur se brisait.

Dehors, un voisin qui venait voir si les Linder n'avaient pas souffert de la tempête entendit des cris étouffés à travers les fenêtres closes aux épais vitrages et s'en inquiéta. L'homme, qui s'appelait Sam Carpenter, finit par trouver une porte ouverte, celle-là même par laquelle Annabelle était entrée, et grimpa l'escalier quatre à quatre, dérapant à plusieurs reprises sur ses empreintes boueuses. Au-dessus de lui, les cris, plus distincts à présent, et d'autant plus horribles, déchiraient l'air sans discontinuer. Il en fut terrorisé. Il n'avait jamais rien entendu de pire ; on eût dit une femme poignardée à mort. Il n'évita de dégringoler en bas de l'escalier qu'en s'agrippant de toutes ses forces à la rampe. L'une des nombreuses fois où il glissa, il s'érafla les tibias à travers son pantalon, mais ce fut à peine s'il sentit la douleur. Arrivé en haut des marches, il ouvrit la porte d'un geste brusque et repéra immédiatement des signes de lutte qui ne firent qu'aggraver son inquiétude : la chaise, l'imper, le chapeau de paille tout esquinté. Sans prendre le temps de la réflexion, il suivit les cris déchirants jusqu'à leur source, la petite chambre d'amis tout au bout du couloir, au premier étage de la vieille maison de pierre.

Quand il constata qu'il ne pouvait plus être d'aucun secours à la victime, il partit à la recherche de sa jeune et belle voisine, mais Laurie Linder n'était nulle part dans la demeure.

Il retourna dans la chambre du crime.

Le souffle court, il annonça à Annabelle : « Je ne la trouve pas !

— Appelez ma famille, Sam », l'implora Annabelle à travers ses larmes.

Elle lui indiqua où ils étaient, et il tenta de téléphoner là-bas, mais la ligne était hors service. « Je vais les chercher ! » cria-t-il. Il était tellement bouleversé qu'il ne songea même pas à prendre sa voiture ni à prévenir sa femme, Louanne. Le cœur battant à se rompre, la poitrine gonflée de sanglots, il parcourut au pas de course les quelque huit cents mètres qui le séparaient du relais routier, ne s'arrêtant pour personne, sourd aux voix qui le hélaient.

Il fit irruption dans le restaurant en hurlant : « Hugh Linder ! Où est Hugh Linder ? »

Les serveuses et les clients se retournèrent pour le contempler d'un air effaré.

Certains esquissèrent un sourire qui mourut devant son expression épouvantée.

« Là-bas, répondirent plusieurs d'entre eux, en pointant le doigt. Dans la salle du fond. »

« Qu'est-ce qui se passe, mon chou ? s'enquit une des serveuses, qui appelait tous les habitués par ce petit nom affectueux.

— Oh, mon Dieu », gémit-il en passant devant elle. Dans un éclair, il s'était rappelé à qui appartenait le chapeau cabossé qu'il avait aperçu dans la cuisine des jeunes époux Linder. Comme tout le monde en ville, il connaissait l'incident qui s'était déroulé au ranch la veille, et il avait même déjà entendu parler de la bagarre au Bailey's. Sautant d'emblée à la conclusion la plus logique, il s'écria : « Billy Crosby a tué Hugh-Jay Linder ! »

La serveuse se mit à hurler. Des assiettes remplies d'œufs et de toasts tombèrent du plateau qu'elle portait.

Dans le restaurant, tous ceux qui avaient entendu ces mots se levèrent, certains en renversant leurs chaises. Les autres demandèrent fébrilement qu'on leur répète ce qu'avait dit Sam Carpenter. Puis ils s'exclamèrent à leur tour, se levèrent ou s'effondrèrent sur leurs sièges, ou encore étreignirent le bras de leur voisin.

La première réaction passée, le silence s'abattit sur la salle, rompu seulement par quelques sanglots de femmes.

« Ce fils de pute ! » s'exclama quelqu'un d'une voix douloureuse.

C'est alors qu'ils entendirent, émanant de la salle voisine, où les Linder étaient réunis, des rugissements éplorés. Quand ils se ruèrent dans la salle principale, tous les clients se levèrent comme un seul homme, espérant qu'ils allaient leur dire que ce n'était pas vrai, que c'était un malentendu, que personne n'avait tué ce brave garçon. Au lieu de cela, ils virent Chase serrer contre lui sa nièce apeurée, et Belle s'accrocher à son père qui parut soudain âgé de cent ans. Tous les regards les suivirent quand ils sortirent en courant.

Bobby Linder avait encore une serviette de table glissée dans son encolure.

Sam voulut les suivre, mais il se sentait trop épuisé pour retourner là-bas. En boitillant, il regagna le restaurant, et tous se regroupèrent autour de lui pour entendre son effroyable récit.

« Hugh-Jay est mort, tué par balle, et sa mère est auprès de son cadavre...

— Oh, seigneur ! dit une femme, horrifiée, en se couvrant le visage de ses mains. Annabelle ! Pauvre Annabelle !

— Et je n'ai pas réussi à trouver Laurie...

— Il l'a tuée, elle aussi ?

— Je ne sais pas. Je ne sais pas. » Sam se laissa tomber sur une chaise, devant des petits déjeuners entamés en train de refroidir. Ses épaules s'affaissèrent et il se mit à pleurer, tandis qu'une ou deux personnes lui tapotaient le dos en s'efforçant de contenir leur propre émotion.

« Comment a-t-il pu faire ça ? Comment peut-on faire une chose pareille ? »

Personne ne semblait en mesure d'apporter de réponse, car rien de tel ne s'était jamais produit à Rose. Et puis quelqu'un déclara d'un ton péremptoire : « C'est Billy. Il est comme ça, c'est tout. J'espère qu'ils vont l'attraper et lui régler son compte, à ce fumier. »

17

Le shérif du comté, Don Phelps, mit une demi-heure pour arriver à Rose, de l'endroit où il avait reçu l'appel, à quatre-vingts kilomètres à l'est. Il conduisit toutes sirènes hurlantes, en pensant constamment à tout ce qu'il ne savait pas.

Âgé de quarante-trois ans, il avait d'abord été shérif adjoint, puis shérif, durant ses neuf années de carrière dans les forces de l'ordre. Pas une seule fois durant ce temps, ni, à sa connaissance, au cours des années qui avaient précédé, il n'y avait eu de meurtre dans le comté de Henderson. Peut-être, à l'époque de la conquête de l'Ouest, était-il arrivé parfois qu'un éleveur de moutons tue un éleveur de bovins, ou l'inverse, mais il n'était pas très calé en histoire et il n'était pas vraiment sûr que de tels faits se soient produits. Aujourd'hui, pour sa part, il s'occupait essentiellement d'infractions au code de la route, occasionnellement de vols à l'étalage et autres menus larcins, de querelles domestiques et de bagarres d'ivrognes dans les bars, de saisies d'exploitations agricoles et d'expulsions. Il n'avait jamais été confronté à la moindre tentative d'homicide, encore moins à un homicide véritable. Ses adjoints n'avaient aucune idée de la manière de traiter ce genre de cas. Quant à lui, ses connaissances en la matière se résumaient à un séminaire de deux jours sur le sujet – la seule formation que le comté ait eu les moyens de lui payer – et aux revues juridiques qu'il lisait chez lui. Quand il rencontrait des collègues exerçant dans des régions plus peuplées, ils le mettaient en boîte, prétendant qu'il n'avait rien d'autre à faire que se prélasser dans son fauteuil, les pieds sur son bureau. Il répliquait chaque fois : « Venir d'un comté où il n'y a jamais de meurtres n'est pas une chose dont il faut avoir honte, bien au contraire. »

Quand il entra dans la grande maison de pierre, gravit l'escalier et découvrit la scène de crime, il sut que le plus sage était de refermer la porte jusqu'à l'arrivée du KBI[1].

Comme il n'osait pas se risquer à relever des indices, il décida que le mieux était de partir à la recherche de celui qui, il en avait l'intime conviction, avait commis ce meurtre.

Cela lui permettrait également de fuir cette maison où toute une famille, une famille de gens honnêtes et bons, ce dont il était persuadé, était en train de se briser en miettes comme une assiette lancée contre un mur. Le shérif n'était pas un inspecteur de la criminelle, et il savait qu'il n'avait rien non plus d'un psychologue, aussi se hâta-t-il de sortir de là, en proie à un tumulte de sentiments – un mélange à parts égales de chagrin, de colère, de compassion et d'anxiété. Il avait l'impression que s'il devait croiser une fois de plus le regard de Hugh senior, il allait lui aussi se mettre à pleurer. Et cette petite fille…

Il ne supportait même pas de penser au choc que cela devait représenter pour elle.

Il pensait connaître Billy Crosby mieux que personne d'autre dans le comté – à l'exception peut-être de la femme de celui-ci – et en particulier ses mauvais côtés. Il l'avait collé en cellule à deux ou trois reprises, et il s'était rendu à High Rock Ranch la veille. Il avait vu les clôtures cisaillées, examiné la carcasse de la vache, écouté le récit des sévices infligés à l'animal deux jours auparavant. Et puis, il y avait

1. Kansas Bureau of Investigation, bureau d'enquêtes criminelles de l'État du Kansas. *(N.d.T.)*

seulement quelques minutes de ça, dans la maison du crime, Chase Linder lui avait raconté l'incident qui s'était déroulé au Bailey's pendant l'orage. Le shérif s'en voulait profondément de n'avoir pas réussi à réunir suffisamment de preuves pour coffrer Billy la veille. Peut-être cela l'aurait-il calmé, et peut-être qu'alors rien de tout cela ne serait arrivé. Ou peut-être serait-ce arrivé quand même, car, lorsqu'un individu comme Billy prenait la mauvaise pente, plus rien ne pouvait l'arrêter.

Quand le shérif se gara devant la demeure de Billy, ses deux adjoints à plein-temps, ainsi que les deux à temps partiel, l'avaient rejoint. L'un d'eux brandissait un mandat de perquisition établi par un juge qui avait pleuré en le rédigeant.

Phelps les réunit autour de lui dans la cour de la maison et déclara : « Abstenez-vous de le traiter comme vous mourez d'envie de le faire. Procédez à l'arrestation comme pour n'importe quel suspect. Lisez-lui ses droits. Emmenez-le en prison et laissez la justice s'occuper de son cas. »

Après les avoir longuement dévisagés, il ajouta : « Je parle sérieusement. »

L'un d'eux, qui avait joué au foot avec Hugh-Jay Linder, trouva Billy Crosby endormi dans un hamac dans l'arrière-cour. Il fit basculer le hamac, projetant à terre son misérable occupant. Billy se réveilla en poussant un cri, puis roula sur lui-même et leva vers l'adjoint un regard trouble et ahuri.

« Relève-toi, espèce d'ordure. »

Sans ménagement, l'adjoint le mit debout, lui passa les menottes et le poussa à l'arrière de la voiture du shérif, où Billy vomit aussitôt sur le plancher.

À l'intérieur de la maison, Valentine était occupée à préparer le petit déjeuner pour son fils et le jeune Red Bosch quand le shérif frappa à grands coups contre la porte. Avant qu'elle ait pu l'en empêcher, le petit Collin courut l'ouvrir, laissant échapper l'odeur des pancakes et du bacon, et livrant passage aux colosses en uniforme brun. Le petit garçon recula jusqu'à ce que ses jambes heurtent le canapé, et que, perdant l'équilibre, il s'affale sur le siège en battant des bras. Il se redressa tout aussi rapidement.

Bouche bée, les yeux écarquillés, Valentine sortit de la cuisine en s'essuyant les mains sur une serviette en papier, tandis que le fumet alléchant du bacon se transformait en odeur de brûlé.

« Qu'est-ce que tu fais ici, Red ? » s'enquit dès son entrée le shérif Phelps, l'air presque aussi surpris que le jeune homme lui-même, en oubliant du même coup ce qu'il avait initialement prévu de dire.

« Je... J'ai ra... ramassé Billy hier soir, bredouilla Red, et je l'ai ramené ici. »

Les cheveux aplatis par le sommeil, les vêtements froissés, un côté du visage portant encore l'empreinte de la fermeture à glissière du sac de couchage, le gamin paraissait stupéfait par ce remue-ménage et effrayé par la voix sévère du shérif. L'un des adjoints devait raconter par la suite en riant que Red avait cet air que prennent les ados quand ils se demandent s'ils ne se sont pas mis dans le pétrin, cet air de dire : Oh, merde, quoi que j'aie fait, ne le racontez surtout pas à mon père.

« Tu n'étais quand même pas allé boire au Bailey's, hein, Red ? »

Le jeune homme n'avait que seize ans et, par conséquent, pas encore le droit de consommer de l'alcool.

« Non, monsieur, répondit-il avec ferveur, visiblement prêt à le jurer sur la Bible, si le shérif lui en tendait une. Je me baladais simplement dans le coin parce que j'aime bien les orages. J'ai aperçu quelqu'un étendu dans le parking devant le Bailey's, et c'était Billy. Il était saoul comme un cochon ! Je ne pouvais pas le laisser là, il aurait pu se faire écraser. Alors je l'ai porté dans mon camion et je l'ai ramené à Mme Crosby.

— Et comment se fait-il que tu sois encore là ? »

Le gamin devint aussi rouge que ses cheveux. « Mme Crosby, elle m'a dit d'appeler ma mère et de lui dire que c'était trop dangereux de rouler sous l'orage, et que je devais dormir ici.

— Où as-tu dormi ?

— Par terre », répondit Red en montrant un sac de couchage sur le plancher.

Se tournant vers Valentine, le shérif demanda : « Et qu'a fait Billy quand Red l'a ramené ici ?

— Il s'est endormi ivre mort sur ce canapé », répondit-elle d'une voix que la peur rendait suraiguë.

Collin s'était approché d'elle. Elle voulut le faire sortir de la pièce, mais il refusa de bouger. Il ne se montra pas insolent ni désagréable, se contentant simplement de rester planté là. Sa mère secoua la tête et abandonna la partie.

« Fiston, dit le shérif d'un ton bienveillant mais ferme, est-ce que tu as une chambre à toi ?

— Oui, monsieur.

— Eh bien, il faut que tu y ailles à présent, et que tu fermes la porte. »

Collin obéit, et tous entendirent la porte se refermer.

En revanche, ils ne l'entendirent pas se rouvrir sans bruit quelques secondes après.

Le shérif reporta son attention sur Red. « As-tu vu Billy se relever et sortir du salon, au cours de la nuit ? »

L'adolescent acquiesça. « J'ai pensé qu'il était allé aux toilettes et qu'après, il était retourné dormir avec - il s'empourpra de nouveau - Mme Crosby. Il n'est pas revenu ici.

— À quelle heure a-t-il quitté la pièce ?

— Il devait être onze heures environ. Ça ne faisait pas très longtemps qu'il était couché.

— Est-il venu dormir près de vous ? poursuivit le shérif en s'adressant à Valentine.

— Non », murmura-t-elle, la lèvre inférieure tremblante. Elle lui avait demandé ce qu'avait fait Billy cette fois, mais il n'avait toujours pas répondu.

« Saviez-vous qu'il ne se trouvait plus dans la maison ?

— Je ne m'en suis aperçue que ce matin, en allant regarder dans l'arrière-cour.

— L'un de vous sait-il ce qu'a fait Billy et où il est allé, entre le moment où il s'est levé et celui où Mme Crosby l'a trouvé endormi dans le hamac ? »

Tous deux répondirent par la négative.

« Où est le pick-up de Billy, madame Crosby ? »

Elle parut soulagée de pouvoir lui dire : « Oh ! il n'en a plus. M. Linder nous l'a racheté. Il est garé derrière la maison de Hugh-Jay et Laurie.

— Non, rétorqua le shérif. Il n'y est plus. »

Il énonça ce fait d'un ton tellement sinistre qu'elle en fut encore plus alarmée.

« Madame Crosby, Billy possède-t-il des armes à feu ? »

Elle avait l'air complètement terrifiée, à présent. Dans un chuchotement, elle répondit : « Oui.

— Montrez-moi où elles sont, s'il vous plaît. »

Les trois pistolets et les cinq fusils de chasse de Billy étaient tous rangés à leur place, dans leur chambre, à l'intérieur d'un étui bon marché.

« Vous êtes certaine qu'il n'en a pas d'autres, Valentine ? »

C'en était fini des « madame Crosby ».

« Non ! » Sans s'en rendre compte, elle était en train de déchiqueter la serviette en papier qu'elle tenait toujours à la main, et des lambeaux s'éparpillaient sur la moquette. L'odeur de brûlé était plus forte à présent, mais seul Collin la remarqua. Il sortit de sa chambre par la porte de derrière et courut vers la cuisine pour éteindre le gaz et ôter la poêle à frire du feu. De loin, il entendit sa mère s'écrier : « Je veux dire, je n'en ai jamais vu d'autres ! Je suis désolée, non, je ne crois pas. Je vous en prie… »

La conviction du shérif n'en fut pas ébranlée pour autant. Il en déduisit simplement que Billy avait pu se servir d'une arme appartenant à Hugh-Jay.

« Qu'est-ce qu'il a fait ? » interrogea Valentine d'une voix implorante.

La prenant en pitié, Phelps lui expliqua : « Billy a tué Hugh-Jay Linder et fait disparaître Laurie. » Sa mâchoire se crispa, comme s'il réprimait à la fois sa fureur et une envie de pleurer. « Nous n'arrivons pas à la retrouver. Peut-être l'a-t-il tuée également. Vous n'avez aucune idée de ce qu'il a pu faire d'elle ?

— *Non !* » hurla-t-elle.

Son fils se rua hors de la cuisine, son petit visage tout pâle et pincé de peur et d'inquiétude. Il alla se blottir contre elle et lui prit la main. Cette fois, étant donné qu'il avait déjà entendu le pire, personne ne chercha à l'éloigner.

L'adjoint qui avait arrêté Billy entra dans la pièce à ce moment-là pour en informer son supérieur.

« Trouvez-lui un avocat, Valentine, conseilla le shérif.

— Nous n'avons pas les moyens de...

— C'est vraiment dommage », marmonna un des adjoints à mi-temps, avant de sortir en claquant la porte. Le shérif et les autres hommes le suivirent, sans donner à la jeune femme d'autres conseils - qu'elle ne serait de toute façon pas en mesure de suivre.

« Où est-il ? » cria-t-elle en se précipitant dans la cour. Quand elle aperçut son mari à l'arrière de la voiture du shérif, elle s'arrêta net et n'esquissa pas le moindre geste pour s'approcher de lui. Il avait la tête renversée contre le dossier du siège, les yeux clos. S'il l'entendit, il ne regarda pas dans sa direction.

« Vous l'emmenez en prison ? »

Le shérif lui lança un regard qui semblait signifier que la réponse allait de soi, puis ils s'en allèrent, lui et son équipe, la laissant figée au milieu de la cour, avec Collin et Red à ses côtés.

Lorsqu'ils eurent conduit Billy à la prison du tribunal de Henderson City, le shérif et ses hommes purent reprendre leurs recherches pour tenter de retrouver Laurie.

Tout ce qu'ils trouvèrent, ce fut le pick-up de Billy.

Il était embourbé dans le lit d'une rivière où la crue de la veille l'avait emporté. À l'intérieur du véhicule, protégée de l'eau par un sac en plastique, il y avait une robe bain de soleil jaune, tachée de sang. On demanda un peu plus tard à Belle Linder d'identifier la robe, et elle la reconnut formellement comme celle de sa belle-sœur. Le laboratoire du Kansas Bureau of Investigation établit que le sang était celui de Laurie Linder, et l'on parvint finalement à la triste conclusion que celle-ci était morte, même si on ne retrouva jamais son cadavre pour en fournir la preuve.

Billy Crosby refusa d'avouer ce qu'il avait fait du corps, et sa famille n'eut donc jamais la consolation de lui donner des funérailles convenables. Ses derniers mots sur le sujet, du moins les derniers qui parvinrent aux oreilles des habitants de Rose, furent ceux qu'il prononça lors de son procès : « Bon, d'accord ! Dieu tout-puissant, j'ai tué cette putain de vache, mais je n'ai jamais tué de gens ! »

18

Après que Billy Crosby eut été jugé et condamné, après son transfert vers la prison fédérale de Lansing, aux confins est de l'État, la sécheresse sévit de nouveau. Les vents du nord emportèrent les semis de blé d'hiver, on marqua les veaux, on expédia les bouvillons vers les parcs d'engraissement. Bobby Linder s'engagea dans l'armée sans prévenir quiconque, si bien que sa mère perdit brutalement un deuxième fils. Elle gagna toutefois un beau-fils, quand Belle épousa Meryl Tapper, au cours d'une discrète cérémonie suivie d'un barbecue au ranch.

On approchait alors de Thanksgiving.

Dans une classe de l'école primaire, une institutrice interpella gentiment un élève silencieux.

« Collin ? Es-tu avec nous aujourd'hui ? »

Collin Crosby leva les yeux de son pupitre, effarouché non pas par la voix douce de son enseignante, mais par les ricanements autour de lui.

Il hocha la tête et chuchota un « oui » à peine audible à l'adresse de la jeune femme qui lui souriait.

« Très bien. Je suis heureuse de t'avoir parmi nous. »

Il devint tout rouge, car, même si les autres enfants ne percevaient pas le sens caché de cette phrase, lui le comprenait, et il en éprouvait autant de gêne que de reconnaissance. La dernière chose qu'il voulait, c'était se faire remarquer ou être traité différemment des autres, et il comprit donc à cet instant qu'il ferait mieux de rester constamment attentif. Il y était habitué, car, quand son père était encore à la maison, il devait rester tout le temps sur ses gardes. Mais depuis son départ, il avait commencé à relâcher sa vigilance.

Quand l'institutrice l'avait appelé, il était en train de rêvasser.

Il se rendait compte, à présent, qu'il avait de nouvelles raisons de rester sur le qui-vive.

C'était épuisant, mais il savait déjà qu'il en était capable.

Collin était en train d'apprendre les règles de son nouveau monde, celui où il vivait depuis que son père était en prison.

Pas seulement parce qu'il était en prison, mais surtout à cause de ce qu'il avait fait pour y être envoyé.

Ce que les gens disaient qu'il avait fait…

Son institutrice, Mme Davidson, lui avait témoigné de la bienveillance dès le premier jour où il était retourné en classe. Collin en était conscient et lui en était reconnaissant, et il savait que sa mère l'était également. Les choses se seraient peut-être passées différemment avec une autre enseignante. Avec Mme Perron, par exemple, dont le visage, tordu par une moue permanente de désapprobation, ressemblait à un nœud dans un tronc d'arbre, et qui n'était gentille qu'envers les filles et détestait tous les garçons, même ceux qui étaient sages. Elle l'avait plusieurs fois dévisagé dans les couloirs comme si elle était prise d'une irrésistible envie de l'écraser sous son pied tel un cafard. Sa mère n'avait pas eu le cran d'aller voir la directrice de l'établissement pour lui demander de veiller à ce qu'on ne lui rende pas la vie trop difficile, mais Mme Davidson l'avait aidé à supporter la situation, du moins en partie. Elle était jeune et gaie et toujours patiente à son égard, quelle que soit l'attitude des autres enseignants, des parents ou des élèves. Elle était aussi douce que son prénom, Heather. Si aucun de ses camarades ne voulait se tenir à côté de lui, quand ils se mettaient en rangs par deux pour aller dans la cour de récréation ou à la cantine, elle le prenait par la main et ouvrait la marche avec lui.

« Ils ne te détestent pas, Collin, lui avait dit sa mère. Ils ont peur, c'est tout. »

Il ne la croyait pas. Il pensait que certains d'entre eux le détestaient bel et bien, parce que leurs parents détestaient son père. Et toute cette haine rejaillissait sur lui et sur sa mère. La plupart des gamins, jusqu'à maintenant, se contentaient de rester silencieux en sa présence, l'air gauche et embarrassé, comme si c'était lui dont la famille était en deuil. Peut-être finiraient-ils par s'habituer à lui, espérait-il. Peut-être les choses redeviendraient-elles comme avant. Quand il avait encore un meilleur copain, et qu'il s'entendait bien avec pratiquement tout le monde. Seuls quelques garçons et une ou deux filles s'étaient montrés méchants dès le début, mais c'étaient ceux qui le snobaient déjà auparavant, donc ça ne changeait rien. Simplement, leurs insultes étaient devenues plus venimeuses encore – ils employaient l'artillerie lourde, comme aurait dit son père. Les filles qui ne lui prêtaient pas attention autrefois ne lui en accordaient pas davantage aujourd'hui, alors ça n'avait rien de nouveau. La seule différence, mais elle était de taille, c'était que son ex-meilleur ami, Miles Montgomery, l'évitait désormais et ne semblait plus vouloir être son copain.

Miles vivait dans un ranch voisin de celui des Linder.

Collin ne lui en voulait pas, mais son ami lui manquait vraiment, et il avait failli pleurer, la deuxième fois où Miles s'était détourné quand il lui avait adressé un sourire de connivence, parce qu'un élève avait dit une bêtise. La première fois, il avait pu s'agir d'un accident ; la seconde lui prouva que leur amitié était finie. Sa mère n'avait pas voulu qu'il téléphone à Miles, quand elle l'avait gardé à la maison, après la mort de M. Linder et durant le procès. Et quand il s'était étonné que son copain ne l'ait pas appelé, elle avait dit de sa voix triste : « Miles se comportera peut-être de manière différente quand tu le reverras. »

Collin avait ardemment espéré qu'elle se trompe, mais elle avait vu juste.

Il ne s'était pas rendu compte immédiatement que le départ de son père ne comportait pas que des côtés positifs. Leur vie avait changé certes, mais pas forcément pour le mieux.

Tout n'allait pas si mal cependant.

Collin était déjà profondément amoureux de sa jolie institutrice, Mme Davidson.

Et il adorait toujours l'école, en dépit de tout. Il adorait l'odeur du bâtiment, se délectait de la vue et du contact des livres entre ses mains, de ses crayons bien taillés et du papier ligné de son cahier, il raffolait de son flacon de colle, de ses étoiles adhésives et de sa boîte de mouchoirs en papier. Ça ne le dérangeait pas tant que ça de devoir désormais cacher son enthousiasme et de ne plus pouvoir le partager avec Miles. Certains des autres garçons se comportaient comme s'ils détestaient l'école, mais Collin ne les croyait pas. Qui n'aimerait pas être dans un endroit où tous ses amis étaient réunis et où il y avait tant de choses à apprendre ?

Et puis, bien sûr, quel bonheur d'avoir une maîtresse comme Mme Davidson.

Quand il était rentré chez lui, à la fin de son premier jour de classe après les événements, il avait déclaré à sa mère : « Je veux avoir Mme Davidson comme institutrice l'année prochaine, et toutes les années suivantes, au collège, au lycée, et même quand je serai à l'université. »

Sa mère, qui l'attendait devant la porte de l'école tous les après-midi, à l'écart des autres parents, pour le ramener à la maison, avait ri pour la première fois depuis que son père avait été arrêté. Et le cœur de Collin s'était gonflé de fierté d'avoir réussi à lui faire oublier son chagrin. Quand il avait ri à son tour, il avait pris conscience que c'était la première fois pour lui aussi depuis ce jour-là.

Le garçon assis à sa droite se pencha vers lui et, singeant Mme Davidson, murmura : « Ton père, il n'est plus parmi nous, hein ? Ils auraient dû le condamner à la peine capiteuse.

— La peine capitale, corrigea Collin sans réfléchir, avant de s'empourprer de nouveau.

— C'est ça ! Ha, ha ! »

Son père avait été condamné à une « peine de quarante ans de prison ferme plus vingt ans de rétention de sûreté », selon les termes employés par les adultes, soit soixante ans au total, ce qui signifiait que ce serait un très vieil homme quand il sortirait.

Collin avait l'impression de marcher sur des œufs, exactement comme autrefois, quand son père rentrait saoul. À présent, il y avait des choses à ne pas dire, des gens à éviter, des gens qui l'évitaient, des endroits où il ne pouvait plus aller et des amis qu'il ne pouvait plus voir. Chaque fois qu'ils rencontraient quelqu'un, sa mère et lui, c'était un nouveau test : cette personne allait-elle se montrer amicale ou pas ? À la supérette, certaines clientes refusaient de régler leurs achats à la caisse tenue par sa mère. « Elles rejettent la faute sur moi, lui avait-elle expliqué. Elles disent que j'aurais dû savoir, que j'aurais dû l'empêcher. » Elle s'était remise à pleurer. « Et elles ont raison ! J'aurais dû... Je ne sais pas ce que j'aurais pu faire... Mais j'aurais dû faire quelque chose. »

C'était une complication qu'il n'avait pas prévue.

Il n'avait pas imaginé que les gens pourraient rendre sa mère responsable du crime de son père !

Cela le bouleversa, et il les détesta de la rendre si malheureuse. En quoi était-elle fautive ? Mais ensuite, il dut s'avouer que lui-même, il lui en voulait un peu. Pourquoi ne s'était-elle pas montrée plus combative ? Pourquoi avait-elle laissé la situation se dégrader à ce point ? Comment avait-elle pu se laisser taper dessus ? Il se haïssait de nourrir de telles pensées, et il les chassait dès qu'elles se présentaient à son esprit. En étant méchant envers elle, il ressemblerait à son père. Et je ne serai jamais comme lui, se répétait-il sans cesse.

La petite nouvelle, assise à gauche, à l'autre bout de la rangée, se retourna et ébaucha un sourire dans sa direction. Mais la pimbêche à côté d'elle lui donna aussitôt un coup de coude et darda vers lui un regard hostile. Il eut alors une nouvelle révélation : si un élève tenait à sa popularité, il ne pouvait pas être son ami.

Il baissa les yeux sur son livre d'arithmétique.

Les chiffres lui paraissaient amicaux, parce qu'il les aimait et qu'eux au moins ne se dérobaient pas à son regard. Et c'est ainsi que débuta son parcours scolaire exemplaire, dans la classe de Heather Davidson, où il n'avait pour seule compagnie que sa maîtresse et les faits impersonnels imprimés dans ses livres. Il voulait désespérément que son institutrice soit fière de lui et qu'elle continue à l'aimer, et il décida que la meilleure façon d'y parvenir était de bien écouter, de toujours faire ses devoirs et d'avoir des A à tous ses contrôles. L'espace d'un instant, il se sentit profondément déprimé en songeant que, puisque plus personne ne voulait jouer avec lui, autant étudier sans arrêt. Mais il repoussa ce sentiment, comme il avait repoussé les pensées déloyales envers sa mère. En regardant l'addition 7 + 2 = ?, il sut, sans même compter les pommes alignées en dessous de chaque chiffre, que le total était 9, et il leva la main pour montrer à Mme Davidson qu'il connaissait la réponse.

« Quarante plus vingt égale soixante », chuchota une voix derrière lui.

Collin doutait que le garçon ait trouvé cela tout seul, et il se demanda si c'étaient ses parents qui lui avaient soufflé cette méchanceté.

« Oui, Collin ?

— Neuf. »

19

Pendant que Collin Crosby s'adaptait à cette nouvelle et douloureuse réalité, au ranch des Linder, Jody continuait chaque soir à se rendre sur le perron pour guetter le pick-up gris argent de son père. Elle vivait désormais avec ses grands-parents, et les deux chiens de son père, qui l'avaient suivie dans sa nouvelle demeure avec toutes ses affaires, ne la quittaient pratiquement jamais.

Elle prenait souvent son oncle Chase par la main et l'emmenait sur le perron, escortée par les labradors noirs.

« Il va rentrer, affirmait-elle. Papa va me rapporter une surprise. »

Après avoir passé un long moment près d'elle à scruter la longue allée, Chase la ramenait à l'intérieur de la maison, où sa grand-mère lui donnait un bain et lui passait son pyjama. Puis Chase s'asseyait à son chevet et lui lisait une histoire, lui tenant la main jusqu'à ce qu'elle s'endorme, dans la chambre imprégnée de l'odeur des chiens, familière et rassurante. C'étaient les premiers et les seuls animaux qui aient jamais été autorisés à vivre sous ce toit, mais même Hugh senior semblait parfois heureux de les voir couchés à ses pieds dans son bureau.

Au bout de plusieurs semaines, si Jody allait toujours sur le perron après le dîner pour observer la route, elle ne demanda plus à son oncle de l'accompagner et cessa de lui parler du retour de son père. Quant à Chase, chaque soir, une fois sa nièce endormie, il faisait un brin de toilette et se rendait en ville, où il buvait trop et courait les femmes comme si sa vie en dépendait. Tout au long de cet automne-là et le premier hiver, il travailla avec tant d'acharnement pour son père que celui-ci était obligé de lui dire de s'arrêter à la fin de leurs longues journées de labeur. Un jour, Hugh senior le trouva encore en train de planter des piquets de clôture à dix heures du soir, alors que la nuit était tombée depuis longtemps, et quand il lui conseilla d'aller se reposer, son grand gaillard de fils, si beau et si coriace, s'effondra contre un piquet et se mit à sangloter. Hugh lui tapota le dos, en se demandant si aucun d'entre eux pourrait un jour connaître à nouveau le bonheur, dans cette vie où même les plus simples tâches leur étaient devenues si difficiles à accomplir.

« Nous voici arrivées, mon trésor », dit Annabelle en garant la Cadillac devant l'épicerie George, située dans Main Street, en face de la bibliothèque et de la mairie. Les vitrines de la supérette étaient ornées de figurines découpées dans du carton et représentant le père Noël et ses lutins. « Allons acheter un poulet et des pommes de terre pour le dîner. »

La température était inhabituellement chaude pour un mois de décembre et l'on n'avait pas besoin de manteaux.

Sans bouger de sa place, Jody se contenta de tourner la tête pour regarder fixement dans la direction de son ancienne maison, bien que la mairie la cachât à sa vue. La grande bâtisse de pierre, avec sa chambre au premier étage, se trouvait à deux rues de là. La fillette avait la bouche entrouverte, mais son visage était vide de toute expression, à part cette morne résignation qu'on lit parfois sur le visage d'un adulte vaincu mais qu'on ne devrait jamais trouver sur celui d'une enfant de trois ans.

Pour la distraire de ses pensées, Annabelle reprit d'une voix enjouée : « Je vais t'aider à descendre de ton siège. »

Reprendre une vie normale – aller à la banque, faire les courses, passer à la coopérative – était une épreuve constamment renouvelée. Chaque fois qu'elle se rendait à Rose, elle devait s'armer de courage. Les gens essayaient de se conduire convenablement, cependant aucun de leurs gestes, aucune de leurs paroles ne paraissait approprié. Elle savait qu'ils faisaient de leur mieux et qu'elle était injuste envers eux. Mais elle aussi, elle faisait de son mieux. Ce n'était pas sa faute s'ils l'agaçaient, si elle refusait leur compassion. Elle n'aimait pas être considérée comme un objet de pitié. Elle était reconnaissante envers ceux qui lui témoignaient leur sollicitude avec, dans les yeux, une sincère et chaleureuse affection, mais sans se montrer trop démonstratifs. Envers le caissier de la banque, qui lui demandait simplement, sur le ton de la conversation : « Vous désirez cette somme en billets de vingt, madame Linder ? » ou la vendeuse de la boutique de vêtements qui disait : « Annabelle, savez-vous que nous offrons trois soutiens-gorge pour le prix d'un, en ce moment ? » Même ces banales transactions comportaient néanmoins des risques. « Trois » lui faisait penser à ses trois fils, dont il ne restait plus qu'un seul à la maison. « Vingt » lui rappelait que Hugh-Jay n'avait pas dépassé cet âge de beaucoup quand il avait été assassiné.

Elle ne pouvait pas empêcher les gens de réagir comme ils le faisaient. Elle pouvait à peine contrôler ses propres réactions, alors pourquoi se serait-elle attendue à mieux de la part des autres ?

Elle pouvait seulement respirer un grand coup, serrer les dents au besoin, et dépenser toute son énergie à acheter un soutien-gorge sans s'effondrer en pleurs, comme Chase s'était effondré sur le piquet. Elle pouvait seulement sourire et répondre : « En billets de vingt, ce sera parfait, merci », et : « Oh, très bien. Rajoutez-m'en un noir. »

Elle avait pris l'habitude d'emmener Jody partout avec elle, en partie pour que la fillette fasse autre chose que la suivre dans la maison toute la journée, mais aussi pour une raison plus égoïste – éviter les manifestations de sympathie intempestives. Seules les personnes dépourvues de la finesse la plus élémentaire se hasardaient à parler de Hugh-Jay ou de Laurie en présence de l'orpheline. Pour la protéger, Annabelle n'avait aucun scrupule à les interrompre en déclarant d'une voix ferme, avec un regard vers la petite tête couronnée de cheveux noirs : « Changeons de sujet, voulez-vous ? » Elle avait du mal à rabrouer les indélicats de la sorte quand elle était seule, cependant elle n'hésitait pas une seconde quand il s'agissait de défendre sa petite-fille. Certes, elle savait qu'elle l'exposait à ce genre de situation en l'emmenant en ville, mais l'enfant avait peur de rester à la maison si un membre de la famille n'était pas près d'elle. Recourir à une baby-sitter était hors de question dans l'immédiat. La fillette intrépide qui semblait jusque-là n'avoir peur de rien paraissait à présent s'effrayer de tout. Rien toutefois ne la bouleversait davantage que les orages, et il n'était nul besoin d'être pédopsychiatre pour comprendre qu'ils étaient associés dans son esprit à la perte de ses parents.

Annabelle en était profondément attristée. Elle aurait tout donné pour retrouver la petite fille qui applaudissait le tonnerre et la foudre.

« Elle a peur de Dieu, avait-elle expliqué à son mari. Elle a peur de Dieu parce que Laurie lui faisait réciter cette affreuse prière tous les soirs. Tu sais, celle qui dit : "Avant de me coucher, je prie le Seigneur de protéger mon âme durant la nuit. Si je devais mourir dans mon sommeil, je prie le Seigneur de l'accueillir en son paradis." » Annabelle avait toujours trouvé que c'était un choix peu judicieux. Quelle idée de suggérer à un enfant qu'il risquait de mourir pendant son sommeil ! Mais ce choix s'était révélé plus malheureux encore, pour une raison imprévisible : personne n'avait prévenu la fillette que c'étaient ses parents qui pouvaient mourir durant la nuit. Jody ne faisait plus confiance à Dieu. Elle pensait qu'il lui avait joué un mauvais tour ; pendant qu'elle priait pour elle-même, il en avait profité pour lui voler ses parents.

Un bien mauvais tour, songea Annabelle avec amertume, en aidant Jody à s'extraire de son siège. La petite n'a pas tort, Vous savez, ajouta-t-elle en elle-même, avec un regard sardonique en direction du ciel. Vous devriez avoir honte de Vous. En esprit, elle entendit une voix grave lui répondre : Je n'ai jamais demandé à personne de réciter cette stupide prière, et elle rit tout bas d'elle-même et de ses ridicules divagations.

« Qu'est-ce qui te fait rire, mamie ?

— Rien, mon chou. » Il n'y a plus rien qui puisse me faire rire, pensa-t-elle. Absolument rien.

L'expédition chez George allait être particulièrement éprouvante.

On était samedi, le jour de la plus grosse affluence.

Le jour où Valentine Crosby travaillait à l'une des caisses.

Jusqu'à maintenant, Annabelle avait évité de se retrouver face à elle.

Quand Annabelle et Jody entrèrent dans la supérette, un silence houleux déferla sur le magasin, frappant d'abord les premiers clients qui les aperçurent et se propageant par vagues successives. Puis la femme la plus proche d'elles sourit, une autre leur adressa un petit signe de la main, et chacun reprit ses occupations comme si de rien n'était. Mais Annabelle avait la sensation qu'elles continuaient à être épiées, Jody et elle, par des regards furtifs, pleins de curiosité ou de compassion.

L'odeur de nourriture émanant du rayon traiteur lui souleva le cœur.

Elle déglutit avec force pour réprimer une nausée.

Cette fois, elle allait essayer d'aller jusqu'au comptoir de la boucherie, avec ses pièces de viande sanglantes derrière une vitrine de verre, et de demander un poulet entier. Ne supportant plus la vue ni l'odeur du sang, elle s'était jusqu'à présent abstenue de se rendre dans cette partie du magasin, mais cette fois elle était résolue à surmonter sa répulsion.

George n'était pas un prénom, mais le nom de famille des propriétaires. Livia George, la femme, accourut vers elles, avec un sourire radieux qui manquait de naturel. « Bonjour, Annabelle ! Vous permettez que je donne à Jody un peu de B-O-N-B-O-N-S ? »

Jody enserra la jambe droite de sa grand-mère et s'y cramponna farouchement.

Baissant les yeux vers elle, Annabelle s'enquit avec douceur : « Aimerais-tu que Mme George t'offre un bonbon ?

— Non », répondit la fillette, en se dissimulant partiellement derrière elle. Annabelle faillit lui faire remarquer qu'on devait dire : « Non, merci », mais elle n'eut pas le cœur de la réprimander. Elle lui inculquerait les bonnes manières plus tard. Pour le moment, obtenir que l'enfant fasse quelques pas dans un lieu public était déjà suffisant.

L'épicière se pencha davantage vers Jody. « J'ai du chocolat ! chuchota-t-elle.

— Une autre fois, dit Annabelle, s'interposant entre sa petite-fille et elle. Merci beaucoup, Livia. C'est très gentil à vous. »

Quand elle prit un caddie, Jody s'accrocha à la fois à elle et au chariot.

Et ce fut en progressant à une lenteur extrême qu'elles se mirent en quête de fruits et de légumes frais, de céréales, de lait et autres denrées qu'Annabelle n'aurait aucune envie de cuisiner et que personne n'aurait envie de manger. Chaque fois qu'elle apercevait un des mets préférés de son fils aîné ou de son benjamin, sa gorge se serrait et elle priait le ciel que nul ne choisisse ce moment pour lui demander comment elle allait. *Pas bien du tout,* s'il tenait à le savoir. Aucun d'entre eux n'allait bien. Les Linder allaient mal, y compris Bobby dans son camp d'entraînement militaire, à en juger par son silence. Ils n'avaient reçu aucune lettre ni aucun appel de lui.

Acheter du poulet n'était pas son véritable objectif, ce jour-là.

Même quand elle l'eut reçu, soigneusement emballé, des mains de Byron George, elle n'eut pas le sentiment d'avoir accompli un exploit.

La raison principale de sa visite à la supérette l'attendait à la sortie, derrière l'une des caisses enregistreuses.

Lorsqu'elle y arriva, elle constata qu'il y avait une file d'une dizaine de personnes devant la première, et une seule cliente devant celle de Val Crosby. Elle se plaça derrière celle-ci avec son chariot, Jody toujours cramponnée à sa jupe. La cliente, une femme qu'elle ne connaissait que vaguement, leva les yeux et, en la voyant, prit un air décontenancé. « Je suis désolée », murmura-t-elle, sans plus de précision. En elle-même, sur le mode sarcastique qu'elle employait pour s'adresser à Dieu ces temps-ci, Annabelle se demanda si la femme lui présentait ses condoléances ou si elle s'excusait de ne pas avoir boycotté Valentine Crosby à l'exemple des autres clientes.

Quand arriva son tour, Annabelle lança bien haut :

« Bonjour, Valentine. »

La jeune femme tressaillit en la découvrant devant elle. Elle avait un aspect pitoyable. Elle avait toujours été maigre – comme un clou, auraient dit les fils d'Annabelle – mais maintenant elle paraissait complètement décharnée. On ne voyait plus d'elle que ses os et ses yeux immenses dans son visage hâve. Et elle semblait aussi sur le point de pleurer ou de s'enfuir.

Byron George arriva en hâte et dit : « Annabelle, vous pouvez passer en priorité dans l'autre file, si vous préférez.

— Celle-ci me convient parfaitement, Byron », répliqua-t-elle en secouant la tête.

Elle redressa le dos, inspira à fond et pria pour que la jeune femme n'éclate pas en sanglots. Elle avait quelque chose à lui dire. Elle avait répété son petit discours chez elle, devant Hugh senior, et à présent elle s'efforçait désespérément de se rappeler la suite de son texte. Tout d'abord, ce fut le trou de mémoire complet, et elle crut bien que c'était elle qui allait se mettre à pleurer. Puis les mots lui revinrent et jaillirent de sa bouche d'une traite. « Mon mari et moi, nous tenions à ce que vous sachiez que nous pensons toujours à vous et que nous souhaitons que tout aille bien pour vous. » Elle éleva un peu le ton, de manière à être entendue de tous ceux qui, aux alentours, tendaient discrètement l'oreille. « J'espère que les gens vous traitent bien, Valentine. »

Annabelle savait très bien que ce n'était pas le cas, et c'était la raison pour laquelle elle se trouvait ici.

Les yeux de la jeune femme se remplirent de larmes et ses lèvres frémirent.

Annabelle tendit le bras par-dessus le tapis roulant et lui saisit la main, tout en levant les yeux vers le propriétaire du magasin. « Byron, je suis sûre que Valentine est une excellente employée et que vous la traitez bien, comme vous le faites avec tous ceux qui travaillent pour vous. » Il prit un air étonné et confus, puis il hocha la tête, dans un geste qui ressemblait davantage à un serment solennel qu'à un simple acquiescement. « C'est très bien de votre part, Byron », déclara Annabelle.

Puis, reportant son regard sur Valentine, elle poursuivit : « Je crois que ce sera tout pour aujourd'hui. Si vous voulez bien encaisser à présent, Val… »

Elle pressa doucement la main pâle et tremblante dans la sienne avant de la relâcher.

Val se hâta d'accomplir sa tâche, et reprit sa respiration de façon nettement audible en enregistrant le premier article. C'est à peine si elle parvenait à taper sur les touches. Elle laissait sans cesse tomber les objets. Annabelle les ramassait et les lui tendait. Byron George demeurait planté près d'elles, l'air indécis.

« Je vous téléphonerai dans quelques jours, Valentine, déclara Annabelle de la même voix claire et sonore, pour savoir si vous avez besoin de quoi que ce soit. J'espère que vos voisins et tous les fidèles de votre paroisse vous apportent leur aide en l'absence de Billy. J'espère que tout le monde vous témoigne de la bienveillance et de l'attention. » Elle avait pensé ajouter : *C'est ce que mon fils aurait voulu*, mais, à la dernière minute, elle ne réussit pas à articuler ces mots douloureux, et elle craignait aussi qu'ils ne fassent du mal à Valentine. Il était préférable pour elles deux qu'elle s'abstienne de les prononcer.

Elle se rendit compte qu'elle avait pris un ton terriblement guindé et le déplora.

Mais elle n'y pouvait rien. Le simple fait d'avoir pu formuler ces mots était une victoire en soi.

Elle avait pleuré en les répétant avec Hugh senior.

Il l'avait encouragée, corrigée, et avait pleuré avec elle.

Ils avaient entendu dire que les habitants de la ville étaient méchants envers Valentine et son fils, qu'ils les mettaient en quarantaine, voire pire. Ils en avaient discuté ensemble et décidé d'un commun accord qu'ils étaient les seuls à pouvoir mettre fin à cette situation.

Bouleversée, Valentine fondit en larmes.

À cette vue, Annabelle se mit elle aussi à pleurer.

Les deux femmes – l'épouse du coupable, la mère de la victime – s'étreignirent au-dessus du lait et des céréales. Annabelle chuchota à son oreille : « Vous devez manger, Valentine. Vous êtes beaucoup trop maigre. Vous devez rester forte, pour votre petit garçon. »

Dans un murmure entrecoupé de sanglots, la jeune femme répondit : « Je suis désolée, je suis désolée, madame Linder, je suis tellement désolée », tandis qu'elles s'accrochaient l'une à l'autre de toutes leurs forces.

Ce fut à cet instant qu'Annabelle se rendit compte que Jody n'était plus pendue à sa jupe.

Rompant l'étreinte, elle regarda autour d'elle, sans parvenir à repérer sa petite-fille.

Bien qu'elle sût que c'était absurde, elle commença à paniquer. « *Jody !* »

Elle entendit alors un rire enfantin. C'était le plus joli son qu'elle avait entendu depuis des semaines, et ses yeux débordèrent à nouveau de larmes en écoutant cette musique qu'elle aimait tant. Tournant son regard dans cette direction, elle aperçut Jody dans un coin du magasin, à côté d'une petite table à jouer où un garçonnet lui montrait quelque chose dans un livre. Jody désigna une page du doigt et tous deux se remirent à glousser.

« Qui est ce petit garçon ? »

Valentine se retourna et sursauta. « Collin ! » Abandonnant son poste de travail, elle courut vers les enfants. « Collin, viens ici ! »

Le gamin et Jody levèrent les yeux d'un air surpris quand Valentine empoigna son fils par le bras, le forçant à se lever et à s'éloigner de la fillette. « Je suis navrée, dit-elle en revenant vers Annabelle, tenant son fils par la main. Je suis vraiment navrée, madame Linder. Il ne sait pas qui... »

Byron George agita un doigt menaçant sous le nez de Collin.

« Tiens-toi à l'écart de cette petite fille, dit-il. Ne t'approche plus d'elle. »

Annabelle fut horrifiée par leur réaction, même si elle partait d'une bonne intention. Le garçon – un bel enfant brun qui ressemblait de façon dérangeante à son père – paraissait stupéfait par le comportement des adultes. Il se retourna vers Jody, qui était restée près de la table. Elle ne souriait plus, ne riait plus, à présent. Elle semblait effrayée, au bord des larmes, elle aussi. Annabelle vit les deux enfants échanger un bref regard. Puis le garçon se détourna d'un mouvement vif et contempla le sol en silence.

« Je vous en prie, intervint Annabelle, levant une main dans un geste d'apaisement. Il n'y a pas de mal. »

Elle sourit au petit garçon, ou du moins, essaya.

Il la dévisagea de ses grands yeux sombres.

« Byron, reprit-elle, peut-être Livia pourrait-elle donner au fils de Valentine cette friandise dont ma petite-fille n'a pas voulu ? » Puis, aussi vite que cela lui fut possible, elle régla ses achats, refusa l'aide de l'épicier pour les transporter jusqu'à sa voiture et alla chercher Jody.

Saisissant la main de la fillette, elle s'enfuit du magasin.

Sur le trottoir, elles rencontrèrent une de ses amies.

« Pourquoi reste-t-elle ici ? s'enquit Phyllis Boren à sa manière brusque, en montrant l'épicerie. Ne sait-elle pas que personne ne veut d'elle dans cette ville ?

— C'est ici qu'elle vit, Phyllis. »

Surprise, son amie la regarda d'un air étonné.

« Elle n'a nulle part où aller, je crois, poursuivit Annabelle, espérant que Phyllis ne remarquerait pas les traces de larmes sur ses joues – ou qu'elle était tellement habituée à la voir dans cet état qu'elle ne ferait pas de commentaire. À ce que j'ai cru comprendre, sa famille refuse de l'accueillir à Scott City. Et je doute qu'elle ait les moyens de déménager, même si elle le souhaitait.

— Ce problème pourrait se régler facilement, Annabelle. Vous n'avez qu'un mot à dire, Hugh et toi, et je te garantis que je lui paierai moi-même son billet de bus. Ce serait mieux pour elle, ajouta-t-elle d'un ton aussi vertueux qu'énergique, et encore plus pour le gamin, de recommencer leur vie ailleurs.

— Quelle distance doit-elle mettre entre nous, d'après toi ? »

Phyllis ne releva pas le ton incisif de la question.

« Suffisamment pour que tu n'aies pas à te trouver en face d'elle quand tu vas faire tes courses, Annabelle. Suffisamment pour que Hugh ne soit jamais tenté de prendre sous son aile le fils de Billy, ce rejeton du diable...

— Rejeton du diable ? Phyllis, ce n'est qu'un petit garçon.

— C'est le garçon de Billy Crosby, et tu connais le proverbe : la pomme ne tombe jamais loin de l'arbre. Si cela ne suffit pas à te convaincre, laisse-moi te dire une chose : Val Crosby doit partir assez loin d'ici pour que son gosse et Jody ne se retrouvent jamais dans la même école. »

Déconcertée, Annabelle ne sut que répliquer. Elle n'avait jamais envisagé cette hypothèse.

« Cela ne pourrait...

— Bien sûr que si. Il n'a que quatre ans de plus qu'elle. Quand elle entrera à la maternelle, il sera en cours moyen[1]. »

Baissant les yeux vers Jody, Annabelle la vit en train de contempler Collin Crosby à travers la vitrine. Il avait regagné sa table dans le coin du magasin et gardait le visage résolument penché sur son livre.

« Ce ne sont que des enfants, dit-elle d'une voix douce.

— En tout cas, réfléchis bien à ce que je t'ai dit, Annabelle.

— Je suis touchée par ta sollicitude, Phyllis, rétorqua-t-elle en redressant l'échine – un exercice de plus en plus fréquent ces temps-ci. Mais j'espère qu'il t'en reste un peu pour cette pauvre jeune femme et pour son fils. »

Puis, sa petite-fille en remorque, elle tourna les talons sans même dire au revoir.

Et elles regagnèrent la Cadillac pour y ranger les provisions que personne dans la famille n'aurait envie de manger.

Relevant brièvement la tête de son livre, Collin vit la petite fille le regarder à travers la vitre de la luxueuse voiture noire qui venait de démarrer. Il eut envie de lui faire un signe, mais se retint, de peur de s'attirer d'autres remontrances. Sa mère travaillait ici. Il était vital pour eux qu'elle conserve ce travail, car elle ne trouverait sans doute personne d'autre pour l'embaucher, à cause de son père.

L'incident qui venait de se dérouler l'avait profondément perturbé.

Il n'avait pas reconnu la petite fille, il ne savait pas, il ne voulait pas…

Ses antennes ultrasensibles captèrent une nouvelle conversation entre les employeurs de sa mère, M. et Mme George. Ils parlaient beaucoup plus bas qu'ils ne le faisaient d'ordi-

1. Dans le système éducatif américain, la classe de maternelle (*kindergarten*) accueillant les enfants de cinq, six ans est intégrée à l'école primaire. (*N.d.T.)*

naire quand ils discutaient de son père en sa présence, mais en tendant l'oreille, il parvint à entendre la quasi-totalité de leurs propos.

« Ce pauvre petit cœur », dit la femme, et, l'espace d'un instant, Collin crut qu'elle parlait de lui. Mais bien sûr, ce n'était pas à lui qu'elle faisait allusion, c'était à la gamine qu'il venait de voir, la petite-fille des Linder, comme l'appelaient désormais les gens. « Elle était tellement joyeuse et sociable, autrefois, et maintenant elle a l'air terrorisée par une simple barre chocolatée.

— Elle devrait se sentir plus tranquille depuis qu'il est en prison, déclara M. George d'un air d'autorité.

— Comme nous tous, acquiesça sa femme, et Collin perçut un frémissement dans sa voix.

— Ils auraient dû le tuer.

— Mais dans ce cas, on ne saurait jamais ce qu'il a fait de Laurie.

— J'aimerais bien le tenir entre mes mains. Il finirait par le dire, crois-moi.

— Il a enterré le corps quelque part et on ne le retrouvera jamais, reprit Mme George, de ce ton que les gens employaient pour raconter des films d'horreur. À moins qu'il se décide à avouer, mais pourquoi le ferait-il ? S'il reconnaît l'avoir tuée, il repassera en jugement. Seigneur ! Imagine ce que ça va être pour sa fille, de grandir avec cette question présente à l'esprit pendant le reste de sa vie.

— C'est vraiment un salopard, ce type. Froid et sans cœur.

— En tout cas, il ne nuira plus à personne ici, c'est déjà un point positif.

— C'est bien le seul. »

Ils se turent, et Collin les entendit s'éloigner dans des directions différentes, l'un vers le rayon primeurs, l'autre vers celui de la crémerie.

Il tourna la tête vers sa mère, assise à sa caisse, devant laquelle s'étirait une file un peu plus longue que d'habitude.

C'était de son père que parlaient les George.

C'était à cause de son père que cette petite fille avait l'air si triste et effrayée.

Il crut qu'il allait vomir ici même, dans le magasin.

Quand ils rentrèrent chez eux ce soir-là, après que sa mère eut fini son travail, Collin fut le premier à remarquer le changement.

« Maman, regarde ! »

Valentine tourna vivement les yeux, s'attendant au pire.

Au lieu de cela, elle découvrit, comme son fils s'en était immédiatement aperçu, que quelqu'un avait tondu leur pelouse. Le jardin était envahi par les mauvaises herbes, parce que la tondeuse était cassée et qu'ils n'avaient pas d'argent pour la faire réparer, et encore moins pour en acheter une neuve. Collin en était mortifié, car ces broussailles ne pouvaient qu'attirer davantage l'attention sur leur maison et renforcer la mauvaise opinion que l'on avait déjà d'eux. Et il savait que sa mère éprouvait le même sentiment.

« Qui a pu faire ça ? » dit-elle, éberluée.

Promenant son regard à la ronde, Collin aperçut un voisin en train de remiser sa tondeuse, au bout de la rue. L'homme leva les yeux au même moment et, après une courte hésitation, leur adressa un signe de la main.

Collin lui répondit d'un grand geste du bras pour exprimer sa gratitude.

« Maman, je crois que c'était le monsieur, là-bas. »

Quand elle regarda dans sa direction, le voisin la salua à son tour, puis il rentra précipitamment dans son garage, poussant sa tondeuse devant lui.

« Pourquoi est-ce qu'il a tondu notre gazon ? demanda Collin à sa mère.

— Grâce à Mme Linder », répondit-elle. Elle semblait de nouveau sur le point de pleurer, mais pour des raisons moins tristes, cette fois.

À l'école, les choses commencèrent également à changer.

Le lundi suivant, à la récréation, deux garçons s'approchèrent de Collin pour lui demander s'il voulait jouer au ballon. Il ne leur avait jamais vraiment prêté attention jusque-là, mais en cet instant ils lui apparurent comme les gens les plus sympathiques qu'il ait jamais connus de sa vie.

Il bondit de la marche où il était resté assis tandis que tout le monde s'amusait autour de lui, et s'élança à leur suite. Il redouta au début que ce ne soit qu'une mauvaise plaisanterie, qu'ils ne le laissent pas jouer et se moquent de lui, ou qu'ils ne lui lancent le ballon à la tête. Rien de tout cela n'arriva. Deux ou trois autres garçons surgirent et, à grands coups de pied, expédièrent le ballon hors de sa portée, avant de détaler en criant des insultes. Mais ses nouveaux amis se contentèrent de le lui renvoyer, comme ils l'auraient fait pour n'importe quel autre de leurs camarades.

Collin était tellement heureux de ne plus se sentir exclu qu'il faillit pleurer, comme sa mère après que le voisin avait tondu leur pelouse. En jetant un regard vers sa maîtresse, Mme Davidson, il constata qu'elle avait suivi la scène et la vit s'essuyer le coin des yeux du bout des doigts, comme si une poussière s'y était logée.

20

La semaine suivante, des nuées orageuses s'amassèrent à l'horizon, et Jody fut saisie de panique à leur vue, comme chaque fois qu'un orage éclatait depuis la mort de son père et la disparition de sa mère. Tandis que l'enfant criait et sanglotait dans ses bras, Annabelle s'exclama d'un air désespéré, à l'adresse de Hugh senior : « Que pouvons-nous faire ? »

Ils se trouvaient sur la galerie latérale attenante à la cuisine.

L'air sentait déjà la pluie. Des éclairs illuminaient par intervalles des pans de nuages, donnant l'illusion que quelqu'un allumait et éteignait sans cesse une lampe de chevet derrière ce rideau sombre. Ils étaient sortis tous les trois, Jody et ses grands-parents, pour inspecter la véranda fraîchement repeinte, sans se rendre compte qu'un orage s'annonçait à l'ouest. Dès que Jody l'aperçut, elle piqua une crise de nerfs. Annabelle prit sa petite-fille dans ses bras et s'apprêta à regagner la cuisine en hâte. Jody s'agrippait à elle en hurlant, comme si c'étaient des assassins qui galopaient vers eux sur leurs immenses chevaux noirs, le fusil levé. Hugh senior lui tapotait le dos pour la consoler, sans aucun effet.

« Laissez-moi m'en occuper, intervint Chase, passant devant eux à grandes enjambées.

— Que fais-tu ? » demanda Annabelle par-dessus les cris de l'enfant, mais il avait déjà gagné la cour.

Sa curiosité éveillée, mais n'en continuant pas moins à pleurer, Jody se tortilla entre les bras de sa grand-mère pour regarder son oncle.

Chase s'était planté au milieu de la cour, les jambes écartées.

Brandissant un pistolet dans sa main gauche, il le pointa vers les nuages et tira dans leur direction.

Au bruit de la détonation, sa mère étouffa un cri et son père tressaillit.

Seule Jody demeura impassible. Elle cessa de pleurer et se mit à hoqueter.

Chase se retourna et revint vers eux.

« Je l'ai tué, dit-il avec le plus grand sérieux, en regardant sa nièce droit dans les yeux.

— C'est vrai ? s'enquit-elle dans un nouveau hoquet.

— Vrai de vrai. Attends un peu, et il va disparaître, tu verras. »

Comme s'il tenait le résultat pour acquis, Chase rentra dans la cuisine.

Une demi-heure après, l'orage s'était éloigné en direction du sud-est, et le ciel au-dessus du ranch était redevenu d'un bleu limpide, sans le moindre nuage.

« Comment savais-tu ? s'étonna Annabelle.

— J'ai appelé le service météo.

— Tu es un génie.

— Je fais ce que j'ai à faire », répondit-il d'un ton grave, qui confirma à Annabelle que son cadet avait changé du tout au tout depuis le meurtre de son frère. Il s'acquittait désormais de toutes les tâches incombant autrefois à Hugh-Jay, ainsi que de la plupart de celles de Bobby, et devenait de plus en plus sec et musclé à force de se plier à la routine quotidienne du travail au ranch, qu'il avait délaissé en entrant à l'université. Son beau visage paraissait sculpté dans de la roche dorée, tout en pommettes, long nez et bouche sévère, comme s'il se transformait lentement en l'un des blocs de pierre des Testament Rocks. De profil, il avait un aspect intimidant, presque menaçant, mais fascinant en même temps, et les gens avaient du mal à en détourner les yeux. Il se montrait plein d'attentions envers sa mère, respectueux à l'égard de son père, affectueux et intransigeant à la fois vis-à-vis de sa nièce. Il harcelait Bobby de messages impératifs le sommant d'appeler leurs parents et avait cessé de taquiner Belle. Il se conduisait de façon de plus en plus autoritaire avec les employés du ranch. Sa mère regrettait le garçon d'autrefois, enjôleur et rieur, même si elle reconnaissait que cette nouvelle personnalité était autrement plus imposante. Elle déplorait cependant qu'il ait dû le payer si cher. Si seulement elle pouvait elle aussi chasser les nuages qui planaient au-dessus de sa tête…

Chase dut également « tuer » l'orage suivant.

Heureusement pour lui, sinon pour l'agriculture locale, celui-là suivit une trajectoire sud-sud-est, contournant Rose et ses environs. Quand un autre survint, et que Jody lui demanda de le faire disparaître, Chase, sachant qu'il se dirigeait droit vers eux, lui répondit : « Celui-ci, il est d'une espèce différente. C'est un bon orage qui va nous apporter l'eau dont nous avons besoin pour les bêtes et pour les récoltes. Il va faire beaucoup de bruit avec sa grosse voix, comme M. George à l'épicerie, mais il a bon cœur, comme lui. C'est un air qu'il se donne, rien de plus. Il est nettement moins méchant qu'il ne le paraît, comme M. George. Il ne te fera aucun mal. C'est un gentil orage. C'est notre ami. Nous avons besoin de lui.

— Un gentil orage », répéta Jody d'un ton incrédule.

Elle avait entendu M. George gronder le garçon, l'autre jour, et n'était pas convaincue qu'il soit si gentil que cela.

« C'est la vérité », affirma Chase.

Il transmit muettement un ordre à Dieu : Pas de tornades.

L'orage éclata, tonna, fulmina, déversa sur eux des trombes d'eau, sans causer le moindre dégât.

Jody l'observa, assise sur les genoux de son oncle, qui avait pris place dans un canapé tout au fond du salon, loin de la fenêtre. « Tu as ton pistolet ? lui demanda-t-elle, effrayée, quand la foudre s'abattit non loin de là.

— Bien sûr », répondit-il, en soulevant le coussin à côté de lui pour lui montrer l'arme.

Jody hocha la tête, rassurée, et se remit à regarder tomber l'averse.

« Qu'est-ce que c'est ? demanda-t-elle à un moment donné, en se pelotonnant contre sa poitrine.

— De la grêle, expliqua-t-il. Tu sais ce que c'est. Tu as déjà entendu ce bruit. Ce n'est rien de plus que de la glace, comme celle qu'on met dans le thé en été. » Les grêlons, Dieu merci, avaient la taille de petits pois, pas de balles de golf, comme ceux qui avaient défoncé des toits quelques années auparavant. Quand l'orage commença à s'apaiser, Chase, d'un geste désinvolte, souleva sa nièce dans ses bras pour se diriger à pas nonchalants vers la fenêtre, et ils se tinrent tous deux devant la vitre, la joue de l'enfant pressée contre la sienne, ses bras lui enserrant le cou.

« J'aime la pluie, déclara-t-elle, comme si elle se rappelait soudain une chose qu'elle avait oubliée.

— Tu l'as toujours aimée.

— C'est vrai ?

— Oui. Personnellement, je préfère le blizzard.

— Non, c'est pas vrai ! protesta-t-elle en lui enfonçant son index dans l'épaule. Tu détestes la neige.

— Tu t'en souviens ? » Aux dernières vacances de Noël, il avait pesté abondamment chaque fois qu'il devait prendre sa voiture pour aller briser la glace recouvrant les mares, afin que les bêtes puissent boire. « Tu n'avais que deux ans.

— Je me souviens de plein de choses. »

J'espère bien que non, pensa-t-il.

« Allons un peu dehors pour respirer l'odeur de la pluie, Josephus, proposa-t-il.

— Je m'appelle pas comme ça !

— À partir de maintenant, c'est le nom que je te donnerai.

— La pluie n'a pas d'odeur.

— Oh, mais si. » Il ne lui parla pas de l'ozone, ni de la façon dont les gouttes de pluie, en heurtant les rochers, libéraient l'arôme des essences végétales qui les imprégnaient, ni de la manière dont les spores à la surface du sol dégageaient leur senteur de terreau sous l'effet de l'humidité. Il l'emmena simplement dans la cour et la laissa renifler longuement, jusqu'à ce qu'elle finisse par reconnaître que, oui, ça sentait bon dehors, après l'orage. Puis il lui retira ses chaussures et ses chaussettes et la posa à terre afin qu'elle puisse gambader dans l'herbe jaune et mouillée.

« Toi aussi, oncle Chase. Allez !

— Mes pieds sentent mauvais, dans ces vieilles bottes. »

Jody s'esclaffa et se mit à courir en rond autour de lui en glapissant : « Les pieds d'oncle Chase sentent mauvais ! Les pieds d'oncle Chase sentent mauvais ! »

Et c'est ainsi que le problème fut réglé.

Désormais, il y avait les bons et les mauvais orages, en fonction de la trajectoire annoncée par les services météo. Chase continuait à chasser les méchants à coups de pistolet, et Jody autorisait les gentils à s'approcher du ranch pour leur apporter la pluie, à condition qu'ils soient sages et que Chase garde son arme à portée de main, au cas où ils feraient les idiots. Elle arriva à les supporter et même à s'en divertir, sans éprouver le besoin d'aller se cacher dans la salle de bains ou de se cramponner à une grande personne.

Petit à petit, elle se débarrassa aussi de la plupart de ses phobies. La petite fille d'avant commença à réapparaître, celle qui pourchassait les lapins et se couchait dans le foin avec ses chiens, qui se ruait toute seule au-dehors, qui voulait qu'on pousse la balançoire toujours « plus haut », qui pouffait de rire quand un veau bavait sur son bras et qui ne se bouchait pas les oreilles quand on tirait des feux d'artifice. Le jour où elle demanda à son grand-père quand elle aurait enfin un poney à elle, ils surent que, sur ce plan-là au moins, Jody était sur la voie de la guérison.

21

Pendant quelque temps, après cet incident à l'épicerie – à cette époque, Jody était âgée de trois ans et Collin de sept –, la fillette lança des coups d'œil furtifs au garçon chaque fois qu'elle l'apercevait, et elle constatait parfois que lui aussi la regardait.

Ils échangeaient alors des sourires timides à la dérobée.

Puis ils se détournaient rapidement comme si de rien n'était.

Mais un jour, en revenant de la supérette, où elle l'avait vu une fois de plus occupé à faire ses devoirs sur la petite table du fond, elle demanda à sa grand-mère : « Qui c'est, ce petit garçon ? »

Annabelle décida qu'il était préférable de lui dire la vérité.

« Il s'appelle Collin Crosby, ma chérie. » Elle prit une profonde inspiration avant d'ajouter : « C'est son papa qui a tué le tien. »

Jody leva vers elle un regard horrifié.

Annabelle hocha doucement la tête. « C'est pour cela qu'il vaut mieux garder tes distances. »

À partir de cet instant, Collin lui apparut sous un jour différent, comme s'il lui était subitement poussé des cornes.

« Je le déteste !

— Oh, ma chérie, ce petit garçon n'a rien fait de mal. Tu ne dois pas lui en vouloir. Ce n'est pas sa faute si son papa est un méchant homme. Tu devrais avoir pitié de lui et essayer de ne pas le détester.

— Pourquoi ?

— Parce que ça doit être affreux d'avoir un père comme le sien, tu ne crois pas ? »

Jody acquiesça lentement. C'était affreux de ne pas avoir de père du tout.

Quand elle fut un peu plus grande, elle se demanda si le père de Collin lui manquait autant que le sien lui manquait à elle.

Elle se demanda s'il aimait son papa.

Si c'était le cas, s'il aimait cet horrible bonhomme, même si c'était son père, elle détesterait Collin Crosby et continuerait à le détester, malgré tout ce que pourrait dire sa grand-mère. Elle s'efforça de ne plus l'observer en secret quand elle le voyait à l'épicerie ou dans d'autres endroits, mais, en dépit de sa volonté, ses yeux se tournaient toujours vers lui. Quand il la surprenait à l'épier, ou quand elle s'apercevait que lui aussi la regardait, elle ne lui accordait pas même l'ombre d'un sourire.

Collin cessa également de lui sourire.

Et cependant, au fil des années, elle ne put jamais s'empêcher de lui jeter des regards obliques.

« Est-ce qu'il te *plaît ?* lui demanda un jour une camarade de collège, l'air choquée.

— Collin Crosby ? Certainement pas ! » répondit Jody, mortifiée d'avoir été prise sur le fait.

Ce n'était pas parce qu'elle le trouvait mignon qu'elle le couvait ainsi des yeux, même s'il l'était indéniablement.

C'était à cause de son regard. Un regard grave et bienveillant, qui lui donnait l'étrange impression qu'ils se connaissaient tous les deux mieux qu'il n'y paraissait – ce qui n'était absolument pas vrai. Elle ne comprenait pas comment il pouvait susciter en elle un tel sentiment. Ils étaient bien les deux dernières personnes au monde à pouvoir être amies. Collin Crosby ne pouvait rien savoir d'elle, en dehors de cette terrible vérité que son père avait tué le sien.

Quand elle entra au lycée et fut en âge de pousser un peu plus loin sa réflexion, elle décida que Collin exerçait sur elle une fascination morbide, un peu comme un serpent, que c'était infiniment malsain, qu'elle devait en avoir honte et cesser son manège.

Peu de temps après, un jour, en regardant derrière elle, elle le découvrit en train de la contempler.

Elle lui tourna le dos en hâte, mais ne parvint jamais tout à fait à museler sa curiosité à son égard.

Devenus plus vieux, ils s'évitèrent soigneusement, avec l'aide de leurs amis qui chuchotaient : « On ne peut pas aller par là. Collin Crosby y est. » Ou, dans le cas de Collin : « Ne te retourne pas. Jody Linder est là-bas, près du mur. » Ils détournaient les yeux quand c'était nécessaire, s'esquivaient prestement derrière un coin de mur pour demeurer invisibles, ne participaient jamais aux mêmes activités extrascolaires, se croisaient dans les couloirs du lycée en feignant diplomatiquement de ne pas se voir. Jody finit par se lasser de devoir toujours inspecter les rangées de gradins des auditoriums, des gymnases et des terrains de football, pour ne pas s'asseoir par mégarde à côté de lui avec son sachet de pop-corn ou sa bouteille de soda, mais ces précautions étaient indispensables si elle ne voulait pas créer de problème.

Quel genre de problème au juste, elle n'en savait rien.

Elle avait seulement l'intuition que des ennuis risquaient de surgir si les gens les voyaient ensemble.

Il n'était pas aussi populaire qu'elle l'était dans sa promotion, mais elle voyait bien qu'il avait des amis. Il n'avait rien d'un de ces solitaires qui risquaient un beau jour de venir au lycée avec un fusil et d'abattre tout le monde, à commencer par elle.

Du moins, elle l'espérait.

D'autres n'en étaient pas aussi sûrs.

Jody avait le sentiment que les adultes surveillaient Collin Crosby de près, comme s'ils craignaient qu'il ne finisse comme son père. Elle savait ce que c'était qu'être constamment observé, car tous les habitants de Rose gardaient un œil vigilant sur elle, pour s'assurer qu'il n'arrive rien à « la petite Linder ». C'était gentil à eux, même si ça la rendait folle. Toutefois, on ne la surveillait pas de la même façon que Collin.

En tout cas, ils pouvaient le reluquer tant qu'ils le voulaient, se disait-elle, mais pour sa part, elle ne le regarderait plus jamais. Et elle tint bon – jusqu'à la fois suivante.

Il survint un jour un petit incident, et Jody aurait tout donné pour empêcher qu'il se reproduise. Elle était au lycée et, un soir où elle assistait à un match de basket à Henderson City, elle se tenait derrière les gradins quand, en faisant un pas en arrière, elle heurta le dos de quelqu'un. Lorsqu'elle se retourna pour s'excuser, elle se trouva face à Collin Crosby.

Ce fut seulement alors qu'elle s'aperçut qu'elle avait renversé sa boisson gazeuse sur son corsage.

« Beau travail, Crosby, ironisa un de ses camarades, bien que Collin fût nettement plus âgé et plus grand que lui. Allez, dégage », ajouta-t-il, en donnant une violente bourrade dans l'épaule du jeune homme. Le visage crispé mais dépourvu d'expression, Collin recula. Quand il voulut réitérer ses excuses à Jody, son ami s'interposa. « La ferme, Crosby. Ferme ta sale gueule, bordel ! Ton salopard de père lui a déjà fait assez de mal. Ne t'approche pas d'elle. »

Sans un mot, Collin tourna les talons et s'en alla.

L'épisode n'avait duré que quelques secondes, mais Jody en avait eu le souffle coupé tant il l'avait bouleversée.

Ses copains n'avaient pas l'habitude de jurer ainsi en présence de filles.

L'attitude de son camarade dénotait une réelle colère, ainsi qu'un besoin irrépressible de la protéger.

Elle ignorait jusque-là que les gens de son entourage pouvaient receler en eux une telle violence, et cette révélation l'effraya.

Rapidement, ses amis refermèrent autour d'elle leur cercle rassurant et ils regagnèrent leurs sièges. Nul ne parla de l'incident. Aucun d'eux n'avait l'air de penser que leur copain avait dit ou fait quelque chose de mal, mais aucun non plus ne semblait disposé à en discuter. Sans doute parce qu'ils auraient alors été obligés d'évoquer ses parents. Le cœur de Jody n'avait pas encore retrouvé un rythme de battements normal. Elle était contente que les choses ne se soient pas envenimées, que Collin ait préféré ne pas riposter. Fallait-il y voir une preuve d'intelligence, ou de lâcheté ? Elle l'ignorait. Elle avait le sentiment qu'elle aurait dû intervenir, dire quelque chose, mais elle avait gardé le silence. Qu'est-ce que cela prouvait à son sujet ? Elle avait mauvaise conscience, comme si elle avait commis une vilaine action, ou manqué l'occasion d'en accomplir une bonne. Et elle se sentait coupable vis-à-vis de Collin. Le match ne parvint pas à retenir son attention ; elle parcourait les gradins du regard, faisant semblant de suivre les évolutions des joueurs, mais cherchant en réalité à repérer parmi les spectateurs un garçon grand et brun aux larges épaules.

Elle ne le revit pas ce soir-là, ni pendant les mois qui suivirent.

Quand elle le rencontra de nouveau, ce fut leur premier vrai contact depuis leur enfance, et cette fois, la scène se déroula sans témoins.

Elle avait seize ans et venait tout juste d'obtenir son permis de conduire et le droit de prendre enfin le volant sans accompagnateur. Un jour, une envie impérieuse de rouler droit devant elle l'emmena jusqu'à Testament Rocks. Ce lieu l'attirait avec une force irrésistible, à la manière d'un aimant, même si elle savait qu'il n'était pas raisonnable pour une jeune fille de s'y rendre seule. L'endroit était trop isolé, trop éloigné de tout secours, trop susceptible d'attirer le genre d'individu qui pourrait vouloir profiter de cet isolement – et d'elle.

Son « nouveau » pick-up, un véhicule d'occasion reçu en cadeau d'anniversaire, continuait à foncer inexorablement dans cette direction, d'abord sur le bitume, puis sur la piste. Elle commençait à peine à s'habituer à la conduite sur les grands axes, même si, au ranch, elle manœuvrait les tracteurs et les camions depuis l'âge de treize ans. Maintenant qu'elle avait une voiture rien qu'à elle, elle aimait rouler un peu trop vite. Le pick-up n'était pas tout jeune, aussi, contrairement à la plupart de ses amis avec leurs véhicules neufs, n'était-elle pas angoissée à l'idée de cabosser son châssis. Et elle filait sur la longue route menant aux gigantesques formations rocheuses comme si elle s'entraînait pour une course hors piste.

Une fois arrivée, elle ne sut plus très bien pourquoi elle était venue.

Puis elle s'aperçut qu'elle n'était pas seule.

Une silhouette masculine apparut au détour d'un des plus hauts rochers, équipée pour l'alpinisme.

Un autre cinglé qui prend des risques en se lançant dans une expédition en solitaire, se dit-elle.

En détaillant son équipement – cordes, harnais, sac à dos –, elle décida qu'il était bien trop encombré pour présenter un danger quelconque.

C'est alors qu'elle le reconnut.

Elle songea un instant à faire demi-tour et à repartir à toute vitesse.

Au lieu de cela, elle descendit, s'empara d'un vieux sac qui traînait sur le siège arrière – elle aimait ramasser toutes sortes de choses quand elle venait ici – et resta plantée là à le regarder. C'était la première fois qu'elle se permettait de faire ça : contempler ouvertement Collin Crosby.

Quelque chose – qu'est-ce qui n'allait pas chez elle, bon sang ? – l'attirait vers lui. Avec une hardiesse dont elle ne se serait pas crue capable, elle marcha droit sur lui et se campa sous son nez, mains sur les hanches, tandis qu'il la dévisageait, sidéré.

« N'est-ce pas un peu stupide de grimper là-haut tout seul ? demanda-t-elle.

— Autant que de venir seule dans un endroit comme celui-ci, répliqua-t-il.

— Oui, à peu près.

— Je suis assez stupide par moments, reconnut-il avec un petit sourire. Mais jusqu'à présent, je n'en suis pas mort.

— J'escalade souvent celui-là », fanfaronna-t-elle, en montrant un rocher qu'on appelait le Sphinx.

C'était pure vantardise. En réalité, elle se contentait de gravir deux ou trois mètres, jusqu'à un rebord où elle pouvait s'asseoir et se délecter du paysage. Quand il se retourna pour regarder l'énorme bloc rocheux, elle admira son profil.

Collin était d'une beauté troublante, et il se comportait comme s'il n'en avait pas conscience.

« Le Sphinx ? dit-il en plissant les yeux.

— Oui, mais sans cet attirail de pro. Où l'as-tu acheté ? »

Il pivota face à elle, et elle ne put réprimer un léger tressaillement. « L'été dernier, j'ai travaillé dans un magasin de sport.

— Où ça ?

— À Denver.

— Vraiment ? » Elle était passablement impressionnée. Mais bon, il avait vingt ans et devait sans doute être déjà en troisième année de fac. « Tu es dans quelle université ?

— Tu ne le sais pas ?

— Je ne me tiens pas informée de chacun de tes faits et gestes. »

Il esquissa de nouveau ce léger sourire qui déclenchait en elle des réactions indésirables et totalement inexcusables.

« Zut, murmura-t-il. Moi qui en ai toujours été persuadé... » Il s'interrompit, l'air brusquement moins sûr de lui. « Moi, je te suis de loin.

— Hein ? s'exclama-t-elle en reculant d'un pas.

— Rassure-toi, je ne t'espionne pas, ni rien de ce genre. Mais j'entends des choses. Les gens parlent de toi, à Rose. Ils sont fiers de toi.

— De moi ? Pourquoi ? C'est vrai ?

— Oui, parce que tu es jolie, intelligente et...

— Attends. Arrête. » Elle recula de nouveau et lui tourna le dos. Elle se sentait plus embarrassée encore que la fois où son copain avait insulté Collin et l'avait brutalement repoussé. Quand elle osa enfin le regarder en face, elle déclara : « Je ne veux rien entendre de tout ça.

— Tu ne veux pas qu'on te fasse des compliments ? demanda-t-il, surpris.

— Je suis déjà beaucoup trop gâtée », dit-elle avec un rire forcé.

Il marqua une pause avant de rétorquer : « C'est vrai. » Puis il lui lança un regard indéchiffrable et poursuivit : « Tu dois retrouver quelqu'un ici ? »

L'espace d'un instant, elle envisagea de mentir et de répondre par l'affirmative. « Non.

— As-tu le temps d'attendre que je me débarrasse de mon attirail ? »

Elle voulut répondre non, mais au lieu de ça, ce fut un oui qui s'échappa de ses lèvres.

Tandis qu'il retirait son harnachement, elle piétina nerveusement sur place en détournant les yeux, comme s'il était en train de se déshabiller. Elle avait envie de s'enfuir, de remonter dans son pick-up et de repartir en sens inverse. Mais elle resta là, marchant de long en large, se sentant stupide et ne comprenant pas ce qui se passait dans son corps quand elle le regardait, quand elle lui parlait, quand elle pensait à lui… bref, dès qu'il était question de lui.

« C'est fait », dit-il, et elle se retourna vers lui.

À présent, ce n'était plus qu'un beau garçon comme il y en avait tant, en short et T-shirt, à part cet air sophistiqué – deux ans de fac, déjà – qui donnait à Jody l'impression de n'être encore qu'une gamine.

« Je crois que je vais devoir rentrer chez moi », dit-elle, le visage en feu.

La déception se peignit sur les traits de Collin.

« Dans quelques minutes », s'empressa-t-elle d'ajouter.

Pendant un bon moment, ils parlèrent de tout et de rien – la fac, le lycée, comment allaient la mère de Collin et ses grands-parents à elle, et puis soudain, sans préambule, il déclara : « Je ne t'ai jamais dit à quel point j'étais désolé.

— À quel sujet ? » s'enquit-elle, avec un étonnement sincère.

La seule chose qui lui vint à l'esprit, c'était la fois où ils étaient entrés en collision et où elle avait renversé du soda sur son corsage. Elle était sur le point de dire *C'était ma faute,* quand il reprit : « Pour ce qui est arrivé à tes parents. »

Elle sentit sa gorge se nouer.

C'était trop pour elle : ce qu'il était, ce qu'il venait de dire. Ces mots, dans la bouche de Collin, étaient trop durs à entendre. Ils l'effrayaient, ils la bouleversaient. Ils faisaient naître en elle des sentiments de colère et de douleur, toutes ces émotions qu'elle s'efforçait constamment d'enfouir au plus profond de son cœur.

Tout à coup, elle eut envie de le frapper, de le repousser, de lui faire du mal.

« Ce qui *leur est arrivé* ? Comme si… Comme si c'était arrivé tout seul ? Comme si personne n'était coupable ? »

Accablée de chagrin, submergée par une fureur incoercible et brusquement incapable de trouver les mots pour l'exprimer, elle tourna les talons et s'enfuit en courant vers son pick-up, vers Rose, vers le ranch.

Pendant bien des nuits après cela, elle se tourna et se retourna dans son lit sans trouver le sommeil, entendant encore résonner dans son esprit la voix éplorée de Collin, manifestement aussi bouleversé qu'elle : « *Jody !* »

22

9 juin 2009

Ce fut par un beau jour de juin, au cours d'une saison dangereusement chargée d'espoir, qu'elle revit Collin Crosby. Elle avait alors vingt-six ans et lui trente. Vingt-trois ans s'étaient écoulés depuis la mort de son père, la disparition de sa mère et l'incarcération du père de Collin. Ce jour-là, Jody n'avait pas de plus graves soucis en tête que de trouver un moyen de rompre en douceur avec son amant et de savoir si elle allait se révéler un bon professeur ou pas. Et puis ses oncles débarquèrent dans la maison de ses parents, confirmant ainsi sa conviction que le malheur suivait toujours les moments de bonheur, aussi inéluctablement que la lune venait après le soleil.

Billy Crosby. Remis en liberté. De retour ici.

Après cette annonce, le soleil brillait toujours à travers les rideaux neufs, mais il projetait désormais des ombres maléfiques. La brise soufflait toujours à travers les moustiquaires, pourtant elle n'apportait plus le doux parfum imaginaire du lilas et du chèvrefeuille. Dans l'entrée de la maison de Hugh-Jay et Laurie, quelques mots avaient été prononcés, et le monde de leur fille était devenu aussi glacé qu'un champ en hiver. Elle frissonnait comme une plante frêle surprise par un blizzard précoce, sans défense contre le froid meurtrier.

« Comment est-ce possible ? demanda-t-elle d'une voix stridente. Sa peine a été commuée ? Qu'est-ce que ça signifie ?

— Ça veut dire qu'il a été libéré après avoir purgé sa peine, expliqua Meryl.

— Il a été gracié ?

— Non, il ne s'agit pas d'une grâce, Jody, mais d'une commutation de peine.

— C'est quoi la différence ? » Elle se sentait perdue dans le fourré obscur et terrifiant du jargon juridique.

« Pour être gracié, il lui faudrait apporter la preuve irréfutable de son innocence. »

Elle le dévisagea, interloquée. « Ils l'ont remis en liberté, mais ils le croient toujours coupable ?

— Non. Les juges estiment que le procès n'était pas équitable. Que tout ça ne sentait pas très bon.

— C'est eux qui sentent mauvais, maugréa Chase. Il est coupable.

— Que ça ne sentait pas bon ? répéta Jody, d'un ton ouvertement sarcastique à présent. Ce sont les termes officiels, oncle Meryl ? Qu'est-ce qui leur permet de dire ça ?

— Le procureur du comté a coopéré avec les avocats de Billy et reconnu qu'il avait tripatouillé le dossier. Il dit que sa conscience a commencé à le titiller de plus en plus au fil des ans. » Sur le seuil, Bobby poussa une exclamation d'incrédulité, mais Meryl poursuivit : « Il déclare avoir dissimulé des preuves à la défense. L'ancien avocat de Billy a reconnu lui aussi qu'il avait mal fait son boulot, qu'il n'avait pas défendu son client avec toute la compétence nécessaire ni présenté les requêtes qui s'imposaient. Les nouveaux avocats de Billy ont même trouvé une jurée qui affirme qu'elle n'aurait pas voté pour la condamnation si elle avait su tout ça à l'époque.

— Dissimulé quelles preuves ? Et la preuve flagrante de sa culpabilité, alors ?

— Le gouverneur pense qu'elle n'est pas si flagrante que ça.

— Le gouverneur n'est qu'un menteur, riposta Chase.

— Quelqu'un ment dans cette histoire, c'est sûr », acquiesça Meryl.

Jody regarda tour à tour chacun de ces visages familiers, avec l'impression que les murs qui l'entouraient étaient en train de se désagréger, la laissant tremblante et effrayée au bord d'un abysse. « N'avez-vous donc aucune influence ? Ne pouvez-vous pas empêcher ça ? » Billy Crosby était le monstre qui hantait sa vie, le croque-mitaine de son enfance. Depuis qu'il lui avait enlevé ses parents, elle faisait des cauchemars dans lesquels il la poursuivait ; elle courait, à bout de souffle, trébuchant et manquant de tomber à chaque pas, avec l'impression qu'elle allait mourir de frayeur avant qu'il ne l'attrape. Ces cauchemars s'étaient faits plus rares à mesure qu'elle grandissait, mais ils étaient revenus ces derniers temps, et aujourd'hui, elle savait pourquoi : c'étaient des avertissements, des présages de cette funeste nouvelle.

La stupeur fit de nouveau place aux larmes, et elle se remit à sangloter.

Meryl s'approcha pour lui passer un bras autour des épaules, tandis qu'elle sortait un mouchoir de sa poche et luttait pour contenir ses émotions. « Le gouverneur sait pertinemment que plus personne dans ce comté ne votera pour lui, ni pour aucun de ses projets », lui rappela-t-il. La voix amère, il ajouta : « Mais en dehors du comté, les gens se fichent pas mal de nos petits meurtres. »

Jody tressaillit en l'entendant employer ce mot au pluriel.

« Il y a quelqu'un qui ne manque pas d'influence, en tout cas, intervint Chase.

— Qui ? demanda-t-elle, le contemplant à travers ses larmes. Qui se soucie suffisamment de Billy Crosby, ou nous en veut suffisamment, pour faire une chose pareille ?

— Il n'y en a qu'un seul. »

Elle attendit, hoquetante, agitée de sanglots.

« Son fils.

— *Collin ?*

— Allons dans la cuisine », ordonna brusquement Chase, et ils le suivirent.

Dans la pièce où Laurie avait préparé les repas pour son père et elle, devant la table qu'elle avait peinte en jaune, Jody s'assit, les épaules voûtées, les mains pressées entre ses cuisses, attendant que l'un d'entre eux dise quelque chose de sensé.

« C'est bizarre, commença-t-elle en reniflant, la respiration saccadée. Vous ne trouvez pas la coïncidence bizarre, vous aussi ? Je reviens m'installer dans cette ville, et, au même moment, il sort de prison et il est également de retour ? » Ses épaules se soulevèrent dans un mouvement convulsif et d'autres larmes jaillirent de ses yeux avant qu'elle ne les emprisonne dans son mouchoir. « Je n'y comprends rien. Quand est-ce arrivé ? Comment cela a-t-il pu arriver ? Pourquoi l'ont-ils laissé sortir ? Vous allez devoir me l'expliquer. »

À sa droite, Chase s'adossa contre le comptoir, à quelques centimètres seulement de l'endroit où l'on avait trouvé du sang correspondant au groupe sanguin de Laurie. Cela faisait toujours une drôle d'impression à Jody, quand elle récurait l'évier – tout comme il lui fallait s'armer de courage pour nettoyer les autres pièces. Elle avait toutefois découvert un moyen d'y parvenir : elle pensait affectueusement à sa mère et murmurait une prière à son intention, adoucissant ainsi ces instants douloureux. Elle regarda son oncle croiser ses bras sur sa chemise blanche. Il n'avait toujours pas ôté ses lunettes noires et continuait à serrer les mâchoires comme si l'on était en train de lui prendre ses empreintes dentaires. Autrefois, quand elle le voyait dans cette humeur-là, elle faisait tout pour l'éviter et, au besoin, elle contournait même la maison pour entrer par une autre porte. Quand il était dans une telle disposition d'esprit, il commençait par s'en prendre au premier venu sous un prétexte quelconque, puis cela se transformait en violente dispute et finissait par des portes claquées à toute volée.

D'un ton coléreux, presque sans ouvrir la bouche, il dit : « Bobby, fais-nous du café. »

Jody voulut se lever, mais, d'un geste, il lui intima de se rasseoir. « Il sait faire le café mieux que toi. »

C'était vrai. Elle n'était pas une bonne cuisinière, contrairement à sa mère. Jody avait toujours entendu dire que le café et la pâte à tarte étaient deux des spécialités de Laurie. Chase, en particulier, raffolait de son café, à ce qu'on racontait, et tout le monde adorait ses tourtes, avec leur croûte feuilletée et sucrée. En cet instant même, Jody aurait tout donné pour une bouchée de cette pâte et une tasse de ce café qui avait le pouvoir de détendre Chase.

Assis face à elle, Meryl déclara : « Accorde-moi une minute, ma chérie. » Il lança un coup d'œil à Chase, puis à Bobby, avant de tourner son regard vers la fenêtre de la cuisine et la cour derrière celle-ci. Fugitivement, Jody pensa avec angoisse à Red et espéra qu'il ne s'était pas caché là, où tout le monde pouvait le voir.

« J'ai besoin de rassembler mes esprits, reprit Meryl. Je ne m'étais pas attendu à avoir une telle conversation. »

Jody se mordit la langue pour refréner les questions qui lui venaient à la bouche et lui laisser le temps de mettre de l'ordre dans ses pensées. Cette attente était pour elle un sursis, empêchant que soient prononcés des mots qu'elle n'avait pas envie d'entendre. Elle baissa les yeux vers la table, en songeant à l'aspect gai et lumineux qu'elle devait avoir, juste après que sa mère l'avait peinte. À présent, elle avait un air miteux, la peinture était écaillée par endroits, boursouflée à d'autres. Ramenant ses mains au-dessus de la table, Jody frotta les cloques du bout des doigts, mais elle n'était pas encore prête à la repeindre. Elle avait le sentiment superstitieux que, si elle s'y risquait, sa mère ne reparaîtrait jamais, ni vivante ni morte. Tout le monde présumait qu'elle avait été tuée, mais, dans une partie de son esprit, ou de son cœur, Jody gardait encore un espoir.

On avait retrouvé dans une camionnette une robe bain de soleil jaune tachée de sang, et c'était tout. Cela ne signifiait pas forcément qu'elle était morte, n'est-ce pas ? Le fait qu'on n'ait aperçu aucun signe d'elle, en aucun endroit, à aucun moment, au cours des vingt-trois années écoulées, était considéré comme une preuve qu'elle n'était plus de ce monde, mais sa fille vivait dans le déni, obsédée par la possibilité infinitésimale que sa mère soit encore vivante.

Jody eut soudain désespérément besoin de la présence réconfortante de sa grand-mère, Annabelle.

Penser à l'épreuve que cela allait être pour ses grands-parents de savoir que le meurtrier de leur fils était là, tout près, et qu'ils risquaient à tout moment de le croiser lui fendait le cœur. Elle savait qu'eux, de leur côté, s'inquiéteraient pour elle, et elle devait donc à tout prix recouvrer son sang-froid.

Elle ne leur causerait pas davantage de chagrin. Joignant les mains sur la table, elle se redressa sur son siège. En contemplant ses oncles, elle éprouva une telle compassion pour eux qu'elle faillit une nouvelle fois fondre en larmes. Les jours à venir allaient être difficiles pour eux tous.

Meryl la regarda bien en face. « Dis-moi ce que tu sais des motifs sur lesquels se fondait le jugement de condamnation à l'encontre de Crosby, Jody. »

La question la prit au dépourvu, mais elle se concentra et s'exécuta.

« Preuves matérielles et indirectes, récita-t-elle de mémoire, ayant retenu les explications qu'elle lui avait réclamées quelques années plus tôt.

— Quelles preuves matérielles ?

— Des cheveux dans la chambre d'amis et dans le siphon du lavabo. Des fibres de ses chaussettes sur les tapis. » Elle déglutit. « Son chapeau ici, dans la cuisine. »

Elle gardait les yeux rivés sur Meryl, s'interdisant de les tourner vers l'endroit où l'on avait découvert le chapeau de cow-boy, de se demander si la chaise renversée était celle-là même où elle était assise.

« Quelles étaient les preuves indirectes ?

— La vache. Les disputes. Les clôtures. La bagarre avec vous trois, au Bailey's. La façon dont il regardait maman. Et le fait qu'il avait essayé de la frapper. » La fureur monta en elle, submergeant la tristesse. Sa respiration devint haletante et elle martela la table avec ses poings. « Je le hais ! Comment ont-ils pu le relâcher ? Comment ?

— Calme-toi », lui intima Chase.

Elle lui lança un regard exaspéré.

Meryl claqua des doigts pour obtenir son attention. « Pourquoi ces preuves indirectes ont-elles été jugées suffisantes pour démontrer sa culpabilité ?

— Elles permettaient d'établir l'enchaînement des événements ayant abouti au crime », répondit-elle immédiatement. Elle connaissait tout cela par cœur.

« Oui. » Il soupira. « Eh bien, j'ai une mauvaise nouvelle, au sujet des preuves matérielles. Les comparaisons de cheveux et de fibres sont désormais considérées comme peu fiables dans certains milieux, dont le bureau du gouverneur. »

Elle sentit son estomac se serrer.

« Je ne le savais pas, dit-elle dans un murmure, puis, d'une voix courroucée, elle s'écria : Pourquoi ne l'ai-je pas su ?

— La plupart des gens l'ignorent.

— Mais toi, tu le savais, non ? Un avocat doit forcément être informé de ce genre de chose. Pourquoi n'as-tu rien dit ?

— Parce que je fais confiance à la science. Et parce que, même sans preuves matérielles, il subsiste suffisamment de preuves indirectes pour étayer la condamnation.

— Alors, que s'est-il passé ? »

Meryl jeta un regard à Chase, toujours adossé au comptoir en silence, tandis que Bobby ouvrait bruyamment portes et tiroirs en quête du café et des filtres. Rendue à moitié folle par ce tintamarre et la tension ambiante, Jody lui cria : « Dans le tiroir à main gauche, oncle Bobby !

— Je n'ai plus de main gauche », grommela-t-il.

C'était un rappel amer d'un des autres malheurs qui les avaient accablés par la faute de Billy Crosby.

« C'est là où la dissimulation de preuves entre en jeu, reprit Meryl, pour ramener sa nièce au sujet de leur conversation. Le procureur s'est abstenu de divulguer certaines preuves à l'avocat de Crosby...

— Quelles preuves ?

— Des témoignages affirmant que Billy avait perdu son chapeau au Bailey's et que c'était ta mère qui l'avait ramassé.

— *Quoi ?*

— Attends. Ce n'est pas tout. Le procureur a également omis de révéler que Doc Cramer – tu te souviens de notre ancien vétérinaire ? – avait déclaré à un adjoint du shérif que ton père lui avait raconté s'être disputé avec les passagers d'une voiture circulant à proximité du ranch la veille du meurtre.

— Qui étaient ces gens ?

— Des inconnus. L'un d'eux avait jeté une cigarette allumée par la vitre de la voiture, et cela a mis ton père dans une telle rage qu'il les a forcés à s'arrêter sur le bord de la route et leur a passé une sacrée engueulade. Ton père a dit à Doc Cramer qu'ils n'avaient pas l'air commode.

— Et alors ?

— Alors, on aurait pu les considérer comme suspects, Jody.

— Oh, mais c'est absurde, oncle Meryl !

— Des conneries, oui, marmonna Bobby devant l'évier.

— Sans aucun doute, reconnut Meryl, mais le procureur est tenu par la loi de communiquer à la défense les éléments de preuve à décharge qu'il pourrait détenir, et, en l'occurrence, il ne l'a pas fait.

— Pourquoi ? »

Meryl soupira une fois de plus. « Afin d'éviter que la défense ne les utilise pour semer le doute dans l'esprit des jurés. »

Jody le contempla avec des yeux écarquillés, puis, au bout d'un instant, déclara : « O.K., j'ai compris. J'ai parfaitement compris. Mais rien de tout ça ne permet de remettre en cause la culpabilité de Billy. »

Meryl approuva cette analyse d'un petit sourire.

« Bien au contraire, ouais, marmonna Bobby, leur tournant toujours le dos.

— Et pourquoi maintenant ?

— Que veux-tu dire ? » intervint Chase.

Se tournant vers lui, Jody expliqua : « Pourquoi tout cela vient-il d'être révélé seulement maintenant ? Pourquoi ne l'a-t-on pas découvert plus tôt ?

— Parce que son gamin vient juste de finir ses études de droit, voilà pourquoi.

— Collin. » Elle sentit son visage s'empourprer à ce souvenir.

Au fil des années, depuis ce fameux jour aux Testament Rocks, elle avait pensé à lui plus souvent qu'elle ne l'aurait souhaité. Chaque fois, elle devait faire un gros effort sur elle-même pour le chasser de son esprit. En cet instant même, elle sentit soudain la rancœur, la colère et l'humiliation se mêler en elle à l'évocation de cet épisode et des prétendus « regrets » qu'il avait alors exprimés. Un goût de bile lui vint à la bouche tandis qu'elle songeait : C'est donc ça, sa manière de manifester son regret ?

« C'est vraiment Collin Crosby qui est derrière tout ça ? leur demanda-t-elle.

— Il était en fac de droit avec le fils du gouverneur, l'informa Meryl. Et manifestement, ce petit salopard a participé activement aux campagnes politiques du père dès qu'il a été en âge de saisir ce qu'il pouvait en retirer.

— Il a su préparer le terrain, ajouta Chase.

— Et il a fini par obtenir ce qu'il voulait », acquiesça Meryl.

Jody pensa au jeune homme dont elle gardait le souvenir – calme, réservé, marchant d'un pas circonspect dans les rues de la ville ou les couloirs de l'école, travaillant dur et obtenant toujours de bonnes notes, décrochant des bourses d'études. Il aurait pu rentrer dans n'importe quelle université de son choix, mais il avait préféré rester dans le Kansas. Elle se rappela le jour de leur rencontre au pied des rochers, son équipement d'escalade, son allure athlétique, son ambition manifeste de surmonter les obstacles, au propre comme au figuré. Si un garçon pouvait, à l'âge adulte, devenir l'homme capable de réussir ce tour de force – obtenir la libération de Billy Crosby – c'était bien lui. Et maintenant, bien trop tard, il apparaissait clairement qu'il n'avait jamais eu d'autre but.

« N'avons-nous donc pas notre mot à dire dans cette histoire, nous, la famille de la victime ? »

Une nouvelle fois, ses oncles échangèrent des regards. « Le gouverneur nous a reçus en audience, déclara Meryl. La loi ne prévoit pas grand-chose à ce sujet, et je ne suis pas sûr qu'il y était obligé, mais il a néanmoins accepté.

— Il n'y a pas de quoi lui en être reconnaissant, bougonna Chase. Il ne l'a fait que pour pouvoir proclamer partout qu'il nous a entendus.

— Quand cela ? Quand cette audience a-t-elle eu lieu ?

— Hier soir, à Topeka.

— Quoi ? Hier soir ? Qui était là-bas ? Vous y étiez tous ? »

Meryl hocha la tête d'un air prudent.

« Pourquoi n'en ai-je rien su ? Pourquoi ne me l'avez-vous pas dit ? Vous avez fait tout ça derrière mon dos ? » Elle était hors d'elle. Toute sa vie, ils l'avaient préservée du pire ; toute sa vie, elle avait dû se battre pour leur arracher des bribes d'informations, leur soutirer la vérité, et elle avait fini par penser qu'ils s'étaient rendus à la raison et la traitaient désormais comme une adulte. De toute évidence, il n'en était rien. « Le gouverneur doit me recevoir. Je veux lui parler. Je veux lui dire ce que cet homme m'a fait, comment il a détruit ma vie. Peut-être arriverai-je à l'apitoyer. Pourquoi ne m'avez-vous pas laissé une chance de plaider ma cause ?

— Maman et papa ne voulaient pas que tu viennes, répondit Chase d'une voix âpre. Ils désiraient te protéger. Papa était persuadé que cette audience n'était que pour la galerie, et il avait raison. Le gouverneur avait déjà pris sa décision, et rien ne l'aurait fait changer d'avis. Ils ont voulu t'épargner une épreuve inutile.

— Ils n'auraient pas dû ! Vous n'auriez pas dû !

— Peut-être, rétorqua-t-il en haussant les épaules. Mais ce qui est fait est fait. »

Elle le foudroya d'un regard où se lisaient toute sa fureur, sa peur et son sentiment d'impuissance.

« Ne t'en prends pas à nous, poursuivit-il, l'air écœuré. Prends-t'en plutôt au vrai responsable, le gamin de Billy. Tel père, tel fils. » Laissant enfin libre cours à sa rage, il s'exclama : « Des menteurs, l'un comme l'autre ! » Puis, tournant sa colère contre son frère, il vociféra : « Alors, ce café, ça vient, bordel ? »

Pour toute réponse, Bobby envoya valser la cafetière d'un grand revers de son unique main.

Il y mit une telle violence que le récipient rempli d'eau et de café moulu voltigea dans l'évier métallique, où il se fracassa. Chase et Meryl sursautèrent et Jody étouffa un cri.

Penché au-dessus de l'évier comme s'il était sur le point de vomir, Bobby se redressa en prenant appui sur son bras. « Il va revenir ici, dit-il, comme si ces mots étaient douloureux à prononcer, comme s'ils le rendaient malade. Ce salaud de meurtrier qui a tué mon frère et enlevé Laurie va revenir vivre ici comme s'il ne s'était rien passé. On ne peut pas le laisser faire.

— Trop tard », répondit Chase d'une voix amère.

Jody se leva d'un bond, courut vers Bobby, passa ses bras autour de sa taille épaisse et se blottit contre son dos. Cela la réconfortait de voir qu'ils étaient tous aussi bouleversés qu'elle. C'était aussi la preuve que la situation n'aurait pu

23

« Fais ta valise, Josephus », lui dit Chase, au moment de quitter la maison. Il tenait une cigarette à la main, comme s'il pouvait à peine attendre d'être dehors pour l'allumer. « Tu viens au ranch avec nous.

— C'est hors de question, oncle Chase.

— Si, tu viens. Ordre de tes grands-parents. »

Ils se trouvaient de nouveau réunis tous les quatre dans l'entrée.

Jody avait arrêté de pleurer. Sa colère à l'égard de Collin Crosby l'avait revigorée, lui rendant un peu plus de courage et d'agressivité.

« Mais je ne veux pas ! Je viens juste d'emménager ici. »

Non seulement son installation était toute récente, mais elle avait eu tellement de travail pour faire de cette énorme bâtisse un foyer bien à elle – ponçant et cirant les parquets d'origine, décrochant les anciennes tentures pour mettre à leur place des rideaux neufs aux coloris gais. Elle avait peint et tapissé avec l'aide de sa tante et de sa grand-mère. Elles avaient consacré des heures à épousseter, laver, acheter, jeter et remplacer des objets. Cela avait été, du moins Jody l'espérait-elle, une tâche stimulante pour toutes les trois de transformer cette maison emplie de mauvais souvenirs en une demeure heureuse et pimpante, comme elle l'avait été autrefois. En éliminant la crasse à grands coups d'éponge humide, elle avait eu l'impression de l'exorciser,

être pire. Elle avait rarem
contrôle. L'accès de colèr
bienvenue. « Ce n'est pas r
consola-t-elle. Cette fois, ell
qu'elle ressentait contre Collin
larmes.

Cela lui faisait du bien de pouvoi
quelqu'un.

lui. Elle ne laisserait pas Billy Crosby la chasser de chez elle une seconde fois.

« Tu veux qu'ils se fassent du souci pour toi ? s'enquit Chase, le visage sévère derrière ses lunettes noires. Tu veux qu'ils restent éveillés toutes les nuits, à se dire qu'il n'est qu'à quelques rues de chez toi ?

— Bon sang, oncle Chase, tu es vraiment injuste. »

Il haussa les épaules. « Alors ? »

Cédant à sa propre inquiétude au sujet de ses grands-parents, elle répondit :

« D'accord. D'accord ! Mais pas tout de suite.

— Quand ?

— Quand j'aurai fini de préparer mes bagages !

— Six heures, dit-il un ton sans réplique. Dîner. Valise. »

Saisissant son chapeau, il sortit d'un pas vif, laissant claquer derrière lui la porte-moustiquaire. Quelques secondes après, une odeur de fumée de cigarette flottait jusqu'au vestibule.

Jody se tourna vers ses deux autres oncles.

« N'avez-vous pas envie de le tuer, parfois ?

— Souvent, répondit Meryl avec un sourire fugitif, en décrochant son propre chapeau, avant de la serrer brièvement contre lui. Ne t'en fais pas. Il finira bien par péter les plombs et retourner en prison, là où est sa place.

— L'oncle Chase ? » réussit-elle à plaisanter.

Meryl gloussa. « À ce soir, au ranch.

— J'aurai peut-être d'autres questions à te poser.

— Tout ce que tu voudras, ma chérie. Quand tu voudras. »

Il se dirigea d'un pas pressé vers son pick-up, comme s'il avait quantité de choses à faire et pas assez de temps devant lui.

Les autres partis, Bobby surprit Jody en lui demandant : « Comment vas-tu ?

— Je suis encore sous le choc, répondit-elle, après un instant de réflexion.

— Tu as peur ? »

Cette question l'alarma. Cela ressemblait si peu à son oncle d'admettre que quiconque puisse avoir une raison de craindre quoi que ce soit. Levant le menton, elle déclara : « Pas le moins du monde. » Puis elle avoua : « Bon, si. Mon cœur bat la chamade rien qu'à l'idée de le rencontrer en ville.

— Bien, dit-il, l'étonnant davantage encore. Tu *dois* avoir peur de lui.

— Oncle Bobby ! Pourquoi ?

— Parce que nous n'avons aucune idée de ce qu'il va faire.

— Il sort tout juste de prison ! Il préférera éviter les ennuis, tu ne crois pas ?

— Tu as entendu ce qu'a dit Meryl. Il s'agit de Billy Crosby. Il ne faut pas s'attendre à ce qu'il soit devenu plus intelligent. Et rappelle-toi qu'il nous hait ; il hait tes grands-parents, Chase, Meryl et moi, et sans doute même Belle. Et je suppose qu'il te hait aussi.

— Moi ? Mais pourquoi ? »

Bobby haussa ses larges épaules d'un geste dédaigneux, à la façon de Chase, et en cet instant il ressemblait singulièrement à son frère. « Billy Crosby n'a jamais eu besoin de trouver une justification à ses actes. » Se rapprochant d'elle, il poursuivit : « Mais écoute-moi bien, Jody. S'il y a quelqu'un qui doit avoir peur, c'est lui. Il fera bien de regarder par-dessus son épaule à chaque seconde, tout le temps qu'il sera à Rose, parce que nous le tiendrons à l'œil. C'est pour ça, conclut-il en mettant son chapeau sur sa tête, que tu dois rester au ranch jusqu'à ce qu'il soit parti. Cela nous évitera d'avoir à te surveiller également.

— Qu'entends-tu par "jusqu'à ce qu'il soit parti" ?

— Il ne restera pas longtemps ici.

— Qu'en sais-tu ?

— La situation sera plutôt inconfortable pour lui. »

Avant de passer la porte, il ajouta : « Désolé pour ta cafetière.

— Ce n'est rien, oncle Bobby, répondit-elle avec un sourire tremblant. Tu pourras m'en acheter une plus jolie.

— Et t'apprendre à préparer convenablement le café », dit-il d'un ton bourru, avant de s'éloigner.

Après le départ de ses oncles, Jody demeura indécise, ne sachant que faire.

Au début, elle erra d'une pièce du rez-de-chaussée à l'autre, contemplant son œuvre. Elle n'avait aucune envie de déserter sa maison, ne serait-ce que pour un jour, et encore moins pour le temps qui s'écoulerait avant que Billy Crosby ne retourne derrière les barreaux. « Sous le choc » était une expression bien faible pour décrire ce qu'elle ressentait. Les questions qu'elle croyait réglées, brusquement ne l'étaient plus, et aucune des raisons de ce bouleversement ne tenait debout, si on les examinait attentivement. Les preuves matérielles n'étaient plus retenues, et après ? Le procureur du comté avait dissimulé certains éléments de preuve à la défense, et après ? L'avocat ne s'était pas montré très zélé, et après ? Si Crosby était coupable – et tout le monde savait qu'il l'était, à cause de sa nature malfaisante et des événements qui avaient précédé la nuit fatale –, il le demeurait, et la condamnation prononcée contre lui n'avait pas lieu d'être modifiée.

Collin Crosby.

Remâchant sa fureur, Jody gravit l'escalier d'un pas traînant pour préparer sa valise.

Sur le palier du premier, elle s'immobilisa un instant, contemplant le long couloir qui s'étendait devant elle, avec toutes ses portes et ses pièces. Comme si ses bottes de cowboy se déplaçaient d'elles-mêmes, contre sa volonté, elle tourna à gauche et se dirigea vers la petite chambre d'amis tout au bout. Elle en laissait la porte constamment ouverte, pour que le soleil y pénètre pendant la journée et qu'elle puisse voir les lumières émanant de la pièce la nuit.

Les gens se demandaient comment elle pouvait vivre ici, et toute seule, en plus.

C'était ma maison, et je veux la récupérer.

« Mais c'est tellement grand ! objectaient-ils.

— J'aime les grands espaces », répondait-elle.

Elle était habituée à la démesure : des plaines et un ciel immenses, des bêtes et des cow-boys à la taille imposante, des projets grandioses – être un excellent professeur, rencontrer un type bien et fonder une famille ici, dans cette demeure où il y avait toute la place nécessaire. Mais d'abord elle devait l'apprivoiser – la maison, mais aussi la crainte qu'elle lui inspirait.

Elle s'avança jusqu'au seuil de la chambre d'amis et regarda la moquette sans frémir.

Son père avait été étendu là, une balle dans l'abdomen, perdant son sang. Elle avait vu les photos. Elle avait lu les minutes du procès. Elle avait insisté pour tout voir, tout entendre, tout apprendre, même s'il lui avait fallu arracher les faits un à un aux membres de sa famille, convaincus qu'il était préférable de la tenir dans l'ignorance, même si elle avait dû interroger d'autres personnes en cachette, ou chercher sur Internet, qui n'était pas d'une grande utilité pour un crime remontant aussi loin. C'était la seule manière pour elle de traverser la vie sans soupçonner en permanence les autres de lui cacher de sombres secrets. Elle n'aimait pas avoir l'impression que les gens la dévisageaient comme s'ils savaient sur elle des choses qu'elle ignorait ; elle avait donc entrepris de découvrir toute la vérité, ou, en tout cas, la majeure partie. Elle savait que son père n'avait pu survivre longtemps après avoir été touché, mais personne ne pouvait dire s'il était resté conscient ou s'il avait beaucoup souffert. Elle priait pour qu'il ne se fût rendu compte de rien.

Il restait encore tant de questions sans réponses, mais au moins n'était-elle pas la seule à demeurer dans l'ignorance. Pourquoi son père se trouvait-il dans la maison cette nuit-là ? Il était censé être dans le Colorado. Sa présence ici soulevait de nombreuses interrogations, mais en ce qui concernait sa mère, on était dans le noir complet. Et si Jody s'était efforcée de recueillir un maximum de détails sur la mort de son père, c'était, soupçonnait-elle, pour compenser tout ce qu'elle ignorait sur le sort de sa mère.

Cela n'avait pas servi à grand-chose.

Ne pas savoir ce qu'était devenue sa mère la rongeait nuit et jour.

Elle prit conscience que d'autres faits importants lui avaient échappé – par exemple, que Billy Crosby pouvait un jour revenir à Rose, ou que cela pourrait arriver si vite.

Un bruit au-dehors la fit sursauter, et elle pivota sur elle-même pour scruter le couloir.

Il n'y avait personne, mais elle n'en eut pas moins froid dans le dos.

Elle eut le sentiment qu'elle devait fuir cette maison souillée par *sa* présence répugnante, qui lui semblait en ce moment plus réelle que jamais. Elle se força à ne pas courir pour traverser le couloir, descendre l'escalier, aller jusqu'à la porte d'entrée, et, sitôt le seuil franchi, elle se rua vers son pick-up.

Elle s'apprêtait à tourner la clé de contact quand une voix d'homme la fit tressaillir, comme si on venait de lui enfoncer le canon d'un pistolet dans les côtes.

« Hé », fit Red Bosch, amusé par sa réaction.

Jody se laissa aller contre son siège et inspira profondément plusieurs fois de suite pour tenter d'apaiser les battements affolés de son cœur. « Seigneur, Red, ne me tombe pas comme ça dessus à l'improviste ! J'ai failli faire un infarctus.

— Désolé, dit-il, en riant de nouveau. Où vas-tu ? »

Du bout des doigts, elle pianota sur le volant, ignorant sa question.

Dans la lumière éclatante de midi, le visage de son amant trahissait ses treize années de plus, mais cela ne la dérangeait pas. C'était la marque laissée par un dur labeur en plein air, et cela lui plaisait. Il ne manquait pas grand-chose à Red pour être beau, mais il était attirant, avec son air de cow-boy un peu fruste et pourtant sexy. Il n'était pas allé plus loin que la terminale et il parlait avec un accent campagnard qu'aucun acteur n'aurait osé employer dans un film de crainte de paraître outrancier. Mais il y avait en lui une douceur, une gentillesse authentique – il en avait toujours été ainsi, affirmaient les gens – qui venait sans doute de sa manière décontractée d'accepter les autres et de s'accepter lui-même. Il pouvait bavarder avec n'importe qui et il avait le rire facile. Il n'avait jamais eu de mal à plaire aux femmes, mis à part le fait qu'il n'y en avait pas beaucoup de libres dans le comté.

En le contemplant, debout à côté de son véhicule, Jody s'avoua qu'elle était heureuse de le voir.

Sa présence l'apaisait, après cette entrevue tendue avec ses oncles.

Elle le connaissait depuis toujours. Il la rassurait.

Ils n'auraient toutefois probablement jamais franchi le fossé employeur/employé qui les séparait – celui de l'âge ne leur posait aucun problème – si, un soir, elle ne s'était pas arrêtée chez lui pour lui transmettre un message de son grand-père. Red lui avait offert une bière bien fraîche, puis une autre, et, sans avoir eu le temps de s'en rendre compte, ils s'étaient retrouvés en train de se dévisager, nus dans le lit. Red avait murmuré de sa voix traînante : « Oh, merde, Jody, qu'est-ce que j'ai fait ?

— Nous l'avons fait tous les deux, avait-elle répliqué. Recommençons. »

Il avait ri, et cela avait été le début d'une aventure plaisante – pendant quelque temps.

Pour Jody, cette histoire n'avait jamais représenté davantage que cela, et elle était à peu près sûre qu'elle ne dépasserait jamais ce stade. Mais à présent, elle devait absolument faire quelque chose, car il semblait que Red, lui, ne partageait pas ce sentiment. Et ç'aurait été cruel de l'encourager.

« Je ne sais pas où je vais, mentit-elle.

— Qu'est-ce que tu veux dire ? »

Red lui posait sans cesse ce genre de question ces derniers temps, exigeant de savoir où elle était et ce qu'elle faisait. Cela commençait à ressembler à de la possessivité ou à de la jalousie, et elle détestait ça.

Quand elle haussa les épaules, il reprit : « Tu veux de la compagnie ?

— Tu ne dois pas aller travailler ?

— Il faudrait déjà que mes patrons arrivent à me trouver.

— C'est de ma famille que tu parles, l'oublies-tu ?

— Je ne l'oublie jamais, ma belle, mais ils n'ont pas l'air de se soucier du boulot, aujourd'hui.

— Qu'est-ce que tu en sais ?

— J'ai essayé plusieurs fois de les appeler.

— Red ? Tu as entendu notre conversation, dans la cuisine ?

— Quoi ?

— Ils sont venus m'annoncer que Billy Crosby a été libéré et qu'il va revenir vivre ici.

— Ouais. »

Red baissa la tête pour contempler fixement ses bottes, et Jody ne vit plus que la calotte de sa casquette, ornée d'un bouton de toile. « Qu'est-ce que ça signifie, "ouais" ? »

Il releva les yeux vers elle, mais en les fermant à demi, comme s'il avait brusquement du mal à la regarder en face. « Ça signifie "oui je le sais".

— Tu le sais ? Comment l'as-tu su ?

— Tout le monde est au courant, à l'heure qu'il est. Et… » Il eut un regard qu'elle ne lui avait jamais vu avant, et qui reflétait la méfiance, ou la culpabilité. Elle se raidit, devinant qu'il s'apprêtait à lui faire une révélation désagréable. « Je présume que je ferais aussi bien de te le dire. Tu finiras forcément par l'apprendre, de toute manière. » Il s'éclaircit la gorge et détourna de nouveau les yeux. « La vérité, Jody, c'est que j'ai plus ou moins gardé le contact avec Billy. »

Elle eut un mouvement de recul, comme s'il avait jeté un serpent vivant sur ses genoux.

« Tu as quoi ? » Elle prononça ces mots d'une voix calme, mais en étirant les syllabes de façon menaçante. « En prison ?

— Oui, je suis allé le voir en prison. Il y a une raison à... »

Il n'avait pas prêté attention à l'avertissement, et elle passa à l'attaque.

« Une *raison* ? Tu as couché avec moi, Red. Dans la maison de mes parents. Dans leur lit. Nous avons baisé ensemble. Tu travailles pour mes grands-parents. Tu prends leur argent. Tu manges à leur table. Et pendant tout ce temps, tu es resté en contact avec l'homme qui a tué mon père et fait Dieu sait quoi à ma mère ? »

Il prit un air confus, comme s'il ne savait que dire, puis il choisit la mauvaise réponse. « Tu ne devrais pas utiliser ce mot pour parler de ce qu'on fait ensemble, Jody. Cela représente beaucoup plus pour moi que...

— Espèce de fumier ! »

Elle passa en marche arrière, puis, le bras droit passé par-dessus le siège, tourna un regard furibond vers la longue allée et démarra en trombe, projetant du gravier sur Red avec tant de force qu'il dut se couvrir le visage de ses bras pour se protéger.

Elle était tellement furieuse contre Red Bosch qu'elle descendit Main Street en roulant un peu trop vite, mais pas assez toutefois pour manquer de repérer les pick-up de ses trois oncles devant le Bailey's. « C'est donc là que vous étiez tous si pressés d'aller ? » persifla-t-elle à voix haute, en colère contre le monde entier.

À la sortie de la ville, elle prit un virage en faisant crisser ses pneus et fonça en direction de l'ouest, vers l'endroit où elle s'était toujours sentie plus proche de sa mère que nulle part ailleurs dans le monde.

24

Sous une certaine lumière, les rochers paraissaient aussi pâles que des coquillages blanchis. En de tels moments, dans ce paysage, Jody avait l'impression d'être une tache noire sur une page vierge, aussi visible qu'un chien de prairie pour l'œil du faucon, et elle se sentait aussi mal à l'aise que si elle avait été nue dans un lieu public. C'était l'éclairage qu'elle aimait le moins, car il gommait toute couleur, toute nuance, sous son éclat aveuglant. Les lunettes de soleil n'étaient pas suffisantes pour lui permettre de contempler les formations monumentales, aussi coiffa-t-elle une casquette pour protéger ses yeux.

Même dans ces conditions, il y avait des jours où elle préférait ce lieu à tout autre.

Enfonçant ses mains dans les poches arrière de son jean, elle plissa les yeux pour regarder les sommets rocheux où nichaient les aigles royaux et où planaient les buses à queue rousse. Elle ne serait pas allée jusqu'à affirmer que leur seule vue apaisait instantanément son esprit, mais en quelques minutes son rythme cardiaque ralentit et sa respiration redevint régulière.

Aujourd'hui, il y avait du vent qui soulevait autour d'elle de petits tourbillons de poussière blanche.

De la poussière de craie, pensa-t-elle, de la poussière de calcaire, de la poussière d'os.

Elle ne vit aucun autre être humain. Pas de chasseurs de fossiles ni d'alpinistes. Pas de touristes armés d'appareils photo, d'étrangers s'amusant à tirer sur des canettes de bière, ni d'adolescents se pelotant dans leurs voitures.

Elle avait ce lieu rien qu'à elle, ce qu'elle affectionnait plus que tout.

Après avoir admiré les rochers pendant un bon moment, elle regagna son pick-up, but une gorgée d'eau à sa gourde, puis enfila ses gants de travail. Doux et robustes à la fois, ils enserraient ses doigts, comme de vieux amis qui la connaissaient bien. Si mes oncles savaient que je viens ici, ils m'obligeraient à emporter un crochet à serpent et un pistolet, se dit-elle. Mais heureusement ils l'ignoraient, et, de toute façon, elle n'avait jamais vu le moindre serpent dans le coin.

« Je vous laisse tranquilles, déclara-t-elle à l'intention des reptiles qui se seraient tapis à proximité, et vous me rendez la pareille, entendu ? »

C'était néanmoins à cause d'eux qu'elle gardait ses bottes de cow-boy en cuir épais et montant haut sur la jambe, au lieu de mettre des chaussures mieux adaptées à ce terrain rocailleux. Ces rochers avaient ceci de particulier, songea-t-elle en les observant, qu'ils étaient des amas de contradictions de vingt-cinq mètres de haut, accessibles et pourtant distants, sauvages et pourtant sereins, sans danger si l'on était malin et chanceux, périlleux si on ne l'était pas. Ils avaient blessé bon nombre de grimpeurs stupides ou maladroits, tué deux ou trois d'entre eux, et les morsures de serpent n'étaient pas si rarissimes que cela. Mais ils servaient également de toile de fond à beaucoup de demandes en mariage, et à la conception de pas mal de bébés. Une légende prétendait que si une jeune fille se plaçait face aux rochers et, en fermant les yeux, formulait le vœu de rencontrer l'amour, le premier garçon qu'elle verrait après les avoir rouverts deviendrait son époux.

Certaines auraient mieux fait de les garder fermés, songea Jody.

Au-dessus d'elle, une buse poussa un cri perçant comme pour l'approuver.

Jody avait eu plusieurs petits amis au cours de sa vie, mais personne ne l'avait jamais demandée en mariage, ni au pied des rochers ni ailleurs. Elle s'imaginait que, si à première vue elle paraissait normale, il n'en allait pas de même quand on y regardait de plus près et qu'on discernait cette autre partie d'elle-même – celle qui la faisait se réveiller la nuit en hurlant, en repoussant ses couvertures à coups de pied et en frappant l'air pour éloigner ses démons. Ou plutôt, son démon, au singulier – celui qui portait le nom de Billy Crosby. Elle avait tendance à retarder le plus possible le moment où elle devait expliquer à un homme avec lequel elle était déjà sortie plusieurs fois : « Au fait, t'ai-je dit que mon père avait été assassiné, que son meurtrier était en prison, et que ma mère avait disparu quand je n'avais que trois ans ? » Au début, certains faisaient montre de sympathie, quand ce n'était pas d'une fascination malsaine, et semblaient penser qu'ils allaient la consoler et la guérir. Mais les plus sages – selon Jody – pressentaient qu'il existait en elle des recoins secrets qu'ils ne pourraient jamais atteindre. Ils étaient assez intelligents pour prévoir les difficultés futures, ces moments où, bien que présente, elle ne serait plus vraiment près d'eux, ni par le corps, ni par l'esprit ou l'âme, et dont ils n'avaient pas envie de faire l'expérience.

« Tu traînes un lourd bagage », lui avait dit un homme un jour.

Elle avait longtemps eu le sentiment que personne, hormis les membres de sa famille, ne pouvait concevoir ce qu'était ce « bagage », même si Red le comprenait sans doute mieux que les autres. Il se contentait de la serrer dans ses bras quand elle faisait de mauvais rêves, car il en connaissait la cause. Il en faisait lui aussi, comme la plupart de ceux qui s'étaient trouvés là lorsque Billy avait accompli le pire.

Ce souvenir ne fit que renforcer son sentiment d'avoir été trahie.

Red *savait*, et il avait quand même gardé le contact avec l'homme de ses cauchemars.

Il était également vrai que son « bagage » avait jusqu'à présent dissuadé les prétendants intéressés par son argent. À moins que son grand-père et ses oncles ne soient simplement trop intimidants pour les mâles qu'elle rencontrait. Grand-papa Hugh en imposait par sa seule personnalité. Ses oncles impressionnaient par leur stature, leurs muscles et la méfiance qu'ils manifestaient envers tous ceux qui tournaient autour d'elle.

Parfois, cela lui était égal ; parfois, elle leur en était reconnaissante.

Elle s'apprêtait à refermer la portière de son véhicule quand, avant d'avoir pu s'en empêcher, elle céda à une manie compulsive dont elle n'avait jamais réussi à se débarrasser. Glissant la main dans l'espace étroit entre les deux sièges, elle tâtonna jusqu'à ce que ses doigts gantés rencontrent une texture familière, et remonta un vieux sac à dos en toile verte qu'elle passa sur ses épaules.

« Idiote », se fustigea-t-elle tout haut, mais seuls les lézards l'entendirent.

Ainsi harnachée, elle s'avança sur le sol blanc en direction de l'éminence en pente douce qui constituait l'arrière-train du Sphinx. Elle commença l'ascension ; ce n'était guère commode avec ses bottes, mais elle s'aidait de ses mains protégées par les gants. Au bout d'un instant, elle fit une pause sur cette croupe dorée où elle aimait à s'asseoir, les yeux perdus à l'horizon.

Elle inspecta le sol à la recherche de scorpions, balayant la couche supérieure d'une poussière accumulée pendant une éternité, avant de poser son postérieur sur le rocher. À mesure que les formations s'érodaient, de « nouveaux » fossiles apparaissaient – dents de requin, brachiopodes, et autres souvenirs des ères passées. Mais ce n'étaient pas ces vestiges qu'elle ramassait avec un soin maniaque depuis des années pour les cacher dans des sacs comme celui qui gisait près d'elle.

Depuis son enfance, elle était en quête d'un tout autre genre de reliques. Ce qu'elle cherchait, c'étaient des détritus d'origine humaine, des objets que sa mère aurait pu laisser derrière elle, et ce, depuis qu'elle était en âge de savoir que le KBI avait fouillé le site de fond en comble pour tenter de retrouver Laurie. Cela ne lui avait jamais paru très logique que les recherches aient duré aussi longtemps, mais peut-être les enquêteurs avaient-ils mis un certain temps à comprendre qu'il aurait été impossible de creuser une tombe sans qu'on la remarque, dans cette étendue aride où chaque anomalie était aussi facile à repérer qu'un renard sur la neige. Inversement, elle savait, contrairement à eux peut-être, au début, avec quelle rapidité les objets pouvaient être ensevelis ou réapparaître, comment une bague de fiançailles perdue pouvait étinceler au soleil le mardi, être enterrée sous la poussière apportée par le vent le mercredi, puis retrouvée par un inconnu trente ans plus tard, quand elle revenait soudain à la surface. Découvrir des indices dans un lieu comme celui-ci pouvait demander des siècles, et pas simplement des heures ou des jours. Le KBI avait fini par abandonner ses investigations, mais pas Jody. Elle avait toute la vie devant elle pour déterrer une preuve quelconque que sa mère était venue ici cette nuit-là, ou à n'importe quel autre moment. Peut-être un jour un SOS apparaîtrait-il, gravé dans le roc. Peut-être en baissant les yeux lirait-elle : LL est passée ici. Cet endroit était pour elle comme une gigantesque ardoise magique sur laquelle, à la moindre variation du temps, tout se transformait de manière subtile. Le KBI et le shérif n'avaient peut-être pas ménagé leurs efforts, mais le paysage pouvait avoir changé sous leurs yeux, puis s'être de nouveau métamorphosé dès qu'ils avaient regardé ailleurs, sans même qu'ils aient détecté une différence. Ils avaient pu rater quelque chose que le vent ou la pluie avaient mis au jour par la suite.

Tel un archéologue amateur, dans ses sacs à dos secrets, Jody entreposait des fragments de vies humaines, espérant toujours tomber sur la découverte qui apporterait peut-être une révélation surprenante et la réponse aux questions qui la hantaient. Si les scientifiques parvenaient à exhumer une dent de requin attestant de la présence de squales préhistoriques sur le site, pourquoi ne tomberait-elle pas sur un signe révélateur datant seulement de quelques années ?

Enfant, elle avait montré ses premières trouvailles à ses grands-parents, à Chase, à son oncle Meryl et à sa tante Belle.

« Qu'est-ce que c'est ? » avait demandé son grand-père en brandissant l'objet, une barrette à cheveux ou une clé, elle avait oublié. Ce matin-là, toute la famille s'était rendue aux Testament Rocks avec des parents venus d'une autre ville, une excursion rituelle quand on recevait des visiteurs.

« C'est peut-être maman qui l'a perdue », avait-elle répondu.

Aujourd'hui encore, elle se rappelait le regard qu'il avait lancé à sa grand-mère par-dessus sa tête. Elle avait six ans, et elle était alors assez grande pour savoir que sa mère avait disparu et qu'on l'avait cherchée partout, et particulièrement à cet endroit. L'idée avait pénétré son esprit que sa mère était peut-être venue ici cette nuit-là.

Elle était également assez mûre pour se rendre compte qu'elle avait dit une bêtise.

Elle se souvenait que grand-maman Annabelle s'était approchée d'elle.

« C'est pour ça que tu l'as ramassée, ma chérie ?

— Quoi ?

— Ça ? avait dit sa grand-mère en brandissant l'objet.

— Ça appartenait peut-être à maman. »

C'était tout ce qu'elle se remémorait de cet incident. Elle ne savait plus ce qui s'était dit ensuite. Elle se rappelait seulement avoir eu l'impression qu'ils n'étaient pas contents. C'était sans doute la première fois qu'elle leur avait laissé voir qu'elle n'était pas entièrement convaincue que sa mère était morte comme son père. Mais, comme elle n'était encore qu'une enfant, elle n'avait pas renoncé à tenter de les intéresser à ses découvertes. La fois suivante, elle avait montré sa trouvaille à Chase.

« Ce n'est pas une bonne idée », avait-il déclaré, ou quelque chose d'approchant.

Cette critique l'avait touchée au vif, vexant profondément la gamine qu'elle était.

« Moi, je trouve que si, avait-elle insisté.

— Ce n'est pas une bonne idée, avait-il expliqué, parce que tous les ans des centaines de gens perdent des trucs ici. Tout ce que tu vas rapporter, c'est de la saleté et des microbes et un tas de cochonneries. Tu n'en as pas envie, hein ? »

Mais rien ne put la dissuader.

L'oncle Bobby était encore à l'armée et il ne vit jamais ses fossiles.

L'oncle Meryl se montra compréhensif, mais n'encouragea pas non plus ce passe-temps morbide.

Tante Belle prit des mesures radicales, lui arrachant ses trésors pour aller les jeter dans la poubelle près de la grange. La poubelle était énorme, son rebord bien plus haut que la tête de sa nièce, et si profonde qu'une enfant ne pouvait en atteindre le fond, même en se perchant sur un seau renversé.

« Non, lança-t-elle à Jody, comme à un chiot qui a besoin d'être dressé. Non ! »

Oui ! rétorqua la fillette en elle-même, et à compter de ce jour, elle dissimula ses trouvailles.

Ils commencèrent à surveiller étroitement ses visites aux Testament Rocks.

Elle ne pouvait plus s'y rendre qu'avec d'autres familles, ou sa troupe de scoutes. Ensuite, elle dut attendre d'être assez grande pour y aller en voiture, seule ou en compagnie d'amies ou d'un garçon.

« Qu'est-ce que tu fais ? demandaient ses copains.

— Je ramasse les détritus », prétendait-elle. Ce qui lui valut la réputation imméritée d'être une bonne citoyenne respectueuse de l'environnement. Ou, se disait-elle, plus vraisemblablement, une timbrée. De temps à autre, elle devait empêcher des amis bien intentionnés de l'« aider ». Parfois, son seul recours était de leur proposer de se débarrasser elle-même des ordures qu'ils avaient collectées, à seule fin de pouvoir les trier dans sa chambre, tard le soir, à quatre pattes sur le tapis, dans l'espace compris entre son lit et le mur.

Jody ne pouvait s'arrêter de chercher, parce qu'elle n'avait toujours pas de certitude.

Il y avait un auteur dramatique originaire du Kansas, William Inge, qu'elle espérait faire étudier à ses élèves des classes à option littéraire renforcée, si un jour elle y enseignait. Il avait écrit *Picnic, Bus Stop, La Fièvre dans le sang,* ainsi qu'une pièce intitulée *Reviens, Petite Sheba,* dans laquelle une épouse délaissée, ayant perdu la petite chienne qui était son seul réconfort, ouvre sans arrêt la porte de son arrière-cour dans le vain espoir que l'animal sera revenu. Quelquefois, Jody avait le sentiment qu'elle devait continuer à ouvrir des portes, au cas où sa mère attendrait derrière.

C'est pourquoi, à mi-chemin du sommet du Sphinx, elle scrutait le sol et non l'horizon. Et elle ne vit pas le nuage de poussière soulevé par un véhicule qui s'approchait.

25

C'était une vieille camionnette déglinguée fonçant à toute allure vers les rochers.

Son conducteur se gara bientôt et il se dirigeait à présent vers elle, ses jambes arquées se dessinaient dans la lumière.

« Tu ne veux même pas connaître mes raisons ? »

Les mains sur ses hanches minces, Red Bosch levait les yeux vers Jody, assise sur la croupe du Sphinx. Elle résista à l'envie de ramasser des pierres pour les lui jeter.

C'était à peine si elle supportait sa vue.

« Tu m'as suivie, dit-elle, ces mots résonnant comme une accusation.

— Tu aurais pu m'accorder le bénéfice du doute, tu sais. »

À ce moment-là, elle s'empara bel et bien d'un caillou, mais se contenta de le faire rouler entre ses mains en le contemplant fixement pour éviter de regarder Red, malade à l'idée d'avoir fait l'amour avec lui sans savoir ce qu'il fabriquait derrière son dos, derrière celui de tous les membres de sa famille.

« Il était trop ivre, Jody. »

Elle porta son regard au loin, en évitant de le poser sur lui.

« Quand j'ai trouvé Billy dans le parking du Bailey's, il était pratiquement inconscient. Il n'aurait jamais pu se dégriser assez vite pour aller jusqu'à ta maison, ni à pied ni en voiture. Impossible. Pas dans l'intervalle de temps où ton père a été tué, c'est sûr.

— Tu avais seize ans ! s'exclama-t-elle d'un ton de dérision.

— J'avais déjà vu des hommes ivres morts. Je n'ai pas été élevé dans du coton. »

Elle s'empourpra. *Contrairement à toi,* c'était ce qu'il voulait dire.

« Jody, on ne lui a même pas fait subir d'alcootest. » Elle le regarda enfin, avant de se détourner bien vite.

« Tu m'as entendu ? Je suis en train de te dire qu'on n'a pas mesuré son taux d'alcoolémie. À ton avis, pourquoi ? »

Elle ne répondit pas, mais réfléchit à toute allure, tentant de se remémorer tous les rapports et les transcriptions qu'elle avait lus au fil des années. Elle ne se rappelait pas avoir vu des résultats d'alcootest, ni de témoignage à ce sujet. Il ne lui était jamais venu à l'esprit que cela aurait dû figurer dans le dossier.

« Je vais te dire pourquoi, reprit Red. C'est parce que ç'aurait foutu en l'air leur théorie. L'examen aurait établi qu'il n'était absolument pas en état d'avoir fait ce dont on l'accusait. Bon Dieu, Jody, il tenait à peine debout quand ils sont venus l'arrêter le lendemain matin. Il n'arrivait pas à aligner deux mots. Il est absolument impossible qu'il ait pu se relever de ce canapé, se rendre à trois rues de là sous une pluie torrentielle, s'introduire dans la maison de tes parents, monter l'escalier...

— Arrête.

— ... et ensuite, prendre sa camionnette en emmenant ta m...

— Tais-toi ! »

Elle bougea instinctivement le pied droit comme si elle voulait freiner, délogeant des cailloux qui roulèrent jusqu'au sol pour s'immobiliser près des bottes de Red en crépitant et en soulevant de minuscules nuages de poussière blanche. Red fit un pas en avant, écrasant l'un des cailloux sous sa semelle et le réduisant en poudre.

« Je suis désolé de t'avoir bouleversée à ce point.

— Je ne suis pas bouleversée, mentit-elle. Je suis furieuse. »

Il lui adressa un petit sourire navré. « Je m'en rends compte. Mais c'est la raison pour laquelle je suis resté en contact avec lui. Tu peux le comprendre, n'est-ce pas ? Je n'ai jamais cru à sa culpabilité. Je pensais qu'on le traitait de manière injuste. J'étais jeune et un peu idéaliste, je présume. Ou peut-être que je ne suis qu'un imbécile, mais je sais ce que je sais. Je ne dis pas qu'il n'était pas capable de commettre un meurtre, mais simplement qu'il n'était pas physiquement en mesure de le faire. Pas cette nuit-là en tout cas. Et personne ne m'a écouté quand j'ai voulu expliquer qu'il était trop saoul, parce que, comme tu l'as fait remarquer, je n'avais que seize ans, et qu'est-ce que j'y connaissais ? D'autant plus que leur opinion était déjà faite. C'était lui le coupable, point final, et il était hors de question d'envisager une autre possibilité. » Il lui lança un regard implorant. « Mais ce n'était pas lui, Jody. Ce qui ne signifie pas que j'aie de l'affection pour lui. Et comprends-le, s'il te plaît, quand je dis que je suis resté en contact avec lui, ça se résume à trois cartes de vœux et une visite de cinq minutes en vingt-trois ans...

— Tu es allé le voir en prison ? »

D'un ton prudent, il reconnut le fait : « Oui. Je n'en ai pas gardé une très bonne impression et je n'y suis jamais retourné. Non que la prison ait fait de lui un saint, loin de là. Ce que je veux dire, c'est simplement qu'ils ont mal agi envers lui, même s'ils pensaient que c'était pour de bonnes raisons.

— "Ils", c'est ma famille ?

— C'est tout le monde sauf moi, je suppose.

— Sauf toi et Collin, apparemment. »

Il cligna des paupières puis acquiesça. « Oui.

— Qu'entends-tu par "la prison n'a pas fait de lui un saint" ? »

Il tourna la tête pour scruter la route de terre derrière lui. « Jody, il faut que tu partes d'ici tout de suite.

— Que je parte ? Pourquoi ?

— Comme je viens de le dire, répondit-il en se retournant vers elle, je lui ai rendu visite une seule fois. Il m'a déclaré que s'il sortait un jour de prison, la deuxième chose qu'il ferait, ce serait manger un filet de porc au Bailey's ; la troisième, tirer un coup. Mais la première, ce serait de revoir cet endroit.

— Pourquoi ?

— Parce que, pour lui, ça représente, euh... » Red hésita, cherchant les mots adéquats, avant de poursuivre : « ... sa terre natale. »

Jody comprenait cette nostalgie, même si elle n'en avait nulle envie. Comme il n'existait rien de semblable ailleurs, les Testament Rocks constituaient, pour la plupart des gens de la région, le symbole du comté. Quand les habitants de Rose apercevaient les rochers au retour d'un voyage, ils savaient qu'ils étaient revenus chez eux. Mais elle refusait de partager ce sentiment avec un meurtrier – un ex-détenu, alcoolique, menteur, qui battait sa femme et maltraitait les animaux.

Elle se prit le visage entre les mains.

Et si ce n'était pas entièrement vrai ?

« Jody ? » Red s'avança vers elle, l'expression inquiète.

Quand elle releva la tête, elle était de nouveau en larmes. « Oh, Red ! Tous ceux que je connais – excepté toi, sans doute – sont persuadés qu'il a tué mes parents.

— Oui, je sais.

— Et tu prétends qu'ils se trompent. Que je me trompe. Que nous nous trompons tous.

— C'est ce que j'affirme, oui. Mais tu n'es pas obligée de me croire. »

Elle le dévisagea, sachant qu'il préférait toujours dire la vérité. Des deux, c'était elle la moins gênée par les mensonges qu'ils devaient débiter pour continuer à s'amuser ensemble. S'il n'avait tenu qu'à lui, bien qu'il ait détalé de sa chambre comme un lapin effrayé pas plus tard que tout à l'heure, Red aurait peut-être risqué le tout pour le tout en avouant leur liaison. Elle savait que c'était une preuve de l'estime qu'il leur portait, à sa famille et à elle.

« Pourquoi t'es-tu enfui de ma chambre aujourd'hui, Red ?

— Pourquoi j'ai quoi ? » Il émit un petit rire devant cette question inattendue.

« C'est par crainte de perdre ton boulot ?

— C'est parce que, s'ils doivent apprendre la vérité, ce ne sera pas de cette façon-là. »

Par considération envers elle. Voilà ce qu'il voulait dire.

Peut-être n'était-elle pas la plus mûre des deux, après tout...

Elle se prit de nouveau le visage dans les mains. « Oh, bon sang, Red.

— Qu'y a-t-il, ma belle ? »

Cette fois, ce fut au tour de Jody de laisser échapper un rire amer. « Ce qu'il y a ? Red, je ne veux pas être juste. Je ne veux pas me mettre à croire à quelque chose qu'aucun de ceux que j'aime ne peut accepter. » Elle ne le vit pas tressaillir en entendant ces derniers mots. « Je ne veux pas que tu aies raison. »

Elle soupira, chaque fibre de son être rejetant cette nouvelle version des faits.

« Écoute-moi, Jody. La seule chose que je te demande de croire, dans l'immédiat, c'est que tu dois partir au plus vite.

— Pourquoi ? Que me fera-t-il, s'il me trouve ici ?

— C'est toute la question. Je n'en sais rien. Je sais seulement qu'il était en colère quand on l'a envoyé en prison, qu'il l'était toujours quand je l'ai vu, et qu'il a eu tout le temps depuis de laisser fermenter sa rancœur. »

La vieille rage déferla une nouvelle fois en elle. « Comme s'il en avait le droit !

— Jody. C'est exactement ce que je suis en train de te dire. Il en a tout à fait le droit. »

Elle se sentait épuisée, effrayée par ce que Red lui avait révélé et complètement désorientée.

« Je hais cet homme depuis vingt-trois ans, Red.

— Ce n'est pas ce qui compte, ma chérie. L'important, c'est de savoir qu'il te hait aussi. »

Un frisson parcourut l'échine de Jody.

« Est-ce bien sûr qu'il va revenir aujourd'hui ?

— Il a été remis en liberté ce matin. »

Le ton de Red était de plus en plus pressant.

« Je suppose que son fils est allé le chercher en voiture.

— C'est ce qu'on m'a dit. »

Red tourna de nouveau les yeux vers la route. Nerveusement, il racla la poussière blanche avec la semelle de ses bottes. Il y avait environ cinq heures de trajet de la prison de Lansing jusqu'ici.

« Viens, Jody. Je ne partirai pas sans toi. »

Elle envisagea de rester, afin de pouvoir jeter un coup d'œil à Billy Crosby, mais la seule arme défensive qu'elle avait sur elle, c'était son sac à dos. « J'ai du mal à croire qu'il fasse toute cette route rien que pour admirer le paysage, dit-elle avec une pointe de sarcasme.

— Peut-être. Je ne fais que te rapporter ce qu'il m'a dit.

— Toutefois, les assassins aiment bien revenir sur le lieu de leur crime.

— Jody…, soupira-t-il en secouant la tête. Allez, viens.

— Vas-y, toi, déclara-t-elle en se levant. Je te suis. »

Apparemment satisfait, Red tourna les talons, mais elle l'arrêta.

« Ça ne veut pas dire que je te crois.

— Tu me crois quand j'affirme qu'on ne lui a pas fait passer d'alcootest, n'est-ce pas ?

— Oui. Enfin, je suppose que oui. Je vérifierai ça auprès de l'oncle Meryl.

— Fais-le. Est-ce que tu me crois quand je dis qu'il n'a pas pu commettre le meurtre ?

— Pour le moment, je ne sais plus que croire, Red ! Mais je pense que toi, en tout cas, tu en es sincèrement convaincu. »

Il laissa échapper un soupir de soulagement devant cet aveu.

Soulagement qui s'accrut encore quand elle ajouta : « Je regrette de ne pas t'avoir laissé t'expliquer. »

D'un geste, il balaya ses excuses. « Pas de problème. » Et puis, tout à coup, il entreprit d'escalader les rochers pour la rejoindre, s'aidant de ses mains nues et de la pointe de ses bottes.

« Que... », commença-t-elle, mais déjà il déposait un baiser sur ses lèvres.

Puis, aussi vite qu'il était monté, il dévala la pente, et elle retint son souffle, craignant qu'il ne se casse le cou. Une fois en bas, il continua d'avancer sans marquer de temps d'arrêt. À mi-distance de sa camionnette, il se retourna pour lui crier : « Tu viens, promis ?

— Juré ! » hurla-t-elle en retour.

Elle suivit du regard l'arrière du véhicule jusqu'à ce qu'il fût loin sur la route.

C'était étrange que Red ait été, à l'âge de seize ans, étroitement mêlé aux événements de cette nuit lointaine et du jour suivant. Il s'était trouvé là-bas, dans la maison de Billy, et il était présent quand le shérif était arrivé. Cela avait dû être éprouvant pour un gamin comme lui, songea-t-elle. Peut-être avait-il échafaudé cette théorie sur l'ébriété de Billy parce que c'était trop effrayant de penser qu'il avait dormi sous le même toit qu'un meurtrier. Ou peut-être Red ne supportait-il pas de se demander s'il n'aurait pas pu retenir Billy et empêcher le drame de se produire. Et s'il n'avait pas ramassé Billy sur le parking ? S'il ne l'avait pas ramené chez lui ? Cela aurait-il changé quelque chose ? Pour couronner le tout, il était devenu employé à plein-temps des parents de l'homme assassiné et de sa femme disparue.

Alcootest ou pas, il pouvait avoir tort pour toutes sortes de raisons.

Mais s'il ne se trompait pas...

Presque tout en elle repoussait cette idée. Et pourtant...

Quoi qu'il advienne, il faut que je sache ce qui est arrivé à ma mère, se dit-elle.

Jody se releva et, la main en visière au-dessus des yeux, regarda dans toutes les directions, aussi loin que le permettait l'énorme formation rocheuse qui l'entourait. Seul le paysage derrière elle lui demeurait caché.

Pourquoi est-ce que je reviens tout le temps ici, en quête d'indices et de consolation ?

Le souffle coupé, elle pensa : « Parce que ces rochers sont immenses et solides, et qu'ils changent si lentement. » Contrairement à sa propre vie, remplie de variations brutales et dévastatrices, ce site n'avait subi que d'infimes altérations au cours des siècles, la poussière tombant de ses rochers de manière aussi peu spectaculaire que les cellules mortes de sa propre peau. C'était en cela qu'elle le trouvait rassurant – et douloureux en même temps, à cause de ce mystérieux sentiment de proximité avec sa mère.

Elle se rassit, comme assommée par cette soudaine révélation.

Au bout d'un instant, elle se laissa glisser sur les fesses jusqu'au bas du Sphinx.

Une fois de plus, elle s'immobilisa pour scruter l'horizon, et une autre pensée lui vint, tout aussi dérangeante : « Et si cette commutation de peine était une occasion inespérée, et non un désastre ? Si elle chamboulait toutes les certitudes pour mettre au jour une vérité nouvelle, comme le vent soulevant la poussière parmi les rochers ? »

Puis elle regagna son pick-up au pas de course, avec l'impression que son esprit s'était brusquement ouvert, en même temps qu'il se concentrait sur un but précis, tel un dinosaure depuis longtemps endormi qui, dès son réveil, dirigeait les yeux sur sa proie.

Ce sentiment l'abandonna dès qu'elle atteignit l'entrée de la ville.

Là, elle aperçut une pancarte portant une inscription grossièrement tracée à la main :

Retourne là où est ta place : en prison !

Un frisson de plaisir la traversa, vengeur et irrépressible, réduisant ses révélations à néant et faisant resurgir d'un coup tout le chagrin et la colère des vingt-trois dernières années. Le faisceau de preuves désignait toujours un seul et même coupable. Red lui-même avait laissé entendre que Billy Crosby était plus dangereux aujourd'hui qu'au moment de son arrestation.

Appuyant sur l'accélérateur, elle dépassa la pancarte en hochant vigoureusement la tête pour marquer son approbation.

26

Avant de se ruer chez elle pour remplir sa valise à la hâte – et bien à contrecœur –, Jody empoigna le sac à dos vert qu'elle avait jeté sur le siège à côté d'elle dans son départ précipité des Testament Rocks. Il n'était pas plus lourd qu'à son départ, car Red Bosch l'avait détournée de ses recherches.

Elle l'ouvrit. Une odeur de moisi monta jusqu'à ses narines.

À l'intérieur, elle vit un foulard de femme, bleu marine et jaune, imprimé de clés et de serrures. Il y avait également la moitié d'un peigne à manche – la partie la plus utile – et une boucle d'oreille avec une pierre rougeâtre en son centre.

Une fois à l'intérieur de sa maison, elle décida de jeter le vieux peigne cassé – qui pourrait se rappeler s'il avait ou non appartenu à sa mère ? Toutefois elle garda le foulard et le bijou et courut dans la cuisine, où elle lava ce dernier jusqu'à ce que la fausse pierre soit devenue rutilante. Ôtant une de ses propres boucles de son oreille percée, elle essaya sa trouvaille, laissant échapper un « ouille ! » quand ses doigts dérapèrent et que le clip lui pinça douloureusement le lobe.

« Comment les femmes peuvent-elles porter des trucs pareils ? »

Après avoir prudemment retiré la boucle, elle la glissa dans la poche de sa chemise, remit la sienne en place et entreprit de laver le foulard avec du liquide vaisselle. Elle le rinça, l'essora à fond, le secoua et l'étira pour effacer les plis, puis l'emporta sur la véranda de derrière, où elle l'étendit sur la balustrade en emprisonnant l'un des coins sous un pot de fleurs, et laissa au vent et au soleil le soin de le sécher. Elle monta ensuite l'escalier quatre à quatre et se dirigea vers la petite chambre d'amis au bout du couloir. Cette fois, elle ne s'attarda pas sur le seuil et entra résolument, afin de tenir ses peurs à distance.

Dans la chambre, elle ouvrit la porte de l'armoire.

Là, empilé en vrac, se trouvait le reste de sa collection de sacs à dos.

Il y en avait environ deux douzaines, contenant les objets trouvés aux Testament Rocks au fil des années. Certains étaient remplis à ras bord, d'autres aux trois quarts vides.

Elle savait que c'était bizarre, peut-être même dément.

Elle imaginait ce que les autres pourraient penser d'une telle collection, raison pour laquelle elle ne l'avait jamais montrée à personne. Et pourquoi elle la conservait dans cette pièce, aucun membre de sa famille ne souhaitant mettre les pieds ici – et chacun supportant à peine l'idée qu'elle le fasse. Avant son emménagement, Jody avait dissimulé ses trésors en divers endroits, troncs d'arbres creux ou puits désaffectés, et avait dû les déplacer fréquemment. Mais à présent, elle disposait, pensait-elle, d'une cachette permanente pour ses sacs à dos et ses cadeaux de Noël.

En refermant la porte sur eux, elle se rappela un poème évoquant la « terre frémissante », une image qu'elle n'avait jamais oubliée. Le sol avait tremblé sous ses pieds aujourd'hui à Rose, la terre et le roc se transformant sans crier gare en gélatine instable. Si elle avait vécu à San Francisco, au-dessus de la ligne de faille, elle n'aurait pas pu ressentir une secousse de plus grande ampleur. Ses fondations se fissuraient de toutes parts – sa certitude que Billy Crosby resterait en prison jusqu'à la fin de sa vie, et, maintenant, sa conviction qu'il l'avait mérité.

Red devait se tromper, voilà tout.

Elle chassa résolument ses doutes. Les preuves étaient trop accablantes.

Billy était forcément coupable. Il n'y avait jamais eu d'autre suspect, et l'idée que ces étrangers aient pu revenir pour se venger était absurde. Comment auraient-ils su où habitait son père, et pourquoi auraient-ils fait ça en pleine tempête ?

« Impossible », se dit-elle fermement, et elle alla préparer ses bagages.

Tandis qu'elle jetait pêle-mêle des sous-vêtements dans une valise, sa colère à la pensée de devoir retourner au ranch se dissipa un peu, et cette perspective la réjouit même. S'il existait un endroit au monde où le sol était bien stable sous ses pieds, c'était à High Rock Ranch, le fief de ses grands-parents. Elle avait envie de se retrouver près d'eux, pour se sentir rassurée, en terrain solide et familier.

Avant de redescendre, elle se rendit une troisième fois dans la chambre d'amis.

Depuis le seuil, elle contempla la pièce où son père était mort.

« Nous le renverrons en prison, papa. Ne t'inquiète pas. »

Comment, elle l'ignorait, mais découvrir ce que Billy avait fait à sa mère l'y aiderait peut-être.

À la dernière minute, elle se souvint du foulard qu'elle avait laissé sur la véranda.

En soulevant le pot de fleurs qui le retenait, elle frissonna et leva les yeux vers le ciel pour voir si des nuages avaient occulté le soleil. Mais ce n'était pas le cas. Le froid était à l'intérieur d'elle-même, encore une fois. Elle promena son regard sur la cour. *Là*. C'était là que la camionnette de son père était garée, le matin où Annabelle l'avait découvert. *Là*. Celle de Crosby était censée se trouver derrière le garage, mais elle n'y était pas. Non, elle était coincée dans le lit d'un torrent, avec une robe jaune ensanglantée à l'intérieur. *Là*. Ce sentier autour de la maison menait à la porte du sous-sol, par laquelle Annabelle et un voisin – Samuel Carpenter, qui habitait juste à côté – avaient dû entrer, parce que Laurie avait fermé toutes les autres à clé. Pour quelle raison, personne ne le savait. Avait-elle peur de l'orage ? Ou Billy Crosby avait-il déjà tenté de s'introduire dans la demeure ?

Saisie d'un nouveau frisson, Jody regagna l'intérieur.

Il lui fallut fouiller plusieurs des tiroirs de la cuisine avant de mettre la main dessus, mais elle finit par retrouver les anciennes clés. Elle les rangea dans la poche qui contenait la boucle d'oreille, puis elle fit le tour de la maison, actionnant de vieux loquets à bouton-poussoir qui n'avaient presque jamais servi, sauf pendant les années où l'énorme bâtisse était demeurée inhabitée. C'est idiot, reconnut-elle en elle-même, mais elle n'en ferma pas moins toutes les issues.

27

Sitôt installée dans son pick-up, elle appela le ranch sur son mobile.

Parfois, elle songeait que sa vie aurait peut-être été toute différente si ses parents avaient possédé des téléphones portables. Ils auraient alors pu contacter les secours, même si les lignes terrestres étaient coupées. De temps à autre, quand le téléphone sonnait et qu'il n'y avait personne au bout du fil, que le numéro affiché lui était inconnu, elle se demandait si c'était sa mère qui l'appelait. C'était insensé et elle le savait, mais, chaque fois, une lueur d'espoir s'allumait en elle.

La voix calme et posée de sa grand-mère annonçant : « Vous êtes à High Rock Ranch. Annabelle Linder à l'appareil », produisit sur elle un effet bien plus apaisant que n'importe quel paysage. Les habitants du ranch répondaient toujours de cette manière formelle, car la ligne servait aussi bien aux communications professionnelles que privées. En esprit, Jody se représenta la silhouette familière de la mère de son père. Aujourd'hui, comme la plupart des jours de printemps et d'été, Annabelle portait sans doute un de ces pantacourts qu'elle affectionnait, avec une chemise en coton doux par-dessus – pour cacher le petit ventre qu'elle seule pouvait voir – et des sandales. Ces temps-ci, elle ne mettait ses bottes de cow-boy que lorsqu'elle enfilait un jean, pour monter à cheval. Ses cheveux, d'une belle couleur argent – ils étaient devenus gris du jour au lendemain après la mort de son fils –, étaient toujours coupés court pour plus de commodité.

« Bonjour, mamie, dit-elle, adoucissant sa voix. Vous allez bien, papi et toi ?

— Nous irons encore mieux dès que tu seras là. »

Sa grand-mère n'avait pas pour habitude de culpabiliser les gens – ça, c'était la spécialité de ses fils – aussi Jody prit-elle cette déclaration au pied de la lettre, comme la simple expression de la vérité. Elle la considéra aussi comme un exemple à suivre et décida qu'elle ne chercherait pas non plus à culpabiliser ses grands-parents en leur reprochant de ne pas l'avoir emmenée chez le gouverneur. Ce qui était fait était fait. La situation était déjà horrible pour eux, elle n'allait pas la rendre pire.

« Je pars à l'instant. Veux-tu que j'achète quelque chose en route ?

— En effet, mon enfant. J'ai assez de lait pour confectionner la purée, mais pas assez pour la sauce.

— Oh, non, pas ça ! s'exclama Jody, taquine. L'oncle Bobby ne peut pas se passer de sauce.

— Je crois bien qu'il en coule dans ses veines. » Même dans de telles circonstances, sa grand-mère ne perdait pas son sens de l'humour. « Ce serait dramatique pour lui, n'est-ce pas ? »

Jody songea que quelqu'un qui ne connaîtrait pas très bien sa grand-mère ne soupçonnerait jamais, au seul ton de sa voix, que quelque chose la tracassait. C'était seulement en voyant son visage expressif qu'un étranger y discernerait peut-être le chagrin ou l'inquiétude.

« Un jour, la science découvrira que ta sauce guérit le cancer, déclara Jody.

— Dans ce cas, je devrais la faire breveter. » On sentait un sourire dans la voix chaleureuse. « Peux-tu m'en prendre deux bouteilles d'un litre et demi, s'il te plaît ? »

Sa petite-fille savait, sans avoir à le demander, qu'il s'agissait de lait écrémé. « Entendu.

— Et toi, comment vas-tu, ma chérie ? »

La gorge de Jody se serra l'espace d'un instant et elle attendit d'être en mesure de parler. « Voyons un peu… » Elle s'éclaircit la gorge. « Je suis sidérée. Perplexe. Triste. Furieuse. C'est à peu près tout, je crois.

— Oui, dit Annabelle d'une voix douce. Tu as bien résumé ce que nous ressentons tous.

— Je serai là dès que possible, grand-mère.

— Si tu croises tes oncles, dis-leur d'être à l'heure pour le dîner, s'ils ne veulent pas manger leur poulet frit complètement froid. »

Aux mots « poulet frit », l'estomac de Jody gargouilla de faim.

« J'ai presque l'impression de le sentir d'ici.

— Alors, je ferais bien d'aller voir s'il n'est pas en train de brûler.

— Chase et Bobby ne sont pas encore là ? » Eux qui paraissaient si pressés qu'elle vienne au ranch… « Où sont-ils ? »

Mais sa grand-mère avait déjà murmuré un tendre au revoir et raccroché.

Jody se sentait sur le qui-vive en descendant Main Street, où se trouvait toujours l'épicerie George. En apercevant des gens qu'elle connaissait et en saluant ceux qui la remarquaient, elle se demanda si c'était seulement son imagination, ou s'ils étaient effectivement sur leurs gardes, eux aussi. Étaient-ils tous aussi nerveux qu'elle-même à la perspective de revoir Billy Crosby ? Beaucoup l'avaient connu dans le passé et s'interrogeaient sans doute sur ce qu'ils pourraient bien lui dire, ou ce que lui leur dirait.

Quelques-uns avaient fait partie du jury qui l'avait condamné.

Elle n'aurait pas aimé être à leur place aujourd'hui.

La boutique où elle entra était très différente du magasin de son enfance, animé et grouillant de monde. La population du comté n'ayant cessé de décroître, Byron George avait été obligé de diminuer ses dépenses de toutes les façons possibles, y compris en réduisant sa surface d'un quart. Il n'y avait plus de rayon traiteur à présent ; si vous vouliez un sandwich au jambon, vous deviez acheter du pain et le confectionner vous-même. Tout en ce lieu semblait à Jody plus petit qu'autrefois, et elle savait que ce n'était pas seulement parce qu'elle avait grandi. À cette exception près – ô combien ironique ! – que les produits étaient livrés dans des récipients toujours plus volumineux, à la contenance toujours plus restreinte.

Au moins, un litre et demi de lait restait-il un litre et demi de lait.

Elle pénétra dans le magasin, plongé dans la pénombre pour alléger la facture d'électricité.

À peine le seuil franchi, elle se figea sur place en entendant résonner des voix fortes et coléreuses.

Regardant vers la droite, elle vit Byron encerclé par trois de ses clients qui l'avaient acculé contre un réfrigérateur rempli de boissons gazeuses. Comme il était plus grand qu'eux, elle distinguait son visage rouge et courroucé au-dessus de son tablier de boucher.

Bien que la femme lui tournât le dos, Jody reconnut l'amie de sa grand-mère, Phyllis Boren, ainsi qu'un des hommes, son propre voisin, Samuel Carpenter. Il aurait pu s'agir d'une coïncidence, comme elle avait pensé à lui seulement quelques minutes plus tôt, mais quand elle rencontrait une connaissance à Rose, c'était rarement le cas. Simplement, la ville ne comptait pas tellement d'habitants, et tous devaient acheter les mêmes denrées de base. Quant à l'autre homme, elle ne l'avait jamais vu, ce qui faisait de lui, selon toute vraisemblance, un habitant d'une localité voisine où l'épicerie avait fermé et dont les résidents étaient obligés de consommer beaucoup d'essence pour aller chercher du pain et du lait. Les trois clients avaient tous dépassé soixante-dix ans, mais l'âge n'affaiblissait ni leur voix ni leur colère.

« Vous ne pouvez pas penser vraiment ce que vous dites, Byron ! »

Tandis que Phyllis Boren apostrophait le commerçant, Jody décida que le plus sage était de se faufiler discrètement le long du rayon boulangerie pour les éviter. Tout le monde savait que Phyllis était d'un tempérament batailleur, et Byron n'avait rien d'une timide violette, lui non plus. Sam Carpenter était un adorable vieillard au cœur tendre qui avait apporté à Jody des fleurs et des plants de tomates en cadeau de bienvenue, et elle avait un faible pour lui à cause de la sollicitude qu'il avait toujours manifestée à l'égard des Linder. C'était le voisin le plus gentil qu'on puisse rêver, mais même lui, aujourd'hui, avait l'air d'humeur massacrante.

Puis elle entendit Byron déclarer : « Je pense vraiment qu'il n'est pas coupable, madame Boren.

— C'est parce que vous pensez avec votre sexe, pas avec votre tête », riposta Phyllis, ce qui choqua tellement Jody qu'elle en rougit, pendant que l'amie de sa grand-mère, d'ordinaire si convenable, poursuivait d'un ton venimeux : « Vous et sa femme...

— Vous m'insultez, répliqua l'épicier, qui semblait prêt à étrangler l'une de ses plus vieilles et plus fidèles clientes. Je vous interdis de me parler ainsi, et je vous interdis de parler de Valentine de cette façon ! »

Jody tressaillit en entendant ce prénom, et chercha du regard celle qui le portait.

Beaucoup de choses avaient changé également pour Valentine Crosby, depuis qu'elle était restée seule avec un enfant et un travail à temps partiel. Elle s'était accrochée à celui-ci, un des rares emplois stables disponibles à Rose, et avait pour cela employé une méthode éprouvée. Byron avait un jour expliqué à sa tante Belle : « C'est vraiment difficile de congédier quelqu'un qui bosse comme trois et ne manque jamais une journée de travail. » Son épouse, Livia, était morte d'une rupture d'anévrisme, il y avait cinq ans de cela, et il avait promu Valentine au poste de gérante. On racontait en ville, depuis un an environ, qu'il l'aurait épousée si elle n'avait pas refusé de divorcer de Billy.

Jody ne la vit nulle part dans le magasin.

Sur l'insistance de sa grand-mère, elle avait toujours témoigné la plus grande politesse à Mme Crosby, qui n'avait jamais omis de lui rendre la pareille. Mais en cet instant, ses sentiments envers la femme qui s'apprêtait à accueillir Billy Crosby dans son foyer n'étaient pas vraiment amicaux.

L'autre homme, celui qu'elle ne connaissait pas, se jeta à son tour dans la mêlée : « Si vous l'aviez épousée, il ne serait jamais revenu ici.

— Oh, à présent, vous voulez que nous nous mariions ? » s'exclama Byron d'une voix sarcastique. Jody se souvint qu'un bon nombre de gens avaient été offusqués quand il était devenu évident que lui et sa gérante se voyaient en dehors du magasin.

Au ranch, personne n'avait partagé ce sentiment, ou, si c'était le cas, personne ne l'avait exprimé. « Ce sont sans doute les deux êtres les plus solitaires de Rose, tel avait été le commentaire d'Annabelle à l'époque, et c'est peut-être une bonne chose pour eux deux. »

Mais Byron semblait bien décidé à mettre fin aux ragots, remarqua Jody, en l'entendant déclarer : « Eh bien, Val pense qu'elle doit rester avec lui pour montrer qu'elle ne croit pas à sa culpabilité. Elle croit vraiment qu'il ne l'a pas fait, et elle a raison ! »

Samuel rétorqua, avec une causticité qui effara Jody tant elle était différente de son comportement habituel : « Oh, ma foi, oui, prenons soin de le rendre plus présentable, ce salopard de meurtrier.

— Je vous jure qu'il n'est pas coupable, répéta Byron.

— Non ! vociféra Samuel en levant vers lui un visage déformé par la colère. Il raconte à Val qu'il est innocent, et elle te le répète, et tu es assez idiot pour le croire. Ne viens pas me jurer qu'il n'est pas coupable, Byron George. Tu n'as pas vu ce que j'ai vu ce jour-là. Tu n'as pas entendu

Annabelle Linder gémir sur le cadavre de son fils. Ce n'est pas toi qui as dû prévenir sa malheureuse famille. Alors n'essaie pas de me dire que Billy Crosby est innocent ! »

Jody cacha son visage dans ses mains et se figea sur place.

Oh, mon Dieu ! pensa-t-elle, en les implorant muettement de se taire.

« Je n'ai jamais dit qu'il était innocent ! hurla Byron. Je dis seulement qu'il n'est pas coupable.

— Oh, bonté divine ! s'écria Phyllis Boren d'un ton écœuré. Est-ce que nous parlons bien du même Billy Crosby ? Celui qui était tout le temps saoul et qui battait sa femme ? C'est celui que je connaissais, et je parie qu'il est resté exactement le même. Et vous vous réjouissez de son retour ? Si vous aimiez Valentine comme on le prétend, vous devriez être horrifié qu'il revienne vivre avec elle !

— Je n'ai jamais dit que je me réjouissais de le revoir ! J'ai dit qu'il n'était pas coupable !

— Et qui vous a raconté ça ? reprit Phyllis d'un air plein de défi. Sa femme et son fils ? Bien sûr qu'ils le croient. Mais où sont vos preuves, Byron ?

— Elles finiront bien par apparaître au grand jour, Phyllis. »

Pour toute réponse, elle émit un petit bruit de dégoût.

« Pas coupable ? s'indigna Samuel, revenant à l'assaut. Sur quelle planète ? Cet homme a tué ce merveilleux jeune homme et son épouse, et ça ne pourrait pas être plus clair, sauf s'il avouait...

— Ce qu'il ne fera jamais, intervint Phyllis.

— Parce que, renchérit l'autre homme, cela l'obligerait à témoigner un peu de compassion à leur famille et en particulier à leur fille, qui ne saura jamais... »

Il se tut quand Phyllis, qui venait d'apercevoir Jody, le tira par la manche. « Quoi ? s'enquit-il, irrité d'être interrompu au beau milieu de sa tirade. Qui est-ce ? »

Le murmure de Phyllis aurait pu s'entendre à l'autre bout du magasin.

« C'est Jody Linder ! »

Loin de s'arrêter par égard pour elle, l'homme poursuivit en la montrant du doigt : « Cette jeune femme, là. Que pensez-vous qu'elle va ressentir, Byron George ? Oseriez-vous la regarder en face et lui affirmer que vous ne croyez pas à la culpabilité de Billy Crosby ? Allez-y, je vous mets au défi de le faire. Avancez-vous jusqu'à elle et dites-lui que… »

Sans attendre la suite, Jody se rua vers le fond du magasin.

Elle était habituée à ce que des étrangers la reconnaissent ou la montrent du doigt, à cause de sa tragique histoire familiale, mais elle n'avait jamais réussi à s'y habituer et cela demeurait chaque fois pour elle une expérience abominable. Elle n'y aurait peut-être pas vu d'inconvénient si elle avait dû cette notoriété à son talent ou à son mérite personnel, mais cela la dérangeait profondément d'être « célèbre » parce que son père avait été tué, et sans doute sa mère aussi. Un jour, quand elle était âgée de treize ans, un couple de touristes lui avait demandé un autographe, et cela l'avait tellement révoltée qu'elle leur avait jeté leur stylo à la figure avant de s'enfuir. Dans son dos, elle avait entendu l'un d'eux la traiter de sale gamine mal élevée.

Une fois hors de vue, elle s'agrippa au bord d'un étal chargé de pommes et de bananes et attendit de voir si la querelle allait se poursuivre. Son cœur battait plus violemment encore que lorsque ses oncles lui avaient apporté la nouvelle, et elle avait de nouveau envie de pleurer.

En cet instant, son vœu le plus cher aurait été de devenir invisible.

Les cris s'éteignirent, puis elle sentit un bras lui entourer les épaules. Relevant les yeux, elle découvrit le visage ridé de Phyllis Boren, qui appuya sa tempe contre la sienne en chuchotant : « Je suis vraiment désolée. »

Jody hocha la tête, ne sachant que répondre.

Phyllis prit sa main gauche et la pressa dans la sienne. « S'il te plaît, transmets toutes mes amitiés à tes grands-parents.

— Je n'y manquerai pas », répondit Jody. Elle se contraignit ensuite à poser la question qu'elle n'avait pas envie de poser : « Phyllis ? Y a-t-il beaucoup de gens qui pensent que Billy n'a pas tué mon père ? »

L'amie de sa grand-mère – dont la franchise n'avait d'égal que son manque de tact – répondit : « Quelques-uns. Il y en a toujours eu. Ceux qui pensent qu'il a été condamné sans preuves et qu'il ne serait pas en prison si ta famille n'avait pas forcé la main aux jurés.

— Ils osent accuser ma famille ?

— Ils ne sont pas nombreux, seulement quelques têtes de mule. Des envieux, probablement. Et puis il y a des gens comme Bailey, qui pensent que Billy n'est pas coupable, mais ne sont pas mécontents qu'il ait été mis derrière les barreaux. »

Médusée, Jody fronça les sourcils en apprenant la trahison du propriétaire de la taverne. « *Bailey* le croit innocent ?

— Personne ne l'a jamais pris pour un génie », répliqua Phyllis avec un reniflement dédaigneux.

Elle finit par s'éloigner, laissant Jody perdue dans ses réflexions. À l'aveuglette, la jeune femme s'empara d'une pomme, comme si elle envisageait de l'acheter. Puis, horriblement mal à l'aise, elle se dirigea vers le rayon crémerie et prit les deux grandes bouteilles de lait que sa grand-mère lui avait demandé de rapporter. Serrant dans ses doigts leurs poignées fraîches et humides, elle regagna l'entrée du magasin pour régler son achat. Mais quand elle vit Byron George à la caisse, elle se sentit de nouveau submergée par l'indignation. Que Red Bosch défende Billy Crosby, passe encore – il était sur place cette nuit-là, il avait réellement vu Billy, et même s'il les interprétait de manière erronée, il connaissait les faits de première main. Mais il n'en allait pas de même pour Byron. Il se fiait simplement à la parole de personnes qui prenaient tout naturellement la défense de leur mari et père. Durant toutes les années où elle et sa famille avaient fait leurs emplettes ici, ils n'avaient jamais soupçonné quel ver se cachait dans les pommes qu'ils lui achetaient.

Elle déposa les bouteilles sur le tapis, en faisant clapoter leur contenu.

« Bonjour, Byron », dit-elle à l'épicier au visage encore tout empourpré. Elle avait du mal à maîtriser l'hostilité dans sa voix, aussi saisit-elle le premier sujet anodin qui lui vint à l'esprit, même si ses propos pouvaient paraître incohérents à son interlocuteur. « Ma grand-mère va préparer sa fameuse sauce, ce soir. »

Il adopta un ton d'excuse pour répondre : « J'ai entendu dire que la sauce de votre grand-mère était la meilleure de toute la région.

— Et ma mère faisait la meilleure pâte à tarte », ajouta-t-elle en le regardant droit dans les yeux.

Le teint de l'épicier devint encore plus cramoisi. « Je n'ai jamais eu l'occasion d'y goûter, mais c'est ce qu'on m'a toujours affirmé, en effet. »

Jody s'abstint de formuler à voix haute la pensée pleine de mépris qui la traversa pendant qu'elle ramassait sa monnaie : Vous croyez toutes sortes de choses auxquelles vous ne connaissez rien, n'est-ce pas, Byron ? Vous croyez tout ce que n'importe qui vous raconte ?

« Où est Valentine ? » lui demanda-t-elle.

L'air triste et gêné à la fois, il répondit : « Elle est restée chez elle. » S'affairant à ranger les bouteilles de lait dans des sacs en plastique, il poursuivit : « Pour s'occuper des préparatifs. »

Jody déglutit avec difficulté. « Il est déjà en ville ?

— Je ne sais pas, Jody. Je préfère garder mes distances.

— C'est sans doute le mieux à faire, pour chacun d'entre nous, rétorqua-t-elle, avant de prendre conscience que cela ressemblait à l'un des fameux aphorismes de sa grand-mère, la bienveillance en moins.

— J'espère que vous n'avez pas été offensée par...

— Pas du tout », lui assura-t-elle avec un sourire éclatant.

C'est alors qu'elle entendit la voix de sa grand-mère résonner dans sa tête.

Si tu ne descends pas de tes grands chevaux, tu vas tomber de haut, ma jeune demoiselle.

Le sourire forcé s'effaça, pour céder la place à un autre, moins large mais plus sincère. Byron n'y pouvait rien, comprit-elle. Il était amoureux et, parfois, l'amour ne rendait pas seulement aveugle, il rendait aussi stupide. Peut-être n'était-ce pas une pensée très charitable, mais elle ne pouvait pas faire mieux, pour le moment.

« Au revoir, Byron, dit-elle d'une voix calme.

— Au revoir, Jody. Merci de votre visite. »

Quand elle fut remontée dans son pick-up, au lieu de poursuivre sa route vers le ranch, elle prit la direction opposée.

28

Quand elle entra au Bailey's Bar & Grill, une puissante odeur de bière et de friture lui frappa les narines, comme toujours. Parfois, elle se disait qu'elle partirait dans sa tombe avec les cheveux et les vêtements encore imprégnés des effluves des cheeseburgers de ce restaurant. Après chacun des repas qu'elle avait pris ici, elle rentrait chez elle et se récurait des pieds à la tête, même si elle avait adoré chaque bouchée de ces mets riches en graisses. Avant que Bailey n'interdise de fumer chez lui, parce qu'il souhaitait lui-même arrêter, il était encore plus difficile de se débarrasser de la puanteur.

L'endroit n'était pas mieux éclairé que l'épicerie.

Quelques clients étaient déjà attablés devant leur dîner, et deux ou trois d'entre eux levèrent la main pour la saluer. Bailey avait installé une table de billard quelques années plus tôt, et des joueurs se pressaient autour de celle-ci, une queue à la main et une bouteille de bière dans l'autre.

Le tenancier, posté devant l'enseigne au néon surmontant le bar, lui adressa un signe de tête. Il portait l'un de ses sempiternels T-shirts frappé du logo des Denver Broncos. Les jours de match entre l'équipe des Broncos et celle des Kansas City Chiefs, l'ambiance de l'établissement pouvait tourner à la bagarre. Et, comme d'habitude, Bailey faisait beugler à plein volume sa musique préférée, de la country, parce qu'à mesure qu'il vieillissait et que son ouïe diminuait, il montait le son jusqu'à ce qu'un nombre significatif de ses clients finissent par se plaindre. Les gens se demandaient quel était le chiffre magique pour obtenir qu'il baisse le volume : trois ? dix ? et, pour plaisanter, parlaient de procéder à un test un de ces jours.

Jody s'approcha du comptoir et se hissa sur l'un des hauts tabourets en chrome et vinyle rouge.

« Les Rascal Flatts ? demanda-t-elle, sans parvenir à reconnaître la chanson.

— Ouais. Mes préférés. Vous voulez une bière, en attendant ?

— J'ai l'air d'attendre quelque chose ?

— Pourquoi, ce n'est pas le cas ? Des amis ? Votre famille ?

— Non, c'est vous que je viens voir, Bailey. »

Il arqua un sourcil broussailleux.

Avec les années, il était devenu de plus en plus taciturne. Il vous versait à boire, faisait cuire votre steak, prenait votre carte de crédit, et vous jetait dehors si vous enfreigniez l'une des règles de l'établissement, à savoir : ne pas l'embêter, lui, pas plus que ses serveuses et les autres clients. La plupart des gens savaient qu'il en avait assez de son travail ; il voulait déménager en Floride, mais depuis des années son chiffre d'affaires diminuait de façon si vertigineuse qu'il s'estimait déjà heureux de pouvoir régler ses factures à temps, sans rien mettre de côté pour sa retraite.

Jody prit une poignée de cacahuètes, en décortiqua une et la mangea.

Elle éleva la voix pour être sûre qu'il l'entende.

« À ce qu'on raconte, vous ne croyez pas que Billy Crosby a tué mon père. »

Elle pouvait se montrer très directe elle aussi, et sa famille l'y avait toujours encouragée. Ainsi que Chase aimait à le professer : « La vie est courte. Si tu as quelque chose à dire, crache-le ou alors oublie-le. » Cela n'avait pas été facile, tout à l'heure, de demander à Phyllis Boren si beaucoup de leurs concitoyens partageaient l'opinion de

George, et ce n'était pas plus facile d'affronter l'un d'entre eux maintenant. Son cœur continuait à battre trop vite, mais les questions lui venaient plus facilement à la bouche, à présent.

Sans se démonter, Bailey la regarda longuement avant de répondre. « Non, je ne crois pas qu'il soit coupable.

— Pourquoi ? »

Il reposa le verre qu'il était en train d'essuyer. « Il était trop ivre.

— C'est ce que prétend également Red Bosch.

— Il a raison.

— Alors, comment se fait-il qu'il ait été condamné et envoyé en prison, Bailey ? »

Il haussa les épaules.

« Répondez-moi. » Elle remit le reste des cacahuètes dans le bol et s'épousseta les mains. « S'il n'est pas coupable, comment s'est-il retrouvé en prison ? »

Cette fois, Bailey la dévisagea comme s'il avait affaire à l'idiote du village. Quoi ? disait son regard. Vous pensez que ce genre de chose n'arrive jamais dans notre pays ?

« J'ai lu les minutes du procès, Bailey. Vous n'avez pas témoigné.

— J'ai dit aux flics ce que j'avais vu. On ne m'a jamais convoqué. »

Jody voulut répondre, mais Bailey n'avait pas terminé.

« Ça ne me dérangeait pas. Billy méritait d'aller en taule et d'y rester. Il aurait fatalement fini par commettre un meurtre un jour ou l'autre.

— Bailey, objecta Jody, ce n'est pas ainsi que le système judiciaire est censé fonctionner.

— Il n'était pas non plus censé le laisser sortir au bout d'un temps aussi court, rétorqua-t-il, avec un nouveau haussement d'épaules.

— Billy vous dirait peut-être que vingt-trois ans, ce n'est pas si court que ça.

— Et moi, je maintiens que ce n'est pas assez long. »

Jody, passablement ébranlée par toutes les déclarations inattendues et contradictoires qu'elle avait entendues ce jour-là, émanant de personnes qu'elle croyait connaître, demanda : « Puis-je avoir cette bière, à présent, s'il vous plaît ?

— Et avec ça, vous mangerez quelque chose ?

— Non, on m'attend au ranch pour le dîner.

— Dans combien de temps ?

— D'ici une demi-heure, pourquoi ?

— Vous ne pouvez pas boire de bière. »

Elle le contempla d'un air stupéfait.

« Vous êtes trop menue pour absorber l'alcool aussi vite, et votre grand-père me tuerait si je vous laissais prendre le volant avec un coup dans le nez.

— Oh, pour l'amour du ciel, Bailey ! »

Faisant pivoter son tabouret, elle sauta à terre et sortit d'un air furieux, même si elle savait qu'il avait raison.

À peine avait-elle passé le seuil du restaurant que son portable se mit à sonner.

Quand elle vit qui l'appelait, elle appuya sur la touche et dit : « J'arrive, oncle Chase.

— Pourquoi tardes-tu ?

— Je suis passée acheter du lait pour grand-mère.

— Et tu as dû aller jusqu'à Topeka pour en trouver ? »

Des gens arrivaient dans sa direction, aussi s'écarta-t-elle de quelques pas, tournant le dos aux passants. « Non, je ne suis pas allée à Topeka, répondit-elle d'un ton patient. Cela m'a pris un peu plus longtemps que d'habitude, voilà tout. »

Sentant une main lui presser doucement le bras, elle se retourna. C'était la mère d'une de ses anciennes camarades de classe. La femme lui adressa un sourire empreint de sympathie puis entra dans le restaurant avec son mari. Jody se tourna de nouveau vers la haie.

« Comment ? Je n'ai pas entendu ce que tu viens de dire, oncle Chase.

— J'ai dit : pourquoi cela t'a-t-il demandé plus de temps que d'habitude ? »

C'est alors que Jody entendit un homme déclarer avec force : « Je veux du filet de porc pour mon dîner, et j'en aurai, nom d'un chien ! » Comme elle se retournait pour voir à qui appartenait cette voix rauque et déplaisante, l'individu reprit : « Ça fait vingt-trois ans que j'attends de pouvoir remanger ce putain de sandwich au filet de porc du Bailey's. Tu peux bien attendre jusqu'à demain pour me préparer tes saloperies de spaghetti. »

En proie à la confusion la plus totale, Jody entendit son oncle prononcer son prénom, laissa tomber le téléphone sur le trottoir, et comprit que c'était Billy Crosby qu'elle apercevait devant elle, se dirigeant vers le Bailey's en compagnie de Valentine et d'un homme grand et séduisant qui ne pouvait être que son fils, Collin.

« Papa, dit celui-ci, nous y sommes, n'est-ce pas ? »

Jody se pencha pour ramasser son portable et s'aperçut que le boîtier était fendu. De ses doigts tremblants, elle l'ouvrit et dit : « Oncle Chase, je dois te quitter. Ne t'inquiète pas pour moi. Je serai là dans vingt minutes. » Elle referma l'appareil sans même s'assurer qu'il fonctionnait toujours.

Elle ne savait plus que faire.

Ils se rapprochaient inexorablement.

Il devait mesurer environ un mètre soixante-cinq, avec une poitrine et des bras musculeux, comme s'il s'était assidûment exercé à soulever des haltères en prison. Ses cheveux se raréfiaient sur les tempes, mais ils étaient encore noirs, sans aucune trace de gris. Cela lui fit un choc de découvrir qu'il n'était pas plus vieux que ses oncles. Elle se rendit compte que, durant ces dernières années, elle avait commencé à se représenter Billy Crosby sous l'aspect d'un vieillard, usé et diminué par la vie carcérale, comme émasculé. L'homme qui s'avançait vers elle ne correspondait en rien à cette image ; il semblait rempli de faim, de colère et de testostérone. Elle avait entendu dire que certaines femmes le trouvaient beau, autrefois, et elle présumait qu'il plairait encore aujourd'hui à celles qui avaient les mêmes goûts, mais, pour sa part, elle ne voyait qu'un individu au torse disproportionné, avec des épaules et des biceps trop développés, et une expression crispée, agressive. Il portait des tennis, un blue-jean et un T-shirt noir ; le tout avait l'air neuf.

Collin leva les yeux et la reconnut.

Il posa une main sur le bras de son père comme pour le retenir, mais Billy se dégagea.

Collin était plus grand que son père, constata Jody, et bien mieux charpenté. Il ne semblait pas réjoui outre mesure par le retour du prisonnier. C'est à peine si elle prêta attention à Valentine. Elle n'avait d'yeux que pour le père et le fils.

« Qu'est-ce qu'elle a à me regarder comme ça, celle-là ? dit Billy en montrant Jody. Elle me prend pour une curiosité touristique ? Comme ces foutus rochers où tu n'as pas voulu m'emmener ? » Prenant une voix de fausset, il se mit à agiter les mains telle une jeune fille en délire : « Montre-nous si tu es vraiment un phénomène, Billy ! » Puis, arquant le sourcil, il décocha à Jody un sourire lubrique. « Je vois que les filles sont encore plus jolies qu'à mon époque. Tu la connais, celle-ci, Collin ? Elle n'arrête pas de te mater.

— Ferme-la, papa. Pour l'amour de Dieu, ferme-la. »

Une rage si violente s'empara de Jody que, si elle avait été en possession d'un fusil, elle s'en serait sûrement servie. Tous les arguments qu'elle avait entendus ce jour-là, tous les éléments tendant à disculper cet homme s'effacèrent de son esprit et de son cœur. À cet instant précis, tout ce qu'elle se rappelait, c'était qu'il avait hanté ses cauchemars, qu'elle l'avait haï depuis son enfance, qu'une seule nuit de violence avait suffi à dévaster sa famille, et que ses parents lui manquaient cruellement. Sa deuxième impulsion fut de s'enfuir à toutes jambes. Non, pensa-t-elle, et elle demeura immobile jusqu'à ce qu'ils ne soient plus qu'à quelques pas. Puis, se déplaçant vers la droite, elle alla se planter en plein milieu du trottoir, leur barrant l'accès du Bailey's. Toutes les mises en garde qu'elle avait reçues, toutes les craintes qu'elle avait auparavant ressenties s'évanouirent comme si elles n'avaient jamais existé. Pas question de le laisser passer près d'elle sans se faire connaître. Elle ne le lui permettrait pas.

« Vous êtes le videur ? plaisanta-t-il en se campant face à elle.

— Jody, dit Collin, avant d'ajouter : je suis désolé.

— Non, je ne suis pas le videur, répliqua-t-elle, en plongeant son regard dans ces yeux dont la vue lui était si douloureuse. Je suis la fille de Hugh-Jay et de Laurie. Jody Linder. » Levant les yeux vers Collin, elle demanda : « Pourquoi as-tu fait ça ? Pourquoi ?

— Vous êtes une Linder ? fit le père en s'approchant davantage.

— Papa, si tu la touches, je te tuerai de ma main.

— Je ne vais pas la toucher.

— Je ne suis pas "une" Linder, riposta-t-elle. Je suis "la" Linder. La gamine que vous avez privée de ses parents.

— Je n'ai rien fait à vos parents. »

Elle eut envie de le frapper, de lui crier : Qu'avez-vous fait de ma mère ? Mais elle se contenta de le dévisager froidement tandis qu'il lui jetait un regard menaçant.

« Dites à votre salopard de grand-père que je ne lui pardonne pas. Lui et ses fils, ils m'ont envoyé en taule pour un crime que je n'ai pas commis, simplement parce qu'ils en avaient le pouvoir. Dites-leur que Billy Crosby ne l'oubliera jamais et qu'il ne leur pardonnera pas. »

Jody détacha ses yeux de lui pour les porter sur son fils, aussi calmement qu'elle le put.

« Pour moi non plus, il n'y aura jamais ni oubli ni pardon », déclara-t-elle en regardant Collin bien en face.

Priant pour ne pas trébucher, priant pour que ses jambes lui obéissent et la soutiennent encore, elle fit demi-tour et se dirigea d'un pas lent vers son pick-up. Une fois dans l'habitacle, elle les regarda entrer tous les trois chez Bailey. Pendant un instant, Collin s'attarda sur le seuil pour se tourner vers elle, puis il suivit ses parents à l'intérieur de la salle. Elle songea avec amertume que Bailey se ferait certainement un plaisir de leur servir des sandwichs au filet de porc pour le dîner. Depuis que son commerce périclitait, même les meurtriers étaient les bienvenus, du moment qu'ils remplissaient sa caisse.

Durant tout le trajet, ses mains n'arrêtèrent pas de trembler sur le volant, et son pied tressauta sur l'accélérateur comme si elle était atteinte de la maladie de Parkinson, à tel point qu'elle cala à deux ou trois reprises et dut rouler jusqu'à l'accotement pour redémarrer. Quand elle arriva en vue de l'entrée principale du ranch, elle passa devant la petite maison où Red Bosch était logé gratuitement – un des avantages dont bénéficiaient les salariés à plein-temps de son grand-père, en même temps qu'un inconvénient. Lors de ses visites clandestines, elle était obligée de ranger son véhicule dans le garage et de fermer la porte. Elle vit qu'il avait laissé celle-ci ouverte pour permettre à son chien de rentrer, comme il le faisait toujours quand elle n'était pas là. Elle songea à s'arrêter pour lui annoncer qu'elle avait rencontré Crosby, et qu'il avait raison en ce qui concernait les Testament Rocks et le filet de porc du Bailey's. Mais elle décida qu'il valait mieux rejoindre sa famille sans plus tarder.

Aussitôt le portail franchi, elle ouvrit la portière et se pencha au-dehors pour vomir dans l'herbe.

29

Le SUV du shérif du comté de Henderson était garé devant la maison quand Jody l'atteignit. En hâte, elle but une gorgée d'eau à la bouteille qu'elle avait emportée, se rinça la bouche et cracha le liquide tiède. Puis elle croqua deux pastilles de menthe et se rua vers la porte de la cuisine, une bouteille de lait dans chaque main. Sitôt entrée, elle rangea l'une d'elles dans le réfrigérateur, puis s'avança vers sa grand-mère qui, devant le fourneau, était en train de retourner des morceaux de poulet à l'aide d'une longue fourchette. Elle l'embrassa sur la joue et posa l'autre récipient à côté d'elle sur le comptoir. Bien qu'elle fût encore taraudée par l'envie de lui demander pourquoi ils n'avaient pas voulu qu'elle assiste à l'entrevue avec le gouverneur, elle parvint à s'en empêcher.

En s'efforçant de prendre une voix normale, elle s'enquit : « J'arrive à temps pour la sauce ?

— Tout juste, répondit Annabelle avec un sourire las. Va écouter ce que le shérif est venu nous raconter et reviens me le répéter.

— Tu ne préfères pas y aller toi-même ? Je m'occuperai de la viande.

— Non, je risquerais de dire des choses que je regretterais ensuite.

— Toi ? Au shérif ? Pourquoi ?

— Va. »

Docilement, Jody se dirigea vers le salon, guidée par le son d'une voix masculine. En chemin, elle traversa la salle à manger, où, sur la desserte, assiettes, serviettes et argenterie attendaient d'être disposées sur la grande table de chêne entourée de chaises aux dimensions respectables, recouvertes de tapisserie. Cette constatation, et le fait que sa grand-mère semblait avoir pris du retard dans la préparation du dîner, amena Jody à conclure que la visite du shérif n'était pas prévue et qu'elle avait perturbé la routine.

Quand elle pénétra dans le salon, elle vit le shérif Don Phelps près de la table basse, face au canapé que sa grand-mère avait récemment fait recouvrir de soie jaune pour l'assortir à l'élégant imprimé floral des fauteuils. C'était une pièce ravissante, très féminine, contrastant avec l'aspect plus traditionnel du séjour, du bureau de son grand-père et du cabinet de travail, plus fréquemment utilisés par les hommes et où dominaient le cuir brun et les boiseries sombres.

Tout le monde était debout, comme le shérif, et elle en déduisit qu'il venait juste d'arriver. Elle se glissa au côté de sa tante Belle, qui se tenait tout près de la porte. Croisant les mains derrière son dos, elle avala ce qui restait des pastilles de menthe et s'adossa, les paumes contre le mur. Encore bouleversée par sa rencontre avec Billy Crosby, elle avait du mal à se concentrer sur l'instant présent. Son esprit revenait sans cesse vers lui – ce qu'il lui avait dit, ce qu'elle avait répondu, son ton hargneux, ses manières grossières et agressives. De toute évidence, la prison ne l'avait pas adouci, il ne s'était ni repenti ni racheté. Elle se sentait fière de lui avoir tenu tête, même si elle doutait de l'avoir le moins du monde impressionné. Il avait ri, il s'était moqué d'elle, proférant des menaces contre sa famille et ne manifestant pas l'ombre d'un regret. Et son fils ! Collin Crosby était presque pire. Exposer des personnes innocentes à croiser sur leur chemin son psychotique de père, c'était comme lancer une grenade à main dans Main Street.

Malgré elle, un frémissement la parcourut.

« Où étais-tu ? » murmura sa tante.

Transformant le frisson en haussement d'épaules, elle demanda : « Où est Meryl ?

— Il va arriver. Chut.

— ... parlé à Billy », était en train de dire le shérif.

En entendant ce prénom, Jody se redressa et mobilisa son attention.

Phelps était à présent âgé d'une soixantaine d'années et pourvu d'une large bedaine, les cheveux gris - il avait ôté son chapeau de cow-boy en feutre brun, le tournant et le retournant dans ses énormes mains. Il s'était fait un nom dans la région, et bâti une bonne réputation, grâce à sa diligence dans l'arrestation de Billy Crosby. Depuis, très peu d'hommes - et encore moins de femmes - s'étaient risqués à se présenter contre lui aux élections. Jody, quant à elle, le connaissait uniquement parce qu'il aimait bien arrêter les jeunes automobilistes pour voir s'ils détenaient de la drogue ou de l'alcool, et qu'elle s'était parfois trouvée à bord de certains des véhicules qu'il contrôlait, au temps de son adolescence.

« Tes parents me remercieront », avait-il coutume de dire.

Elle l'écouta annoncer à son auditoire : « Je suis passé chez lui juste avant de venir ici. Je l'ai prévenu que s'il arrivait quoi que ce soit à un membre de votre famille, je lui tomberais sur le poil. Je lui ai dit que si la fille de Hugh-Jay avait une crevaison, je vérifierais si le clou ne venait pas de chez lui. Que si Mme Linder se cognait un orteil, je présumerais qu'il lui avait fait un croche-pied. Et que cela valait aussi pour le juge qui avait dirigé le procès, les membres du jury, le procureur, son propre avocat et tous ceux de mes adjoints qui avaient collaboré à l'enquête. Je lui ai dit que, à partir d'aujourd'hui et jusqu'à ce qu'il s'en aille, il serait mon premier suspect quand il se produirait le moindre incident, et qu'il avait intérêt à se tenir à carreau. »

Il parlait d'une voix énergique, visiblement très fier de lui.

Jody s'attendait à voir les hommes de la famille lui manifester leur approbation.

Au lieu de cela, ils le contemplaient avec une expression rien moins qu'amicale.

« Vous auriez dû mener votre enquête dans le respect des règles, Don », déclara Chase, attaquant sans préambule.

Jody étouffa une exclamation et effleura le bras de sa tante.

Belle lui lança un regard, mais Jody constata que ni elle, ni son grand-père, ni son oncle Bobby ne paraissaient surpris ou offensés par cette accusation brutale. Ils se contentaient de dévisager Phelps, dont le visage avait pris une coloration rubiconde.

Ils ont déjà débattu du sujet entre eux, se dit-elle – quel que fût ce sujet.

Elle songea aussi que le shérif ignorait dans quel guêpier il s'était fourré en venant ici. Elle avait assisté à ce genre de scène maintes fois dans sa vie, quand sa famille prenait une décision à l'unanimité et que tous unissaient leurs forces pour la mettre en œuvre. La plupart du temps, c'était pour régler des problèmes courants : fallait-il ou non démolir une vieille grange et en construire une neuve, ou modifier l'alimentation du bétail afin d'accroître le poids des veaux. Souvent, il s'agissait de questions civiques – financer un voyage pour les pensionnaires de la maison de retraite, élire un juge. Mais parfois, c'était pour affronter un ennemi commun – un éleveur qui leur avait menti, un acheteur qui les avait escroqués. Dans ces cas-là, Jody n'aurait pas aimé se trouver à la place de ceux qui allaient faire les frais de la décision familiale. Cette fois, elle ignorait en quoi consistait cette décision, et pourquoi ils l'avaient prise. C'était peut-être pour cela qu'ils auraient aimé qu'elle vienne plus tôt, comprit-elle brusquement : pour qu'elle puisse prendre part à la discussion. De toute évidence, sa grand-mère y avait participé, à en juger par la réflexion qu'elle avait laissée échapper tout à l'heure, dans la cuisine.

« Bon Dieu, ce n'est pas une chose à dire, Chase. » Le shérif s'était raidi et son ton était à présent aussi froid que les regards fixés sur lui. « Vous allez devoir m'expliquer ce que vous entendez par là.

— Ce n'est pas difficile à comprendre, non ? répliqua Chase d'une voix dure et sarcastique. Vous avez choisi de ne pas enquêter sur certains points qu'il aurait fallu examiner et de ne pas interroger des personnes qui auraient dû l'être. Vous avez dissimulé des preuves que vous auriez dû transmettre à la défense. »

Jody était stupéfaite. Jamais, au grand jamais, elle n'avait jusqu'alors entendu une seule critique contre Phelps dans cette maison. Au contraire, on le plaçait sur un piédestal. Les Linder contribuaient à ses campagnes de réélection, dans les limites fixées par la loi. Ils affichaient son slogan : « Votez pour la loi, votez pour moi » sur le pare-chocs de leurs pick-up, et son grand-père avait encore un de ces stickers sur sa Cadillac.

« Des preuves que j'aurais dû transmettre à la défense ? répéta Phelps, l'indignation perçant sous son accent traînant. Pourquoi auriez-vous voulu que je le fasse, Chase ? » Cela ressemblait à un aveu, mais il n'en semblait pas moins considérer qu'il avait eu parfaitement raison d'agir ainsi.

Pour la première fois, le grand-père de Jody prit la parole, d'un ton un peu plus conciliant que celui de son fils, et qui semblait exprimer plus de regret que de colère. « Parce que, si vous l'aviez fait, nous ne nous retrouverions pas dans cette situation, Don, et le coupable serait resté en prison. »

Le shérif regarda chacun d'eux à tour de rôle avant de reporter son attention sur le patriarche. « C'est donc ce que vous pensez, Hugh ? Vous m'accusez d'avoir été malhonnête, comme votre fils ?

— Quel autre mot pourrions-nous employer ? » s'enquit Chase, l'air provocant.

Du même ton navré, Hugh senior reprit : « Il n'était pas nécessaire de dissimuler ces preuves, Don, et si j'avais su que vous les déteniez, je vous aurais dit de les communiquer. Vous aviez suffisamment d'éléments contre lui pour ne pas avoir besoin de cacher quoi que ce soit. Vous auriez pu démontrer que cette histoire de chapeau était une ineptie. Vous auriez pu dissiper facilement tout soupçon sur ces étrangers avec qui Hugh-Jay se serait disputé.

— Je n'apprécie pas beaucoup ces réflexions, riposta Phelps, l'air aux abois, et d'humeur aussi combative que ses interlocuteurs. Nous avons fait de notre mieux, et avec autant d'honnêteté que nous le pouvions. Nous étions jeunes et inexpérimentés. Appelez ça de l'incompétence si vous voulez, mais pas de la malhonnêteté. Je vous le défends. Vous croyez que nous avions de l'expérience dans ce genre d'affaire ? Que dalle. Nous n'y connaissions absolument rien, et nous avons quand même réussi à remettre au procureur un dossier en béton.

— Il n'a plus l'air aussi solide, à présent, ironisa Belle d'une voix cinglante.

— Je crois me souvenir que votre famille a sacrément fait pression sur moi pour que j'arrête Billy Crosby ! riposta le shérif. À l'époque, quand vous parliez de cette affaire, vous ne disiez pas "vous" mais "nous". Mon service, celui du procureur et votre famille, nous travaillions main dans la main, vous vous rappelez ? Nous nous entraidions pour envoyer ce fils de pute sous les verrous. Je n'ai pas souvenir que vous ayez voulu aider la défense, en ce temps-là, ajouta-t-il d'un ton lourdement sarcastique.

— Ce qu'ils voulaient, intervint Meryl Tapper, apparu brusquement et qui était allé se camper au milieu de la pièce, c'était un dossier d'une solidité à toute épreuve, afin que la peine ne puisse pas être commuée comme elle vient précisément de l'être. Voilà ce qu'ils voulaient, Don. Et à présent, comme ils ne l'ont pas obtenu, ils vont devoir vivre à quelques kilomètres du meurtrier de leur fils et de leur belle-fille. Et leur petite-fille est obligée de quitter la maison de ses parents pour ne pas habiter à trois rues de celle de Billy Crosby. »

Meryl portait encore le pantalon en polyester brun-roux, la veste à carreaux et la cravate lacet qui suscitaient chaque fois chez Jody une mimique consternée, mais il ne jouait plus à l'avocat de campagne rustaud.

« Vous ne devriez pas me parler ainsi. » Le shérif remit son chapeau sur sa tête, l'ajusta soigneusement, puis regarda Hugh senior bien en face. « Ce n'est pas bien. Je n'aurais jamais cru entendre de tels propos de la part des membres de cette famille, et surtout de vous, Hugh. J'avais la même estime pour votre fils que tous les habitants du comté. J'ai été aussi bouleversé que les autres. Ma femme a pleuré en apprenant la nouvelle. Je me suis cassé le cul pour traduire le meurtrier devant la justice et le faire condamner. »

Il se dirigea vers la porte, effleurant au passage Meryl, qui ne bougea pas.

Puis il se retourna et reprit : « Quand j'ai dit à Billy que, s'il arrivait quelque chose à l'un d'entre vous, il aurait des ennuis, vous savez ce qu'il m'a répondu ? » Il les dévisagea l'un après l'autre. « Il m'a répondu qu'il s'en fichait complètement. Que si quelqu'un tuait un autre Linder, cette fois-ci, il serait content d'aller en prison pour ce meurtre, qu'il l'ait commis ou pas. »

Il les laissa digérer cette phrase, puis il se balança d'un pied sur l'autre et leva le menton, comme pour les défier.

« Mais bon, si vous tenez tant que ça à aider la défense, je peux vous donner un coup de main, les gars. »

Jody eut l'impression que l'atmosphère, dans la pièce, se tendait encore plus.

« Vous savez, ces cheveux qu'on avait trouvés sur les lieux du crime et qui ont été déclarés non recevables en tant que preuves ? poursuivit le shérif, une lueur sournoise et agressive dans les yeux. Eh bien, le garçon de Billy est venu me demander de lui en remettre quelques-uns pour analyser leur ADN, ce qu'on ne pouvait pas faire à l'époque. Je lui ai dit qu'il n'en restait plus, qu'ils avaient été détruits dans les examens effectués au cours de l'enquête. Mais vous savez quoi ? Je pourrais peut-être en retrouver un ou deux au fond d'une boîte. Vous n'avez aucune idée de tout ce qu'on peut dénicher dans les archives, puisque vous êtes tous tellement désireux de lui venir en aide. »

Sur cette dernière flèche, il sortit en claquant la porte.

Quelques instants après, ils entendirent son SUV démarrer en faisant crisser le gravier sous ses pneus.

« Pourquoi pense-t-il qu'une analyse ADN aiderait Billy ? demanda Belle d'un ton plaintif. Ça servirait seulement à prouver sa culpabilité une fois pour toutes. Ça ne tient pas debout.

— Il cherche simplement à nous déstabiliser, répondit Chase, un pli dédaigneux sur les lèvres, parce que nous l'avons mis en rogne. Nous aurions dû depuis des années encourager quelqu'un à mener campagne contre lui.

— Bon sang, j'aurais dû me présenter contre cet abruti depuis longtemps, renchérit Bobby. Je n'aurais pas pu être pire que lui, comme shérif.

— Eh bien, commençons à réfléchir à un candidat possible », lança leur père, ce qui acheva de sidérer Jody. Toute sa vie, elle avait entendu répéter qu'il n'y avait pas meilleur représentant de la loi que Don Phelps, et, à présent, il était devenu l'ennemi à abattre ? Son grand-père s'était toujours posé en fervent défenseur de la justice, et elle était indéniablement trop jeune au moment des faits pour comprendre ce qui se passait, mais toute cette histoire ne lui paraissait pas très nette.

Peut-être allait-elle s'éclaircir. C'était obligé – elle l'espérait du moins.

« Les choses n'auraient pas dû se passer ainsi, poursuivait son grand-père. Billy aurait été condamné sans qu'il soit besoin de recourir à toutes ces manigances. Il n'y a aucune justification à ça. Don peut bien prétendre qu'il n'y connaissait rien, mais l'inexpérience ou l'incompétence n'excusent en aucun cas le manque d'éthique. Contourner la loi de cette manière, c'est malhonnête, et regardez où cela nous a menés. »

En apercevant Jody, il se départit de sa raideur et lui sourit : « Bonsoir, ma petite-fille. »

Après un instant d'hésitation, elle courut se jeter dans ses bras, puis demeura près de lui.

« Papa, déclara Belle d'un ton soucieux, je crois que nous venons de perdre notre meilleure protection. »

Meryl fit entendre un reniflement dédaigneux. « Le shérif et son équipe ne sont une protection pour personne, ma chérie. Ils sont trop peu nombreux et trop éloignés pour nous être utiles à quoi que ce soit. Notre meilleure protection, c'est nous-mêmes. Il en a toujours été ainsi et il en sera toujours ainsi. C'est pour cela que nous possédons des armes. » Regardant son beau-père, il ajouta : « Je vous promets une chose, monsieur. Je suis plus vieux et plus expérimenté dans mon métier, aujourd'hui. Billy commettra fatalement un mauvais coup, on le collera de nouveau en taule et, cette fois, il y restera. »

Sa belle-mère apparut sur le seuil.

« Qui veut mettre la table ? »

En songeant à ce que pourrait être le prochain « mauvais coup » de Billy, Jody fut saisie d'appréhension, mais personne d'autre ne paraissait s'en préoccuper, tandis qu'ils se dirigeaient de conserve vers la salle à manger.

30

Tout en aidant sa tante à dresser la table, plaçant les assiettes tandis que Belle disposait l'argenterie, Jody commenta d'un ton circonspect : « C'était assez déplaisant, cette scène avec le shérif.

— C'est la situation elle-même qui est déplaisante, ne trouves-tu pas ? répondit Belle.

— Je sais, mais…

— Qu'as-tu donc sur la tête ? »

Portant une main à son crâne, Jody toucha le foulard « trouvé » aux Testament Rocks. Elle avait oublié qu'elle l'avait noué sur ses cheveux en partant de chez elle. « Ce n'est qu'un foulard.

— Tu as dû le pêcher dans une poubelle.

— Il est propre. »

Sa tante secoua la tête, atterrée que sa nièce se soucie si peu de suivre la mode.

C'était le petit jeu qu'avait inventé Jody pour se livrer, à l'insu de tous, à ses recherches obsessionnelles. Elle espérait qu'un jour, un membre de sa famille s'exclamerait : « Ta mère avait exactement le même !

— Est-ce que maman en portait ? » demanda-t-elle.

Au même instant, sa grand-mère apparut dans la pièce, suivie de Bobby chargé d'un énorme saladier de purée et de Meryl qui tenait des plats de poulet frit en équilibre sur ses deux mains. Hugh senior prit place au bout de la table, et

Chase alla chercher la sauce, les haricots verts et les petits pains. Le beurre et la salade étaient déjà disposés sur la table. Annabelle avait sorti la vaisselle et les couverts d'« apparat », comme disait Hugh senior. Il lui arrivait de les utiliser pour une autre occasion que Noël, Thanksgiving et les festivités officielles ou religieuses, lorsqu'elle estimait qu'un peu de décorum inciterait sa famille à bien se comporter durant le dîner. « Rien de tel que des serviettes de table en lin blanc pour obliger un homme à se tenir correctement », se plaisait-elle à affirmer à sa petite-fille.

« Laurie avait-elle l'habitude de porter des foulards, maman ? demanda Belle.

— Pas que je m'en souvienne, non.

— Et des boucles d'oreilles ? s'enquit Jody. Elle avait les oreilles percées, non ? Lui arrivait-il de porter des clips ?

— Oh, grands dieux, non, répondit Belle en riant. Elle aurait préféré mourir que… »

Elle se mordit la lèvre et se tut.

« Bravo, ironisa Chase qui venait de les rejoindre.

— Oh, tante Belle, ne l'écoute pas. Tu n'as rien dit de mal.

— Tout le monde a les nerfs à fleur de peau, en ce moment, ajouta Meryl en jetant un coup d'œil à sa femme.

— Nous nous sentirons tous mieux quand nous aurons mangé », déclara Annabelle. Elle promena son regard autour de la table, vérifiant qu'il ne manquait rien. « Et je crois que nous allons enfin pouvoir commencer. Mais ce soir, nous dirons d'abord une prière, Hugh. »

Ce jour-là, la table parut à Jody à la fois plus remplie et plus vide que d'habitude : plus remplie grâce à la présence de Chase et de Bobby, plus vide parce qu'ils étaient venus sans leurs enfants. Comme ils étaient tous les deux divorcés, leurs épouses manquaient également à cette assemblée. Quand elle était plus jeune, Jody adorait s'asseoir avec ses cousins à la « table des enfants » – deux petites tables de jeu mises bout à bout, recouvertes d'une nappe en plastique à l'épreuve des taches.

À la demande expresse d'Annabelle, toute discussion sur les événements du jour fut repoussée jusqu'au dessert. « Je refuse que cet individu nous gâche la digestion par-dessus le marché », décréta-t-elle. Aussi le repas se déroula-t-il en silence, puisqu'ils n'avaient pas d'autre sujet en tête. Il y eut de longs moments durant lesquels on n'entendit que le tintement des fourchettes sur les assiettes ou des murmures pour demander le pain ou le sel. Dès que quelqu'un faisait la moindre allusion à Billy Crosby, Hugh senior tapotait son verre avec son couteau pour le rappeler à l'ordre.

Finalement, on débarrassa les assiettes vides et Annabelle servit son croquant aux pommes accompagné de glace à la vanille. Jody, surprise de se découvrir un tel appétit, dévora tout jusqu'à la dernière miette, écopant la glace fondue avec sa cuillère.

« Il y a une chose dont je voudrais vous informer, monsieur, annonça Meryl, en regardant son beau-père. Nous sommes allés en ville, Chase, Bobby et moi, pour prendre un peu la température, si vous voyez ce que je veux dire. Et elle est plutôt à la fièvre. Les gens sont en colère, ils ont peur, et beaucoup parlent de chasser Billy par tous les moyens. Parfois, il s'agit d'âneries, comme lancer des œufs sur sa maison, mais certains envisagent de recourir à des méthodes nettement plus répréhensibles. Mettre le feu à sa maison ou...

— Non ! s'exclama Annabelle, portant une main à sa bouche.

— Si, madame. C'est ce que préconisait un vieux bonhomme.

— Nous n'avons aucun contrôle sur les décisions d'autrui, fit remarquer Hugh senior.

— Non, et je ne suggère rien de tel. Toutefois, nous pouvons contrôler nos propres agissements.

— Qu'est-ce que tu veux dire ? demanda Bobby d'une voix irritée.

— Je veux dire – et je m'exprime ici en ma qualité d'avocat – que je souhaite que chacun de vous note soigneusement tous ses faits et gestes – où il se trouvait à telle heure et en compagnie de qui – durant les jours à venir et jusqu'à ce que la situation commence à s'apaiser.

— Afin d'avoir un alibi, c'est ça ? s'écria Belle, incrédule.

— Exactement. Chase et Bobby, il vaudrait peut-être mieux que vous rentriez chez vous au plus vite. Si quelqu'un abat Billy Crosby d'une balle entre les yeux ou pousse sa voiture hors de la route, je veux que chaque membre de cette famille puisse avoir un alibi solide, et j'aimerais tout particulièrement que vous deux, vous vous trouviez à des centaines de kilomètres d'ici. Et même s'il ne se produit rien de plus grave qu'un lancer d'œufs contre sa voiture, je préfère que chacun d'entre vous soit en mesure de prouver qu'il ne tenait pas la boîte. »

Dans le silence tendu qui suivit, Jody laissa échapper : « Je lui ai parlé aujourd'hui. »

Tous la contemplèrent, perplexes.

« Parlé à qui, ma chérie ? » demanda sa grand-mère.

Le cœur battant, elle expliqua : « À Billy Crosby. Je l'ai rencontré. »

Par-dessus les exclamations consternées, elle entendit la voix courroucée de Chase :

« Qu'est-ce que tu as fait, bon sang ?

— Je n'ai rien fait, se défendit-elle. Je sortais du Bailey's quand tu m'as appelée sur mon portable, oncle Chase. Pendant que je te parlais, il...

— Tu m'as raccroché au nez.

— Non, mais la stupeur m'a fait lâcher le téléphone quand j'ai entendu sa voix. Et ensuite, je l'ai vu. »

Quand elle eut terminé son récit, elle dirigea son regard vers Meryl, de l'autre côté de la table. « Tu as dit que je pouvais te demander n'importe quoi, lui rappela-t-elle.

— Vas-y.

— Pourquoi n'a-t-on pas mesuré le taux d'alcool que Billy Crosby avait dans le sang ? »

En proie à une tension extrême, elle attendit la réponse.

Il lui adressa un sourire désabusé. « Parce que nous n'avions qu'un seul éthylomètre pour tout le comté et qu'il était cassé. Tu te rappelles, Chase ? » Son sourire s'élargit tandis qu'il précisait : « Un ivrogne l'avait démoli à coups de pied, si je m'en souviens bien.

— Oui, c'est exact », acquiesça son beau-frère.

Hugh senior accrocha le regard de Jody et, d'un ton impatient, interrompit la discussion. « Tu ne dois plus jamais t'approcher de cet homme, tu m'entends ? » Elle voulut objecter qu'elle ne l'avait pas approché délibérément, qu'elle aurait préféré ne pas le rencontrer, mais elle préféra se taire, parce que, de toute façon, cela importait peu. Ce qui importait, c'était le souci qu'il se faisait pour elle. Elle avait envie de pleurer de gratitude. La force et l'amour dont ils l'entouraient tous lui procuraient un tel sentiment de sécurité, après la détresse que ce face-à-face avait suscitée en elle ! Quand elle sentit la main de Belle se poser sur la sienne, elle eut le plus grand mal à retenir ses larmes.

Hugh senior promena son regard autour de la table.

« Quant au reste d'entre nous, nous suivrons les recommandations de Meryl. » Il gratifia chacun d'eux d'un petit sourire narquois avant de poursuivre : « À voir vos mines, vous me semblez tous prêts à tuer Billy Crosby, donc nous avons intérêt à avoir un alibi. Même toi, ma chérie, ajouta-t-il en posant les yeux sur le beau visage de sa femme.

— Comment cet homme ose-t-il lui adresser la parole ? s'écria Annabelle, en lui retournant un regard angoissé. Comment ose-t-il adresser un seul mot à notre Jody ?

— Parce qu'il est capable de tout, maman », répondit Belle, comme si un seul d'entre eux avait pu l'oublier.

31

Lorsqu'on eut desservi la table, Chase rejoignit sa nièce, qui, assise sur la balancelle de la véranda, écoutait de la musique sur son iPod, les yeux levés vers des constellations qu'on ne pouvait apercevoir d'aucune ville, mais uniquement depuis des lieux aussi isolés et obscurs que l'était le ranch la nuit. Quand il prit place à côté d'elle, la balancelle oscilla brusquement, faisant grincer les chaînes de suspension et interrompant son rythme, jusqu'à ce qu'il la fasse repartir en donnant un coup de talon contre le plancher.

« Combien de temps allez-vous rester ici, l'oncle Bobby et toi ?

— Jusqu'à ce que notre présence ne soit plus nécessaire.

— Que veux-tu dire ? »

Au lieu de répondre, il alluma une cigarette.

Jody ôta ses écouteurs.

« Pourquoi n'as-tu pas emmené les garçons ? »

Il avait trois fils adolescents qu'elle aimait beaucoup.

« Parce que je préfère qu'ils restent à l'écart de tout ça.

— Pourrais-tu m'expédier au loin, moi aussi ?

— J'en serais ravi.

— Je ne partirais pas.

— Voilà qui ne me surprend pas. »

Ils se balancèrent en silence pendant un moment. Quand elle agita une main pour chasser la fumée, il se détourna pour la souffler dans une autre direction. Parfois,

Jody préférait la compagnie de son oncle Chase à toute autre – quand il était silencieux et pensif, qu'il n'essayait pas de lui donner des ordres. Elle se sentait en sécurité près de lui, même si elle ne savait pas très bien pourquoi, et elle lui faisait confiance pour arranger les choses. Elle aurait voulu le voir plus heureux. Ses deux épouses n'étaient pas parvenues à lui apporter le bonheur ; c'était encore quand il s'occupait du bétail en compagnie de ses fils qu'il paraissait le plus satisfait. Elle regrettait de ne pas l'avoir connu – ou de ne pas se souvenir de lui – lorsqu'il était jeune, insouciant et drôle.

« Comment était mon père ?

— Je te l'ai raconté un million de fois.

— J'aime bien t'entendre parler de lui. »

Il s'agita sur la balancelle, la faisant violemment tanguer latéralement. Jody s'agrippa à l'accoudoir jusqu'à ce que le siège reparte dans la bonne direction.

« Tu aimes bien m'écouter, fit Chase de sa voix enrouée par la fumée, et moi, j'aime bien en parler. Hugh-Jay était un solide gaillard, bien plus costaud qu'aucun d'entre nous. » Elle perçut un sourire dans sa voix quand il ajouta : « Mais pas aussi beau, loin s'en faut.

— Tu dis ça chaque fois.

— Je ne le répéterai jamais assez. » Il émit un rire sourd, un petit grognement amusé, très masculin, qu'elle adorait entendre. « Mais il compensait son manque de beauté par une immense gentillesse.

— C'était la personne la plus gentille que tu aies connue ?

— Oui, je crois.

— Il était plus gentil que toi ?

— Ma foi, oui, mais ce n'est pas difficile ! » répondit-il en riant.

Elle gloussa. Ils continuèrent à se balancer en silence, paisiblement, environnés par les cris des coyotes s'appelant d'une colline à l'autre. L'ampoule électrique au-dessus de la porte de la grange était la seule lumière visible à des kilomètres de distance. Jody tirait un grand réconfort de la beauté de cette nuit, et une immense fierté de la bonté de son père.

« Et ma mère ?

— Hmm.

— Tu fais toujours ça, quand je te demande de me parler d'elle.

— C'était la plus jolie fille du comté.

— Était-elle aussi gentille que papa ? »

D'habitude, Chase répondait à cette question par un sourire et une pirouette du genre : « Ça, c'était impossible, mais sa tarte aux myrtilles était sacrément bonne. » Cette fois, il réagit différemment. Freinant du pied, il immobilisa la balancelle. Le cœur de Jody se mit à battre plus vite. Elle avait le pressentiment qu'il allait lui révéler quelque chose qu'il ne lui avait jamais dit.

« Ta mère était une enfant gâtée, elle était snob et même assez méchante.

— Quoi ? » Jody était outrée, même s'il n'était pas le premier à faire allusion au caractère exigeant et capricieux de sa mère. Cependant, personne ne lui avait jamais parlé d'elle en termes si virulents. « Tu plaisantes ?

— Je le souhaiterais. Mais le fait est là. Laurie était jeune. Si ce salopard lui avait laissé une chance de vieillir, l'expérience l'aurait peut-être rendue plus humble et elle aurait pu s'améliorer avec l'âge. J'ai toujours pensé qu'elle devait avoir ses bons côtés, puisque, après tout, ton père l'avait épousée. C'était la meilleure recommandation à mes yeux, tellement j'avais d'estime pour lui. La plupart des gens pensaient qu'il l'avait épousée pour sa beauté, et elle, pour son argent…

— Oncle Chase !

— Mais plus je vieillis, plus j'ai tendance à croire qu'il avait deviné en elle une bonté insoupçonnée. » Il laissa échapper un rire sans joie. « Ou alors, plus je vieillis et plus je deviens bête.

— Pourquoi me racontes-tu des choses pareilles ? demanda Jody, profondément peinée par ces déclarations.

— Parce qu'il semble qu'on soit en train de déterrer toutes sortes de vérités, et que, dans ces conditions, il vaut mieux que je te déballe tout.

— C'est toi qui es méchant », dit-elle, au bord des larmes.

Elle l'entendit soupirer. « N'as-tu pas envie de savoir qui elle était vraiment ? »

Elle ne répondit pas. Peut-être, plus tard, en aurait-elle envie ; pour le moment, cela l'attristait. Pour se venger, elle déclara soudain : « Et si ce n'était pas lui ?

— Qui ça, lui ?

— Billy Crosby. Si ce n'était pas lui qui a tué mon père ?

— Où diable es-tu allée pêcher ça ? »

Elle se sentit satisfaite de l'avoir mis en colère à son tour.

« Sais-tu que Byron George pense qu'il n'est pas coupable ?

— Dans ce cas, il devra se passer de notre clientèle.

— Et Bailey est du même avis. »

Chase immobilisa de nouveau la balancelle et se tourna vers Jody pour la dévisager.

« Il me l'a dit lui-même aujourd'hui, reprit-elle. D'après lui, Billy était trop ivre. »

Elle fut sur le point d'ajouter que Red Bosch partageait cette opinion, puis se ravisa. C'était à Red d'en informer sa famille, pas à elle.

« C'est de là que venait ta question sur l'alcootest, tout à l'heure ? s'enquit Chase, avant de lancer d'un ton sec : tâche de te rappeler que c'est toi, la victime, dans cette histoire, compris ?

— On ne m'a pas appris à me poser en victime.

— En effet, on ne t'a pas appris à t'apitoyer sur toi-même, mais peut-être devrais-tu le faire de temps à autre, pour bien te remémorer le mal que t'a fait ce fumier, et te souvenir qu'il ne mérite aucune compassion, la tienne moins que celle de n'importe qui d'autre.

— Je n'ai aucune compassion pour lui, oncle Chase.

— Très bien. Continue comme ça alors. Et arrête de dire des bêtises. »

Ils demeurèrent assis côte à côte, dans un silence qui n'avait plus rien de confortable, puis Jody finit par se lever. Avec une feinte nonchalance, elle s'étira et tendit les bras vers le ciel jusqu'à ce qu'elle ait l'impression de toucher les étoiles du bout des doigts.

« Tu ne rentres pas ? demanda-t-elle d'une voix glaciale.

— Non, je vais rester encore un petit moment.

— Oncle Chase ?

— Oui ?

— Et s'il ne veut pas quitter Rose ?

— Il ne restera pas ici.

— Qu'en sais-tu ?

— Certaines choses sont inévitables.

— Mais...

— Va te coucher. »

Quelque chose dans son ton incita Jody à regagner l'intérieur de la maison sans poser d'autres questions.

Le téléphone du ranch sonna juste au moment où Jody se préparait à prendre sa douche. Elle eut le temps d'entendre Bobby crier à ses parents, depuis son ancienne chambre : « Qui a bien pu vous appeler si tard ? » Il était seulement un peu plus de vingt-deux heures, mais la journée avait été éprouvante et ils étaient tous épuisés.

Son grand-père ouvrit la porte de la chambre principale, une veste d'intérieur par-dessus son pyjama, et répondit depuis le seuil : « Il y a eu quelques problèmes en ville. Des jeunes ont lancé des cailloux contre la maison des Crosby en hurlant des injures.

— C'est le shérif qui t'a prévenu ? » demanda Bobby, émergeant dans le couloir, encore tout habillé.

Son père acquiesça. « Il faut au moins lui reconnaître ce mérite. Il a pris la peine de nous prévenir, malgré tout ce que nous lui avons dit.

— Oh, allons donc, papa. Il a seulement fait son boulot, comme il aurait dû le faire depuis le début. Et les gamins ?

— Il leur a demandé de quitter les lieux, et il a posté ses adjoints à chaque bout de la rue.

— Ça devrait suffire à ramener le calme. »

Sur ces mots, Bobby regagna sa chambre et ferma sa porte.

Hugh senior s'aperçut alors que sa petite-fille avait passé la tête par la porte de la salle de bains pour les écouter. « Merci d'être venue ici, Jody. Ta grand-mère et moi, nous nous sentons rassurés de t'avoir près de nous. »

Elle décida tout à coup qu'il valait mieux lui dire ce qu'elle avait sur le cœur plutôt que de ressasser son amertume.

« J'aurais aimé assister à l'entrevue avec le gouverneur.

— Ta présence n'aurait rien changé, ma chérie.

— Mais au moins, j'aurais pu me dire que j'avais essayé.

— On ne se sent pas forcément mieux pour autant, répondit-il, à la surprise de Jody. Au contraire, on peut se retrouver encore plus démoralisé. Je pense sans arrêt à tous les arguments que j'aurais pu utiliser… » Il secoua lentement la tête, avec une expression chargée de regrets. « Réjouis-toi de ne pas avoir été là. Réjouis-toi de ne pas devoir te reprocher d'avoir échoué.

— Oh, grand-papa. Tu n'as pas échoué. Tu n'avais pas une seule chance de réussir. »

Mortifiée de n'avoir pas su se taire, elle lui souhaita bonne nuit dans un murmure et disparut dans la salle de bains. Pendant qu'elle se tenait sous le jet brûlant de la douche, ses pensées prirent un tour inattendu, s'éloignant pour un temps des malheurs qui accablaient sa famille. Malgré elle, car elle ne voulait pas éprouver de sympathie pour les Crosby, elle se demanda ce qu'on ressentait face à des gens qui vous jetaient des pierres, et à des policiers qui se contentaient de disperser vos assaillants en leur demandant de se calmer. Peut-être quelques-uns de ces voyous seraient-ils dans sa classe, à la rentrée. Dans ce cas, ils présumeraient sans doute qu'elle approuvait leurs actes, peut-être même qu'elle les considérait comme des héros, et ils se tromperaient lourdement.

Avant que Jody ait pu se glisser dans le lit de son ancienne chambre, Annabelle vint la voir. Ses cheveux tout ébouriffés après avoir été frottés avec une serviette de bain la faisaient paraître beaucoup plus jeune. Elle portait un joli peignoir mauve et une chemise de nuit assortie, et il émanait d'elle un parfum doux et familier de savon et de lotion qui ramena Jody à l'époque bénie où sa grand-mère s'étendait près d'elle pour lire des histoires jusqu'à ce que l'une ou l'autre finisse par s'endormir. À son réveil, Jody constatait qu'Annabelle avait disparu, mais il arrivait que ce soit Jody qui dépose un baiser sur la joue de sa grand-mère assoupie, et non l'inverse. Cela avait dû être difficile, se disait-elle souvent, de se retrouver avec un jeune enfant à élever, alors que l'on croyait en avoir définitivement passé l'âge.

« Puis-je entrer ?

— Bien sûr ! répondit Jody en tapotant le matelas à côté d'elle. Viens t'asseoir ici. »

Après lui avoir obéi, Annabelle lui dit : « Ma chérie, je veux te demander une chose qui va sans doute te paraître difficile. » Elle s'interrompit avant de formuler une requête complètement inattendue : « S'il te plaît, essaie de ne pas haïr le fils de Billy Crosby.

— Quoi ?

— Tout le monde a l'air furieux contre Collin, mais je t'assure que ces dernières années n'ont pas été faciles pour lui non plus. Quand je pense à lui, je revois toujours le petit garçon qui faisait sagement ses devoirs au fond du magasin pendant que sa mère travaillait. Il aime son père autant que tu aimes le tien et il lui a probablement manqué autant que le tien. »

Jody se rappela le comportement de Collin, lors de la scène devant le Bailey's.

« Je ne sais pas, grand-mère », dit-elle d'un ton où perçait le doute.

Sans percevoir le scepticisme dans sa voix, Annabelle reprit : « C'est normal qu'il veuille faire sortir son père de prison. Je crois que l'on ne peut qu'admirer le cran qu'il lui a fallu pour entrer à l'université et réussir ses études de droit afin de pouvoir aider son père. »

Pour sa grand-mère, le courage était une vertu capitale.

« Tu es trop bonne, mamie.

— Non, je sais seulement que les enfants veulent croire en leurs parents.

— Dans ce cas, j'ai une question à te poser.

— Je t'écoute.

— Il y a à peine un instant, oncle Chase a traité ma mère d'enfant gâtée, snob et même un peu méchante. Est-ce que c'est vrai ? Était-elle ainsi ?

— Oh, mon trésor... » Annabelle lui prit la main. « Je suis désolée qu'il t'ait dit cela. Elle était jeune, voilà tout.

— Alors, c'est vrai, n'est-ce pas ? »

Sa grand-mère soupira. « Laurie était peut-être un brin égoïste, mais elle prenait bien soin de toi, et ton père l'aimait énormément.

— Et moi ?

— Est-ce que tu l'aimais ? Bien sûr que oui ! Tu adorais tes parents, l'un autant que l'autre. »

Ce fut au tour de Jody de pousser un lourd soupir. « Bon. Je suis heureuse de le savoir. »

Annabelle passa un bras autour d'elle, l'étreignit et déposa un baiser sur ses cheveux. « Tu crois que tu vas réussir à dormir, cette nuit ?

— Oui, et toi ?

— Je ne passerai pas de nuits tranquilles jusqu'à ce que cet homme ait quitté Rose. » Annabelle se leva, puis, avant de s'éloigner, elle se retourna pour la regarder. « Tu sais, j'écoute rarement la radio en conduisant, mais aujourd'hui, sans bien savoir pourquoi, je l'ai allumée. On passait une chanson que je n'avais encore jamais entendue, une sorte de berceuse qu'une jeune mère chantait à son enfant. J'ai oublié les paroles exactes, mais elle disait en gros qu'elle voulait protéger son bébé. En entendant ça, j'ai été obligée de me garer sur le bas-côté parce que j'avais la vue brouillée par les larmes. J'ai dû pleurer pendant une bonne demi-heure avant de pouvoir reprendre le volant.

— Oh, mamie…

— Je n'ai pas su protéger ton père. » Sa voix se brisa, mais elle poursuivit : « Jusqu'à présent, tu as été en sécurité près de nous. Je veux que ça continue. »

Annabelle se glissa prestement hors de la pièce avant que Jody ait pu se lever et la serrer dans ses bras. Elle la regarda descendre le couloir en direction de sa chambre, puis tirer la porte derrière elle. Refermant la sienne, elle s'adossa contre le battant. Des larmes commencèrent à ruisseler sur ses joues – au point qu'elle dut courir vers son lit et se couvrir le visage de son oreiller pour étouffer le bruit de ses sanglots. Elle ne savait même plus très bien sur qui elle pleurait cette fois – sa grand-mère, ses parents disparus, elle-même, ou sur chacun de ceux dont la vie avait été irrémédiablement changée par cette nuit de violence, vingt-trois ans auparavant.

32

Jody ne parvint pas à s'endormir, parce qu'elle se sentait malheureuse et qu'elle avait peur des rêves qu'elle pourrait faire. Finalement, vers vingt-trois heures trente, elle repoussa ses couvertures, se leva et se rhabilla, cédant à un besoin irrépressible de quitter la maison. Elle ne voulait pas inquiéter ses grands-parents, ni contrarier ses oncles, mais elle aspirait seulement à retrouver sa propre demeure, sa chambre et son lit à elle. Puisque les adjoints du shérif montaient la garde à chaque bout de la rue de Billy Crosby, elle avait le sentiment qu'elle ne courait aucun risque en rentrant chez elle. Son désir de fuir le ranch était tellement fort qu'il la surprit elle-même. Elle ne s'était pas rendu compte, jusqu'à ce moment, à quel point elle était attachée à la maison de ses parents et quelle attraction cette vieille bâtisse exerçait sur elle. Elle redoutait un peu d'y éprouver de nouveau ce sentiment de frayeur qui s'était emparé d'elle dans l'après-midi, mais elle était également déterminée à lui résister.

Elle rédigea un petit mot qu'elle colla sur la porte de sa chambre avec du ruban adhésif.

S'il vous plaît, ne vous inquiétez pas pour moi. Je n'arrivais pas à dormir. Je suis allée faire un tour en voiture.

Un tel comportement n'était pas aussi insensé qu'il aurait pu le paraître à quelqu'un d'étranger à la famille. Chez les Linder, « aller faire un tour » à n'importe quelle heure du jour ou de la nuit, en voiture, en camion, à cheval, ou même en tracteur, était une tradition bien établie, une façon de dire : *Je suis en train de péter les plombs. À bientôt.* Cela n'avait rien d'exceptionnel, pour aucun d'entre eux, de partir se balader en pleine nuit parce que ses fantômes et ses mauvais souvenirs le rendaient insomniaque. On avait vu sa grand-mère se promener dans la cour à trois heures du matin, montée sur son cheval qui dormait pratiquement en marchant. Son grand-père, lui, prenait de temps à autre son camion pour effrayer les coyotes en les aveuglant avec ses phares. Quand ses oncles leur rendaient visite, ils allaient souvent au Bailey's dans la soirée pour ne rentrer qu'à une heure tardive.

Elle avait emporté son mobile, qui fonctionnait toujours. Ils pouvaient la joindre à n'importe quel moment.

En traversant la cuisine, elle prit au passage deux petits pains qui restaient du dîner et une bouteille d'eau dans le réfrigérateur. Elle se faufila discrètement hors de la maison, à l'intérieur de laquelle les seuls bruits perceptibles étaient le tic-tac d'une horloge de parquet et le ronflement d'un de ses oncles. Dehors, le silence était tel qu'elle pouvait entendre, par intervalles, le crissement des pneus d'un camion sur la grand-route.

Trois des chiens du ranch accoururent sans bruit pour la renifler.

Elle rompit un pain en morceaux et les leur présenta sur sa paume grande ouverte, qu'ils léchèrent jusqu'à en avaler la dernière miette. Puis, avec un soupir, elle brisa également le deuxième pour le leur donner.

Pour éviter de faire du bruit, elle descendit en roue libre jusqu'au bas de la colline et ne fit démarrer le moteur que lorsqu'elle se trouva suffisamment loin de la maison.

Elle alluma le lecteur de CD tout en roulant vers les étoiles à l'horizon.

La voix de Johnny Cash – le chanteur préféré de son père – s'éleva à l'intérieur du pick-up. Elle ouvrit les vitres afin que les vaches puissent profiter elles aussi de la sérénade.

C'était un morceau qui aurait peut-être déplu à son père, se dit-elle – pas une chanson country, mais une reprise de « Pain », des Nine Inch Nails. Il y avait de quoi vous briser le cœur, tant Johnny y mettait d'émotion, de sincérité et de ressenti. Le morceau suivant était une reprise de « Your Own Personal Jesus », de Depeche Mode.

Jody songea que son père aurait continué à apprécier le chanteur, à défaut de ses chansons.

« Eh oui, papa, murmura-t-elle avec affection, les temps changent. »

Elle baissa complètement les vitres pour faire entrer l'air frais de la nuit dans l'habitacle.

Elle passa devant la maison de Red Bosch, dont la porte du garage était restée entrouverte pour permettre au chien d'aller et venir. L'espace d'un instant, elle fut submergée par l'envie d'aller se glisser dans son lit, mais ce désir s'effaça aussi rapidement que la bicoque de Red dans son rétroviseur.

Être toute seule la nuit sur la route ne lui faisait pas peur.

Les grands espaces ne l'effrayaient pas. Elle avait au contraire l'impression qu'elle ne pourrait pas respirer sans eux ; elle avait besoin des plaines comme d'autres de l'océan ou de la montagne. Et, de toute façon, elle était à peu près certaine de n'avoir rien à craindre cette nuit. Billy Crosby se trouvait chez lui, et la police veillerait à ce qu'il y reste. Quant à elle, elle était en possession d'un véhicule puissant avec une grosse réserve d'essence, ainsi que d'un portable dont la batterie était chargée à bloc, et il y avait des gens qu'elle connaissait tout le long de ces routes et à chaque tournant, même s'ils se trouvaient tous à trois kilomètres les uns des autres. Elle était sur son territoire, et il lui était aussi familier que le cuir doux de sa selle.

Elle huma dans l'air nocturne une odeur de terre fraîchement labourée et de jeunes pousses.

Quand elle arriva à Rose, il était près de minuit.

La plupart des réverbères étaient éteints, car la municipalité n'avait plus les moyens de les laisser fonctionner toute la nuit. « En cas de bombardement aérien, on ne risque rien », plaisantaient amèrement les habitants, estimant qu'aucun pilote de bombardier ne pourrait jamais les repérer dans les vastes ténèbres du Kansas. Cependant, Rose avait bel et bien été dévastée – par la crise économique. « Vous cherchez une activité en pleine expansion ? avait déclaré un humoriste, à propos des communes rurales en difficulté comme Rose. Vendez les planches dont les gens se servent pour obturer les vitrines de leurs magasins. » De manière surprenante, du moins pour la famille de Jody, le musée de sa tante Belle était l'un des rares exemples de réussite de l'économie locale, ce qui, prétendait Chase, « démontrait simplement à quel point tout le monde était fauché ».

Mais Rose était toujours dotée d'un lycée, et Jody y travaillerait dès l'automne.

C'était à cela qu'elle pensait en roulant lentement dans la rue qui croisait celle de Billy Crosby. En s'approchant de l'intersection, elle vit qu'une voiture de police en barrait l'accès, et quand elle passa devant le véhicule, elle en aperçut un deuxième à l'autre bout de la rue, exactement comme le shérif l'avait annoncé à son grand-père.

Par la vitre ouverte, elle interpella l'adjoint assis au volant.

« Salut, Ray. » C'était un vieil ami de l'oncle Meryl.

« Jody ? Que fais-tu ici aussi tard ?

— Je voulais seulement m'assurer que vous veilliez bien au maintien de l'ordre. »

Elle sourit pour lui montrer qu'elle disait cela sans méchanceté, ne sachant pas si son supérieur lui avait relaté l'accrochage qui s'était produit au ranch en début de soirée.

« Nous avons fait dégager tout le monde depuis des heures.

— Je m'en réjouis. »

Il la considéra d'un œil étonné. « Je n'aurais pas cru que tu t'en soucierais.

— Je me soucie de ce qui se passe à trois rues de chez moi. Et je n'ai pas envie que quelqu'un se fasse blesser ou arrêter à cause de Crosby.

— Nous n'arrêterons personne, ne t'inquiète pas. »

Jody inclina la tête en direction de la demeure des Crosby.

« Et l'arrière de la maison ? s'enquit-elle.

— Quoi, l'arrière ?

— L'entrée de derrière ? N'y a-t-il pas de risque que quelqu'un essaie de s'introduire par là ?

— Si ça le tracasse, il n'a qu'à rester éveillé pour monter la garde. Comme moi, ajouta-t-il d'un ton rancunier.

— La citoyenne que je suis vous en est reconnaissante. »

Son expression s'adoucit et il lui adressa un sourire. « La citoyenne aurait-elle par hasard une Thermos de café à bord ?

— Non, mais je parie qu'elle pourrait vous en apporter une dans quelques minutes.

— Non, je plaisante. Rentre chez toi, Jody. La nuit sera calme, tu peux dormir tranquille. »

Elle agita la main en signe de gratitude et reprit sa route en direction de sa maison. Mais, une fois qu'elle y fut parvenue, au lieu d'y entrer, elle gara son pick-up à l'arrière et se dirigea à pied vers le Bailey's. Depuis le dîner, elle éprouvait un besoin grandissant de parler de sa famille avec quelqu'un qui n'en faisait pas partie.

Pour la deuxième fois ce jour-là, Jody s'engouffra dans la taverne obscure.

Comme dans l'après-midi, la musique country était assourdissante et l'on se pressait autour du billard. Bailey avait fermé la cuisine, si bien qu'il ne restait dans l'établissement que les joueurs et quelques buveurs.

Jody se jucha à nouveau sur l'un des hauts tabourets du bar.

Quand Bailey s'approcha, elle lui dit : « J'ai mangé un repas copieux. J'ai laissé mon pick-up chez moi. Je suis venue à pied. Et je rentrerai de même. À présent, puis-je avoir cette bière, s'il vous plaît ?

— Une Corona, dans un verre, avec du citron vert ? Votre maman buvait toujours la bière dans un verre. »

Bailey lui avait déjà dit cela un bon nombre de fois, aussi se contenta-t-elle de hocher la tête.

« Mais la bière d'ici lui convenait parfaitement.

— Il faut croire que je ne suis pas une bonne Américaine. »

Le gros homme eut un léger sourire, et Jody vit combien il semblait las tandis qu'il se penchait pour sortir une bière du réfrigérateur en dessous du comptoir. Peut-être la question qu'elle allait lui poser le réveillerait-elle de sa torpeur ?

« Bailey, je ne vous confondrais jamais avec un prêtre. »

Il prit un verre sur une étagère et un quartier de citron dans le frigo. « Content de l'apprendre.

— Et, autant que je sache, vous n'êtes ni avocat ni psy.

— Où voulez-vous en venir ? demanda-t-il en posant la boisson devant elle.

— Eh bien, voilà... »

Sous son regard attentif, elle s'empara du verre, l'inclina et versa soigneusement la bière le long de la paroi. Après l'avoir redressé, elle passa le quartier de citron vert tout autour du bord, puis le laissa tomber dans la bière dont elle but une gorgée. Enfin, elle reprit : « J'ai pensé à vous ce soir. » Elle avala une autre gorgée, parce qu'elle trouvait le breuvage délicieux et espérait qu'il la détendrait. Le verre était bien froid contre sa paume, la bière douce et amère à la fois dans sa bouche. « Et je me suis dit que, depuis le temps que je viens ici, je ne vous avais jamais entendu colporter des ragots sur qui que ce soit. »

Bailey la contempla avec une expression impassible, mais elle crut déceler une lueur de fierté dans son regard.

« Ce qui m'incite à croire, poursuivit-elle, après s'être essuyé la bouche avec une serviette en papier, que, si je vous demande quelque chose, cela restera entre nous. »

Il fronça imperceptiblement les sourcils.

« Don Phelps est venu au ranch ce soir. Ma famille l'a pratiquement accusé d'être responsable de la libération de Crosby parce qu'il n'avait pas mené son enquête en toute impartialité. » Comme Bailey gardait le silence, elle insista : « J'aimerais savoir ce que vous en pensez. »

Bailey haussa les épaules. « Je pense qu'il n'a pas mené son enquête en toute impartialité.

— Merde, ne put-elle s'empêcher de pester, avant de porter son verre à ses lèvres. C'est vrai ?

— Ma foi, oui. Est-ce que le gouverneur n'a pas dit la même chose ?

— Je le suppose, mais…

— Vous le supposez ? Non, c'est ce qu'il a déclaré mot pour mot. Et, malgré tout le respect que j'ai pour votre grand-père et toute votre famille, je trouve qu'ils ont un certain culot de rejeter la faute sur Don Phelps. »

Pour cet homme taciturne, cela représentait déjà un long discours, et il ne paraissait pas en avoir terminé.

Rassemblant son courage, Jody s'enquit : « Pourquoi cela, Bailey ? »

Il soupira et s'appuya au comptoir, les mains largement écartées. « Écoutez, votre grand-père est le plus gros propriétaire du comté. Tout le monde a l'air de penser qu'il chie de l'or en barres. Il n'y a personne de plus respecté que lui et Annabelle dans toute la région. Ce sont les citoyens les plus riches et les plus influents de la ville. Vous savez que c'est la vérité. Et voilà qu'une nuit, leur fils aîné, qui se trouve justement être un jeune homme que tout le monde apprécie, se fait tuer, et que ces gens riches, puissants et sympathiques désignent Billy Crosby comme le meurtrier. Ils *croient* que c'est lui qui a fait le coup. Ils en sont persuadés. Ils ne mentent pas. Ils en sont réellement convaincus, et ils s'attendent à ce qu'il soit arrêté, jugé, condamné et envoyé en prison pour de longues années. »

Bailey reprit sa respiration et recula un peu, puis se pencha de nouveau vers Jody, suffisamment près pour qu'elle discerne les poils gris dans sa moustache et les capillaires dilatés sur son nez. Posant un bras épais sur le comptoir, il tourna le dos aux quelques clients assis à l'autre bout, qui semblaient attendre qu'il les resserve. « Admettons que vous soyez le shérif de ce comté où les Linder sont rois. Que vous soyez un type ordinaire, pas le lieutenant Columbo, rien qu'un jeune flic qui s'est fait élire à ce poste parce qu'il voulait actionner sa sirène en roulant à toute vitesse, et que, après tout, c'était un boulot comme un autre. Et que vous ne connaissiez que dalle aux enquêtes criminelles. Si vous êtes ce type-là, qu'est-ce que vous allez faire ?

— Trouver Billy Crosby et l'arrêter, reconnut-elle avec réticence.

— Allez-vous perdre votre temps à chercher un autre coupable ?

— Probablement pas.

— C'est plus que probable. Allez-vous prêter la moindre attention à ceux qui émettraient l'hypothèse que le crime ait pu être commis par quelqu'un d'autre ? »

Jody hésita un peu trop longtemps, et Bailey répondit à sa place : « Je vous parie bien que non.

— Êtes-vous en train d'insinuer que mon grand-père, ou un autre membre de ma famille, aurait dit au shérif de ne pas tenir compte de ces témoignages ?

— Non, je n'insinue rien de pareil, Jody. J'ignore s'ils l'ont fait ou non, même si, connaissant votre grand-père, j'ai tendance à penser qu'il ne se serait jamais comporté ainsi. Ce qui est sûr, c'est qu'ils n'ont pas eu besoin de faire pression sur lui. Don Phelps n'est peut-être pas un génie, mais ce n'est pas non plus un crétin. L'atmosphère était électrique, la foule réclamait un jugement rapide – si l'on peut parler de jugement en l'occurrence – et il était suffisamment malin pour prendre la tête de la meute. Mais laissez-moi vous dire une chose : à mon avis, Don a eu sacrément raison d'arrêter Billy sans attendre, parce que, s'il ne l'avait pas fait, il se serait produit d'autres violences dans cette ville. Certains n'auraient pas hésité à tirer Billy de sa cellule pour le battre à mort ou le pendre. Donc, je ne reproche rien à Don, et les vôtres ne devraient pas non plus le blâmer puisque ce sont eux qui l'ont placé dans cette situation.

— Vous voulez dire qu'ils auraient agi délibérément ? s'exclama Jody, outragée.

— Non, ils ont agi sous le coup du chagrin, et avec la certitude d'être dans le vrai, mais le résultat a été le même.

— Selon vous, on aurait envoyé en prison un innocent ? »

Bailey se contenta de hausser les épaules une fois de plus. « Oh, je crois que Billy Crosby méritait tout à fait d'aller en prison. »

Jody sirota longuement sa bière acide, baissant les yeux pour cacher son trouble.

Quand elle releva enfin la tête, elle dit : « Il y a une faille dans votre raisonnement, Bailey.

— Laquelle ?

— Si ce n'est pas Billy qui a tué mon père, alors celui qui l'a fait est bien plus dangereux que lui.

— C'étaient ces étrangers que votre père avait obligés à s'arrêter, la veille.

— Et donc, on ne les attrapera jamais et on ne connaîtra jamais la vérité ? »

Pour la première fois, son regard exprima un peu de compassion. « Sans doute pas, Jody. Il vaudrait peut-être mieux accepter ce fait. » Saisissant par la taille la serveuse qui tentait de se faufiler derrière lui pour prendre des bouteilles, il ajouta : « Sylvia peut vous expliquer ce que je veux dire.

— Lui expliquer quoi, mon chou ? s'enquit la serveuse d'âge respectable.

— Ce qui s'est passé au relais routier, ce jour-là.

— Oh, ma petite ! s'écria-t-elle en regardant Jody, tenez-vous vraiment à entendre ça ?

— Oui, elle y tient », répondit Bailey avant qu'elle ait le temps d'ouvrir la bouche.

Sylvia – les cheveux neigeux et la silhouette toujours irréprochable dans son jean et son T-shirt, à plus de soixante-dix ans – s'appuya contre Bailey, le regard rivé sur Jody. « Je travaillais au relais routier à l'époque, le saviez-vous, ma petite ? »

Jody secoua la tête. Dans son esprit, Sylvia avait toujours été associée au Bailey's.

« Eh bien, si, je bossais là-bas, et je me trouvais donc là quand ce pauvre Sam Carpenter est arrivé en courant, tellement essoufflé qu'on aurait cru qu'il allait mourir sur place. Il est entré en braillant : "Où est Hugh Linder ? Où est Hugh Linder ?" et puis il a dit que Billy Crosby avait tué votre papa.

— Et comment les gens ont-ils réagi en entendant ça ? l'encouragea Bailey.

— Ma foi, ça nous a fichu un coup ! rétorqua Sylvia, levant les mains en l'air comme si on venait de lui tirer dessus. Ç'a été le choc et la consternation générale, les gens pleuraient et poussaient des cris. On avait tous envie d'aller chercher ce petit salopard et de le pendre sur-le-champ.

— Vous voyez, c'est ce que je vous disais, interrompit Bailey en libérant la serveuse. C'est une bonne chose que Don ait agi comme il l'a fait. S'il est responsable d'une erreur judiciaire, nous le sommes tous, parce qu'il n'y a eu personne – pas même moi – pour s'opposer à cette arrestation et suggérer qu'on se trompait peut-être de coupable. Oh, j'ai bien dit que Billy était saoul comme un cochon, mais c'est tout. On a tous suivi le mouvement, la plupart parce qu'ils le croyaient coupable, certains parce qu'ils ne voulaient pas se fâcher avec vos grands-parents, même s'ils étaient d'un autre avis, et quelques-uns d'entre nous parce que nous ne voyions pas d'inconvénient à ce que Billy disparaisse de la circulation. Cela a peut-être permis de sauver d'autres vies, comme celle de sa femme et de son gamin, ou de je ne sais qui, qu'il aurait peut-être fini par tuer un jour. »

Bailey s'éloigna pour servir ses clients et Jody prit le temps de descendre la moitié de sa bière avant de se rendre compte qu'elle n'en avait plus envie. Elle avait déjà l'esprit suffisamment troublé par tout ce qui s'était passé depuis midi, tout ce qu'elle avait appris. Quand Bailey revint, elle demanda : « Mais pourquoi ma famille se montre-t-elle si dure envers le shérif ? »

Cette fois, le regard de commisération qu'il lui lança était dépourvu de toute ambiguïté.

« Ah, Jody. Réfléchissez un peu. Pensez à votre grand-père, au genre d'homme qu'il est. Comment va-t-il pouvoir se regarder dans la glace s'il est obligé de reconnaître qu'il a fait condamner un innocent ? » Bailey s'empara d'une lavette et entreprit de nettoyer la surface du comptoir autour de son verre. « Quand on refuse d'admettre qu'on s'est trompé, il est plus facile de trouver un bouc émissaire. »

Jody demeura un instant silencieuse, s'efforçant de maîtriser ses émotions, puis elle déclara : « Merci de m'avoir répondu avec une telle franchise, Bailey. »

Il haussa les épaules. « C'est encore ce qu'il y a de mieux à faire, la plupart du temps. »

La dernière remarque qu'il lui lança avant qu'elle parte fut un avertissement. « Méfiez-vous de Billy. Peut-être qu'il est coupable, peut-être que non, mais s'il ne l'est pas, ça ne le rend pas moins dangereux pour autant. C'était un mauvais garçon quand il est allé en taule, mais il en est ressorti encore pire. Il est venu ici aujourd'hui, et ce n'est pas le genre de gars que vous aimeriez rencontrer dans une ruelle obscure, Jody. Moi non plus, en tout cas, pas sans m'être muni d'un revolver ou d'une batte de baseball. C'est quelqu'un qui a refoulé trop longtemps sa colère et qui est rempli d'une rancune aussi vaste que la propriété de votre grand-père, ce dont je ne peux pas vraiment le blâmer. À sa place, j'aurais sans doute des envies de meurtre, moi aussi.

Si je ne savais pas qu'il est enfermé chez lui avec des adjoints du shérif à chaque bout de la rue, je vous raccompagnerais chez vous moi-même.

— Merci, mais ce n'est pas la peine, Bailey », dit-elle en réglant sa consommation.

Il était presque une heure du matin lorsque Jody sortit sur le trottoir où, plus tôt dans la journée, elle s'était trouvée face à celui qu'elle avait toujours cru être le meurtrier de son père, et probablement aussi de sa mère. Elle prit une longue inspiration, car elle avait l'impression de suffoquer, tant à cause de l'atmosphère confinée du restaurant que des propos qu'elle venait d'entendre. Sa famille avait-elle envoyé un innocent en prison ? Il semblait presque impossible d'associer ce mot au nom de Billy Crosby, aussi préférait-elle recourir au terme utilisé par Byron George : *non coupable*. Les Linder avaient-ils privé Valentine de son mari, et Collin de son père, et fait enfermer un être humain pendant vingt-trois années dans une prison de haute sécurité, parce qu'ils avaient assemblé des preuves indirectes à la façon d'un puzzle, pour reconstituer une image fausse ?

Cette hypothèse la troublait tellement qu'elle en avait des crampes d'estomac.

Au-dessus d'elle, un quartier de lune brillait dans un ciel d'un bleu foncé magnifique.

Elle pouvait voir Orion et la Grande Ourse, et aussi la Voie lactée, qu'il était impossible de distinguer à proximité d'une grande ville. L'air de juin était frais, mais pas au point d'avoir besoin d'un pull. Elle avait la sensation que quelque chose lui comprimait les tempes, et elle se rendit compte qu'elle portait toujours le vieux foulard déchiré. L'avait-elle gardé sous la douche ? Elle faillit éclater de rire. Était-elle donc préoccupée à ce point ? Ne s'était-elle même pas lavé les cheveux ? Elle le dénoua et le regarda brièvement. *À qui appartenais-tu ?* Pas à sa mère, en tout cas. Elle le jeta dans la poubelle à l'extérieur du Bailey's, puis peigna et regonfla avec ses doigts sa chevelure libérée, pour l'offrir à la brise.

Je ne saurai jamais ce qui lui est arrivé, songea-t-elle.

Elle eut l'impression de recevoir un coup de poignard en plein cœur. Il faudra bien que je m'habitue à cette idée.

Le claquement de ses bottes sur le trottoir fissuré était le seul bruit qu'elle entendait, en dehors de celui des rares camions qui passaient sur la route proche et de la musique qui sortait d'une fenêtre ouverte quelque part, ainsi que du hululement d'un hibou, se répétant à intervalles réguliers. Jody enfonça ses mains dans les poches de son jean et courba les épaules, comme sous l'effet d'un vent froid venu du nord.

À l'angle du dernier pâté d'immeubles, elle regarda sur sa droite et aperçut la voiture du deuxième adjoint à l'extrémité sud de la rue de Crosby. Comme elle n'avait aucune envie de rentrer chez elle tout de suite, et désespérément besoin d'air pur, elle obliqua dans cette direction, parcourant la moitié de la rue où elle résidait avant de se glisser entre les maisons pour se rapprocher de celle qui faisait l'objet de cette surveillance. Quand elle se trouva en face de celle-ci, elle s'assit derrière une voiture garée dans une allée, de façon à ce qu'aucun des policiers ne puisse la voir. En sentant des graviers sous son postérieur, elle se souleva légèrement pour les balayer et rendre l'endroit plus confortable. Elle ne savait pas très bien pourquoi elle était venue ici, sinon pour obéir au besoin de contempler le lieu où vivait cette famille à laquelle la sienne avait peut-être fait tant de mal.

La demeure des Crosby était plongée dans l'obscurité totale, sans même une lumière sur le perron.

Toute la rue, toute la ville étaient noyées sous ces mêmes ténèbres, en raison de l'heure et de considérations budgétaires. Rose n'était pas un endroit pour les noctambules. Très peu de maisons étaient encore éclairées, et aucune dans cette rue, même si on voyait briller ici et là une lampe d'extérieur. Il faisait si sombre qu'elle aurait pu s'asseoir au beau milieu de la chaussée sans que les policiers la voient.

Elle présuma que les Crosby avaient éteint les lumières pour ne pas attirer l'attention sur eux, après les incidents de la soirée. Que se passait-il sous ce toit ? se demanda-t-elle. Étaient-ils assoupis ? Que pouvait bien ressentir Valentine, en retrouvant son mari après plus de vingt ans de séparation ? Billy dormait-il profondément, ou se retournait-il dans son lit ? Et Collin...

En sursautant, elle prit conscience qu'elle n'était pas seule dans la rue. Le souffle court, le cœur palpitant d'angoisse, elle s'aperçut que ce qu'elle avait pris pour une ombre était en fait un homme assis sur le bord du trottoir, les genoux écartés, les mains pendant entre ses jambes.

Elle eut le sentiment qu'il l'avait entendue et qu'il l'observait.

Collin Crosby se releva en prenant appui sur ses mains et se dirigea droit vers elle. Il était accoutré de manière invraisemblable – un long short de basket et un T-shirt sans manches trop grand, des chaussures de sport d'une taille gigantesque et des chaussettes tombant sur les chevilles. Il avait l'air de revenir tout juste d'un match improvisé de basket-ball dans le parc municipal, mais elle doutait que ce fût le cas, étant donné qu'il n'avait plus aucun ami à Rose à l'heure actuelle.

Elle demeura où elle était, dans l'espoir qu'il ferait demi-tour et rentrerait chez lui.

Il continua d'avancer et se mit à parler à voix basse avant de l'avoir rejointe. « Il n'y a rien à voir », déclara-t-il d'un ton incroyablement calme pour un homme dont la maison avait été la cible de jets de pierre quelques heures plus tôt.

Puis il la reconnut. « Oh, dit-il en s'immobilisant à environ un mètre d'elle. Je n'avais pas vu que c'était toi. » Il s'éclaircit la gorge avant de reprendre : « Que fais-tu ici, Jody ? »

Elle réfléchit un instant, cherchant la réponse la plus appropriée. « J'essaie de comprendre certaines choses.

— Lesquelles ?

— Ton père a-t-il ou non tué le mien », répondit-elle, sans donner à cette phrase une intonation interrogative.

Il arqua les sourcils. « J'ignorais que tu avais des doutes à ce sujet. Tu ne semblais en avoir aucun, cet après-midi.

— C'est vrai. Mais le gouverneur dit que j'ai tort. Red Bosch aussi. Il soutient que ton père était trop ivre pour assassiner quelqu'un. Bailey est du même avis. Mais c'est difficile pour moi d'accepter cette idée, ayant passé toute ma vie à haïr ton père et à le redouter.

— Moi aussi.

— Quoi ? » Effarée, Jody se releva et épousseta son jean. « Qu'est-ce que tu as dit, Collin ? »

Il tourna la tête et regarda en direction de la voiture de Ray. Reportant les yeux sur elle, il expliqua : « Billy m'a toujours fait peur, à moi aussi. Les soirs où il rentrait saoul, je m'obligeais à rester éveillé toute la nuit pour le surveiller.

— Pourquoi ?

— Au cas où il se serait mis à battre ma mère.

— Oh, mon Dieu. Et il te battait également ? »

Il haussa les épaules, comme pour réfuter la vérité, quelle qu'elle fût.

« Mais alors, pourquoi l'as-tu fait libérer, Collin ? *Pourquoi ?*

— Tu veux dire, en dehors du fait que l'on n'est pas censé condamner quelqu'un pour un crime qu'il n'a pas commis ?

— Y a-t-il une autre raison ?

— Oui, en effet. » Son visage – son beau visage, ne put-elle s'empêcher de penser – prit une expression sévère et il la scruta du regard, comme s'il cherchait à deviner comment elle allait réagir à ce qu'il s'apprêtait à dire. « Je sais depuis le début qu'il n'a pas commis le meurtre, Jody. La nuit où ton père est mort ? C'était l'une de celles dont je viens de parler. Je suis resté éveillé jusqu'au matin pour garder un œil sur Billy. »

Le cœur de Jody battait si fort qu'elle avait du mal à entendre ses paroles.

Elle remarqua qu'il désignait son père par son prénom, comme s'il répugnait à l'appeler « papa ».

« Cette nuit-là, il s'est écroulé ivre mort sur le canapé et je suis resté dans le couloir pour le surveiller. Quand il s'est levé pour aller aux toilettes, je l'ai suivi. J'avais déjà fait ça des quantités de fois. Il est sorti dans l'arrière-cour et il s'est hissé dans le hamac. J'ai cru qu'il allait rouler à terre, et s'il était effectivement tombé, je ne l'aurais pas aidé à se relever, je l'aurais laissé où il était. Mais ça n'a pas été le cas. Il s'est affalé dedans et s'est mis à ronfler aussitôt. Je suis resté assis sur le perron de derrière et je ne l'ai pas perdu de vue jusqu'au lever du soleil. Il n'a pas bougé de là, Jody. Il n'est allé nulle part. Il n'est pas allé chez toi pour faire du mal à tes parents. Je l'ai toujours su, parce que je ne l'ai pas quitté des yeux de toute la nuit. »

Elle fut prise de frissons.

« Tu avais sept ans ! Peut-être t'es-tu endormi sans t'en rendre compte ?

— Non. Pas une seconde. Je ne m'endormais jamais. Je me sentais responsable de la vie de ma mère. Je ne pouvais pas m'endormir. »

Elle était si désorientée et accablée qu'elle n'arrivait plus à parler. Quand elle le fit, ce fut d'une voix étranglée, à peine audible : « Pourquoi n'as-tu rien dit aux... ?

— Je le leur ai dit. Personne ne m'a cru, à part maman et Red. Nous sommes allés voir le shérif, maman et moi, et il l'a accusée de me forcer à mentir pour disculper son mari. C'était affreux. » Il agita les épaules, simulant un frisson, puis détourna son regard vers l'autre extrémité de la rue, où se trouvait la deuxième voiture de police. « Après ça, elle n'a plus voulu que j'en parle à qui que ce soit. » Il se tourna de nouveau vers elle. « Les gens se demandent pourquoi elle n'a jamais voulu divorcer, n'est-ce pas ? »

Elle acquiesça. « On raconte qu'elle a une liaison avec Byron, l'épicier, es-tu au courant ? »

Il émit un reniflement de dédain. « C'est vrai uniquement dans la tête de Byron. Pour ma mère, il n'est rien de plus que son patron.

— Pourquoi ta mère reste-t-elle avec ton père, Collin ?

— Parce qu'elle sait qu'il n'a tué personne, qu'elle l'a aimé autrefois, qu'elle se sent coupable vis-à-vis de lui et qu'elle a toujours espéré qu'il pouvait changer. » Il secoua la tête. « Il ne changera jamais. Elle s'en rend compte, à présent. Ils se sont déjà disputés. Ma mère a refusé de le laisser dormir dans sa chambre cette nuit et il s'est mis dans une telle colère que je suis certain qu'il l'aurait frappée si je n'avais pas été là. »

Jody ne put s'empêcher de porter ses mains à sa bouche.

« Le plus ironique, là-dedans, poursuivit Collin d'une voix amère – et à cet instant Jody eut envie de se lever et de presser ses mains entre les siennes pour le consoler, mais elle se contenta de l'écouter, en plaquant ses bras le long de son corps –, c'est qu'il dort de nouveau dans le hamac, comme avant. Seulement, cette fois, il n'a même pas l'excuse d'être ivre. Nous n'avons pas pu l'empêcher de boire quelques bières au Bailey's, mais j'ai refusé de lui en acheter d'autres pour les rapporter à la maison. Pour le moment, ce salopard est parfaitement sobre. Tu as vu comment il est. Je vais le virer d'ici dès que maman me le permettra, ce qui d'après moi ne saurait tarder. »

Jody déglutit. « Alors, tu as cru de ton devoir de le sortir de prison parce que…

— … parce que, sinon, j'aurais dû vivre en sachant que mon propre père avait été condamné à tort et que je n'avais rien fait pour réparer cela. Et parce que ma mère elle aussi le savait.

— Tu me fais penser à mon grand-père.

— Pourquoi ? demanda-t-il en lui jetant un regard oblique.

— Vous êtes tous les deux des hommes de principes. Cela peut causer beaucoup de tourments. »

Collin parut un instant déconcerté, puis il répondit : « Oui. Je crains de t'en avoir causé pas mal aujourd'hui.

— Oh, je n'en suis plus à un près ! » répliqua-t-elle avec une feinte désinvolture, avant de se sentir honteuse, parce qu'elle avait l'air de s'apitoyer sur elle-même. Elle baissa la tête pour ne plus avoir à le regarder dans les yeux. Même si elle l'entendit s'approcher, elle fut surprise quand elle sentit tout près d'elle la chaleur de son corps. Le sol était légèrement en pente, et elle se trouvait sur la partie la plus élevée, mais son visage n'arrivait cependant pas à la hauteur de celui de Collin. Sans bien savoir comment, elle fut entraînée par la pesanteur et se retrouva blottie contre lui. Il referma ses bras autour d'elle, et elle l'enlaça aussi. Il posa son menton sur le sommet de son crâne tandis qu'elle respirait l'odeur de sa peau. Ils demeurèrent ainsi durant plusieurs minutes, sans rien dire, mais en resserrant de plus en plus leur étreinte, comme s'ils ne devaient plus jamais en avoir l'occasion. Pendant un bref instant, Jody crut qu'il allait déposer un baiser sur ses cheveux. Elle frémit et se pressa davantage contre lui, car son contact la rassurait plus que nul autre ne l'avait jamais fait, et elle voulait de tout son cœur lui apporter le même réconfort.

C'était tellement merveilleux, tellement incroyable, qu'elle avait envie de pleurer.

Finalement, ils se séparèrent.

Jody le regarda une dernière fois dans les yeux, puis elle commença à s'éloigner. Un pas hésitant. Un deuxième. Elle n'entendit aucun bruit derrière elle, aussi présuma-t-elle qu'il était resté à la même place et la suivait du regard. Répugnant à l'abandonner ainsi, elle se retourna, et put voir se peindre sur son visage une frayeur qui reflétait la sienne, quand ils entendirent tous deux un coup de feu en provenance de la maison des parents de Collin. Il n'y eut pas d'autre bruit, pas de cris, pas de nouvelle détonation, rien que ce claquement sec déchirant le silence de la nuit.

D'un même élan, ils coururent vers la maison, mais il se retourna pour lui crier : « Non, reste là. Ne te montre pas. Je ne veux pas avoir à m'inquiéter pour toi. » Puis il ajouta : « Je t'ai toujours aimée, Jody. » Cette déclaration suscita en elle une stupéfaction au moins comparable à celle provoquée par le coup de feu. Elle se figea sur place, avant de retourner se tapir dans l'ombre de l'allée, d'où elle regarda Collin se ruer vers sa demeure, d'une foulée si rapide qu'il arriva avant les voitures de la police. Elle hurla *Non !* en elle-même quand il ouvrit la porte et disparut à l'intérieur. Priant avec ferveur pour qu'il ne lui arrive rien, elle vit Ray et son collègue se garer en travers de la rue, tandis que des lumières s'allumaient dans les habitations voisines. Les deux adjoints s'avancèrent avec précaution, le pistolet à la main.

Puis Collin reparut.

Jody se redressa.

Ignorant les policiers qui l'interrogeaient – « Quelqu'un est blessé ? Que s'est-il passé ? » –, il se dirigea droit vers Jody.

La voix chevrotante, elle demanda : « Est-ce que ton père… ?

— Ce n'est pas Billy, répondit-il, le visage déformé par une tempête d'émotions. C'est maman. »

Muette d'effroi, elle le dévisagea sans comprendre.

« Il lui a tiré une balle à bout portant, en plein visage. Il l'a tuée. Il a pris sa voiture et il s'est enfui.

— Mais je n'ai pas vu de voiture…, bredouilla-t-elle.

— Elle était garée derrière. »

La ruelle défoncée qui passait derrière le pâté de maisons permettait de rejoindre d'autres rues.

Il prit son visage dans ses mains et se mit à pleurer. « C'est ma faute, c'est entièrement ma faute, Jody. J'aurais dû le laisser là-bas. Je n'aurais jamais dû le faire libérer. »

Elle voulut poser ses mains tremblantes sur les épaules de Collin, qui tremblaient encore plus, mais, sans lui accorder un regard, il fit demi-tour et rejoignit les policiers qui étaient toujours à la même place, l'arme au poing. Ils ignoraient encore que ce n'était pas Billy Crosby qui avait été abattu par un membre d'un quelconque comité d'autodéfense, mais Valentine – qui n'avait attendu son mari pendant toutes ces années que pour qu'il la tue le jour même de leurs retrouvailles. En état de choc, Jody observa la scène un moment encore, puis, se rendant compte que sa présence était inutile, elle regagna son domicile à pas lents. Elle avait envie de courir, de s'évader d'ici, de s'enfuir aussi loin de Rose qu'elle pourrait aller – mais seulement si elle pouvait emmener Collin avec elle. Au lieu de quoi, triste, apeurée, et de nouveau complètement désemparée, elle monta dans son pick-up et retourna au ranch pour annoncer la nouvelle aux membres de sa famille avant qu'ils ne l'apprennent par quelqu'un d'autre.

33

Il était un peu moins de deux heures du matin.

Jody roulait à toute allure, profitant de ce que les forces de police du comté avaient plus important à faire pour le moment que pourchasser les automobilistes en excès de vitesse. Dans la lumière de ses phares, elle voyait défiler les clôtures, le bétail endormi et les tendres jeunes pousses de soja et de tournesol, tandis qu'elle négociait les virages avec une habileté due à sa longue habitude de cette route – ce qui était une bonne chose, car, quand elle arriva devant le portail, elle ne se rappelait même plus comment elle était arrivée jusque-là. Tout le trajet s'était effacé de sa mémoire.

Tout ce à quoi elle pouvait penser, c'était au visage de Collin, lorsqu'il lui avait annoncé la mort de sa mère, à ses bras, lorsqu'il l'avait enlacée, à sa douleur et à l'aveu qu'il lui avait fait. Elle tenta de se remémorer Valentine telle qu'elle lui était apparue hier devant le Bailey's, mais elle n'en gardait aucun souvenir. Elle n'avait accordé d'attention qu'à Billy et à son fils. Elle se sentait emplie de chagrin et de culpabilité à la pensée qu'elle avait ignoré une femme qui, à ce moment-là, n'avait plus que quelques heures à vivre. Si elle avait pu remonter le temps, elle aurait couru vers Valentine et l'aurait entraînée en hurlant : « Éloignez-vous de lui, éloignez-vous de lui tout de suite ! »

En s'approchant de l'entrée de la propriété, elle passa à nouveau devant la maison de Red Bosch. Cette fois, elle constata que la porte du garage était complètement baissée et en éprouva un petit pincement de surprise. Puisque ce n'était pas sa propre voiture qui était cachée dans le garage, ce devait probablement être celle d'une autre femme.

Il n'a pas perdu de temps, pensa-t-elle.

Apparemment, Red avait su interpréter les signes annonciateurs de la rupture et l'avait déjà remplacée. Elle n'en ressentait aucune jalousie ; au contraire, elle était soulagée que cela ait été aussi facile et relativement indolore. La mort de Valentine, en revanche, l'attristerait profondément. Elle espérait qu'ils dormiraient tard, sa nouvelle copine et lui, pour retarder le moment où il en serait informé.

Elle s'attendait plus ou moins à trouver ses grands-parents et ses oncles debout, en train de discuter du meurtre, mais ne découvrit en fait que son grand-père, seul dans la cuisine, avec pour unique éclairage la lampe au-dessus du fourneau. Il s'affairait bruyamment dans la semi-obscurité, essayant de préparer du café et ne réussissant qu'à répandre de la mouture sur le comptoir et de l'eau dans l'évier.

Dans un premier temps, Jody pensa lui annoncer la nouvelle sur-le-champ, mais elle se retint.

« Attends, dit-elle en allumant le plafonnier et en se précipitant vers lui. Je vais m'en occuper. »

Il cligna des yeux dans la lumière soudaine et lui sourit. « Ton café n'est pas meilleur que le mien.

— Pourquoi tout le monde me dit-il toujours ça ?

— Parce que c'est vrai ?

— Oui, mais au moins, moi, je fais moins de saletés. »

Il rit, puis alla s'asseoir à la table.

Il ne sait pas encore, se dit-elle en l'observant.

« Pourquoi t'es-tu levé si tôt, grand-père ?

— Je n'arrivais pas à dormir. Et toi, comment se fait-il que tu rentres à cette heure, en te faufilant en cachette par la porte de derrière ?

— Tu n'as pas lu mon petit mot ? Je ne me cachais pas. »

Elle se retourna et tenta de sourire.

Remarquant la lenteur avec laquelle il se déplaçait, elle eut le cœur serré – beaucoup plus qu'en voyant la porte du garage de Red fermée. C'était un homme robuste, mais son squelette n'avait pas été conçu pour être maltraité comme il l'avait été pendant toutes ces années, constamment à dos de cheval ou dans les enclos à bestiaux.

S'il n'était pas encore informé du meurtre, elle pouvait bien attendre quelques minutes de plus avant de le lui apprendre et de lui gâcher sa matinée. En outre, cela laisserait à son propre cœur le temps de s'apaiser, et aux larmes qui lui piquaient les yeux, celui de s'assécher. Elle pourrait ainsi lui annoncer la nouvelle avec tout le calme requis.

« Ça va, papi ? »

Il s'affala sur une chaise et posa un bras sur la table comme s'il avait besoin d'un support. « Je vais parfaitement bien. C'est seulement mes petites douleurs habituelles. Ça s'arrange généralement dès que le soleil est levé. Je suis comme les vieux chiens, j'ai besoin que le soleil me réchauffe les os pour me mettre en route. Tu as bien fait de devenir professeur plutôt qu'éleveur comme le reste d'entre nous.

— Je serai toujours une cow-girl, grand-père.

— C'est dans ton sang. Mais ce n'est pas une raison pour te rompre les os.

— Trop tard », répondit-elle en montrant la jambe qu'elle s'était fracturée quelques années plus tôt quand un cheval l'avait désarçonnée.

Il eut un petit rire, puis soupira et se renfonça dans sa chaise qui grinça sous son poids.

« Personne d'autre n'est levé ? demanda Jody, repoussant encore l'instant fatidique.

— Non seulement ils sont levés, mais ils sont partis depuis un petit moment. »

Elle le regarda par-dessus son épaule. « Chase et Bobby ?

— Ils ont pris la route très tôt pour rentrer chez eux.

— En pleine nuit ?

— Il n'y a pas plus d'une heure. Je suis descendu prendre un café avec eux.

— Je suppose qu'ils n'arrivaient pas à dormir, eux non plus », dit-elle, mais il ne répondit pas. « Et grand-mère ?

— Elle s'est levée pour leur dire au revoir, et ensuite elle s'est recouchée.

— C'est moi qui ai réveillé tout le monde ? En sortant ?

— Tu étais sortie ? »

Elle le regarda de nouveau et discerna une lueur malicieuse dans ses yeux bleus. Après avoir lavé ses doigts tachés de marc de café, elle se tourna face à lui.

« Grand-père, tu n'es pas au courant, n'est-ce pas ?

— Au courant de quoi ? demanda-t-il en fronçant les sourcils.

— Il s'est passé quelque chose à Rose, il y a moins d'une heure. » Elle déglutit avec difficulté, se forçant à réprimer ses émotions. « Quelqu'un a été tué par balle. »

Bouche bée, Hugh senior se pencha en avant. « Qui ?

— Valentine.

— Oh, non ! s'exclama-t-il, l'air atterré. Oh, c'est terrible ! Je suis désolé. L'ont-ils arrêté, Jody ?

— Qui ?

— Ce fils de... » Répugnant manifestement à employer un mot grossier devant elle, son grand-père se reprit : « Son meurtrier.

— Pas encore. Billy a pris la voiture de Val et il s'est enfui.

— Eh bien, je suppose que cela clouera le bec à tous ces imbéciles qui prétendent qu'il n'a pas tué ton père.

— Tu crois ?

— Bien sûr ! » Il frappa la table du plat de sa paume avec une telle force qu'elle trembla, avant de répéter ce que sa fille avait dit le soir précédent, lors du dîner : « Il est capable de tout. »

Jody ne but pas de café.

Elle le servit, puis se traîna jusqu'à sa chambre et s'écroula sur son lit sans même tirer les couvertures, si fatiguée que même la déclaration d'amour de Collin ne suffisait plus à la tenir éveillée.

34

Jody se réveilla à deux heures et demie de l'après-midi, contempla l'heure à la pendule d'un œil consterné et se rua dans la salle de bains pour se doucher. Une fois habillée, elle dévala l'escalier, afin de s'excuser auprès d'Annabelle de ce lever tardif. Mais elle comprit au premier regard que sa grand-mère avait des soucis bien plus graves pour le moment.

Elle se précipita vers elle pour l'embrasser.

« Pourquoi m'as-tu laissée dormir aussi tard ?

— J'ai pensé que tu en avais besoin.

— Tu as appris, pour Valentine... ?

— Bien sûr. Pauvre enfant.

— Qui ? Elle, ou son fils ?

— Les deux.

— Est-ce qu'on l'a attrapé, grand-mère ?

— Pas encore. Et les gens sont terrorisés. Ils verrouillent leurs portes et chargent leurs fusils, comme s'il allait s'introduire chez eux pour tuer tout le monde. Personnellement, je pense qu'il est déjà loin. » Annabelle inspecta sa petite-fille des pieds à la tête avant de reprendre : « Tu as l'air fraîche comme une rose. Mais tu ferais mieux de remonter te changer, ma chérie. Mets de vieux vêtements. Red ne s'est pas montré aujourd'hui et nous allons essayer de faire son travail à sa place. Je me demande où il a bien pu passer. L'as-tu entendu dire qu'il comptait aller quelque part aujourd'hui ? »

Ce doit être le grand amour, songea Jody, en repensant à la porte du garage fermée.

« Peut-être l'oncle Chase ou l'oncle Bobby l'ont-ils envoyé faire une course et oublié de vous en parler ?

— C'est ce que j'ai dit à Hugh. Allez, va te changer.

— À quelle tâche allons-nous nous atteler, au juste ?

— À celle que tu préfères », répondit sa grand-mère en souriant.

« Personne n'était vraiment proche d'elle », fit observer Annabelle, tandis qu'elles travaillaient côte à côte dans l'écurie, après avoir fait sortir les chevaux dans le pré.

Elles avaient enfilé des chemises à manches longues, des gants en caoutchouc, et rentré le bas de leurs jeans dans leurs bottes également en caoutchouc, afin de récurer les stalles, tâche que Red effectuait quotidiennement, d'habitude. Adolescente, Jody avait appris à ses dépens que la coquetterie n'était pas de mise, un jour où elle s'était obstinée à garder ses bottes en cuir pour nettoyer l'écurie et où l'urine de cheval avait rongé les coutures de ses semelles.

Poursuivant ses considérations sur le caractère peu expansif de Valentine, Annabelle reprit : « Je ne pense pas qu'elle ait jamais eu un ami proche, à part peut-être Byron.

— Et son fils, ajouta Jody, avec une certaine brusquerie.

— Oh, mais bien entendu, ma chérie », répondit sa grand-mère d'un ton contrit.

Elles étaient en train de déblayer le fumier accumulé au cours des dernières vingt-quatre heures – et même plus, en raison de l'absence de Red – pour le remplacer par une litière fraîche. Elles avaient déplacé les mangeoires et les abreuvoirs jusque dans le couloir pour avoir plus d'espace. Annabelle lança à Jody un regard intrigué avant d'empoigner de nouveau sa fourche et de la plonger dans la paille souillée, pour soulever celle-ci et la déposer dans la brouette.

« Grand-mère, il m'a dit qu'il avait toujours haï son père.

— Collin t'a dit ça ? » s'enquit Annabelle en reposant son outil.

Jody acquiesça. « Il dit que, quand son père était ivre, il le surveillait toute la nuit pour s'assurer qu'il ne ferait pas de mal à Valentine. Il affirme qu'il n'a pas perdu Billy de vue cette nuit-là, la nuit où ça s'est passé, et qu'il sait par conséquent que son père n'est pas coupable. J'ai répondu qu'il s'était peut-être endormi sans s'en rendre compte, mais il m'a juré que ça ne lui arrivait jamais. Red prétend que Billy était trop saoul pour se rendre jusqu'à la maison sous l'orage et faire quoi que ce soit. Bailey est du même avis.

— Bonté divine ! soupira Annabelle, d'un air un peu abasourdi. Quand as-tu appris tout ça ?

— Hier », répondit Jody, en s'abstenant de préciser que la plupart de ces discussions s'étaient tenues aux alentours de minuit, voire à une heure plus tardive encore.

« Quand Collin t'a-t-il raconté cela ? Lors de votre rencontre hier devant le Bailey's ?

— Non, plus tard. Entre ce moment-là et celui où sa mère a été tuée. »

Elle se rendit compte que sa grand-mère la dévisageait avec effarement.

« Je suis allée discrètement jeter un œil sur leur maison, mamie. Cette nuit, après être partie d'ici. Je n'avais pas l'intention de parler à Collin, mais il était assis sur le bord du trottoir, il m'a vue et il est venu vers moi.

— Ce n'était qu'un petit garçon à l'époque.

— Mais pas Red, ni Bailey. »

Remplie d'appréhension, elle attendit la réaction de sa grand-mère. Pourtant lorsque celle-ci reprit la parole, ce fut pour déclarer : « Ta mère n'aurait jamais accepté d'accomplir ce travail. »

Déconcertée par ce brusque changement de sujet, Jody ne répondit pas tout de suite. Puis elle répliqua : « Cela ne signifie pas que je suis meilleure qu'elle.

— Je crois que si. »

Jody appuya sa pelle contre un mur. « Oncle Chase pense que si on lui avait laissé une chance de mûrir, elle se serait améliorée.

— Il se peut qu'il ait raison. » Annabelle parut sur le point d'ajouter quelque chose, mais elle referma la bouche.

« Quoi ?

— Que veux-tu dire ? demanda sa grand-mère en relevant les yeux.

— Tu as failli ajouter quelque chose. Qu'est-ce que c'était ?

— Oh, soupira Annabelle, interrompant sa tâche à son tour. J'ai failli dire que, si cette déclaration avait émané de ton oncle Bobby, je l'aurais attribuée au béguin qu'il avait pour...

— Oncle Bobby avait le béguin pour ma mère ?

— Oui. J'ai trouvé une photo d'elle dans une poche de son jean, peu de temps avant qu'elle ne... disparaisse, mais il m'a fallu un certain temps pour en tirer des conclusions. Je soupçonne que c'est le chagrin qui l'a poussé à s'engager dans l'armée. Je crois qu'il était éperdument amoureux d'elle. Je ne pense pas que ç'ait été le cas de ton oncle Chase, donc je serais plus encline à prendre son opinion au sérieux.

— J'aurais cru que c'était exactement l'inverse.

— Pourquoi cela ?

— Parce que l'oncle Chase est très séduisant et que les femmes ne lui résistent pas.

— Eh bien, c'est peut-être exactement pour cela qu'il ne s'intéressait pas à ta mère : il avait déjà des petites amies à ne savoir qu'en faire.

— Pauvre oncle Bobby !

— Ma foi, il n'avait qu'à ne pas s'éprendre de sa belle-sœur ! s'écria Annabelle d'une voix indignée, avant de se radoucir un peu. Mais, bien sûr, il n'y pouvait rien. Ta maman était aussi jolie qu'on le dit.

— Quoi ? Tu as recommencé, mamie. Tu as failli ajouter quelque chose et tu t'es tue. Qu'est-ce que tu allais dire ?

— Rien. Je t'assure.

— Je t'en prie, grand-mère. Je t'en prie, dis-le-moi. »

Annabelle voulut repousser les cheveux qui lui tombaient dans les yeux, avant de se rappeler que ses gants étaient à présent affreusement sales. Elle laissa retomber ses mains. « J'allais seulement dire... » Elle hésita, et Jody vit combien elle répugnait à cet aveu. « J'allais dire qu'elle était aussi jolie que malhonnête.

— *Quoi ?*

— Je sais que c'est méchant de parler ainsi, et j'en suis sincèrement désolée, mais la vérité, c'est qu'elle nous volait, ma chérie. De petites sommes en liquide, sur l'un des comptes du ranch. Nous en avons découvert la preuve après sa disparition. Je suis à peu près sûre que ton père l'avait appris et qu'il se tracassait à ce sujet. Et à son sujet à elle. Et moi, je me faisais du souci pour eux deux, sans savoir ce qui se passait au juste. Je déteste penser qu'il était inquiet ou malheureux à cause d'elle. Je crois que je ne l'ai jamais tout à fait pardonné à ta mère. Peut-être aurait-elle changé, peut-être serait-elle devenue meilleure en vieillissant. Je veux le croire. Et je veux que tu le croies aussi. »

Elles achevèrent leur labeur dans un silence gêné.

À un moment, Annabelle déclara, d'une voix emplie de regret et un tantinet accusatrice : « C'est toi qui as absolument tenu à ce que je te le dise.

— Je suis contente que tu l'aies fait. Enfin, pas contente, mais... Tu comprends.

— Tu veux connaître la vérité. »

Jody hocha la tête, puis feignit d'avoir une poussière dans l'œil, et ôta ses gants pour essuyer les larmes au coin de ses paupières. Sa grand-mère, reniflant comme si elle aussi était incommodée par la poussière, ne tenta pas de la consoler, mais lui laissa le temps d'assimiler cette nouvelle révélation. Sa mère, cette fille si belle, snob et trop gâtée, était également une voleuse.

Elles ne reparlèrent pas de Collin Crosby.

Jody passa le reste de l'après-midi à travailler au côté de sa grand-mère, mais en pensant sans cesse à lui. Où était-il en ce moment ? Que faisait-il ? Comment allait-il ? Pouvait-elle faire quoi que ce soit pour l'aider à... ?

Elle secoua la tête, malheureuse pour lui et envahie d'un profond sentiment de solitude.

C'était impossible. L'histoire de leurs deux familles, si tragiquement liées l'une à l'autre, s'interposait entre eux. Sa propre famille, à elle seule, constituait un obstacle plus imposant que les Testament Rocks, aussi dure et inébranlable que la pierre dès qu'il était question de Billy Crosby.

Je devrais cesser de penser à Collin et ne plus l'approcher, car c'est encore la meilleure et la seule façon dont je puisse lui venir en aide, se dit-elle.

Quatre heures plus tard, Jody découvrit que cette décision ne dépendait pas que d'elle seule. Quand le téléphone sonna après le dîner et qu'elle entendit la voix de Collin, elle s'empara du combiné sans fil, murmura : « Ne quitte pas » et se rua dans la cour, où personne ne risquerait de l'entendre.

« Collin, dit-elle. Comment... »

Il ne lui laissa pas la possibilité de poser sa question.

« Jody, il faut que je te dise une chose que personne d'autre n'a envie de savoir. » Pas de : « Bonjour », pas de : « Comment vas-tu ? » Il alla droit au but, comme s'il n'avait pas de temps à perdre, ou pensait qu'elle n'en avait pas. Elle serra le combiné avec force, mais c'était en réalité au son de sa voix qu'elle s'agrippait, ne sachant pas quand, ou si, elle l'entendrait de nouveau. « Si tu ne peux pas parler librement, contente-toi d'écouter. Je ne crois pas que Billy ait tué maman. J'ai mis une demi-heure à surmonter le premier choc, et ensuite, j'ai pris conscience que quelque chose ne collait pas. Où se serait-il procuré l'arme ? Il n'y en avait pas dans la maison. Il n'en avait sûrement pas sur lui à sa sortie de prison. Il n'y en avait pas dans ma voiture, ni dans celle de maman, et je te jure qu'il n'y en avait aucune chez nous.

— N'aurait-il pas pu en cacher une quelque part, avant son arrestation ?

— Il aurait pu, oui, mais la maison n'est pas grande et j'en connais le moindre recoin, à force de bricoler pour maman. Peindre, réparer le toit, refaire l'isolation, démonter les vieux placards pour en installer des neufs. Je l'ai explorée de la cave au grenier, je t'assure, et il n'y avait pas de pistolet. Jody, la seule manière dont il aurait pu s'en procurer un, c'est par l'intermédiaire de quelqu'un qui se serait introduit dans l'arrière-cour et le lui aurait collé entre les mains pendant qu'il se prélassait dans le hamac.

— Et cela n'a pas été le cas.

— Non. C'est impossible.

— Je ne sais que dire. Pourquoi quelqu'un aurait-il voulu tuer ta... Oh. »

Il lui vint soudain à l'esprit que c'était exactement ainsi que l'on s'y serait pris pour faire accuser Billy.

« Oh, mon Dieu, Collin ! Je ne sais pas quoi dire.

— C'est déjà bien que tu ne me répondes pas que je divague.

— Je ne ferais jamais une chose pareille. Où es-tu ?

— Au Henderson Motel. J'attends de voir ce qui va se passer.

— Sais-tu où se cache ton père ?

— Non. Si je le savais, j'en informerais la police.

— Même si tu penses que ce n'est pas lui le coupable ?

— J'ai peur de ce qu'il fera s'il est aussi désespéré et en colère que je crois qu'il l'est. Il n'a pas d'argent, il n'a rien, à part la voiture de maman – même pas de quoi remplir le réservoir quand il sera à sec, ce qui s'est probablement déjà produit à cette heure. Il n'est pas très intelligent, Jody. C'est un homme coriace au sens physique du terme, qui a toujours couru au-devant des ennuis et continuera à le faire jusqu'à ce que ça le tue. Je n'ai pas envie que quelqu'un d'autre se fasse tuer avant.

— Que puis-je faire ? »

Il resta un instant silencieux. « Je n'aurais sans doute même pas dû t'appeler. Je dois te paraître complètement obsédé par cette histoire, et je suppose que je l'ai effectivement été d'une certaine manière, pendant des années.

— Ce n'est rien, répondit-elle d'une voix douce. Nous sommes tous les deux un peu cinglés.

— Je t'ai appelée simplement parce que... j'en éprouvais le besoin. » Un nouveau silence, puis : « Je pensais vraiment ce que je t'ai dit cette nuit, Jody. » Il ajouta ensuite : « J'ai un autre appel. Je vais le prendre, au cas où ça concernerait Billy. » Un rapide au revoir, et ce fut terminé. Jody appuya sur une touche pour revoir son numéro et le mémoriser. Peut-être ne le rappellerait-elle jamais, mais cela la rassurait de savoir qu'elle pouvait le joindre.

En se retournant, elle vit son grand-père se diriger à grands pas vers elle à travers la pelouse.

Elle pressa le téléphone contre sa poitrine, espérant qu'il ne lui demanderait pas qui avait appelé.

Mais tout ce qu'il lui dit, ce fut : « Voudrais-tu faire un saut chez Red, Jody ? J'ai téléphoné une dizaine de fois au moins, je te jure, et je tombe chaque fois sur la messagerie, sur son fixe comme sur son portable. Je commence à en avoir assez. Il pourrait au moins nous faire savoir où il est et ce qu'il fabrique. J'ai appelé Chase et Bobby, et aucun d'eux ne l'a chargé d'une course. Je ne sais vraiment pas ce qui se passe.

— Pas de problème, grand-père.

— J'ai presque envie de t'accompagner pour lui sonner les cloches.

— Non, non, reste ici. Je m'en occupe. »

Si elle n'avait pas été bouleversée par sa conversation avec Collin, la situation lui aurait sûrement paru très drôle. Hier encore, elle faisait de son mieux pour que ses proches ne les pincent pas en flagrant délit, Red et elle ; ce soir, elle s'efforçait d'éviter qu'ils ne le surprennent avec une autre femme. Confrontée à l'embarrassante perspective d'aller frapper à sa porte, elle ironisa en son for intérieur : « Qui que ce soit, mon pote, j'espère qu'elle en vaut la peine. »

35

La maison de Red n'était qu'à deux ou trois cents de mètres de distance, au bas d'une déclivité qui la dissimulait aux habitants du ranch, préservant ainsi son intimité comme celle des Linder. Quand Jody était petite, sa grand-mère l'envoyait de temps à autre jusqu'à la boîte aux lettres qui se trouvait à l'entrée de la propriété, près de l'habitation réservée à l'ouvrier agricole, afin que l'enfant qu'elle était puisse dépenser son trop-plein d'énergie. Aujourd'hui, elle suivait cette même direction, mais à pas lents, et non en courant comme autrefois, dressant mentalement une liste des femmes célibataires qu'elle connaissait dans le comté, et essayant de deviner qui était l'élue. Penser à la nouvelle liaison de Red lui était plus facile que de penser à l'appel de Collin et à tout ce que cela pouvait impliquer pour elle, pour lui, pour sa famille et pour un grand nombre de gens.

C'était une belle soirée, fraîche et parfumée.

Le crépuscule était déjà tombé et la nuit approchait.

Jody avait emporté une lampe de poche afin de pouvoir rentrer sans problème, mais elle ne l'avait pas encore allumée.

La maison de Red lui apparut et elle s'immobilisa à cette vue.

Sa camionnette était là et la porte du garage toujours baissée.

Elle allait s'avancer jusqu'à la porte, sonner comme n'importe quel visiteur ordinaire, et si c'était sa petite amie qui lui ouvrait, elle lui demanderait d'un air innocent. « Salut. Red est là ? Puis-je lui parler, s'il vous plaît ? »

Arrivée devant l'entrée, elle appuya sur la sonnette, puis frappa.

Personne ne répondit, bien qu'elle entendît la télévision brailler à plein volume dans la chambre. Elle sonna de nouveau, frappa plus fort, afin de leur laisser le temps de s'habiller, si c'était là le problème. Après avoir attendu quelques minutes sans plus de résultat, elle contourna les buissons bordant la maison pour gagner le garage. La chienne de Red marchait de long en large devant la porte close.

Elle n'essaya pas de caresser l'animal que son maître avait baptisé La Bête.

Elle ressemblait à un bouvier australien mâtiné de husky, cette chienne au pelage gris et fauve que Red avait trouvée sur le bord de la route, près du portail. Il considérait cette rencontre comme l'un des plus grands miracles de son existence – voir soudain devant lui, comme surgi de nulle part, un authentique chien de chasse en quête d'un foyer ! Pendant longtemps, elle s'était comportée comme un animal battu, avant de commencer à remuer sa queue courbe et touffue quand Red allait la nourrir.

La Bête n'était pas méchante, mais elle n'était pas non plus affectueuse.

Robuste et musclée, une étrange lueur dans les yeux, elle se tenait devant la porte du garage, regardant fixement Jody.

« Tu as faim, ma fille ? »

Cela ne ressemblait pas à Red d'oublier de nourrir les bêtes, qu'il s'agisse du bétail ou des animaux domestiques, et il semblait qu'il ait commis aujourd'hui plusieurs omissions – les chevaux, les vaches, et son propre chien.

À l'autre bout du garage, là où aucune femme n'aurait pu la voir depuis la maison, Jody dénicha un vieux seau qu'elle plaça sous la fenêtre. Puis elle grimpa dessus et regarda à travers la vitre sale.

La visiteuse de Red conduisait une Ford Taurus rouge que Jody eut l'impression d'avoir déjà vue.

Mais où, et qui était sa propriétaire ?

Elle descendit de son perchoir et se dirigea cette fois vers la porte de derrière.

Hormis la lumière provenant de l'éclairage à l'intérieur de la maison, la cour était plongée dans le noir, aussi Jody alluma-t-elle sa lampe de poche avant d'avancer avec précaution, regardant où elle posait les pieds afin de ne pas trébucher sur un tuyau d'arrosage ou un autre obstacle. En s'approchant du perron, elle s'aperçut que La Bête la suivait en silence. La chienne avait les poils hérissés, comme si elle n'aimait pas la personne qui avait rendu visite à Red, et un grondement sourd montait de sa gorge.

Jody constata que la moustiquaire était fermée mais que la porte derrière elle était entrouverte.

Elle tira sur le battant grillagé, s'attendant à le trouver verrouillé, mais il ne l'était pas.

Cela n'était encore jamais arrivé. Dans une petite ville où pratiquement personne ne jugeait utile de prendre de telles précautions, Red fermait toujours sa porte de derrière à clé, par respect envers une propriété qui n'était pas la sienne, mais celle de ses employeurs.

De plus en plus contrariée par ces négligences en série, Jody frappa avec force, puis tira la porte et cria : « Red ! Tu es là ? »

Comme il ne répondait pas, elle pénétra dans la cuisine.

La chienne l'imita, et Jody referma la porte.

Puis, baissant les yeux vers l'animal dont le pelage tacheté se dressait sur l'échine, elle murmura : « Trouve-le, ma fille. »

La Bête traversa la cuisine pour aller droit dans le séjour, où elle s'immobilisa pour regarder autour d'elle et flairer un peu partout. Le volume de la télévision était si puissant que Jody craignit qu'il n'endommage l'ouïe de la chienne, mais cela n'empêcha pas La Bête de se précipiter d'un air agressif vers l'endroit d'où émanait le bruit. Jody la suivit dans le petit couloir où se trouvaient les chambres et la vit entrer dans celle de Red.

Elle entendit La Bête aboyer puis se mettre à gémir.

Elle se rua dans la pièce et poussa un cri en voyant ce qu'avait découvert la chienne : Red Bosch était étendu à plat ventre sur le lit, seul. Son dos n'était qu'une bouillie sanglante ; la balle qui l'avait tué l'avait déchiré de part en part. À l'instant même où elle prenait conscience qu'il était mort, elle se rappela également où elle avait vu la vieille Ford Taurus, et à qui elle appartenait.

C'était la voiture de Valentine Crosby, celle que Billy avait volée la nuit dernière.

Levant les yeux vers l'armoire à fusils placée contre un mur, elle s'aperçut que la vitrine avait été fracassée. Si Billy Crosby ne se trouvait pas en possession d'une arme au moment où sa femme avait été tuée, ce n'était plus le cas à présent.

Elle ne prit pas le temps de réfléchir ou de pleurer, mais obéit seulement à un instinct élémentaire de conservation, une sorte d'automatisme, car elle avait déjà épuisé à cet instant toutes ses ressources émotionnelles et physiques. Son premier geste ne fut pas d'appeler le shérif, ni ses grands-parents : le numéro qu'elle composa sur le clavier de son portable était celui qu'elle venait juste de mémoriser. Tandis que, tel un zombie, elle sortait de cette pièce effroyable et bruyante, traversait le séjour et se dirigeait vers la porte d'entrée, elle entendit la sonnerie retentir une seule fois à l'autre bout de la ligne avant qu'il ne réponde en prononçant son nom.

« Collin, je suis chez Red. Il a été tué. »

Avant qu'il ait pu dire quoi que ce soit, elle poursuivit, tout en ouvrant la porte : « Je crois que ton père possède une arme à présent, ou même plusieurs, et comme la voiture de ta mère est toujours dans le garage de Red, et sa camionnette garée devant la maison, cela signifie probablement que ton père se trouve encore dans les parages, lui aussi. »

Elle entendit Collin prononcer de nouveau son prénom, à l'instant précis où elle franchissait le seuil et refermait la porte derrière elle.

Émergeant de l'obscurité, une main robuste lui empoigna le bras, celui qui tenait le téléphone.

Jody hurla et lâcha l'appareil. D'un mouvement brusque, la main l'obligea à pivoter sur elle-même, et elle se trouva face à Billy Crosby. Elle cria de nouveau en voyant qu'il tenait un pistolet dans son autre main. « Ferme-la », lui ordonna-t-il, en la tirant avec tant de force qu'elle fut obligée de le suivre si elle ne voulait pas tomber. Luttant de son mieux pour ne pas perdre l'équilibre et tâchant d'éviter l'arme braquée sur elle, elle se laissa entraîner vers la camionnette de Red. Billy la jeta sur le siège du passager avant de s'installer au volant. Il avait bu – elle sentait sur lui l'odeur de l'alcool – mais elle ne savait pas s'il était ivre.

Elle entendit la chienne de Red se jeter contre la porte de derrière en aboyant furieusement.

Réprimant un gémissement de douleur, car il l'avait poussée à l'intérieur du véhicule avec brutalité, Jody laissa exploser sa colère et sa peine.

« Red ! Vous avez tué Red ! Il croyait en vous. Il était allé vous voir à la…

— Une fois. Il est venu une seule fois. Où était-il, le reste du temps ?

— Mais *Red*…, protesta-t-elle, dans un cri de souffrance. C'était un type bien, *un type bien !*

— Il ne voulait pas me donner ses armes.

— Alors vous l'avez tué ?

— J'avais besoin d'un flingue ! » rétorqua-t-il, comme si cela lui paraissait une justification évidente.

Horrifiée, elle se laissa retomber contre le dossier du siège, le souffle coupé par la peur et le chagrin. Une fois de plus, avec une force terrifiante, elle fut frappée de constater que, même si cet homme n'avait pas tué ses parents, cela ne faisait pas pour autant de lui quelqu'un de bon. On pouvait être non coupable sans être innocent, avait dit Collin. Après le meurtre de Red, aucun de ces termes ne s'appliquait plus à son père.

« *Red*, murmura-t-elle, accablée.

— Ta gueule.

— Cette fois, vous l'avez bel et bien fait, n'est-ce pas ? »

Il tourna la tête pour la regarder dans la pénombre. « Pourquoi pas ? Au bout d'un moment, on finit par en avoir marre d'être puni pour un crime qu'on n'a pas commis, alors, pourquoi s'en priver, hein ? Tu le sais ? Pourquoi s'en priver, bordel ? Quand j'étais jeune, je n'étais qu'un petit con, un voyou minable. Tu vois ce que je veux dire ? Je conduisais en état d'ébriété, j'ai cisaillé quelques clôtures, pas de quoi fouetter un chat. On prend quatre-vingt-dix jours, normalement, pour des conneries de ce genre. Mais moi, combien je me suis ramassé ? Quarante ans ! Je n'étais qu'un voyou, et on m'a condamné pour meurtre. C'est la justice, ça ? J'ai été envoyé en taule à la place d'un autre. Un autre qui était plus intelligent et plus méchant que moi. J'ai vécu dans *sa* cellule, mangé *sa* bouffe infecte. On m'a fait vivre sa vie à lui et on m'a volé la mienne. Et lui, il est où ? En train de vivre ma vie à ma place ? Peut-être qu'il est marié ? Qu'il a des enfants ? Un boulot ? Si je pouvais le tuer, *lui*, ça me soulagerait bien. »

Il brandit les clés de la camionnette. Elles brillèrent dans la lueur des cadrans du tableau de bord quand il mit le contact. Tandis qu'il démarrait et s'engageait dans la longue allée de gravier tous feux éteints, il grommela : « Ils m'ont tout pris. Je vais leur en faire autant, et on verra si ça leur fait plaisir. »

36

C'était à peine si elle osait encore respirer, tant elle craignait que le moindre geste de sa part ne l'incite à appuyer sur la détente. Elle ignorait dans quelle mesure il était encore lucide ou capable de se maîtriser, nerveusement et physiquement. Mais à en juger par la témérité de sa conduite et la façon dont il dut zigzaguer à plusieurs reprises pour éviter de basculer dans les fossés de drainage bordant l'allée, il devait être ivre. Red gardait une réserve de bière et de whisky dans sa maison, et Jody était persuadée que Billy avait copieusement puisé dedans.

Il s'était mis à parler à jet continu, en tournant fréquemment la tête pour la contempler.

« J'étais jeune, et ils m'ont pris ma jeunesse. Ils m'ont volé toutes ces années. J'avais une femme et un gosse, et ils m'ont séparé de Val et de Collin. J'avais un boulot, et ton grand-père allait me virer, me priver de mon salaire et me laisser sans rien. »

Il hurlait certains mots, en murmurait d'autres, d'une voix basse, inquiétante.

« Ils ont monté une machination contre moi, pour que j'aie l'air coupable. Mais je n'ai jamais tué ton père ! Je n'ai jamais rien fait à ta mère ! Ton père était un brave type, mais elle, c'était une garce. Je n'en avais rien à foutre d'elle ! Je n'ai rien fait de tout ça. Et maintenant, ils ont tué Valentine et ils veulent aussi me coller ça sur le dos. Pourquoi ils me font ça ? » Il lui lança un regard furibond, détournant les yeux de la route, et la camionnette décrivit une embardée vers la gauche. Billy redressa trop brusquement et Jody fut projetée contre la portière, s'éloignant du canon, puis se heurtant si violemment contre le métal de l'arme qu'elle laissa échapper un cri de douleur.

« Pourquoi ? Pourquoi ils ont fait ça ? Ils ont bousillé ma vie. Ils m'ont tout pris. Je n'ai plus rien. Je suis libre, et après ? Ma femme est morte. Mon garçon me hait. Je ne peux pas rentrer chez moi. Ils veulent me renvoyer en prison. Mais je ne me laisserai pas faire. Je n'y retournerai pas. Pas question. Ils devront me tuer d'abord, j'en ai plus rien à foutre ! La vie, c'est de la merde. Ma vie, c'est de la merde. Alors, je vais leur foutre leur vie en l'air, à eux aussi. Ils m'ont tout pris ? Eh bien, leur tour est enfin venu et je vais tout lui prendre, à ton salopard de grand-père. »

Elle était persuadée qu'il allait le faire et se détestait pour cela. Elle ne voulait pas ressentir la moindre compassion à son égard, comprendre sa rage, elle ne voulait pas se dire : À sa place, qu'est-ce que j'éprouverais ? Qu'est-ce que je ferais ? Et elle pensait constamment : C'est le père de Collin. *Son* père. Peut-être Collin n'aimait-il et ne respectait-il cet homme pas davantage qu'elle, mais il avait consacré sa vie à tenter de lui donner une autre chance. Une partie d'elle-même avait envie de se jeter sur Billy, de le désarmer, de lui faire mal, de le tuer si nécessaire. L'autre partie avait envie de lui dire qu'elle était désolée. *Mon Dieu*. Non. Elle refusait d'être désolée pour lui. « Rappelle-toi qui est la victime », avait dit l'oncle Chase. Mais il y en avait plusieurs, dans cette tragédie, et ce qu'elle avait répondu était encore plus vrai : on ne lui avait pas appris à se poser en victime et elle n'avait jamais eu le sentiment d'en être une.

« Ils croyaient que c'était vous, dit-elle.

— Je me fiche de ce qu'ils croyaient. Ce qui compte, c'est ce qu'ils ont fait. Et de toute façon, quelqu'un savait bien que ce n'était pas moi, n'est-ce pas ? »

Il réduisit la vitesse en approchant de la maison, et son débit pâteux ralentit également. Finalement, dans un silence presque total, ils s'arrêtèrent à une vingtaine de mètres de la porte et il coupa le moteur. Saisissant Jody par le bras gauche, il la tira par-dessus le siège, lui cognant la tête contre le volant au passage, et la traîna brutalement sur la pelouse. Elle serra les dents pour s'empêcher de crier et demeura étendue à ses pieds, à moitié assommée, jusqu'à ce qu'il la remette debout sans ménagement.

Cette fois, il se plaça derrière elle, pointant le pistolet entre ses omoplates. Puis il la poussa vers la maison.

Jody vit que les lumières étaient allumées à l'intérieur, en bas comme en haut.

Où sont les chiens ? se demanda-t-elle. À cette heure de la nuit, ils aimaient bien se balader, parcourir la prairie pour chasser les coyotes ou ramener les veaux près de leurs mères s'ils s'en écartaient un peu. Mentalement, elle les implora : « Revenez ! » Il y avait ici un prédateur bien pire qu'un coyote, aussi dangereux qu'un loup enragé, et il menaçait leur foyer.

« Stop », lui ordonna-t-il.

Elle l'entendit fouiller dans ses poches, puis il lui fourra quelque chose sous le nez et elle respira une odeur de tabac.

« Sors-moi une cigarette. »

Elle prit une Camel entre ses doigts tremblants et la lui tendit par-dessus son épaule.

« Maintenant, allume-la », dit-il en lui donnant une pochette d'allumettes.

Elle obéit et il souffla la fumée vers elle.

Plusieurs minutes s'écoulèrent ainsi en silence. Jody avait l'impression que Billy n'avait pas de plan bien établi. Il improvisait au fur et à mesure, de la même façon qu'il s'était emparé d'elle quand l'occasion s'était présentée. Mais cette découverte ne la rassurait pas le moins du monde, car il n'en paraissait que plus dangereux et imprévisible.

D'une pichenette, Billy projeta vers le sol la cigarette encore allumée.

L'herbe était sèche, et il ne lui fallut que quelques secondes pour prendre feu.

Instinctivement, Jody fit un pas en avant pour écraser les flammes sous son pied.

Il l'empoigna par l'épaule et enfonça plus profondément le canon dans son dos.

« Tiens-toi tranquille, bordel. » Puis, tel un gamin devant un nouveau jouet, il reprit d'une voix ravie : « Regarde-moi ça ! Ç'a foutu le feu à cette maudite herbe, hein ? Tu ne trouves pas que ça donne une jolie lumière ? »

Il lui glissa de nouveau la pochette d'allumettes entre les mains.

« Avance. Et allumes-en une autre. »

Elle s'exécuta et jeta l'allumette enflammée un peu plus loin dans l'herbe sèche quand il le lui commanda. Il poussa Jody avec son canon, et elle répéta son geste. Ils progressèrent lentement vers la maison, allumant de nouveaux feux sur leur chemin tandis que ceux qu'ils avaient semés derrière eux commençaient à s'étendre. Jody priait pour qu'ils ne se rejoignent pas et ne deviennent incontrôlables, tout en espérant en même temps qu'ils prennent suffisamment d'ampleur pour attirer l'attention de ses grands-parents. En esprit, elle vit Annabelle regarder par la fenêtre et plisser le front en apercevant cette lueur orange insolite. Elle l'imagina appelant d'un ton inquiet : « Hugh ? Hugh ! » S'ils voyaient les flammes, ils pourraient prévenir les secours. Et ils pourraient s'échapper par la porte de derrière.

Je vous en prie, surtout ne venez pas par ici..., songea-t-elle.

Mais ce serait bien sûr leur première réaction.

Ils sortiraient par la porte de devant et se placeraient directement dans la ligne de mire de Billy.

Si cela se produisait, résolut Jody, elle se jetterait sur lui, au risque de prendre une balle dans le corps. Elle devait seulement espérer qu'elle ne la tuerait pas sur le coup. Elle ferait l'impossible pour l'empêcher de faire du mal aux deux personnes à qui elle devait tout.

Elle refusa de penser à ce que serait la vie de ses grands-parents s'ils la perdaient. Ils avaient de la ressource, se dit-elle, ils trouveraient un moyen de s'en sortir.

Elle se décida enfin à lui déclarer : « Je sais que vous n'avez pas tué mon père.

— Bon Dieu, non. »

Ce n'était pas la réponse étonnée et satisfaite qu'elle avait escomptée, mais elle fit une nouvelle tentative. « Et je sais que vous n'avez rien fait à ma mère, et que vous n'avez pas tué votre femme. » Elle n'était même pas sûre d'y croire, mais elle le dit quand même, faisant sienne la conviction de Collin. Elle ne parla pas de Red. Si Billy n'était coupable d'aucun meurtre avant celui-là, il avait bien assassiné le cow-boy. Et son but, dans l'immédiat, était de l'empêcher d'en commettre d'autres.

« Collin a réussi à vous faire libérer une fois, et il y réussira encore.

— C'est trop tard, maintenant. »

Le cœur de Jody se serra. Billy était conscient qu'en tuant Red il avait scellé son destin. Ainsi qu'il l'avait déclaré, il n'avait plus rien à perdre désormais.

Entendant un craquement derrière elle, en même temps qu'elle percevait une sensation de chaleur, elle tourna la tête imperceptiblement, de manière à regarder le feu sans s'attirer la colère de Billy. Ce qu'elle vit la terrifia. Ses pires craintes se confirmaient. Les différents foyers s'étaient rejoints, dévorant l'herbe sèche comme de l'amadou dans leur progression inexorable, se fondant en un mur de flammes toujours plus grand, plus haut, plus brûlant.

Bientôt il serait sur leurs talons.

Billy y avait-il pensé ? Savait-il que le feu les rattraperait sans doute avant d'atteindre la maison ?

Elle était sur le point de se tourner vers lui pour le lui crier quand elle aperçut une vision tout aussi terrifiante s'avançant vers eux par une brèche dans la muraille de flammes, qui arrivait à présent à hauteur de hanche. Grand-père ! Immense, les épaules larges, le visage tendu par la haine et la détermination, ses cheveux blancs brillant dans la lumière de l'incendie, il ressemblait à quelque prophète tout droit sorti de l'Ancien Testament – mais un prophète tenant un fusil de chasse dans ses énormes mains.

Comment est-il arrivé ici ? Comment peut-il se trouver ici ?

Rapidement, le cœur battant à grands coups, elle se détourna et continua d'avancer au côté de Billy.

Elle tendit l'oreille, attendant le moment propice pour aider son grand-père.

Quand il lui sembla entendre son pas sur le gravier, elle trébucha pour distraire l'attention de Billy et ralentir leur marche. Il lui enfonça brutalement le pistolet dans les côtes, lui fournissant un prétexte pour se laisser tomber au sol et se mettre ainsi hors de la ligne de mire. Pressée contre l'herbe qui ne tarderait sans doute pas à s'enflammer, elle aspira l'air avec avidité et pria pour la délivrance.

« Qu'est-ce que… ? » laissa échapper Billy avant que le canon du fusil de son grand-père ne s'abatte violemment sur sa main, envoyant voltiger le pistolet. Il cria de douleur et, perdant l'équilibre, mit un genou à terre.

Jody plongea vers l'arme en même temps que lui.

Sa main droite touchait presque la crosse quand elle entendit son grand-père déclarer : « Ne bouge plus, Billy, ou je te fais exploser la tête. »

À cet instant, elle se demanda si le forcené préférerait réellement mourir que de retourner en prison. Nous allons bientôt le savoir. Collin, je suis désolée. La main gauche de Billy n'était qu'à quelques centimètres du pistolet. Jody avança la sienne, mais Billy ne fit plus un geste. Elle obtint la réponse à la question quand elle referma sa main sur l'arme et que Billy éloigna la sienne, puis demeura immobile. Le doigt sur la détente, elle se redressa et rejoignit son grand-père.

« J'ai la situation en main, lui dit-il, appuyant le canon de son fusil contre la joue de l'homme étendu à terre. Tu trouveras ta grand-mère près de l'écurie. Nous t'attendions. Dis-lui que c'est fini. Toutes les deux, vous pourrez éteindre le feu pendant que je surveille Billy jusqu'à l'arrivée du shérif. Et cette fois, les preuves ne pourront pas être mises en doute.

— Comment avez-vous su ? » demanda-t-elle avant de courir vers l'écurie.

Sans quitter son prisonnier des yeux, son grand-père répondit : « C'est le fils de Billy qui nous a prévenus. »

37

Deux soirs plus tard, Jody retrouva Collin qui l'attendait près de sa voiture, face aux Testament Rocks. Son père était en prison, accusé de crimes si nombreux que, s'il était reconnu coupable d'un seul d'entre eux, la question de son innocence dans le meurtre du père de Jody ne se poserait même plus. Dans tous les cas, Billy Crosby passerait le reste de sa vie derrière les barreaux.

« Marchons un peu, suggéra-t-elle. Ça ne t'ennuie pas ? »

Il hocha la tête et lui prit la main.

« Tout va bien au ranch ? lui demanda-t-il.

— Oui. Grand-mère et moi, nous avons sorti des grandes bâches de l'écurie et nous les avons jetées sur les flammes pour les étouffer. Puis nous nous sommes servies du tuyau d'arrosage pour achever de les éteindre. L'herbe est noircie par endroits, mais elle repoussera. »

Collin s'arrêta et la fit pivoter face à lui pour pouvoir la contempler.

« Et toi ? T'a-t-il fait du mal ? »

Sous son jean et sa chemise à manches longues, elle était couverte de bleus ; ses côtes et d'autres parties de son corps étaient encore si endolories qu'elle était obligée de se déplacer avec précaution. « Ça peut aller. Merci. Je ne m'en serais sans doute pas aussi bien sortie si tu n'avais pas appelé mes grands-parents.

— J'ai eu la peur de ma vie quand tu t'es mise à hurler. Et puis j'ai entendu sa voix. Je suis vraiment désolé, Jody.

— Ce n'est pas ta faute. » Devant son air triste, elle ajouta : « C'est impossible, n'est-ce pas ?

— Oui, répondit-il tout bas, d'une voix lourde de regret – comme le cœur de Jody elle-même. Ta famille…

— Ils sont toujours persuadés que ton père a tué mes parents. Et ils te rendent responsable de la mort de Red, parce que ça ne serait pas arrivé si tu n'avais pas fait libérer Billy. » En prononçant le nom de Red, elle sentit sa gorge se contracter et dut baisser les yeux pour dissimuler ses larmes.

« Je doute qu'ils changent d'avis un jour », dit Collin.

Sans plus se soucier de cacher son émotion, Jody releva la tête. En voyant ses yeux humides, il la serra dans ses bras. Quand il la sentit tressaillir de douleur – bien qu'elle tentât désespérément de s'en empêcher – il la libéra. Mais son éducation lui avait appris à se montrer courageuse, et c'est ce qu'elle fit. « Dans ce cas, nous n'aurons peut-être jamais l'occasion de nous revoir, Collin. Je ne peux pas abandonner ma famille. » Le regardant au fond des yeux, elle ajouta : « Mais je ne supporte pas l'idée de n'avoir jamais pu t'aimer. »

Main dans la main, ils regagnèrent la voiture de Collin.

Comme des adolescents, comme le couple qu'ils auraient pu former si la vie le leur avait permis, ils firent l'amour sur le siège arrière, avec retenue au début, à cause des contusions dont elle était couverte, puis avec plus d'abandon quand son corps perdit sa raideur initiale et qu'elle refusa de se laisser arrêter par la douleur. Ils rirent et pleurèrent en se disant adieu pour toujours. Après, bien des heures après, Jody remonta dans son pick-up pour rentrer chez elle, et Collin retourna chez lui, à Topeka.

Jody alla dormir dans la plus petite des chambres d'amis, celle qui se trouvait tout au fond du couloir du premier étage et où personne d'autre dans sa famille ne voulait mettre les pieds. Elle s'étendit sur le lit de cette pièce où son père avait été tué. On pourrait supposer qu'elle finit par s'y endormir, épuisée d'avoir trop pleuré. Mais en fait, elle resta éveillée toute la nuit, à se dire que sa vie pouvait désormais se définir en un seul mot : jamais. Jamais je ne reverrai Collin. Jamais nous ne saurons qui a tué mon père. Jamais je ne saurai ce qui est arrivé à ma mère, songea-t-elle.

38

3 septembre 1986

En arrivant sur le palier du premier étage, Laurie lâcha la rampe à laquelle elle s'agrippait et, tournant la tête, s'aperçut qu'elle avait laissé de petites flaques d'eau de pluie sur chacune des marches. Zut, pensa-t-elle, avant de se dire que ce serait vite séché. Elle se sentait d'humeur téméraire et un peu pompette. Excitée aussi – par cette course sous une pluie battante, et le fait d'être à présent enfermée dans cette maison avec son séduisant beau-frère.

Chase sortit d'une des chambres d'amis, les bras chargés de vêtements secs. Il les avait enveloppés dans des serviettes pour empêcher qu'ils ne s'imprègnent de l'humidité dont il ruisselait.

« Tu es certaine de vouloir rester toute seule ici cette nuit ? lui demanda-t-il.

— Oui, répondit-elle d'une voix légèrement rêveuse. Ne t'inquiète pas. »

Il pencha la tête de côté et sourit. « Je crois que notre Laurie est complètement ronde. Pas vrai ?

— Peut-être, rétorqua-t-elle en gloussant. Et toi ?

— Non. Cette histoire avec Billy m'a complètement dégrisé, bon sang.

— C'est un abruti.

— Ouais. Sérieusement, comment feras-tu, en cas de coupure d'électricité ?

— Sérieusement, c'est la nuit. Je dormirai. Et puis, j'ai des bougies. »

Il remua les sourcils d'un air coquin. « Je pourrais te tenir compagnie.

— Tu ferais mieux de partir d'ici avant que ton père vienne te chercher. »

Ils se mirent tous les deux à rire. Elle adorait flirter avec Chase, le faire marcher, et l'on voyait bien qu'il appréciait également ce jeu. Mais cela n'irait jamais plus loin, elle en avait conscience : malgré ses écarts de conduite, il y avait des choses que Chase ne ferait jamais. Et coucher avec la femme de son frère figurait tout en haut de la liste de ces tabous. Parfois, Laurie se disait que, aussi invraisemblable que cela puisse paraître, de tous les Linder, Chase était celui qui ressemblait le plus à son père, et que son comportement de play-boy n'était qu'une façade derrière laquelle se dissimulaient des principes rigoureux : tu feras ton travail, tu respecteras tes aînés et tu ne créeras pas d'embrouilles dans la famille. Hugh-Jay était d'un caractère plus indulgent. Et ce n'était pas Chase qui s'était fait virer de l'université, après tout, mais Bobby. Tout le monde à Rose s'était attendu à ce que Chase, fidèle à sa réputation, tente de conquérir Laurie, mais il ne lui avait jamais fait de gringue, et elle avait fini par comprendre que c'était parce qu'il avait deviné très tôt que Hugh-Jay était épris d'elle.

« Dors bien, lui dit-il avant de dévaler les marches deux à deux.

— Bonne nuit, Chase ! » cria-t-elle. Elle laissa échapper un petit rire, car il se sauvait comme s'il avait peur d'elle. L'espace d'un instant, elle envisagea de le rappeler et d'essayer de le retenir, mais il lui restait suffisamment de lucidité pour se rendre compte que c'était une mauvaise idée : il ne faiblirait pas, et elle serait mortifiée.

Et puis, cela lui plaisait bien d'être une Linder – même s'ils l'agaçaient souvent.

Cela lui plaisait bien qu'on lui offre un séjour dans cet hôtel chic du Colorado, par exemple.

Avant même d'entendre la porte d'entrée claquer derrière Chase, elle était déjà en train d'ôter ses vêtements mouillés, tirant sur la fermeture à glissière de son short, faisant passer son T-shirt par-dessus sa tête, dégrafant son soutien-gorge et le laissant tomber au sol avant de se diriger en dansant vers la salle de bains attenante à sa chambre.

Elle entra dans la cabine de douche et laissa l'eau cascader sur son corps. On prétendait que c'était dangereux de se doucher pendant un orage, mais elle ne s'en préoccupait pas. Elle semblait être équipée depuis sa naissance d'une espèce de paratonnerre naturel, qui l'avait toujours préservée de la malchance.

En sortant de la douche, elle ne se sécha pas.

Elle avait monté l'escalier toute dégoulinante, elle le descendrait de même.

C'était merveilleux d'avoir toute la maison pour elle seule.

En haut des marches, elle s'aperçut brusquement que la demeure était plongée dans le noir. Elle appuya sur l'interrupteur, en vain. Pendant qu'elle était dans la salle de bains – où elle avait ouvert les volets pour n'être éclairée que par la lueur des éclairs et la flamme d'une bougie, sans recourir à la lumière électrique, le courant avait été coupé.

Elle ressentit une vive envie de déambuler toute nue dans la maison obscure, où nul ne pouvait la voir, ni à l'intérieur, ni à l'extérieur. Elle fit un pas dans l'escalier, puis quelques autres, et savoura le plaisir de se déplacer sans aucun vêtement, de sentir ses cuisses frotter l'une contre l'autre, ses bras nus effleurer sa chair.

Elle baissa les yeux pour contempler son corps et ce qu'elle vit lui plut.

Combien de garçons et d'hommes avaient-ils désiré le voir et le toucher, comme elle le faisait en ce moment ? Depuis qu'elle était enfant, elle avait conscience de l'attention qu'ils lui portaient et quelque chose dans leur regard la faisait frémir au plus secret d'elle-même. Elle replia son bras droit, le porta jusqu'à sa bouche et le lécha. Elle sentit sur sa langue un goût de miel. Voilà pourquoi les hommes raffolent de ma peau, se dit-elle avec un orgueil amusé : une saveur sensuelle et sucrée, qui faisait d'elle une pâtisserie délectable.

Elle rit tout haut en continuant à descendre les marches.

L'alcool rendait ses pensées confuses, et celles-ci se reportèrent tout à coup sur son autre beau-frère, ô combien pathétique.

Bobby l'amusait profondément. Croyait-il qu'elle n'avait pas remarqué comment il la mangeait des yeux ?

Elle se demanda si Hugh-Jay s'était aperçu qu'elle ne laissait pas ses beaux-frères indifférents.

Elle espérait que oui, car la jalousie le rendait encore plus désireux de lui plaire. De toute façon, elle était tellement furieuse contre lui qu'elle se fichait pas mal de ce qu'il pensait.

Comment *pouvait*-il ? Comment son propre mari pouvait-il l'accuser de vol ?

Ce n'était pas du vol mais une simple compensation, une manière de rendre la situation plus équitable.

Elle avait pris de l'argent dans les comptes du Colorado, mais rien qu'un peu.

« C'est mon droit », dit-elle à voix haute dans l'obscurité, en atteignant le rez-de-chaussée. Les Linder étaient des radins, de son point de vue. Sinon, elle n'aurait pas eu besoin de renflouer son propre compte en banque avec des sommes aussi misérables… De la petite monnaie, en fait, quelques dollars par-ci, par-là pour s'offrir quelque chose de beau, ou acheter une jolie robe à sa fille afin que les gens l'admirent. De plus, elle effectuait le travail dont Hugh-Jay était censé se charger, mais pour lequel il n'avait aucune aptitude, et, par conséquent, elle ne faisait que prélever le salaire qu'ils étaient trop avares pour lui donner.

« C'est mon dû. »

À environ trois kilomètres de là, sur la véranda d'une ferme abandonnée où il était resté assis pendant des heures à regarder tomber la pluie, Hugh-Jay arrêta enfin sa décision.

Il était venu ici après avoir vu sa mère et sa fille à Rose. En les quittant, il se serait donné des coups, car il avait commis l'erreur de tourner à droite sous les yeux de sa mère, au lieu de prendre à gauche pour lui faire croire qu'il se dirigeait vers le Colorado. Il avait essayé de se convaincre que ça n'avait pas d'importance. Elle présumerait qu'il avait des courses à faire avant son départ ; elle ne soupçonnerait jamais qu'il n'avait pas quitté la ville.

Il avait donc tourné à droite et continué tout droit jusqu'à ce qu'il soit sorti de Rose.

Huit kilomètres plus loin à l'est, il avait mis son clignotant et s'était engagé sur une route menant à une ferme dont le propriétaire avait fait faillite quelques mois auparavant, et qui n'avait pas encore été vendue. Hugh-Jay avait été déprimé de constater que des terriers de chiens de prairie avaient déjà surgi en différents endroits. Ils finiraient par se rejoindre pour former une immense ville souterraine protégée par des sentinelles dressées sur leurs pattes de derrière au-dessus de l'entrée de chaque galerie. Il aurait pu trouver ces bestioles mignonnes, s'il n'avait pas su les dégâts qu'elles infligeaient aux prés et aux cultures. Sa sympathie allait au fermier acculé à la faillite et dont les biens avaient été vendus aux enchères sous le regard de sa femme et de ses enfants.

L'agriculture est une chose difficile, avait-il pensé en se garant devant la maison vide.

Mais pas autant que le mariage.

Il était sorti de son pick-up et s'était avancé lentement vers le perron, dont les lattes avaient craqué sous son poids.

Il avait posé sa main sur un poteau et palpé sa surface rugueuse à la peinture écaillée, respiré l'odeur rance d'humidité montant de dessous les marches délabrées.

Des gens qu'ils connaissaient avaient vécu ici. De petits enfants avaient joué sur ce perron et dans la cour, emplissant l'air des rires et des pleurs qui accompagnent les genoux écorchés, les têtes cabossées ou les sentiments meurtris. Il aurait juré pouvoir encore entendre l'un d'eux brailler : « Maman ! » Il avait lui aussi le cœur endolori à la pensée que, s'il ne trouvait pas un moyen de ressouder son couple, sa propre maison serait peut-être bientôt hantée par les voix d'une famille qui n'y habiterait plus.

Il s'était assis sur la balancelle et, d'un coup de talon, l'avait mise en mouvement.

Il devait prendre une décision et se sentait paralysé.

Son père l'envoyait dans le Colorado pour vérifier les comptes du ranch et s'assurer de l'honnêteté du gérant, mais Hugh-Jay savait que ce n'était pas nécessaire. L'intégrité de cet homme n'était pas en cause, ni son éthique, ou sa morale, ou quel que soit le nom qu'on donnait à ce qui vous empêchait de voler l'argent d'autrui.

Le gérant du ranch ne savait même pas qu'il y avait un problème. Quand il envoyait les factures, tout était parfaitement en ordre.

C'était seulement après leur passage par la maison de Hugh-Jay que des trous apparaissaient dans la comptabilité.

Comme il détestait la paperasserie, il avait demandé à Laurie de l'aider, et, petit à petit, c'était elle qui avait effectué à sa place tous les travaux comptables. Ils avaient tous les deux été surpris – et ravis – de découvrir qu'elle possédait une réelle aptitude pour les chiffres et, même si elle se plaignait, il croyait qu'elle se sentait fière de le surpasser dans ce domaine. Lui aussi, il était fier d'elle, et soulagé de se débarrasser d'une tâche qu'il se savait incapable d'accomplir de façon satisfaisante. Il avait hâte d'annoncer à son père que Laurie et lui formaient désormais une équipe. Il n'avait pas prévu qu'elle se débrouillerait pour détourner quelques dollars à droite et à gauche pour son usage personnel.

Cela lui avait fait un sacré choc, quand il s'en était aperçu.

Depuis qu'il connaissait la vérité, il en avait des brûlures d'estomac.

Il avait abordé le sujet – avec la plus grande délicatesse, croyait-il – deux jours auparavant, et Laurie avait piqué une crise, en hurlant : « Tu me traites de voleuse ? » Cette dispute, il le savait, était l'une des raisons pour lesquelles il s'en était pris avec une telle véhémence à ces étrangers qui avaient jeté une cigarette sur la route, et c'était également pourquoi il avait réagi de manière excessive en apprenant que Chase était retourné voir Laurie dans la matinée. Ne pouvant se résoudre à engueuler sa femme, il passait sa colère sur d'autres.

Elle était toujours furieuse contre lui et ne se privait pas de le lui faire savoir.

Voilà pourquoi il lui était tombé dessus par surprise, à l'heure du déjeuner. Il voulait se réconcilier avec elle, lui montrer qu'il l'aimait toujours, et il se doutait qu'elle se serait énervée contre lui s'il l'avait prévenue de son retour.

Mais son stratagème n'avait pas très bien fonctionné, se disait-il amèrement, s'assombrissant à ce souvenir.

Il aurait de la chance si, à ce train-là, elle ne le chassait pas de la chambre conjugale.

Bien sûr, il aurait pu aller dans le Colorado et rejeter la faute sur le gérant, mais il était hors de question d'incriminer à tort un innocent. Il avait donc le choix entre deux solutions, puisque son père ne se déclarerait pas satisfait avant que le problème ait été résolu et le voleur démasqué. Il manquait un peu trop d'argent, et les comptes avaient été maquillés de façon un peu trop voyante pour que Hugh-Jay puisse tenter de faire croire à de simples erreurs de calcul de sa part. L'alternative était simple : soit il avouait la vérité, mais Hugh senior ne pardonnerait jamais à sa belle-fille, ou, en tout cas, il ne la regarderait plus jamais de la même façon. Sa mère ne serait pas plus indulgente. De toute façon, ils n'avaient jamais beaucoup aimé Laurie.

Et s'il choisissait cette solution, Laurie ne lui pardonnerait jamais, à *lui*, et tout irait de mal en pis.

Soit il endossait la faute. Et perdait à jamais la confiance de son père.

Hugh senior avait des principes, et l'honnêteté en faisait partie.

Dans le jour déclinant, pendant que la pluie commençait à tomber et que les chiens de prairie surgissaient de leurs trous pour vérifier une dernière fois le temps qu'il faisait, il avait immobilisé la balancelle et pris sa tête entre ses mains.

Il se trouvait face à un dilemme atrocement douloureux : perdre l'affection de sa femme, ou le respect de son père.

« C'est une si petite somme ! s'était écriée Laurie. Qui s'en soucie ? Pourquoi en fais-tu toute une histoire ? »

Effectivement, la somme était ridicule, comparée à tout ce que le ranch rapportait, à ce qu'il coûtait.

Mais aux yeux de son père, voler un œuf était aussi répréhensible que voler un bœuf.

Et il en ferait sûrement une affaire extrêmement sérieuse, car il y verrait la marque d'un caractère particulier, ou son absence ; ce n'était peut-être pas aussi grave que cisailler des clôtures, mais c'était néanmoins un signe que la personne était... mauvaise. Il pourrait pardonner ce vol à une femme mourant de faim, mais jamais à quelqu'un qui avait accès à toute la nourriture dont elle avait besoin, à de beaux vêtements, et à la maison qu'elle avait toujours désirée.

Hugh-Jay était demeuré à la même place tandis que la pluie devenait plus forte et que l'obscurité s'épaississait.

Vers minuit, quand les routes furent inondées, il rassembla son courage. S'il devait choisir entre le respect de ses parents ou l'amour de sa vie, il choisirait sa femme, pour préserver la cohésion de leur petite famille.

Il espérait que ses parents pourraient le lui pardonner.

Il courut vers son pick-up sous un véritable déluge.

Il allait dire à Laurie qu'il prendrait la faute sur lui si elle promettait de ne jamais recommencer. Puis il irait affronter son père et lui ferait son aveu mensonger. Le vieil homme ne l'absoudrait jamais, mais, s'il le fallait, il passerait le reste de sa vie à tenter de regagner sa confiance. Cette décision lui coûtait énormément, car il respectait son père pardessus tout, mais il aimait trop sa fille pour être capable de dénoncer celle qui lui avait donné le jour.

Il reprit la direction de la ville, à peine conscient du déluge qui martelait la carrosserie de son pick-up.

Peu de temps après que Hugh-Jay fut passé devant le Rose Motel et eut tourné à l'angle de la rue menant à son domicile, Chase poussa la porte de la chambre, que Bobby avait coincée au moyen d'un stylo pour l'empêcher de se refermer. En pénétrant dans la pièce obscure, il aperçut son frère qui, assis devant la fenêtre, buvait une bière en regardant tomber la pluie.

« Pourquoi as-tu mis aussi longtemps à revenir ? s'enquit Bobby d'un ton acerbe.

— Qu'est-ce que tu racontes ? Je ne suis pas resté longtemps là-bas. Juste ce qu'il fallait pour prendre des vêtements secs, c'est tout. Tiens, je t'en ai apporté quelques-uns. Je ne comprends pas comment tu peux supporter de garder sur le dos des habits complètement trempés », rétorqua Chase en jetant un jean et une chemise à son frère qui les écarta d'un revers de la main gauche, de sorte qu'ils tombèrent sur le sol.

Pendant que Chase commençait à se dévêtir, Bobby annonça : « J'ai vu Hugh-Jay passer sur la route, il y a quelques minutes de ça.

— Impossible. Il est arrivé dans le Colorado, à l'heure qu'il est.

— Non. C'était son pick-up, j'en mettrais ma main à couper. »

Comme pour ponctuer cette déclaration, le tonnerre se mit à gronder avec tant de force qu'ils furent obligés de se taire un instant car ils ne s'entendaient plus.

« Tu en es sûr ?

— Sûr et certain, bon Dieu ! Je suis quand même capable de reconnaître sa bagnole, non ?

— Tu l'as dit à papa ?

— Pour quoi faire ? Si Hugh-Jay n'est pas parti, papa ne pourra pas y changer grand-chose pour le moment.

— Tu as sans doute raison. Et ce n'est pas comme s'il n'avait nulle part où dormir. »

Bobby but une longue gorgée de bière avant de reprendre : « Laurie va bien ?

— Oui, pourquoi me demandes-tu ça ? Elle a un peu bu, mais sûrement pas autant que toi.

— Oh, ferme-la. »

Chase était tout disposé à lui obéir et, pour le lui prouver, il alla immédiatement se coucher, abandonnant son cadet à sa contemplation morose. Bobby finit par s'assoupir à son tour, mais la foudre les tira tous les deux du sommeil quelques minutes plus tard, ainsi que leur père, deux portes plus loin.

Dans l'escalier, Laurie fit glisser le bout de ses doigts le long de chaque mur, les bras écartés comme si elle s'apprêtait à prendre son envol. Parvenue au rez-de-chaussée, elle entra dans la salle à manger, effleurant les objets, palpant les courbes des dossiers des chaises en noyer, tapotant de l'ongle les dos des livres sur les étagères. Elle s'étendit sur l'un des sofas et regarda la pluie tomber derrière la vitre, ouvrant les jambes comme pour accueillir un homme, s'imaginant en train de faire l'amour en plein orage, dans cette pièce, sur ce canapé, au fond de ces ténèbres illuminées par les éclairs.

Elle se releva et marcha jusqu'à la fenêtre, nue et invisible aux regards.

Enfin, elle traversa le vestibule d'un pas léger, s'arrêtant au passage devant la grande commode surmontée d'un miroir pour admirer longuement son reflet, se tournant vers la droite, puis vers la gauche, avant de décrire un tour complet sur elle-même afin de s'examiner sous tous les angles, essayant de voir son corps tel que le voyaient les hommes, voluptueux, succulent – une femme exceptionnelle qu'il fallait choyer et satisfaire, dorloter et adorer. Elle laissa échapper un soupir de contentement. Puis elle poursuivit son chemin, poussa la porte de la cuisine et se dirigea vers l'évier pour se servir un verre d'eau, passant d'abord ses doigts sous le jet, puis buvant lentement, en respirant entre chaque gorgée. Autour d'elle, le fracas du tonnerre étouffait tous les autres bruits, et la foudre éclairait par intermittence des pans du monde extérieur.

Elle se sentait en sécurité dans cette immense maison pareille à une chambre forte, protégée par l'orage.

Et pourtant, elle n'avait qu'une envie, à cette minute même : partir. Pas pour toujours. Rien que pour vivre un moment de folle liberté, sentir le tonnerre résonner dans ses os. Elle aurait voulu s'élancer au-dehors, nue sous la pluie et les éclairs, les laisser se déverser sur elle et fulgurer autour d'elle et la terroriser. Et continuer à courir jusqu'à ce qu'elle soit loin de Rose, de ce mariage, de sa vie, loin de son enfant, rien qu'un instant.

« À moins que je ne revienne jamais », dit-elle, comme pour se lancer un défi à elle-même, en reposant son verre.

Il lui sembla percevoir, en provenance de l'arrière-cour, un bruit étouffé par l'orage.

Elle se raidit, tendit l'oreille, mais ne courut pas pour autant se rhabiller.

Puis elle entendit la porte s'ouvrir derrière elle, le rugissement de la tempête s'engouffrer dans la cuisine et s'assourdir quand la porte se referma.

Elle s'agrippa au bord de l'évier et ferma les yeux.

Le fracas au-dehors était tel qu'elle ne put entendre les pas de quelqu'un qui avançait vers elle, d'autant plus que son visiteur avait pris soin d'ôter ses bottes. Et ce fut seulement quand il referma ses mains sur ses seins qu'elle prit conscience de sa présence.

Réprimant un petit cri, elle se laissa aller contre lui.

« Je pensais que tu étais resté près de Belle », murmura-t-elle tandis que les mains de Meryl glissaient plus bas. Elle gémit doucement, avant de reprendre : « Pourquoi n'es-tu pas avec elle ?

— Parce que je ne peux pas, tant que nous ne sommes pas mariés, répondit le meilleur ami de son mari, en la tournant face à lui. Parce que ça m'a rendu à moitié fou de ne pas la baiser ce soir alors qu'elle m'en implorait. Parce que tu m'as appelé pour me dire qu'il ne serait pas là cette nuit, espèce de petite allumeuse. Parce qu'une pareille occasion ne se représentera sans doute pas de sitôt.

— Quoi ? railla-t-elle. Ce n'est pas parce que tu m'aimes ?

— Non, répondit-il en se penchant pour l'embrasser. Parce que j'ai envie de toi et que tu as envie de moi. »

Elle avait toujours eu envie de lui, de cette façon-là et uniquement de cette façon-là, durant les années où Meryl Tapper était encore mince et athlétique, séduisant et sexy. Ils avaient été élus roi et reine lors de la fête de leur université, quand il était en troisième année et elle en première. Mais elle n'avait jamais vu en lui autre chose qu'un divertissement, et lui non plus ne l'avait jamais considérée autrement. Ils avaient jeté leur dévolu sur des proies bien plus intéressantes – les Linder, Belle et Hugh-Jay – et ils réussissaient même parfois à se persuader qu'ils les aimaient.

« Tu t'es garé derrière la maison ?

— J'ai laissé mon pick-up devant le bureau et je suis venu à pied. »

Il était en chaussettes, et celles-ci étaient imbibées de pluie.

« À pied ? plaisanta-t-elle. Tu devais vraiment en avoir envie.

— Une si grosse envie que j'avais du mal à marcher, répliqua-t-il, et ils s'esclaffèrent tous deux à cette blague salace.

— Alors, qu'est-ce que tu attends ? » lui demanda-t-elle, en lui lançant un regard provocant.

Sans retirer ses vêtements, en se contentant d'abaisser la fermeture à glissière de son jean, Meryl la souleva et la prit contre l'évier. Mais le rebord métallique entailla le dos de Laurie jusqu'au sang, et elle protesta. Alors il l'emmena au premier étage, avec une telle hâte qu'ils renversèrent une chaise, ce qui les fit rire une nouvelle fois. Sur le palier, ce fut elle qui le précéda, l'entraînant vers la petite chambre d'amis au bout du couloir, celle qu'ils utilisaient toujours, pour ne pas laisser d'indices compromettants dans la chambre principale – même s'il n'y avait aucun risque que Hugh-Jay ait le moindre soupçon, ils en étaient convaincus.

« T'arrive-t-il d'éprouver de la culpabilité ? » lui demanda-t-elle, tandis qu'il la pénétrait de nouveau.

Hugh-Jay ne parlait jamais pendant leurs étreintes ; il considérait cela comme un rituel sacré et lui faisait l'amour dans un silence religieux, comme si, chaque fois, elle redevenait vierge. Cela l'irritait et l'ennuyait tant qu'elle faisait tout pour en finir au plus vite. Le sexe, pour elle, était quelque chose d'amusant. Avec lui, on se serait cru à la messe.

« Non, et toi ? répondit-il. Ce n'est pas comme si nous n'avions aucune affection pour eux.

— Je sais. Ça te dirait de me retrouver quelque part en dehors de la ville ?

— Quoi ? » En pleine action, il éclata de rire, et Laurie adora ça, adora le fait qu'il ne se prenne pas au sérieux. Son dos était meurtri et l'entaille faite par le bord de l'évier la picotait douloureusement, mais elle s'enorgueillissait de cette souffrance comme d'un insigne de mérite sexuel, au même titre que les suçons et les rougeurs provoquées par des barbes naissantes, quand elle était gamine, au lycée. Les preuves étaient différentes, mais leur cause restait la même, et cela lui plaisait tellement qu'elle aurait voulu les montrer à tout le monde, en portant un jean à taille basse ou un bikini.

« Où ? demanda Meryl.

— Au Broadmain Hotel, dans le Colorado.

— Tu veux parler du Broadmoor ? dit-il dans un nouvel accès de rire.

— Oui ! Annabelle m'offre cinq jours là-bas. »

Elle avait décidé que trois jours ne suffisaient pas.

« Toute seule ? Sans Hugh-Jay ?

— Hin-hin. Tu pourrais me rejoindre. Ils ne le sauraient jamais.

— Pourquoi te fait-elle ce cadeau ?

— Parce qu'elle m'aime beaucoup, répondit Laurie avec un petit sourire.

— Tout le monde t'aime », dit-il, s'enfonçant si profondément en elle qu'elle gémit.

Même si Meryl était maintenant avocat, et donc en mesure de gagner pas mal d'argent, elle avait toujours le sentiment d'avoir fait le bon choix en épousant Hugh-Jay. Peut-être, avec Meryl, aurait-elle tout eu en même temps, l'utile et l'agréable, mais ce que Meryl avait à lui offrir n'était rien à côté de ce que représentait le fait d'être une Linder, pour elle comme pour ses enfants, se disait-elle vertueusement. Et l'épouser, elle, n'aurait pas été aussi avantageux pour Meryl que d'épouser Belle, la fille unique des Linder. Il serait l'avocat de la famille, défendrait les intérêts de leurs ranchs, et ils le recommanderaient à tous leurs amis ; son avenir était assuré, ainsi que le sien...

À condition que Hugh-Jay ferme les yeux sur cette ridicule histoire d'argent...

« Penses-y, murmura-t-elle, revenant au voyage dans le Colorado.

— Tu plaisantes ? À partir de maintenant, je ne vais plus penser qu'à ça. »

Elle rit et poussa de petits cris de plaisir pour l'encourager. Redoublant d'ardeur, il lui emprisonna les poignets et lui maintint les bras au-dessus de la tête en les cognant avec force contre le bois du lit, et elle en fut délicieusement troublée. Elle fit semblant de vouloir lui échapper en se tortillant sous lui, ce qui ne fit qu'accroître l'excitation de

Meryl. Il lui dit qu'elle était la plus belle, la plus sexy de toutes les femmes et qu'aucune autre ne serait jamais aussi bonne qu'elle au lit, qu'il la désirerait toujours et qu'elle devait se souvenir que c'était à cela qu'il pensait chaque fois qu'il la regardait, où qu'ils soient – à l'église, chez leurs beaux-parents, à la table du dîner, et même quand il se tiendrait devant l'autel, lors de son propre mariage. En entendant cela, elle s'abandonna entièrement à lui, le laissant disposer d'elle comme il le voulait.

C'était seulement pour s'amuser. Ils ne voulaient faire de mal à personne, ni blesser quiconque dans ses sentiments.

39

Malgré l'orage – ou parce qu'il était trop anxieux et préoccupé pour lui prêter attention – Hugh-Jay fit une brève halte au Bailey's, où il commanda un hamburger et but un verre pour se donner du courage avant d'aller chez lui. Plusieurs personnes lui parlèrent de la dispute entre Billy Crosby et ses frères, qui avait bien failli tourner à la bagarre. On lui raconta comment Billy avait essayé de balancer un coup de poing à Laurie, et comment Bailey et Bobby l'avaient jeté dehors sous la pluie battante. Il apprit également que son père et ses frères avaient pris des chambres au motel, que Belle passerait la nuit dans son musée et que Chase avait raccompagné Laurie à la maison.

Il s'attarda pour prendre une seconde bière et entendre le récit des événements dans le moindre détail.

Quand il partit, le peu d'indulgence qu'il lui restait encore à l'égard de Billy avait entièrement disparu, comme elle s'était enfuie du cœur des autres membres de sa famille et de pratiquement tous les habitants de Rose.

Penser que ce salopard avait tenté de frapper Laurie le mettait dans une telle colère qu'il aurait pu le tuer.

Il s'élança à nouveau sous le déluge, remonta dans sa camionnette et se dirigea vers sa demeure, en passant devant le motel où se trouvaient les autres hommes de la famille. Quand ils lui demanderaient demain matin pourquoi il était encore là, il leur dirait qu'il avait pris la route tard dans la soirée et que le mauvais temps l'avait forcé à rebrousser chemin. Il espérait qu'il saurait mentir de façon convaincante. D'après sa mère, il n'était pas doué pour ça.

Il se gara à l'arrière de la maison et se rua vers la porte de derrière, courbant la tête sous les rafales de pluie. Ce fut ainsi qu'il remarqua les empreintes de bottes dans la boue. Un homme était venu ici, courant à grandes enjambées, comme l'indiquaient la profondeur et l'espacement des traces. Hugh-Jay marcha dessus, les aplatissant et les brouillant sous les siennes. Les petites ornières qu'il laissait dans son sillage se remplissaient d'eau une seconde après et finissaient par disparaître, effacées par la pluie qui emportait tout. Sur le perron, Hugh-Jay retira ses bottes crottées, puis ses chaussettes, afin de ne pas les mouiller sur les marches humides. Il chercha des yeux les bottes déposées par le visiteur, mais ne les vit nulle part. Peut-être Laurie n'avait-elle pas répondu et était-il reparti aussitôt. Il tenta de repérer des traces se dirigeant dans l'autre sens, mais il faisait trop sombre.

Pieds nus et ruisselant, il entra dans la cuisine.

Un éclair illumina la pièce, lui révélant un spectacle qui déclencha en lui une montée d'adrénaline.

Une chaise était renversée, à côté de la table où il avait pris son repas ce midi même.

Un chapeau à l'aspect familier, au bord étroitement roulé et noirci, gisait sur le sol, comme s'il était tombé de la tête de son propriétaire et avait ensuite été piétiné au cours d'une lutte.

Le chapeau de Billy...

Dès qu'il le vit, Hugh-Jay fut saisi de panique et pensa : « Laurie ! »

Billy était ivre, il était furieux, à moitié fou, et il avait déjà tenté de l'agresser un peu plus tôt, au Bailey's.

Hugh-Jay leva les yeux vers le plafond, le cœur battant, l'oreille tendue.

Il ôta son ciré, le laissa choir à terre et continua d'avancer.

Il avait envie d'appeler sa femme, de hurler son nom, mais n'osait pas le faire. Et si Billy était armé ?

Empli d'un désir désespéré de venir en aide à Laurie, terrifié à la seule idée de la vengeance que Billy Crosby était peut-être en train d'exercer sur elle en ce moment même, mais également conscient de la nécessité d'agir en silence, il se rendit en hâte dans son bureau et se dirigea tout droit vers l'armoire à fusils, dont la clé se trouvait dans la serrure.

Il prit un pistolet à canon long, son arme de poing préférée. Elle était puissante et permettait de viser avec précision et de tirer bien droit. Trente secondes après, elle était également chargée.

Le pistolet à la main, il se précipita dans le couloir, ayant enfin compris que, si le grondement de l'orage l'empêchait d'entendre les bruits en provenance de l'étage, il couvrirait aussi tous ceux qu'il pourrait faire.

Mais si Billy ne l'avait pas emmenée au premier étage ?

Il explora minutieusement le rez-de-chaussée et se maudit d'avoir perdu du temps quand il constata qu'il n'y avait personne. Parvenu en haut de l'escalier, il inspecta rapidement les pièces. La chambre principale et sa salle de bains, la deuxième salle de bains, la plus grande des chambres d'amis, puis celle de Jody. Il n'en restait plus qu'une. Poussé par la peur et la fureur, il parcourut à toute vitesse les derniers mètres du couloir, fit irruption dans la pièce et aperçut les deux corps entremêlés sur le lit, celui de l'homme sur la femme. Son cœur se contracta sous l'effet de la douleur et de l'indignation, et il hurla : « Billy ! Laisse-la ! »

Sa voix était si âpre, si coléreuse et effrayée qu'elle en était méconnaissable. Laurie, ne distinguant sur le seuil qu'une silhouette sombre et menaçante, poussa un cri. Meryl bondit à bas du lit. Lui aussi n'aperçut qu'une ombre, mais il discerna également la forme du pistolet dans son poing et se jeta sur l'homme. Ils roulèrent sur le sol. Hugh-Jay pointa son arme vers celui qu'il prenait toujours pour Billy Crosby, mais l'autre s'en saisit et la retourna contre lui. Le coup partit, transperçant l'abdomen de Hugh-Jay, qui s'effondra.

Assourdi et aveuglé par la déflagration, en état de choc, Meryl ne vit plus que du noir pendant quelques instants. Et ce fut seulement lorsque Laurie se mit à crier le nom de Hugh-Jay qu'il comprit à qui appartenait le sang dont il était couvert.

« Oh ! mon Dieu, dit-il. Oh ! mon Dieu. Oh ! non ! Oh ! Dieu, je Vous en prie, non. »

Impuissant, Meryl Tapper regarda son ami se vider de son sang sur le tapis et ses rêves d'avenir s'éteindre en même temps que lui.

40

Meryl se tenait tout habillé sous la douche de la deuxième salle de bains, enserrant les bras de Laurie, nue et en pleurs. Le jet le lava peu à peu du sang de Hugh-Jay qui maculait son visage, ses cheveux, son cou et ses bras, ainsi que ses vêtements. L'eau qui dégoulinait de ses mains était rose, comme celle qui ruisselait du corps de Laurie, là où des éclaboussures avaient jailli. Elle en avait même reçu sur les lèvres, ce qui la terrifia quand elle s'en aperçut en les léchant. Il crut qu'elle allait s'arracher la langue tant elle s'efforçait frénétiquement d'en nettoyer la moindre trace.

Ensuite, il l'enveloppa dans une serviette et la serra contre lui.

« Qu'allons-nous faire ? s'écria Laurie, secouée de sanglots. Qu'allons-nous faire ? »

Meryl passa mentalement en revue différents scénarios, comme à la fac de droit, quand il examinait les preuves dans les études de cas. Le téléphone ne marchait pas. Ils ne pouvaient pas appeler le shérif, ni les secours, même s'il n'avait pas été trop tard pour cela. Hugh-Jay était mort, pas immédiatement, mais très vite, de l'hémorragie qu'ils n'avaient pas pu arrêter.

Ils pouvaient se rendre à Henderson City pour signaler les faits, ou bien…

Ou bien quoi ? se demanda Meryl, transi de peur et claquant des dents.

Il se contraignit à poursuivre son raisonnement : s'ils racontaient l'histoire telle qu'elle s'était vraiment passée, Laurie serait considérée comme adultère, et lui aussi, bien qu'il ne fût pas encore marié, et ils seraient à jamais tenus responsables de la mort de Hugh-Jay, même si on acceptait de croire qu'ils ne l'avaient pas tué volontairement. Mais combien de gens admettraient cette version ? Combien croiraient qu'il s'agissait d'un accident ?

Pas beaucoup, se dit Meryl, avec une soudaine envie de vomir.

Et les Linder... Oh ! Dieu, pensa-t-il, les Linder.

« Il ne faut pas qu'on sache que je me trouvais ici, déclara-t-il enfin. Je ne suis jamais venu ici cette nuit.

— Et moi ? cria-t-elle.

— Tu dois partir.

— Partir ? Mais...

— Tu dois quitter cette maison, quitter la ville. Afin qu'on pense que tu as été enlevée.

— Quoi ? » Elle le regarda comme s'il était devenu fou.

« Laurie, tu dois disparaître. Il faut faire croire que quelqu'un s'est introduit ici, t'a violée et t'a kidnappée, et que Hugh-Jay a été tué en essayant de te défendre.

— Je ne peux pas faire ça ! protesta-t-elle, l'air hébété, égaré. Où irais-je ?

— Nous trouverons une idée. Je vais t'emmener quelque part pour la nuit, puis nous réfléchirons au reste.

— Viens avec moi !

— Quoi ?

— Meryl, viens avec moi ! Partons ensemble ! Tout ira bien.

— Non. Rien n'ira jamais bien si nous faisons ça. Je dois rester ici. Je dois retourner à mon bureau et me lever demain matin comme si j'avais passé toute la nuit là-bas après avoir quitté Belle. Et toi, tu dois aller dans un endroit où personne ne te retrouvera, et si on finit par le faire, tu devras raconter que tu as été enlevée.

— Je ne peux pas !

— Mais si, tu le peux. Il le faut. Habille-toi. N'emporte rien. Ni ton sac, ni quoi que ce soit.

— Je ne veux pas, Meryl !

— Tu préfères être accusée de meurtre ?

— Quoi ? Mais nous n'avons pas...

— Peux-tu le prouver ? Ils nous demanderont des preuves, et nous ne pourrons pas leur en fournir.

— Nous pourrions peut-être dire qu'il s'est tué lui-même, en...

— En nous trouvant au lit tous les deux ? Non, je ne pense pas que ce soit une explication plausible.

— Meryl, je ne peux pas faire ce que tu me demandes. Je ne peux...

— Va t'habiller. Tout ce dont tu pourras avoir besoin par la suite, je te l'apporterai. »

Comme elle restait figée sur place, il courut dans la chambre et ramassa le premier vêtement qu'il aperçut : la robe bain de soleil jaune. Il regagna la salle de bains et la lui enfila. Puis il la souleva dans ses bras et l'emporta au-dehors, avant de se rappeler qu'il n'avait pas pris son pick-up. « Tais-toi », lui ordonna-t-il, de crainte que les voisins ne l'entendent dans un moment d'accalmie. Comme elle n'avait pas davantage envie d'être vue, elle consentit finalement à son plan et ce fut même elle qui lui suggéra de prendre le véhicule de Billy, qui se trouvait derrière le garage.

Ils descendirent l'allée en roulant au point mort, pour ne pas faire de bruit.

Dans la tempête qui continuait à faire rage autour d'eux, il l'emmena aux Testament Rocks, par des routes de terre glissantes et traîtresses, risquant à tout moment de basculer dans le fossé. Par endroits, l'eau arrivait à mi-hauteur des roues, et, à un moment, la camionnette s'embourba. Il dut mettre le frein puis démarrer plusieurs fois de suite avant de pouvoir repartir.

« Pourquoi m'as-tu conduite *ici* ? » hurla Laurie quand il s'arrêta. À travers le pare-brise balayé par les essuie-glaces, on entrevoyait les énormes formations rocheuses se dressant au-dessus du paysage obscur et désolé.

« Parce que personne d'autre ne viendra par ce temps.

— Et si tu t'enlises en rentrant en ville, ou en revenant me chercher ?

— Ça n'arrivera pas. Tu as bien vu que je suis arrivé à me dégager sans problème, tout à l'heure.

— Tu ne peux pas me laisser toute seule ici !

— Je dois rentrer en ville et tout mettre en ordre chez toi avant la fin de la tempête », répondit-il en criant aussi fort qu'elle. Il savait qu'il serait incapable de penser lucidement et de veiller à ne laisser aucun indice compromettant derrière eux s'il devait en plus lutter contre son hystérie. « Tu n'as qu'à t'abriter sous cette corniche, là-bas. Tu seras en sécurité. Attends que je…

— Comme si j'avais le choix !

— Je reviendrai dès que j'aurai tout nettoyé, et nous réfléchirons à ce que nous pourrons faire. »

Comme elle refusait de descendre, Meryl fit le tour de la voiture, ouvrit brutalement la portière et la fit sortir de force. Elle sanglotait et hurlait des phrases incohérentes au sujet de la pluie, de Hugh-Jay et de Jody, et elle frappa Meryl de ses poings quand il la souleva une nouvelle fois pour la porter vers les rochers.

« Laurie, c'est notre vie qui en dépend ! Je te jure que je reviendrai te chercher ! »

Elle s'agrippa à lui, et il la repoussa sans ménagement. Elle tenta de le poursuivre, mais il courait trop vite. Il l'abandonna au milieu de nulle part, avec les éléments déchaînés et les gigantesques rochers pour toute compagnie.

Quand il redémarra, la laissant seule sous la pluie, le tonnerre et les éclairs, elle était si terrifiée et furieuse qu'elle escalada, tantôt debout, tantôt à quatre pattes, l'une des formations rocheuses pour regarder les phares s'éloigner.

Elle se trouvait à plus de douze mètres de haut quand son pied dérapa et qu'elle tomba, pour atterrir, non sur le sol calcaire, mais sur un roc durci par les siècles.

41

Brisée et sanglante, Laurie gisait sur le sol rocailleux, étourdie par le choc et la douleur. Elle reprenait conscience par intermittence, et ses cinq sens s'exacerbaient alors pour la réveiller en sursaut, avant de s'engourdir de nouveau : l'odeur de son urine imprégnant sa robe ; un goût de terre, de bière et de ketchup ; le bruit du vent soulevant ses cheveux qui venaient fouetter ses yeux grands ouverts, du vent gémissant et chantant entre les rochers ; la vision d'énormes nuages courant vers l'est ; le contact douloureux des cailloux pointus sous son dos disloqué.

Toutes ces sensations l'assaillaient simultanément dès qu'elle revenait à elle et s'éteignaient quand elle retombait dans le néant.

Au début, se retrouver étendue sur le dos sans pouvoir bouger la terrifia, car elle craignait de se noyer, avec son visage ainsi offert à la pluie diluvienne. Le tonnerre faisait vibrer le sol sous elle, et elle était parcourue de frissons qui secouaient atrocement tous les os cassés à l'intérieur de son corps, telles des graines dans une calebasse. Dans la lueur des éclairs, le paysage prenait un relief fantasmagorique, et les rochers au-dessus d'elle se transformaient en gargouilles menaçantes.

Puis l'orage passa et elle se retrouva en train de contempler un ciel si pur, d'un bleu-noir si profond qu'elle en eut le cœur serré. En cet instant de rédemption, elle fut reconnaissante à la Providence de l'avoir fait retomber sur le dos pour lui permettre d'admirer cette prodigieuse beauté.

Elle ne savait pas que le monde pouvait être aussi merveilleux.

Elle avait toujours trouvé le paysage de Rose et de ses environs extrêmement ennuyeux, n'avait jamais compris pourquoi les gens s'extasiaient devant ses prétendues splendeurs – ses célèbres rochers monumentaux et ses couchers de soleil, ses horizons plats et ses spectaculaires amoncellements nuageux. À présent, elle comprenait : c'était magnifique ! Sous l'éclat changeant de la lune, des étoiles et des nuages, le décor se métamorphosait comme par magie. La lumière déferlait sur les rochers comme une vague, et leur couleur passait tour à tour de l'orangé à l'or, de l'argent au noir, puis à nouveau à l'or.

C'était un paysage étrange et enchanté, pareil à celui d'un conte de fées à la fin tragique. Elle s'était toujours vue comme une princesse, trop belle et trop exceptionnelle pour sa petite ville natale. Hugh-Jay avait joué le rôle du riche prince, et la grande maison de Rose avait été le château où ils vivraient heureux à jamais, entre les épais murs de pierre qui étaient censés les protéger.

Les rochers au-dessus d'elle paraissaient maintenant avoir été peints de délicates teintes pastel qu'elle leur aurait volontiers volées pour s'en faire une robe.

Jamais encore elle ne s'était rendu compte qu'il existait tant de beauté dans le monde.

Si elle avait pu remuer les bras, elle les aurait tendus pour toucher la lune d'ambre et les étoiles scintillantes qui apparaissaient sous les nuages à mesure que ceux-ci filaient vers l'est. Un souvenir du lycée lui revint en mémoire, et elle en fut surprise car elle ne se rappelait pas y avoir jamais accordé d'attention : *Du Missouri jusqu'à la frontière du Colorado, le Kansas gagne près de huit cents mètres d'altitude.* Quel professeur avait dit cela ? Elle ne se le rappelait plus ; autrefois, cela lui aurait été égal, mais à cette minute, cette réminiscence était pareille à une personne compatissante venue lui tenir compagnie dans sa solitude.

Merci, dit-elle au professeur oublié.

Merci, répéta-t-elle, savourant le goût inédit de ce mot dans sa bouche.

Et, subitement, ce rappel que le Kansas était en plan incliné lui donna la sensation nauséeuse d'être allongée sur un lit avec les pieds plus hauts que la tête.

Oh ! mon Dieu !

Puis le monde revint à l'horizontale et elle cessa de s'inquiéter à l'idée de mourir étouffée par ses propres vomissures.

Elle leva les yeux vers le ciel et fut une nouvelle fois fascinée par sa somptuosité et apaisée par le vent frais qui s'était mis à souffler entre les orages. Elle avait l'impression que ce paysage, qui auparavant lui semblait tellement mort et désolé, l'enveloppait d'une étreinte affectueuse. *Il n'était absolument pas dénué de vie !* Les rochers de vingt-cinq mètres de haut qui se dressaient tout autour d'elle lui parurent, en cet instant, être des créatures vivantes en train de la veiller, une expression bienveillante sur leur visage froid et anguleux.

Pourquoi m'avez-vous laissée tomber ? leur demanda-t-elle tristement, mais sans nul reproche dans la voix.

Tous les habitants du comté étaient fiers d'eux, les Testament Rocks.

Géologues et archéologues venaient du monde entier pour étudier le sol ou chercher des fossiles, et pourtant elle avait décrété que ces formations – ces prodigieuses et gigantesques sculptures naturelles – étaient ennuyeuses et stupides. Là, il y avait un sphinx ! Et ici, un château ! Là-bas, des tours, des pyramides et des aigles façonnés dans la roche ! À d'autres moments, les mêmes rochers se découpaient nettement sur la plaine comme des géants faisant une halte après une longue marche. Et ils revêtaient alors l'aspect fascinant d'êtres dotés d'une sagesse millénaire.

Et cependant, ils avaient laissé ses pieds déraper, ses mains griffer l'air, ils l'avaient laissée dégringoler, hurlante, dans l'obscurité et la pluie, plonger dans ce vide qui n'en finissait plus, choir comme un oiseau aux ailes coupées, inutilisables, comme un ange s'abattant en vrille vers la terre.

Je ne suis pas un ange, confessa Laurie aux rochers.

Elle avait le sentiment qu'ils le savaient déjà.

Des larmes jaillirent au coin de ses yeux.

Autrefois, elle se serait sans doute apitoyée sur elle-même ; mais maintenant, c'était sur Jody qu'elle pleurait.

Son amour pour elle lui transperça le cœur si douloureusement qu'elle versa des larmes de pitié et de chagrin pour son enfant. Pendant quelques instants, pour sa fille de trois ans, elle lutta contre l'inévitable. Elle essaya de bouger, de se relever, de s'enfuir, mais chaque mouvement était une torture et c'était impossible.

Son cœur et son esprit continuèrent le combat pendant un petit moment encore.

Comme cela ne servait à rien, elle recourut à la prière.

Je Vous en prie, implora-t-elle toutes les puissances qui pouvaient l'entendre, *prenez soin d'elle, protégez-la.*

Elle aurait voulu que sa fille sût qu'elle s'était battue avec acharnement pour survivre.

Des phares apparaîtraient bientôt, comme deux minuscules lunes dans le lointain, si Meryl avait dit vrai. Mais Laurie ne croyait pas que leur lueur chétive l'atteindrait à temps pour la sauver.

42

De retour à Rose, Meryl se rua dans la maison de Laurie et Hugh-Jay, en empruntant la porte de derrière, comme la fois précédente. Les bottes de Hugh-Jay se trouvaient à leur place habituelle et il les y laissa. Les premières choses qu'il remarqua, en pénétrant dans la cuisine, furent le ciré jaune de Hugh-Jay, un chapeau en paille, et la chaise renversée.

Il ne toucha à aucune d'entre elles.

Il venait de comprendre que le chapeau appartenait à Billy Crosby.

Il alla jusqu'à l'évier où il avait fait l'amour à Laurie une première fois ce soir et l'inspecta soigneusement pour s'assurer qu'il n'y subsistait aucune trace de sa présence. Il aperçut une tache de sang sur le rebord métallique et décida de la laisser là. Quoi qu'il ait pu faire, le shérif l'attribuerait à Billy.

Et d'ailleurs, Billy l'aurait certainement fait, s'il en avait eu la possibilité.

Meryl savait qu'il avait laissé ses empreintes digitales un peu partout dans la maison.

Cela avait-il de l'importance ? Ce qui paraîtrait bizarre, ce serait plutôt qu'il n'y en ait aucune, résolut-il, bien qu'en trouver dans la chambre d'amis et la salle de bains du premier puisse poser un problème. Mais il lui serait facile de le résoudre, au moyen d'un chiffon et d'un coup d'aérosol dépoussiérant pour la chambre, d'une éponge et de détergent pour la salle de bains.

Il regarda sa montre, puis la tempête au-dehors.

Tout semblait indiquer qu'elle durerait encore pendant des heures.

Largement le temps de faire tout ce qu'il avait à faire.

Sa seule appréhension, c'était exactement celle que Laurie avait exprimée : qu'il ne puisse revenir la chercher parce que les routes seraient inondées. Or il devait impérativement retourner près d'elle. Dans l'état émotionnel où elle se trouvait, elle était pareille à un missile non guidé qui allait leur retomber dessus, s'il n'était pas à son côté pour la contrôler.

Il avait suffisamment de temps devant lui, mais il ne pouvait pas se permettre de le gaspiller.

Il nettoya d'abord la salle de bains, s'assurant qu'il ne restait pas de poils dans la douche, éliminant la plus grande partie des traînées de sang, même si cela ne l'inquiétait pas vraiment, puisque c'était celui de Hugh-Jay, pas le leur. Si quelqu'un d'autre – Billy, par exemple – avait commis les mêmes actes, il se serait sûrement lavé sous la douche lui aussi.

Ils avaient laissé des traces de pas ensanglantées sur les tapis du palier.

Il courut au sous-sol chercher de l'eau de Javel, la dilua dans de l'eau, s'empara d'une brosse à récurer et remonta au premier. Il aspergea le sol avec la solution javellisée et frotta les empreintes jusqu'à ce qu'elles se fondent les unes aux autres et que leurs contours ne soient plus identifiables.

Tout l'étage était maintenant envahi d'une suffocante odeur de chlore.

Mais il la préférait encore à celles qu'elle recouvrait.

Il avait dit à Laurie qu'il lui rapporterait ce dont elle aurait besoin.

Toutefois, il ne le ferait pas maintenant, car toutes ses affaires devaient rester ici.

Il lui procurerait des vêtements neufs. Une nouvelle identité.

Il se sentait dépassé par l'énormité de la chose, les extrémités auxquelles ils devraient recourir pour se sortir de là. Elle ne pensait pas être capable d'y arriver, et Meryl ne croyait pas non plus qu'elle en aurait la force.

Il verrait cela plus tard ; dans l'immédiat, il devait s'occuper de la chambre.

Il retira les draps, par peur d'y avoir laissé des fibres capillaires. Qu'il y ait des cheveux à lui dans d'autres pièces, c'était une chose ; mais des poils pubiens dans des draps tachés de sperme, c'était une tout autre histoire. Il essuya toutes les surfaces, plutôt que de tenter de se rappeler lesquelles il avait touchées.

Il laissa le pistolet où il était, dans la main de Hugh-Jay. Il s'était, pour ainsi dire, tiré dessus lui-même, ce qui réglait le problème des empreintes digitales. Si l'on ne sautait pas immédiatement à la conclusion que Billy Crosby l'avait abattu, peut-être pourrait-on croire à un suicide. Mais, en considérant la scène avec un peu de recul, il prit conscience de tous les signes indiquant qu'une bagarre s'était déroulée dans la pièce ; si l'on y ajoutait la chaise renversée dans la cuisine, ce scénario ne convaincrait personne.

Tout en effectuant sa tâche, il contourna plusieurs fois le cadavre de son ami.

Mon meilleur ami, pensa-t-il.

Était-ce vraiment le terme qui convenait ? Des frères, plutôt. Des frères élevés au départ dans des familles différentes, puis par une seule, la meilleure des deux. Tout le monde savait que Meryl adorait Hugh-Jay et s'attendrait à le voir profondément bouleversé par sa mort. Il n'aurait pas besoin de simuler : il était réellement bouleversé. Le meurtrier de Hugh-Jay, quel qu'il fût, serait honni de tous. Meryl devait s'assurer que ce ne serait pas lui. Il s'inquiétait un peu de ne pas éprouver plus de tristesse, de penser seulement aux conséquences que cette nuit pourrait avoir sur sa propre existence. Puis il chassa cette préoccupation, car, si tout se passait bien, il aurait tout le reste de sa vie pour compenser de son mieux la perte qu'il avait infligée aux Linder, et à la fille de Hugh-Jay, en les entourant d'attentions, en travaillant dur et en prenant soin d'eux et de leurs affaires.

« Je suis désolé, mon vieux, dit-il quand il eut terminé. On ne l'a pas fait exprès. »

Après avoir repoussé la mince couverture matelassée, il ramassa les draps et les taies d'oreiller et les emporta au rez-de-chaussée, sachant que ses traces de pas, dans ses chaussettes mouillées, sécheraient et disparaîtraient avant le matin. Il fourra le linge dans un sac-poubelle en plastique noir qu'il jeta dans la camionnette de Billy, sans bien savoir encore ce qu'il en ferait. Mais il y réfléchirait plus tard, parce qu'il devait retourner près de Laurie avant que les routes ne soient coupées.

Immobile dans la nuit et la pluie, il jeta un dernier regard sur la maison qui lui apparaissait à présent comme une immense tombe. N'avait-il rien oublié ? Avait-il pensé à tout ? Incertain, il rentra et inspecta une deuxième fois chaque pièce, manquant s'évanouir quand il aperçut sa cravate lacet coincée entre le sommier et le mur. Il l'avait ôtée quand il s'était mis au lit avec Laurie et l'avait posée sur la table de chevet, d'où elle était tombée.

Profondément secoué, il la glissa dans la poche de son veston.

Puis il dévala les marches et parcourut le rez-de-chaussée en utilisant ses coudes pour actionner les loquets des portes donnant sur l'extérieur, dans l'espoir de rendre l'accès à la maison un peu plus difficile et retarder le moment où l'on découvrirait le corps.

Elle était morte quand il la retrouva, et il ne lui fut pas difficile d'en comprendre la cause.

Un lambeau de sa robe s'était accroché à une saillie du rocher qu'elle avait apparemment tenté d'escalader. Il se rendit compte qu'elle avait dû monter très haut pour que la chute ait été fatale, à moins qu'elle se fût mal réceptionnée. Il comprit aussi que sa mort allait lui faciliter la vie. Tout ce qu'il lui restait à faire, à présent, c'était se débarrasser de son corps, de la camionnette de Billy, et de ces satanés draps, et regagner Rose à pied juste à temps pour se glisser dans son propre lit et attendre le coup de téléphone qui lui annoncerait la terrible nouvelle.

Le corps de Laurie, dépouillé de ses vêtements, fut jeté dans la fosse à purin d'un parc d'engraissement abandonné, dans le comté voisin. La camionnette de Billy, ainsi que la robe jaune emballée dans un sac-poubelle trouvé dans le véhicule, fut abandonnée au milieu des eaux en crue recouvrant la grand-route. En désespoir de cause, à court d'idées et de temps, Meryl prit le sac contenant les draps et le rapporta à Rose. Il se sentit ridicule : il avait pu se débarrasser d'un cadavre et d'une camionnette de deux tonnes, et il était incapable de se défaire de ces draps ? Il n'avait pas osé les jeter dans la fosse avec le corps, de crainte qu'ils ne s'enfoncent pas suffisamment, et il ne voulait pas les laisser dans la voiture. Tandis qu'il cheminait vers la ville, redoutant d'être frappé par la foudre, il faillit éclater d'un rire hystérique, tant ce dilemme lui paraissait grotesque, comparé à tout ce qu'il avait accompli cette nuit.

Au matin, quand la sonnerie du téléphone le réveilla, la solution lui apparut. Il ne pouvait pas les laver, car il redoutait que Belle ou quelqu'un d'autre ne le voie ; les mettre à la poubelle ou les porter à la décharge aurait été également trop risqué. Il savait qu'il était sans doute parano, que ce n'était pas si compliqué que ça, mais toutes ses peurs semblaient s'être focalisées sur ces maudits draps. Aussi, après avoir vidé une grande boîte de classement en carton, il les plia avec les taies et les y enfonça. Ensuite, il prit le ruban adhésif renforcé qu'il utilisait pour ses envois postaux et en recouvrit complètement la boîte, de telle sorte que, même avec des ciseaux, on aurait du mal à le couper. Il demanderait à Belle de l'entreposer dans son sous-sol – « parce qu'elle contient des documents confidentiels appartenant à un de mes clients, et que ta banque est plus sûre que mon bureau », expliquerait-il. Plus tard, beaucoup plus tard, quand personne ne penserait plus à Hugh-Jay ni à Laurie, il récupérerait la boîte et la détruirait. Et s'il ne le faisait pas, peut-être le tissu humide finirait-il par pourrir au fond du carton et se désintégrer, auquel cas il n'y aurait plus aucun danger. Celui-ci, au demeurant, était négligeable : l'analyse des fibres capillaires n'était pas une science exacte, et un bon avocat de la défense aurait vite fait de jeter le doute sur la validité d'une telle preuve.

Ayant ainsi réglé son dernier problème, Meryl se hâta d'aller apporter son soutien à sa future épouse et à la famille de celle-ci, dans la douloureuse épreuve qu'elles traversaient. Pour se libérer de tout sentiment de culpabilité et se donner confiance, il se répéta cette phrase : Ce n'était pas un crime, mais une tragédie.

43

10 janvier 2010

Durant les vacances scolaires, à la fin de son premier semestre au lycée du comté de Henderson, Jody décida de se débarrasser de sa collection de sacs à dos. Si elle la détruisait, peut-être parviendrait-elle enfin, pensait-elle, à se délivrer de l'obsession qui l'avait hantée la plus grande partie de sa vie.

Il lui fallut deux jours pour inventorier les sacs un à un, examiner chacun des objets qu'ils contenaient et déterminer s'il méritait d'être gardé ou donné. En fin de compte, elle jeta pratiquement tout dans des sacs-poubelles qu'elle emporta à la décharge municipale. Les sacs à dos eux-mêmes connurent le même sort. Elle envisagea de les nettoyer afin d'en faire don à l'école où elle enseignait, par exemple, mais aucun gamin n'en aurait sans doute voulu. Ils étaient usés, déchirés, crasseux, démodés. Certains recelaient néanmoins quelques objets intéressants, une dizaine environ, qu'elle voulait montrer à sa tante Belle, au cas où celle-ci les trouverait dignes d'être exposés dans son musée.

Hugh senior avait été contraint de reconnaître qu'il avait eu tort au sujet du musée historique de Belle.

« Je croyais que ce n'était pour elle qu'un passe-temps », reconnaissait-il franchement devant ses amis.

Un peu trop sincèrement au goût de sa fille, car il avouait aussi : « Je pensais que je jetais mon argent par les fenêtres, à seule fin que Belle puisse faire semblant d'avoir un travail. »

Mais il s'était trompé, et il était désormais heureux de l'admettre.

Il était vraiment remarquable, se disait Jody, que l'entreprise de sa tante ait prospéré de la sorte durant une période où toutes les autres activités périclitaient. Belle s'était révélée une excellente conservatrice ; elle était dotée d'un œil infaillible pour choisir ses artefacts et d'un talent inné pour les mettre en valeur. En outre, elle était sacrément douée pour les relations publiques, ainsi que son frère Chase aimait à le dire d'un ton admiratif. Un compliment que Belle n'appréciait pas davantage, étant donné qu'il était généralement suivi de la phrase : « Qui aurait pu le deviner ? »

Quant à ce que sa mère appelait « ses petits articles », de grands magazines les avaient jugés assez bons pour lui confier des reportages. Elle était devenue, selon l'expression de Meryl, une « autorité incontournable » pour les historiens et les archéologues, les géologues et les paléontologues, les écrivains, les photographes et les artistes, voire parfois les documentaristes qui tournaient des films sur les anciennes mers et les fleuves – sans parler des écoliers qui débarquaient par bus entiers pour courir autour des célèbres rochers et parcourir son musée en pouffant. Les scientifiques qui venaient la voir contribuaient au développement de l'économie locale : ils mangeaient au Bailey's et au relais routier, achetaient des bouteilles d'eau et de la crème solaire chez George. Certains d'entre eux étaient invités à High Rock Ranch pour le dîner. C'était pour eux l'occasion de faire une balade à cheval, et, pour les Linder, d'avoir des conversations enrichissantes sur le plan intellectuel. Le grand-père de Jody avait été particulièrement flatté qu'un savant chinois, lauréat du prix Nobel, ait adoré la sauce barbecue d'Annabelle.

Jody, elle aussi, était très fière du « passe-temps » de sa tante.

La sociabilité de Belle, toutefois, et son goût pour la communication ne s'étendaient pas à ses proches, et notamment à Jody. Celle-ci se disait parfois, non sans un certain remords, que c'était à cause d'elle que Meryl et Belle n'avaient pas eu d'enfants, parce qu'ils avaient consacré trop de temps à participer à son éducation.

« Où as-tu trouvé ça, et comment ? s'enquit sa tante d'un ton méfiant.

— Aux Testament Rocks. Ce sont des trucs que j'ai trouvés par hasard au cours de mes promenades, et je les ai ramassés, voilà tout.

— Par hasard », répéta Belle, promenant un regard suspicieux sur les objets avant de le poser sur Jody.

Physiquement, sa tante tenait davantage de son père que de sa mère et avait toujours été une femme assez corpulente ; au fil des années, ses talents de cuisinière aidant, elle s'était encore alourdie, si bien qu'elle présentait maintenant un aspect tout à fait imposant.

« Comme autrefois, quand tu étais petite ?

— Peut-être.

— J'ignorais que tu avais persisté dans cette manie.

— Eh bien, oui. Il n'y a aucun mal à ça.

— Hmm », fit Belle d'un ton sceptique.

Après avoir examiné en silence le premier lot déposé devant elle sur le comptoir de verre, elle déclara : « Des détritus sans aucun intérêt, en majeure partie.

— Mais quelques-uns te paraissent intéressants ?

— Celui-ci. » Belle brandit un morceau de vieux bois portant une rainure, comme les anciens pupitres d'écolier. « Et ça – un médaillon dépourvu de chaîne mais renfermant la photo jaunie d'une fillette – et aussi ça – une charnière métallique qui provenait peut-être également d'un pupitre. Il y avait jadis une école rurale à classe unique, près des Testament Rocks. Elle a été détruite par une tornade en 1882. L'institutrice et les six élèves ont tous été tués. Je présume que ces vestiges pourraient provenir de cette époque.

— Je les ai tous trouvés au même endroit. »

Ils étaient petit à petit remontés vers la surface, comme toutes les choses enfouies sous le site.

« Vraiment ? C'est bon à savoir. Cela rend mon hypothèse encore plus plausible. »

Jody sentit son cœur se serrer en regardant le médaillon qui avait sans doute appartenu à l'institutrice ou à un élève.

« Comptes-tu les exposer, tante Belle ? »

Mais sa tante ne répondit pas. Elle regardait fixement le deuxième lot que Jody était en train de déverser devant elle. Quand elle parla de nouveau, ce fut d'une voix étranglée, sans regarder Jody.

« Où as-tu trouvé ça ? demanda-t-elle en montrant une petite sculpture ternie au creux de sa paume.

— Aux Testament Rocks, comme tout le reste. Tu t'en souviens, je t'avais demandé un jour si maman portait un bracelet à amulettes ? Je pensais qu'il pouvait s'agir d'une breloque de ce genre.

— Ce n'est pas une amulette », dit Belle d'une voix âpre. Elle retourna l'objet pour montrer le fermoir circulaire au revers. « C'est une broche destinée à retenir les cordons d'une cravate lacet. »

Le bijou en argent représentait un cheval dressé sur ses pattes arrière.

En s'en emparant, Jody constata, alarmée, que la main de sa tante tremblait. Elle examina le revers avec plus d'attention. « Ne serait-ce pas une inscription ? *M.T.* M.T. ? Meryl Tapper ? Tante Belle, cet objet appartenait-il à l'oncle Meryl ?

— Oui », murmura Belle, en regardant enfin sa nièce dans les yeux. Les siens étaient remplis de larmes et elle paraissait effrayée. « Jody, je lui avais offert cette broche pour la Saint-Valentin, cette année-là.

— Cette année-là ?

— Celle où tes parents… » Elle ne put terminer sa phrase. « La dernière fois où je l'ai vu la porter, c'était le soir de leur mort. Le lendemain, il m'a dit qu'il l'avait égarée. Je ne l'ai plus jamais revue. Jody, s'il l'a perdue aux Testament Rocks cette nuit-là… »

Brusquement, Belle s'enfuit en courant.

Jody s'élança à sa poursuite, le cœur battant de terreur, son esprit refusant d'accepter ce qu'elle venait d'entendre. Elle la suivit dans le sous-sol, où sa tante entreposait des montagnes de caisses remplies d'objets qu'on lui avait donnés, qu'elle avait achetés ou trouvés elle-même. Telle une femme rendue folle par la peur, Belle démolit des piles de boîtes soigneusement alignées, une rangée après l'autre, pour atteindre celles qui se trouvaient tout au fond. Fébrilement, elle poussa les caisses de côté, sans prendre garde aux objets qui s'en déversaient, jusqu'à ce qu'elle mette la main sur une boîte de la rangée du dessous. Elle avait un aspect différent des autres. Ce n'était pas un carton d'emballage ordinaire, cela ressemblait plutôt à l'un de ces classeurs que les firmes juridiques utilisaient pour conserver leurs archives. Jody avait vu exactement les mêmes dans le cabinet de son oncle.

« Va me chercher des ciseaux ! » ordonna Belle en lui montrant l'endroit où ils étaient accrochés.

Jody s'exécuta et les tendit à sa tante, qui se mit à trancher furieusement l'adhésif dont on avait entouré entièrement la boîte, comme si son contenu était d'une valeur inestimable.

Quand elle fut venue à bout du ruban, Belle souleva le couvercle.

Jody n'aperçut que ce qui ressemblait à du tissu moisi, mais à cette vue, sa tante éclata en pleurs et se mit à se balancer d'arrière en avant sur ses genoux en gémissant.

Terrorisée et mortellement inquiète, Jody s'agenouilla à côté d'elle et posa doucement sa main sur l'épaule de Belle, qui la repoussa d'un geste brusque.

« Tante Belle, qu'y a-t-il dans cette boîte ?

— Des draps, répondit sa tante d'une voix entrecoupée de sanglots. Des draps tachés de sang qui proviennent de la chambre où ton père est mort. Meryl m'a demandé de garder ce carton, le lendemain matin. Il m'a raconté qu'il renfermait des documents confidentiels et que ceux-ci seraient plus en sécurité ici que dans son bureau. » Puis elle ajouta quelque chose qui causa un choc terrible à sa nièce : « La garce, la garce, la garce ! J'avais bien vu qu'elle flirtait avec lui, mais je me suis dit qu'elle faisait ça avec tous les hommes. J'aurais dû le savoir, j'aurais dû le savoir. » Sortant de la boîte les draps répugnants et ce qui avait l'air d'être des taies d'oreiller, elle infligea un second choc à Jody en s'exclamant : « Pourquoi ne les a-t-il pas tout simplement détruits ? Pourquoi, oh, pourquoi les a-t-il laissés ici ? »

Jody se redressa et recula lentement, horrifiée.

« C'est oncle Meryl qui a tué papa ? » Elle se mit à hurler sans pouvoir s'arrêter, jusqu'à ce que Belle la rejoigne et la serre contre elle pour la faire taire. Mais elle ne put empêcher Jody de crier : « Qu'a-t-il fait à ma mère ? *Qu'a-t-il fait à ma mère ?* »

Meryl n'aurait peut-être pas avoué, même confronté à la preuve irréfutable que constituait l'analyse ADN des cheveux transmis par le shérif au laboratoire de la police scientifique – les taches de sperme sur les draps, trop anciennes, étant inutilisables. Il aurait pu plaider non coupable lors du procès. Il n'existait aucune autre preuve le reliant aux meurtres, et le fait qu'il ait couché avec Laurie Linder ne signifiait pas qu'il ait tué son mari. En s'appuyant sur les récents événements, la défense aurait pu incriminer une fois de plus Billy Crosby et instiller ainsi un « doute raisonnable » dans l'esprit des jurés.

Mais Jody et son grand-père rendirent visite à Meryl.

Hugh senior s'assit en face de lui et le contempla fixement, sans prononcer un mot.

Jody supplia son oncle de lui dire où était sa mère.

Ce fut sans doute, pensait-elle, le regard de son grand-père qui finit par le faire craquer, bien plus que ses supplications. Toutefois, ce ne fut pas à eux qu'il se confessa, mais au shérif, en prétendant qu'il n'avait pas le courage de révéler à sa nièce qu'il avait jeté le corps de sa mère dans une fosse à purin.

Jody doutait que les aveux de Meryl lui aient été dictés par la simple compassion. Mais, qu'il ait été poussé à les exprimer par la pitié ou par la honte, cela revenait au même.

Après cela, il fit moins de difficultés pour avouer le meurtre de Valentine.

« Je n'ai commis aucun crime, tout cela n'a été qu'une succession de terribles accidents », affirma-t-il au shérif et à tous ceux qui voulaient bien l'écouter, comme s'il n'avait jamais eu l'intention de tuer qui que ce soit. Et cela, même s'il reconnaissait par ailleurs avoir assassiné Valentine à seule fin de détourner l'attention de la police vers cette nouvelle affaire. Il craignait en effet qu'on ne rouvre l'enquête sur le meurtre de Hugh-Jay, si le shérif mettait à exécution sa menace de faire analyser les cheveux trouvés sur les lieux. « Les autres morts, protesta-t-il dans une plaidoirie véhémente et indignée, celles de Hugh-Jay et Laurie, étaient également de tragiques accidents. Tout ceci n'est qu'une terrible tragédie et non un crime. Hugh-Jay était mon meilleur ami, il était pour moi comme un frère et j'aimais – j'aime – les Linder. Je leur dois tout. »

Deux semaines après son arrestation, Meryl Tapper fut foudroyé par un infarctus.

Le poids qu'il avait pris au cours des années – peut-être, inconsciemment, pour dissimuler le fait qu'une jolie femme ait jamais pu le trouver désirable – avait contribué à le tuer. Ce dénouement fut un soulagement pour les Linder ; après un tel déchaînement de violence, aucun d'eux, même Bobby et Chase, n'éprouvait plus le moindre désir de vengeance.

44

« Grand-mère, dit Jody, trois mois plus tard, quand elle eut fini de lui raconter sa journée. J'ai quelque chose à te demander. » Elles se trouvaient dans la cuisine de la grande maison de pierre, et non au ranch, car ses oncles et leurs enfants étaient en ville et certains d'entre eux résidaient chez elle. Mais c'était Annabelle qui s'était mise aux fourneaux ce soir – un luxe appréciable pour une jeune enseignante rentrant du travail.

En cette soirée du début de l'hiver, Jody se sentait à la fois exténuée et exaltée. Cet après-midi, une des plus timides de ses élèves avait trouvé le courage de lever la main et de lui poser une question.

Ce fut en pensant à elle qu'elle se décida à parler.

« Te rappelles-tu le conseil que tu m'avais donné, au sujet de Collin Crosby ? »

Annabelle était en train d'éplucher des pommes de terre ; elle s'interrompit et tourna la tête vers Jody.

Celle-ci se rendit compte que sa grand-mère n'avait aucun souvenir de cette conversation.

« Tu m'avais dit que je devais être gentille avec lui.

— Oh ! » Annabelle se remit à manier son couteau, mais d'un geste plus lent. Ils éprouvaient, Hugh et elle, une culpabilité écrasante à l'idée d'avoir accusé Billy à tort et accueilli au sein de leur famille le meurtrier de leur fils. Ils se reprochaient aussi d'avoir indirectement provoqué la mort de Red. Ce fardeau les avait fait vieillir d'un coup et rendus plus humbles. Leurs nuits étaient désormais peuplées de nouveaux cauchemars. Ils étaient devenus plus doux et plus tristes, plus indulgents envers autrui, à défaut de l'être envers eux-mêmes. Hugh senior était parfois sujet à des crises d'amnésie temporaire ; dans ces instants-là, il croyait toujours Billy coupable et le haïssait. Ensuite, la mémoire lui revenait, et c'était chaque fois un nouveau choc.

Jody avait conscience qu'elle ne pouvait rien faire pour eux, à part les aimer de tout son cœur.

Doucement, elle demanda : « Quels sont tes sentiments à son égard, à présent ? »

Annabelle posa son économe et regarda pensivement par la fenêtre située au-dessus de l'évier.

« Je me sens... Je me sens terriblement coupable envers lui, ma chérie.

— Rien d'autre ?

— Je lui suis profondément reconnaissante aussi. Il t'a sauvé la vie en nous téléphonant, alors que quelqu'un de plus mesquin nous aurait laissés récolter ce que nous avions semé.

— Peut-être pourrions-nous l'inviter à dîner un de ces soirs ?

— Quoi ? » Annabelle se retourna si brusquement qu'elle fit tomber une pomme de terre. Celle-ci rebondit sur le sol et roula jusqu'aux pieds de Jody qui la ramassa, huma sa fraîche odeur de légume cru, puis la posa sur la table qu'elle avait repeinte en bleu vif avant Noël, ainsi que les chaises.

« Jody, nous ne pouvons pas faire ça. Ce serait terriblement gênant pour tout le monde. Plus que gênant, ce serait affreux. De toute façon, il ne viendrait pas, et je ne saurais l'en blâmer. Je suis certaine qu'il n'a aucune envie de nous voir.

— Mais il a envie de *me* voir, mamie. »

Annabelle parut un instant sur le point de vaciller et Jody faillit se lever pour se porter à son secours. Mais sa grand-mère s'agrippa au rebord de l'évier et retrouva aussitôt son maintien habituel, droit et digne. « Non, ce n'est pas une bonne idée. Ma chérie, c'est tout simplement impossible. Il y a tellement, tellement... »

Chase, qui séjournait chez Jody, choisit ce moment pour faire son entrée dans la pièce.

« Qu'est-ce qui n'est pas une bonne idée ?

— Collin Crosby, répondit Annabelle d'une voix consternée.

— Et moi », précisa Jody.

Chase se figea un instant – comme Belle en découvrant le petit cheval en argent, pensa fugitivement Jody. Le cœur cognant à tout rompre, elle attendit la réaction de son oncle à cette annonce inattendue.

« Tu l'as revu ?

— Oui.

— Quand ?

— Chaque fois que nous en avons la possibilité, oncle Chase.

— Où ?

— Partout où nous le pouvons.

— Ces week-ends où tu vas rendre visite à des amis... ?

— Exactement. »

Il la dévisagea longuement en silence, avant de reprendre : « Quand cela a-t-il commencé ?

— Quand nous étions enfants, je crois. Nous avons toujours été attirés l'un par l'autre. »

Jody regarda tour à tour son oncle et sa grand-mère. Ils ne savaient rien de ses interminables conversations avec Collin, durant lesquelles ils examinaient leurs existences si bizarrement entremêlées et échangeaient leurs points de vue, chacun cherchant et trouvant en l'autre une compréhension qu'il n'avait encore rencontrée avec personne. Elle prit une profonde inspiration. « Il est le bonheur qui arrive enfin, après tant de chagrin. Je n'aurais jamais cru qu'il était possible d'être aussi heureux, même si je sais que tout n'est pas rose, loin de là. Nous connaîtrons sans doute des périodes difficiles, comme tout le monde, mais – elle était au bord des larmes, dans son besoin désespéré de les convaincre –, dans les épreuves, c'est la main de Collin que je veux tenir. Voulez-vous savoir pourquoi il a mis un tel acharnement à obtenir la libération de son père ? Oui, c'était une question de justice. Oui, c'était parce qu'il savait que Billy n'était pas coupable. Oui, c'était pour sa mère. Mais aussi parce qu'il pensait que c'était le seul moyen d'obtenir la réouverture de l'enquête. Pour que je sache enfin ce qui était arrivé à ma mère. »

En les voyant froncer les sourcils d'un air perplexe, Jody inspira de nouveau, à fond, comme si elle était à cheval et s'apprêtait à sauter la dernière haie.

« C'est pour moi qu'il l'a fait », martela-t-elle, pour être certaine d'avoir été comprise.

Chase tourna les yeux vers sa mère, qui lui rendit son regard.

« Ma foi, commença-t-il, tandis que Jody croisait les doigts avec force, je ne vois pas pourquoi nous ne l'inviterions pas à dîner, à condition qu'il supporte de se trouver dans la même pièce que nous. »

Jody n'en croyait pas ses oreilles.

« C'est probablement le seul homme dans tout le Kansas à être aussi fou que toi, et pour les mêmes raisons. Vous êtes parfaitement assortis, c'est indéniable. Je ne sais pas s'il faut s'en réjouir ou le déplorer, mais vous me semblez faits l'un pour l'autre, poursuivit Chase, tandis qu'Annabelle le dévisageait, bouche bée. Du poulet, reprit-il, c'est ce que je suggérerais pour notre premier repas ensemble. Si ce garçon n'aime pas ton poulet frit, maman, c'est qu'il ne mérite pas d'entrer dans notre famille. Et s'il l'aime, alors peut-être que je lui ferai goûter mes steaks grillés, la fois d'après, si je suis en ville. »

Il sortit de la pièce, emportant avec lui la gratitude de Jody.

Puis, revenant sur ses pas, il ajouta d'une voix tranquille : « Mais s'il ne veut pas de moi, je resterai à l'écart. »

Jody songea que c'était la plus grande preuve de délicatesse qu'il lui ait jamais donnée.

« Nous apprendrons à nous habituer les uns aux autres, répondit-elle.

— Je suppose qu'il nous hait.

— Il n'est pas comme ça, oncle Chase. »

Il la scruta en plissant les yeux, comme pour évaluer le crédit qu'il convenait d'accorder à ses paroles.

« J'en jugerai par moi-même », déclara-t-il avant d'effectuer une autre fausse sortie. Cette fois, quand il reparut, ce fut à sa mère qu'il s'adressa : « Nous avons grand besoin d'un nouvel avocat dans la famille, tu sais. »

On pouvait prendre ça comme une plaisanterie. Une plaisanterie macabre et pas vraiment drôle, mais l'expression d'une forme d'humour quand même.

Annabelle paraissait elle aussi sur le point de pleurer quand elle dit à Jody : « Je présume que tu finiras par t'installer définitivement à Topeka.

— Il est seulement question d'un dîner, grand-mère, pas de mariage !

— Pour le moment, répliqua Annabelle en reprenant son couteau à éplucher.

— Et il me reste une année scolaire à terminer, tu te rappelles ?

— Il y a aussi des écoles à Topeka, intervint Chase, de manière bien peu charitable.

— Et ce n'est pas si loin que ça », rétorqua promptement Jody.

Elle se leva et, rejoignant sa grand-mère, la prit dans ses bras. Les deux femmes demeurèrent enlacées jusqu'à ce que Chase quitte la cuisine pour de bon et que l'eau destinée aux pommes de terre se mette à bouillir.

Remerciements

Tous les mots d'un roman ne suffiraient pas à exprimer ma reconnaissance envers celle qui est mon éditrice et mon héroïne, Linda Marrow. Du fond du cœur, je remercie les quatre personnes qui ont été mes sources d'inspiration pour ce récit : Dana Isaacson, Sally Goldenbaum, Donald Maass et Randy Russell. Tout mon amour et mes remerciements à mon fils, Nick Pickard, qui a une longue pratique de la pose des barbelés et des mères écrivains, ainsi qu'à ma propre mère, Mary Wolfe, qui sait toujours m'offrir un bol de soupe chaude au moment opportun, sans me demander si le livre avance bien. La soupe aide les livres à progresser. Merci à mon agent, Meredith Berstein, pour sa patience et son soutien, et à mes amis du Net et du monde réel. Je remercie tout particulièrement les merveilleux bibliothécaires de « ma » bibliothèque, la Central Ressources Library de Johnson County, au Kansas. Merci également aux résidents de Gove County, qui m'ont laissée « voler » leurs célèbres Monument Rocks, changer leur configuration et leur nom, pour les transférer dans un comté fictif de l'État bien réel du Kansas.

Collection « Littérature étrangère »

ADAMS *Poppy*
Le Temps des métamorphoses

ADDERSON Caroline
La Femme assise

AGUÉEV M.
Roman avec cocaïne

ALI Monica
Sept mers et treize rivières
Café Paraíso
En cuisine

ALLISON Dorothy
Retour à Cayro

ANDERSON Scott
Triage
Moonlight Hotel

ARLT Roberto
Les Sept Fous
Les Lance-Flammes

ARPINO Giovanni
Une âme perdue
Le Pas de l'adieu
Mon frère italien

AUSLANDER Shalom
La Lamentation du prépuce
Attention Dieu méchant

BAXTER Charles
Festin d'amour

BENIOFF David
24 heures avant la nuit

BLOOM Amy
Ailleurs, plus loin

BROOKNER Anita
Hôtel du Lac
États seconds
La Vie, quelque part
Une chute très lente
Une trop longue attente
Fêlures
Le Dernier Voyage

BROOKS Geraldine
Le Livre d'Hanna
La Solitude du Dr March
L'Autre Rive du monde

BROWN Clare
Un enfant à soi

CABALLERO Antonio
Un mal sans remède

CAÑÓN James
Dans la ville des veuves intrépides

CONNELL D. J.
Julian Corkle est un fieffé menteur
Sherry Cracker et les sept voleurs

CONROY Pat
Le Prince des marées
Le Grand Santini

Courtenay Bryce
La Puissance de l'Ange

Cunningham Michael
La Maison du bout du monde
Les Heures
De chair et de sang
Le Livre des jours
Crépuscule

Dorrestein Renate
Vices cachés
Un cœur de pierre
Sans merci
Le Champ de fraises
Tant qu'il y a de la vie

Dunant Sarah
La Courtisane de Venise
Un cœur insoumis

Dunmore Helen
Un été vénéneux
Ils iraient jusqu'à la mer
Malgré la douleur
La Faim
Les Petits Avions de Mandelstam
La Maison des orphelins

Edelman Gwen
Dernier refuge avant la nuit

Elton Ben
Nuit grave
Ze Star

Ferraris Zoë
La Disparue du désert
Les Mystères de Djeddah

Feuchtwanger Lion
Le Juif Süss

Flanagan Richard
La Fureur et l'Ennui
Désirer

Frey James
Mille morceaux
Mon ami Leonard

Fromberg Schaeffer Susan
Folie d'une femme séduite

Fry Stephen
L'Hippopotame
Mensonges, mensonges
L'Île du Dr Malo

Gale Patrick
Chronique d'un été
Une douce obscurité
Tableaux d'une exposition
Jusqu'au dernier jour

Garland Alex
Le Coma

Gee Maggie
Ma bonne

Gemmell Nikki
Les Noces sauvages
Love Song

Gilbert David
Les Normaux
Les Marchands de vanité

Gustafsson Lars
La Mort d'un apiculteur

Hagen George
La Famille Lament
Les Grandes Espérances du jeune Bedlam

HOMES A. M.
Mauvaise mère

HOSSEINI Khaled
Les Cerfs-Volants de Kaboul
Mille soleils splendides
Les Cerfs-Volants de Kaboul (roman graphique)

JOHNSTON Jennifer
Petite musique des adieux
Ceci n'est pas un roman
De grâce et de vérité
Un Noël en famille

JONES Kaylie
La fille d'un soldat ne pleure jamais
Dépendances

JORDAN Hillary
Mississippi

KAMINER Wladimir
Musique militaire
Voyage à Trulala

KANON Joseph
L'Ultime Trahison
L'Ami allemand
Alibi

KENNEDY Douglas
La Poursuite du bonheur
Rien ne va plus
Une relation dangereuse
L'homme qui voulait vivre sa vie
Les Désarrois de Ned Allen
Les Charmes discrets de la vie conjugale
Piège nuptial
*La Femme du Ve*
Quitter le monde
Cet instant-là

KLIMKO Hubert
La Maison de Róza
Berceuse pour un pendu
Les Toutes Premières Choses

KNEALE Matthew
Les Passagers anglais
Douce Tamise
Cauchemar nippon
Petits crimes dans un âge d'abondance
Maman, ma sœur, Hermann et moi

KOCH Herman
Le Dîner

LAMB Wally
Le Chant de Dolorès
La Puissance des vaincus
Le Chagrin et la Grâce

LAW Benjamin
Les Lois de la famille

LAWSON Mary
Le Choix des Morrison
L'Autre Côté du pont

LEONI Giulio
La Conjuration du Troisième Ciel
La Conspiration des miroirs
La Croisade des ténèbres

LI YIYUN
Un millier d'années de bonnes prières
Un beau jour de printemps

LISCANO Carlos
La Route d'Ithaque
Le Fourgon des fous
Souvenirs de la guerre récente
L'Écrivain et l'Autre
Le Lecteur inconstant suivi de *Vie du corbeau blanc*

LOTT Tim
Frankie Blue
Lames de fond
Les Secrets amoureux d'un don Juan
L'Affaire Seymour

MADDEN Deirdre
Authenticité

MARCIANO Francesca
L'Africaine
Casa Rossa
La Fin des bonnes manières

MCCANN Colum
Danseur
Les Saisons de la nuit
La Rivière de l'exil
Ailleurs, en ce pays
Le Chant du coyote
Zoli
Et que le vaste monde poursuive sa course folle

MCCOURT Frank
Les Cendres d'Angela
C'est comment l'Amérique ?
Teacher Man, un jeune prof à New York

MCGARRY MORRIS Mary
Mélodie du temps ordinaire
Fiona Range
Un abri en ce monde
Une douloureuse absence
Le Dernier Secret

MERCURIO Jed
La Vie sexuelle d'un Américain sans reproche

MILLS Jenni
Le Murmure des pierres

MORTON Brian
Une fenêtre sur l'Hudson
Des liens trop fragiles

MURAKAMI Haruki
Au sud de la frontière, à l'ouest du soleil
Les Amants du Spoutnik
Kafka sur le rivage
Le Passage de la nuit
La Ballade de l'impossible
L'éléphant s'évapore
Saules aveugles, femme endormie
Autoportrait de l'auteur en coureur de fond
Sommeil
1Q84 (tome 1)
1Q84 (tome 2)

NICHOLLS David
Un jour

O'DELL Tawni
Le Temps de la colère
Retour à Coal Run
Le ciel n'attend pas
Animaux fragiles

O'FARRELL Maggie
Quand tu es parti
La Maîtresse de mon amant
La Distance entre nous
L'Étrange Disparition d'Esme Lennox
Cette main qui a pris la mienne

OWENS Damien
Les Trottoirs de Dublin

PARLAND Henry
Déconstructions

PAYNE David
Le Dragon et le Tigre : confessions d'un taoïste à Wall Street
Le Monde perdu de Joey Madden
Le Phare d'un monde flottant
Wando Passo

PEARS Iain
Le Cercle de la Croix
Le Songe de Scipion
Le Portrait
La Chute de John Stone

PENNEY Stef
La Tendresse des loups

PIZZOLATTO Nic
Galveston

POLLEN Bella
L'Été de l'ours

RADULESCU Domnica
Un train pour Trieste

RAVEL Edeet
Dix mille amants
Un mur de lumière

RAYMO Chet
Le Nain astronome
Valentin, une histoire d'amour

ROBERTIS Carolina De
La Montagne invisible

ROSEN Jonathan
La Pomme d'Ève

SANSOM C. J.
Dissolution
Les Larmes du diable
Sang royal
Un hiver à Madrid
Prophétie
Corruption

SAVAGE Thomas
Le Pouvoir du chien
La Reine de l'Idaho
Rue du Pacifique

SCHWARTZ Leslie
Perdu dans les bois

SEWELL Kitty
Fleur de glace

SHARPE Tom
Fumiers et Cie
Panique à Porterhouse
Le Gang des mégères inapprivoisées ou Comment kidnapper un mari quand on n'a rien pour plaire
Comment enseigner l'histoire à un ado dégénéré en repoussant les assauts d'une nymphomane alcoolique

SHREVE Anita
Le Poids de l'eau
Un seul amour
La Femme du pilote
Nostalgie d'amour
Ultime rencontre
La Maison du bord de mer
L'Objet de son désir
Une lumière sur la neige
Un amour volé
Un mariage en décembre
Le Tumulte des vagues
Une scandaleuse affaire
Un jour après l'autre

SHRIVER Lionel
Il faut qu'on parle de Kevin
La Double Vie d'Irina
Double faute
Tout ça pour quoi

SMITH Tom Rob
Enfant 44

SOLER Jordi
Les Exilés de la mémoire
La Dernière Heure du dernier jour
La Fête de l'Ours

SWARUP Vikas
Les Fabuleuses Aventures d'un Indien malchanceux qui devint milliardaire
Meurtre dans un jardin indien

TOLTZ Steve
Une partie du tout

TSIOLKAS Christos
La Gifle
Jesus Man

ULINICH Anya
La Folle Équipée de Sashenka Goldberg

UNSWORTH Barry
Le Nègre du paradis
La Folie Nelson

VALLEJO Fernando
La Vierge des tueurs
Le Feu secret
La Rambla paralela
Carlitos qui êtes aux cieux

VREELAND Susan
Jeune fille en bleu jacinthe

WATSON Larry
Sonja à la fenêtre

WEBB Katherine
L'Héritage

WEISGARBER Ann
L'Histoire très ordinaire de Rachel Dupree

WELLS Rebecca
Fleurs de Ya-Ya

WEST Dorothy
Le Mariage

WINGFIELD Jenny
Les Ailes de l'ange

ZHANG Xianliang
La mort est une habitude
La moitié de l'homme, c'est la femme

ZWEIG Stefan
Le Monde d'hier. Souvenirs d'un Européen